HEYNE <

W0212724

Das Buch

Wieder einmal hat Carmen Henning das große Los gezogen: Erst wird sie zu einem grauenhaften Tatort am Rheinufer gerufen. Die Leiche hängt an einer Kiefer – am Kiefer. Aufgespießt und ausgeweidet wie ein Fisch. So etwas Abscheuliches hat Carmen in ihrer ganzen Laufbahn als Kommissarin noch nicht gesehen. Doch damit nicht genug – sie muss wieder zusammen mit Albert Schneider ermitteln. Mittlerweile sind die beiden zwar per Du, aber das bedeutet noch lange nicht, dass sie sich besser verstehen. Im Gegenteil: Albert ist so missmutig wie noch nie. Notgedrungen machen sie sich auf die Suche nach dem Mörder. Während sie im Umkreis des Karlsruher Angelclubs recherchieren, treffen sie auf fanatische Angler, verrückte Wissenschaftler, korrupte Politiker und abgebrühte Pharmaunternehmer. Alles deutet auf einen vertuschten Abwasserskandal hin, doch dann taucht eine zweite Leiche auf, die ebenfalls grausam hingerichtet wurde. War es doch ein Serienmörder? Plötzlich entwickelt der Staatsanwalt ein starkes Interesse an dem Fall, und dem ungleichen Ermittlerduo bleibt nichts anderes übrig, als sich zusammenzuraufen und den Fall so schnell wie möglich zu lösen.

Die Autorin

Susanne Graf arbeitet als freie Journalistin und Autorin in Karlsruhe und hat mehrere Sachbücher verfasst. *Lebendköder* ist nach *Der Bildermacher* ihr zweiter Roman um das Ermittlerduo Carmen Henning und Albert Schneider.

Lieferbare Titel

Der Bildermacher

Susanne Graf

Lebend-
köder

KRIMINALROMAN

WILHELM HEYNE VERLAG
MÜNCHEN

MIX
Papier aus verantwortungsvollen Quellen
FSC® C014496

Verlagsgruppe Random House FSC-DEU-0100
Das für dieses Buch verwendete
FSC®-zertifizierte Papier *Holmen Book Cream*
liefert Holmen Paper, Hallstavik, Schweden.

Originalausgabe 09/2011

Printed in Germany 2011
Umschlaggestaltung: Nele Schütz Design, München,
unter Verwendung eines Fotos von © Valeriy Evlakhov/shutterstock
Satz: KompetenzCenter, Mönchengladbach
Druck und Bindung: GGP Media GmbH, Pößneck
ISBN: 978-3-453-43439-4

www.heyne.de

»Wasser ist eine farblose Flüssigkeit, die schwarz wird, wenn man sein Gesicht darin wäscht.«

Mickey Mouse, Comicfigur

Wenn es um ihr Hobby geht, werden männliche Angler zu den wortreichsten Waschweibern.

Die Handlung sowie alle Personen dieses Romans sind frei erfunden. Jede Ähnlichkeit mit lebenden Personen ist rein zufällig und nicht beabsichtigt.

Susanne Graf

Ihre Hose war dreckig. Schlammreste klebten links und rechts an den Schenkeln, und jede Menge Blut war an ihrem Hosenbund festgetrocknet.

Julia schob sich jetzt die Haare unter ihre Baseballmütze, steckte das Messer in die Scheide zurück, hielt ihm die ausgestreckte Hand entgegen und wackelte auffordernd mit den Fingern. »Erik, gib mir mal die Flasche, bitte.«

Sie flüsterte. Sie war großartig. Er musste ihr dringend sagen, was er für sie empfand. Dass ihm fast die Hose platzte, wenn er auch nur an sie dachte.

»Erik? Die Flasche bitte! Schnell!«, zischte sie. »Was guckst du denn so?«

»Siehst gut aus, du blutverschmierte Lady.«

Sie lächelte und sah an sich herunter. »Findest du?« Sie strich mit ihrem schmalen Zeigefinger über den großen Blutfleck an ihrem Schenkel. Dann lächelte sie verstohlen. »Ich bin eben ein Killer!«

Killer. Ja. Und was für einer. Er hatte nicht gehört, was sie gesagt hatte. Der Wind wühlte permanent durch die Bäume, ihre Stimme verschmolz mit dem Rascheln der Blätter. Er musste von ihren Lippen lesen – ihren wunderschönen Lippen.

»Ein Killer. Ja.« Er deutete mit einer Kopfbewegung auf den Blutfleck. »Das sieht so richtig nach Erfolg aus«, flüsterte er mit übertriebener Mimik, als spräche er die Taubstummennachrichten im Fernsehen. Er versuchte, sie mit einem stolzen Blick anzusehen, was angesichts der Situation aber verdammt schwierig war. Er fühlte sich nicht wohl in seiner Haut. Am liebsten wäre er längst über alle Berge gewesen.

Sie stemmte die Fäuste in die Hüften und streckte die Brust raus. »Das kannst du wohl sagen. Hat gut gekämpft, der Kerl. Aber ich bin eben auch eine Kämpferin!«

Sie hatte wirklich die Ruhe weg. Knallhartes Fräulein.

Julia bückte sich – was für ein Hintern! –, hob die Erdnusstüte auf, steckte die letzten drei in den Mund, die leere Packung in die Hosentasche und legte die Hände wie ein Sprachrohr um die Lippen. »Trotzdem freu ich mich auf 'ne Dusche, die Jogginghose und meine Couch. Und guck mal an dir selber runter. Du siehst auch nicht viel besser aus, mein Lieber. So, die Flasche bitte, Herr Schwenk!«

»Zu Befehl, Sir!«, gab er gegen den Wind zurück, schwer darum bemüht, nicht zu laut zu sprechen.

Erik drehte sich um und kramte hastig in seinem Rucksack. Die leere Plastikflasche – verdammt, wo war das Ding? Während er jede Menge Kleinkram beiseitelegte, hörte er, wie sie sich hinter ihn stellte.

»Bisschen zerstreut heute, Erik?« Sie hockte sich neben ihn und sah ihm zu. »Erik, wenn da 'ne Flasche drin wäre, hättest du sie schon längst gefunden. Die liegt bestimmt im Auto.«

Wahrscheinlich war es so. Ja – er war zerstreut. »Hast Recht. Ich gehe nachsehen, ja?«

»Okay. Nimmst du unseren Kerl hier gleich mit? Der ist mir ehrlich gesagt ein bisschen zu schwer zum Tragen! Und beeilst du dich? Ich hab eigentlich keine Lust, dass uns hier jemand sieht.«

»Jepp!« Erik packte den riesigen blauen Müllsack und warf ihn sich über die Schulter. Wahnsinnig schwer. Julia hatte Recht: Es war nicht besonders erstrebenswert, in letzter Sekunde von irgendeinem dämlichen Spaziergänger oder sonst wem hier gesehen zu werden. Sie mussten extrem vorsichtig sein. Hätte ihm vor ein paar Monaten jemand gesagt, dass er sich bald mit der attraktivsten Frau, die man sich vorstellen konnte, herumtreiben würde, er hätte seine kaputte Ehe schon viel früher im wahrsten Sinne des Wortes in einen Müllsack gepackt. Aber manchmal dauerte es eben eine Weile, ehe man die Dinge sah, auf die es wirklich ankam. Das hatte er inzwischen von Julchen gelernt. Es ging um die Details, um die Einzelheiten, die am Ende das große Ganze ausmachten. In allen Lebensbereichen. »In meinem Beruf ist das so, Erik«, hatte sie zu ihm gesagt. »Ich betrachte mikroskopisch kleine Dinge. Und wenn ich sie gesehen und verstanden habe, verstehe ich auch, wie sie zusammen funktionieren. Und wenn das Große nicht mehr funktioniert oder sich zum Negativen hin verändert, dann liegt es an irgendeinem dieser mikroskopisch kleinen Details. Die so unfassbar wichtig sind.« Sein großes Ganzes war seine Ehe gewesen, ihr großes Ganzes ein kaputtes Elternhaus und – worum er sich vorher niemals geschert hatte – der Kampf gegen Windmühlen, wenn es um umweltpolitische Fragen ging. Sie war engagiert. Zielstrebig. Und unerbittlich. Er erwischte sich bei einem verklärten Lächeln. Dieses kleine Biest. Sie hatte keinen Tag gebraucht, um ihn für sich und ihre Sache zu gewinnen. Kein Wunder, sie hatten beide nicht gerade die erfreulichsten Erfahrungen hinter sich. Verlogene Menschen um sich zu haben, enttäuscht zu werden von denen, auf die man sich zu verlassen können glaubte – diese Erfahrung schweißte zusammen, und das gab ihnen die Kraft, sich gemeinsam aus diesem Jammertal herauszuarbeiten. Auch wenn einen das in Situationen brachte wie diese. In denen sich das Unbehagen und die Angst so sehr steigerten, dass sie fast schon umschlugen durch das viele Adrenalin und zu einer Art

Kick wurden, dem Gefühl, etwas zu tun, das andere verboten hatten – ja, wonach andere keine Nacht mehr ruhig schlafen könnten. Als sie ihn um ein paar Informationen gebeten hatte für dieses Projekt an der Universität, hatte er sich zunächst nur geschmeichelt gefühlt. Es war lange her, dass eine Frau ihn um etwas gebeten hatte. Um etwas, das zu geben er auch imstande war. So etwas war ohnehin selten. Frauen verlangten oft nach Dingen, die für einen Mann nur schwierig umsetzbar waren. Dass diese erste Begegnung sie nach wenigen Wochen hierhergeführt hatte, an diesen Ort, in diese Situation – das war verrückt.

Er ging den Waldweg entlang, so schnell es mit dem achtzig Kilo schweren Sack auf dem Rücken eben möglich war. Es wurde immer dunkler, je weiter er sich vom Rheinufer wegbewegte. Ein Mist war das, dass sie den Kombi mitten in der Pampa hatten abstellen müssen. Und der riesige Plastiksack auf seiner Schulter fühlte sich an, als wäre er mit Zement gefüllt. Er schwitzte. Und fror gleichzeitig. Schlafmangel. Kein Wunder. Wer konnte vor so einer Aktion schon ruhig schlafen – abgesehen von Julia? Seine Hände waren feucht. Das Plastik rutschte mit jedem Schritt millimeterweise durch seine Finger. Erik musste umgreifen. Er hielt an. Lauschte. Nichts. Nur Wind. Irgendwo raschelte etwas. Wahrscheinlich ein Fuchs. Oder ein Hase. Oder beides. Die sagten sich ja an so gottverlassenen Stellen gerne Gute Nacht. Nein, da war niemand außer ihm. Er kannte die Geräusche der Natur gut. Menschen klangen anders. Er ließ den Sack auf den Boden plumpsen und wischte sich die schweißnassen Hände an der Hose ab. Dann atmete er tief durch. Es brannte schon im Hals. Er hatte einfach keine Kondition mehr. Aber darüber musste er sich ein anderes Mal den Kopf zerbrechen. Er konnte Julia nicht ewig allein stehen lassen. Sie war zwar tough, aber trotzdem eine zierliche Frau. Wenn jemand Wind von der Sache bekommen würde, könnte das böse ausgehen. Er packte den Sack mit beiden Händen und warf ihn sich wieder über die Schulter. Schemenhaft konnte er den Busch erkennen, hinter dem der Kombi parkte.

Scheiß Gestrüpp. Schon vorhin hatten ihm winzige Dornen die Hände zerkratzt, als er sich durch die kleinen Äste hindurchgedrückt hatte. Ohne zu zögern, schob Erik sich in das Dickicht, das auch jetzt wieder unbarmherzig seine Stacheln durch Hemd und Hose in ihn hineinbohrte. Er ließ den Sack fallen, der dumpf und weich auf dem feuchten Waldboden aufschlug. Irgendetwas rann langsam aus einem kleinen Loch im Plastik. Blut. Sauerei. Er öffnete den Kofferraum. Da war die Flasche. Na also. Er nahm sie heraus und warf sie auf den Boden. Dann griff er die Taschenlampe, steckte sie in seine hintere Hosentasche. Eine alte Zeitung lag im Kofferraum. Sehr gut. Erik breitete sie aus und hievte den Sack ins Auto. Für einen kurzen Moment blieb er reglos stehen. Diese feuchte Wärme. Überall das Grünzeug. Und dieses Rauschen. Der Wind hatte offenbar aufgefrischt und wühlte sich durch die Baumkronen. Die Böen wirbelten die Äste hoch über seinem Kopf durcheinander wie ein Strudel die Wasserpflanzen in einem rauschenden Gebirgsstrom. Er musste sich beeilen, in ein paar Minuten würde es stockfinster sein. Er nahm die Taschenlampe, hob die Flasche auf und machte sich auf den Rückweg.

Eins

Es war das erste Mal, dass sie an einem Leichenfundort kotzen musste. Innerhalb von Sekunden drehte sich alles. Carmen hielt sich an einem Baumstamm fest. Und dann schwappte das Mittagessen bitter aus ihrem Mund auf den Waldboden. O Mann. Sie wischte sich mit dem Ärmel übers Gesicht. Ekelhaft. Atmen. Der Geruch ihres angedauten Mageninhalts mischte sich mit dem Duft des feuchten Waldbodens. Dann fühlte sie eine Hand auf ihrer Schulter.

»Geht's?« Albert hielt ihr ein Taschentuch hin. »Komm wieder hoch. Mir ist zwar auch hundeelend, aber das hilft uns jetzt nicht wirklich weiter.« Er klopfte ihr auf die Schulter. »Komm. Muss sein.« Carmen atmete noch einmal tief durch. Ein paar Ameisen krabbelten bereits um ihr Erbrochenes herum. Am liebsten hätte sie sich gleich ein zweites Mal übergeben. Aber es kam nichts mehr. Alles war draußen. Nur noch ein bisschen Magensaft. Jetzt hatte sie es sowieso schon gesehen. Jetzt waren die Alpträume vorprogrammiert. Also dann.

Die Leiche hing an einer Kiefer. Und *am* Kiefer. Am eigenen Oberkiefer. Aus dem Mund des Toten ragten zwei Metallstifte heraus. Offenbar die Enden riesiger Angelhaken. Die Haken selbst hatten sich links und rechts tief in den Gaumen des Mannes gebohrt, dessen Kopf durch den Zug der dicken Schnüre, an denen er hing, regelrecht nach hinten geklappt war. An seiner Kehle klaffte eine Wunde. Wahrscheinlich eine Stichverletzung. Seine Lippen waren an den beiden Stellen, an denen die Hakenschäfte rieben, aufgescheuert. Und dann war da noch diese andere Wunde – wenn man in diesem Fall überhaupt noch von Wunde sprechen konnte: Sie klaffte vorne in seinem Oberkörper. Ein Längsschnitt mitten durch Hemd, Haut und Fleisch. Irgendetwas hing heraus. Carmen wollte nicht darüber nachdenken, welche halbverwesten Organe das wohl waren. Und dann diese Fliegen. Es summte und brummte. Grün schillernde, widerliche, fette Fliegen. Sie legten Eier. In seine Augenhöhlen, in seinen Rumpf. In seinen Mund. Seine Nase. Auch am Kopf schien getrocknetes Blut zu sein. Es war schwarz. Die Arme der Leiche hingen herunter, die Zehen berührten gerade eben so den Waldboden. Der Mann war nicht dick, aber auch nicht dünn. Auf jeden Fall war er groß, hatte einen Dreitagebart und wirkte an sich ziemlich männlich. Er hatte breite Schultern, trug ein rot kariertes Hemd mit hochgekrempelten Ärmeln über dem grünen T-Shirt. Seine Beine steckten in einer alten Jeans und seine Füße in ausgetretenen Wanderschuhen.

Albert blies die Backen auf und kramte nach seinen Kaugummis. »Wow«, sagte er und räusperte sich. »Das ist echt … wow.«

Holger Knecht von der Spurensicherung bahnte sich eben einen Weg durch das Gestrüpp. »Frau Henning, Herr Schneider. Wir sind fertig und würden ihn dann abschneiden«, sagte er sachlich und trocken wie immer und wischte sich die Hände an der Hose ab. Albert nickte. »Ist gut.« Knecht drehte sich kurz zu der Leiche um, seufzte laut und schüttelte sich dann. »Ich habe schon einiges gesehen, aber das hier ist … ekelhaft.«

»Ja.« Carmen fiel momentan auch nicht mehr dazu ein.

»Ja«, sagte auch Albert. Er kratzte sich am Kopf. »Carmen, warum hab ich das Gefühl, dass wir mit diesem Fall wieder das große Los gezogen haben?«

»Albert – ich find's nicht witzig.«

»Hallo? Seh ich aus, als fände ich das witzig? Ich find's zum Kotzen.«

»Du sagst es. Was ist das denn nun für ein armer Kerl? Und wer macht so was?«

Albert lächelte. »Carmen, du stellst wie immer gleich die richtigen Fragen. Messerscharf.«

»Haha. Im Ernst, das ist doch krank!«

»Na ja, ich finde, es hat was von einem Ritual. Jemanden so am Baum aufzuknüpfen – der, der das verbrochen hat, wollte auf jeden Fall, dass man die Leiche findet. Kommt mir irgendwie bekannt vor. Wie hieß der Angemalte damals bei unserem letzten Fall? Bromski? Brasbi? Der Irre damals wollte auch, dass alle mächtig beeindruckt davon sind.«

»Broski«, korrigierte Carmen. »Der *Angemalte* damals hieß Broski. Und der *Irre*, der die Toten lackiert hat, hieß nochmal anders. Hab's aber auch verdrängt.« Und *wie* Carmen das verdrängt hatte. Nach diesem gruseligen Fall hatte sie etliche Abende allein mit ihrem Kater Captain Cook in ihrer kleinen Wohnung gehockt, Löcher in die Wand gestarrt und darüber nachgedacht, ob sie für den Rest ihres Lebens einen Dachschaden zurückbehalten würde. Oder ob es für sie als Mittdreißigerin vielleicht doch einen Weg gab, um zu verarbeiten, dass ihr die netteste Affäre seit langem bei diesem furchtbaren Fall quasi unter den Händen weggestorben war, mit einer Kugel zwischen den Rippen, abgefeuert von einer verängstigten Schauspielerin, die nicht vergiftet und bunt angemalt werden wollte.

»Carmen? Alles in Ordnung?«

»Ja. Ja, entschuldige. Ich hab nur an diesen Fall damals gedacht.«

Albert sagte nichts und nickte. Wahrscheinlich ahnte er, was ihr eben in Sekundenbruchteilen alles wieder durch den Kopf gesaust war. »Auf jeden Fall ist's diesmal ähnlich, es hat wieder geklappt, falls der Täter auf Effekthascherei aus war. Ich *bin* beeindruckt von der Leiche.«

»Ja, ich muss gestehen, ich auch. Der Kerl hängt am Angelhaken, und die Schnitte und Wunden erinnern mich tatsächlich ans Fischen.«

»Mich erinnert's an unseren letzten verrückten Killer. Und ich dachte, mit so einem Irren hat man es nur einmal im Leben zu tun. Warum ans Fischen?«

Albert sah den Toten widerwillig an und zeigte mit dem Kinn in Richtung der aufgeschnittenen Bauchhöhle. »Das ist fast so ein Schnitt, wie man ihn macht, um Fische auszunehmen. Und wenn sie frisch gefangen sind, stechen manche sie in die Kehle oder ins Herz, damit sie nicht leiden müssen, sondern schnell sterben.«

»Aha.« Carmen hatte keinen Schimmer. Sie kannte Fisch nur so, wie er im Restaurant serviert wurde, Forelle blau, viereckige Filets, gepressten Seelachs. Alaska, Tomatensoße und Kräuterkruste fielen ihr dazu ein. Mehr nicht.

»Ich bin gespannt auf den Obduktionsbericht. Ich wette, die Platzwunde am Schädel kommt daher, dass ihm einer mächtig eins übergebraten hat.«

»Macht man das bei Fischen auch so?«

»Na ja, die meisten, die ich kenne, ziehen den Fischen einfach eins mit dem Knüppel über. Und dann muss man sie, wie gesagt, eben noch ins Herz stechen.«

»Nette Sportart, das Angeln.« Fischen den Schädel zertrümmern, sie abstechen – dass manchen Leuten so etwas Spaß machen konnte. Es war Carmen schleierhaft. Ja, Fisch war lecker. Ja, frischer als selbst gefangen ging nicht. Und ihr Kater war so scharf auf Fisch, dass allein wegen ihm bestimmt schon Tausende hatten sterben müssen. Aber als Hobby Tieren nachzustellen und sie totzudreschen wie ein Steinzeitmensch?

Albert legte den Kopf schief. »Carmen? Wo bist du?«

»Beim Fischetotschlagen.«

»Nicht dein Ding?«

»Deins etwa?«

Albert lächelte und schüttelte überheblich den Kopf. So, als hätte es keinen Sinn, sich mit Frauen über das Töten von Tieren zu unterhalten. Carmen fühlte sich ertappt. Als verweichlichtes Weib enttarnt. Rumheulen wegen der süßen Tiere, die so lieb gucken, aber beim Metzger das Cordon bleu kaufen. Leidiges Thema.

Zwei Typen von der Spurensicherung machten sich mit einer Leiter am Baum zu schaffen. Carmen drehte sich weg. Das musste sie nicht sehen, wie dieser stinkende, aufgeschlitzte Körper gleich vom Baum fiel und in sich zusammensackte. Aber sie hörte es. Das leise Rumpeln. Die aufgescheuchten Fliegen stoben offenbar in alle Richtungen auseinander. Sie hörte es. Das Summen. Das Brummen.

Albert verscheuchte reflexartig imaginäre Fliegen vor seinem Gesicht. »Widerlich. So, da hinten wartet der arme Tropf, der unseren Fischmann gefunden hat, immer noch darauf, dass er uns seine Geschichte erzählen darf. Komm.«

Der Mann war schätzungsweise Ende fünfzig und stand zusammen mit seinem Untier von Schäferhund – einem regelrechten Kalb an einem schwarzen Nietenhalsband –, einem Sanitäter vom Roten Kreuz und zwei Polizeibeamten am Rheinufer. Sie unterhielten sich über Blitzampeln.

»Und ich würde es wieder nicht bezahlen!«, stellte der Mann energisch fest. Er trug eine Militärhose, dicke Schnürstiefel und ein rotes T-Shirt über einem vermutlich über Jahre gewachsenen mächtigen Bierbauch. Seine Stirn glänzte. Er atmete ziemlich laut, als wäre er eben stundenlang gerannt. Dabei stand er mittlerweile sicher seit einer Stunde hier herum. Und wie konnte man sich angesichts einer so grausamen Entdeckung wie dieser aufgeschlitzten Leiche bloß über so etwas Banales wie Blitzampeln unterhalten? Von wegen armer Tropf.

»So, Sie sind also der Herr …«

»Dittus«, sagte der Mann wie aus der Pistole geschossen. Er wandte sich Carmen zu und hielt ihr die Hand hin. »Alois Dittus. Angenehm. Sie sind die Kommissarin?«

Carmen nahm die Hand und sah kurz zu Albert. Sein Blick sagte: Glückwunsch, er gehört dir. Na prima.

»Äh, ja, ich bin Carmen Henning. Freut mich.« Freut mich – wie konnte man in so einer Situation so etwas Blödes sagen? Sie war völlig verwirrt, wahrscheinlich wegen des riesigen Schäferhunds. Er glotzte Carmen unentwegt an.

»Sie haben die Leiche entdeckt?«

»Ja. Also vielmehr der Hardy hat ihn gefunden.« Er tätschelte das Hundeungetüm namens Hardy stolz am Hals. Dazu musste er sich nicht einmal bücken.

»Wann genau war das denn?«

Dittus streckte die Brust heraus und stemmte die Hände

in die Hüften. Die Leine hielt er dabei locker in der rechten Hand. Hardy spitzte die Ohren. »Na ja, wann war das genau. Ich hab's ihren Kollegen ja vorhin schon gesagt. Hardy, wann war das?« Er guckte den Hund an. Der Hund guckte zurück. Dann lächelte Dittus zufrieden. »Hardy sagt, so gegen 14 Uhr. Dann sind wir eine Weile rumgelaufen, weil mein Mobiltelefon hier keinen Empfang hat. Und dann haben wir die Polizei informiert. Nicht wahr, Hardy? So war das doch ...«

Na dann *hough*, Hardy hatte gesprochen! »Was haben Sie hier gemacht?«

Dittus lachte. Sein Bauch bewegte sich dabei unter dem engen T-Shirt wie Gelatine. »Tja, Hardy, was haben wir hier gemacht? Sollen wir's der Kommissarin verraten?«

Alberts anfängliches Amüsement war inzwischen einem versteinerten Blick gewichen. Er hatte die Hände in den Hosentaschen vergraben und mahlte angesichts der tiefen Verbundenheit zwischen Hardy und seinem Herrchen genervt mit den Kiefern.

»Entschuldigen Sie, aber geht es Ihnen denn gut?« Carmen konnte sich die Frage nicht verkneifen. Nicht bei so einer ekelerregenden Leiche. Wenn sie selbst den Toten beim Joggen entdeckt hätte – wahrscheinlich hätte sie sich freiwillig für ein paar Tage einweisen und unter Drogen setzen lassen, um den Anblick zu verdrängen. Vielleicht würde sie ja diesmal selbst wieder den Polizeipsychologen in Anspruch nehmen – wer wusste das schon?

Dittus schüttelte verständnislos seinen glänzenden Kopf. »Warum wollen das denn immer alle wissen? Uns geht's prima.«

Albert hielt es nicht mehr aus. Er hustete auffällig laut, fasste Carmen kurz an die Schulter und ging dann einfach weg.

»Na ja, ich dachte, angesichts dieser furchtbaren Entdeckung, die Sie da gemacht haben …«

Jetzt lächelte Dittus überlegen und winkte ab. Hardy schnappte nach einer Fliege. Ohne zu seinem Hund zu sehen, zog Dittus mit einem heftigen Ruck am schwarzen Nietenhalsband. Hardy gab ein leises Quietschen von sich und saß sogleich wieder da wie eine Eins. »Wissen Sie, ich hab schon Schlimmeres gesehen.« Er nahm auf einmal eine lockere Körperhaltung ein. Fast, als hätte eben ein unsichtbarer Offizier gebrüllt: *»Rührt euch!«*

»Ach, tatsächlich?« Carmen hätte es nicht gewundert, wenn er jetzt gleich auch noch stolz Narben von verschiedenen Kriegsverletzungen präsentiert hätte. Stattdessen wischte er sich aber nur über die Stirn und schüttelte wieder den Kopf. »Nein, nein. Bleiben Sie mir bloß weg mit Ihrem Notfallpsychologen. Den wollten mir schon Ihre Kollegen auf den Hals hetzen. Uns geht's gut, wir haben uns ja nicht hingestellt und den armen Schlucker stundenlang angestarrt. Was, Hardy?« Hardy sah sein Herrchen treudoof an. Dittus kraulte seinen Hals und gab ihm dann einen Klaps auf den Rücken.

»Haben Sie noch jemanden gesehen?«

»Hier? Na hören Sie mal. Frau Kommissarin, was glauben Sie denn, wie viele Leute hier noch mit ihrem Hund unterwegs sind! Hunderte!«

»Jaja, aber haben Sie vielleicht in der Nähe des Fundorts jemanden gesehen? Oder ist Ihnen in den letzten paar Tagen etwas aufgefallen? Sie gehen diese Strecke hier ja wahrscheinlich öfter?«

»Klar, jeden Tag, dreimal, immer zur selben Zeit. Man muss sich ja ein bisschen disziplinieren, nicht wahr?«

»Um welche Zeit?«

»Von sieben bis neun, von zwölf bis zwei, von sieben bis neun.«

»Und Ihnen ist wirklich nie etwas aufgefallen? Ein fremdes Auto, ein Geräusch, irgendwas?«

»Nein. Rein gar nichts. Hardy, ist dir was aufgefallen?«

»Und Sie kennen den Toten auch nicht?«

»Nein.«

»Gut. Vielen Dank, Herr Dittus, wir melden uns bei Ihnen.«

Dittus legte die flache Hand an die Schläfe und richtete sich wieder zu einer militärischen Haltung auf. »Ich halte mich zu Ihrer Verfügung!«, sagte er so zackig, dass Hardy mit einem Satz auf die Beine sprang. Dann drehte er sich um, als hätte jemand auf einen »Bitte-umdrehen-Knopf« in seinem Gehirn gedrückt, und ging strammen Schritts davon.

Carmen wechselte einen kurzen Blick mit dem DRK-Menschen, der in sicherer Entfernung offenbar seinen Spaß beim Belauschen des Gesprächs gehabt hatte. Plötzlich legte ihr jemand die Hand auf die Schulter.

Es war wieder Albert. »Na endlich!« Er rümpfte die Nase. »Gott, was mich solche Typen nerven. Komm, wir gehen zum Auto.«

»Wohin jetzt?«

»Zu Hofer.«

»Willst du das wirklich?« Carmen hasste den Staatsanwalt, sie wollte nicht zu ihm ins Büro. Dort fühlte man sich wie in einem Terrarium. Hofer war die Schlange, und Carmen und Albert waren die Mäuse.

»Du weißt genau, dass wir an Hofer nicht vorbeikommen.«

»Ich weiß ...« Vielleicht wäre es doch klüger gewesen, sich für die Ermittlungsgruppe *Berg* zu melden. Aber sie hatte keine Lust gehabt, sich mit Schreibtischkram zu befassen. Und die Sache war Carmen zu politisch gewesen. Einer der Karlsruher Bürgermeister hatte im Urlaub beim Klettern das Zeitliche gesegnet. Die Zeitungen waren voll davon. Angeblich hatte jemand seine Ausrüstung manipuliert. Das hatten zumindest die Kollegen aus Österreich in ihren Bericht geschrieben. Dass es möglicherweise jemanden gegeben hatte, der ein klein wenig nachgeholfen hatte, hatten allerdings bisher nur ein paar Journalisten erfahren. Unter der Hand. Hofer hatte sich verquatscht. Ein Skandal – den er aber gerade noch so hatte abwenden können, indem er den Journalisten versichert hatte, es sei wegen der laufenden Ermittlungen noch nicht an der Zeit für eine öffentliche Stellungnahme. Und er hatte versprochen, dass es bald eine entsprechende Pressemitteilung geben würde. Er stand unter Druck. Massiv. Man hatte Carmen gefragt, ob sie sich an der SoKo *Berg* beteiligen wollte. Aber glücklicherweise hatte sich ein anderer Kollege aus Prestigegründen mächtig für den Tod des Bürgermeisters interessiert, und Carmen hatte ihm den Vortritt gelassen. Denn sie hatte schlicht und ergreifend keinen Bock gehabt. Keine Lust, sich mit Kollegen aus Österreich herumzuschlagen. Und vor allem keine Lust auf die Presse und diesen enormen Druck, den Fall schnell aufklären zu müssen. Diese schlaue Überlegung war wahrscheinlich – wie der Kollege Knecht immer so schön sagte – »für die Füße«. Denn irgendwie beschlich Carmen die leise Vorahnung, dass sich die Presse auch für tote Leute interessieren würde, die aufgeschlitzt an riesigen Angelhaken von Bäumen herabbaumelten. Wie würden sie diese SoKo wohl nennen?

»*Fisch*«, sagte Staatsanwalt Hofer eine Dreiviertelstunde später. Und er jubilierte dabei regelrecht. »Ihre SoKo heißt *Fisch*. Und damit Sie es gleich wissen: Uns kommt das ziemlich gelegen. Alles, was die Öffentlichkeit ein bisschen von dieser Bürgermeistersache ablenkt, verschafft den Kollegen Zeit. Es sieht nämlich bisher verdammt düster aus bei den *Bergs*. Da gibt's noch null Komma nichts an Anhaltspunkten. Schon gelesen?« Er hielt die Zeitung hoch, nahm seine kleine Brille von der schweißnassen Stirn, setzte sie sich auf die Nase und sah die beiden dann erwartungsvoll an.

»Nein.« Carmen schüttelte den Kopf.

»Nein? Sie auch nicht, Schneider?«

»Doch, natürlich«, knurrte Albert.

»Tja, aber damit ihre liebe Kollegin auf dem Laufenden ist …« Hofer räusperte sich und breitete die Zeitung auf dem Tisch aus. Er legte den Finger unter die erste Zeile des Artikels wie ein Erstklässler im Deutschunterricht und las laut vor:

Herbert Schumann ist tot
Karlsruher Sozialbürgermeister stürzt beim Klettern in den österreichischen Bergen ab

Der Karlsruher Sozialbürgermeister Herbert Schumann ist tot. Wie die Stadt gestern mitteilte, stürzte der 54-Jährige im Urlaub bei einer Klettertour vor den Augen seiner Frau von einem Felsen rund zwanzig Meter in die Tiefe. Er erlag noch am Unfallort seinen schweren Verletzungen. Bisher geht die österreichische Polizei von einem Unfall aus. Es gebe keine Hinweise auf ein Fremdverschulden, erklärte ein Sprecher der hiesigen Staatsanwaltschaft. Weil Schumann aber »eine streit-

bare Persönlichkeit« gewesen sei, ermittle die österreichische Polizei in enger Zusammenarbeit mit den Kollegen aus Karlsruhe in alle Richtungen. Inzwischen werde geprüft, ob möglicherweise Beschädigungen an der Ausrüstung zum Unfall beigetragen haben. Zeugen des Absturzes hatten ausgesagt, dass Schumann gesundheitlich und mental in bester Verfassung zu der Klettertour aufgebrochen sei, ergänzt der Sprecher der Staatsanwaltschaft. Daher sei es erstaunlich, dass Schumann an einer »für seine Verhältnisse leicht zu bewältigenden Stelle« abgestürzt sei.

»Ich bin zutiefst erschüttert«, sagte Oberbürgermeister Helmut Fies gestern gegenüber der Badischen Aktuellen. *»Mein Mitgefühl gilt seiner Frau und seinen beiden Töchtern. Die Familie Schumann musste mit der Verschlechterung des Zustands der leukämiekranken Tochter Liz erst vor wenigen Wochen einen schweren Schicksalsschlag hinnehmen. Und jetzt wird der Vater abberufen. Er war ein engagierter und aufrichtiger Kollege und in schweren Zeiten immer für seine Familie da. Wir werden ihn vermissen.*

Hofer schlug mit der flachen Hand so fest auf seinen Mahagonischreibtisch, dass die Seiten der Zeitung vom Luftzug auseinandergeweht wurden. »Schneider, Henning, wir brauchen Ablenkung von dieser Sache. Was ist bei Ihnen los? Was ist das für ein Kerl, der da am Baum hing?«

Albert wechselte einen kurzen Blick mit Carmen und setzte sich dann aufrecht hin. Er hatte seinen beigefarbenen Mantel aufgeknöpft und wirkte mit seinen zerzausten Haaren und dem angespannten Gesichtsausdruck wie ein Versicherungsvertreter nach einem nicht zustande gekommenen Vertragsabschluss, von dessen Provision er eigentlich seine Mietschulden bezahlen wollte. Warum war er überhaupt so durch den Wind? Carmen kannte Albert schon lange genug. Irgendetwas stimmte nicht mit ihm. Dass es ihn stellenweise vor Wut beinahe zerriss, war Normalzustand. Dass er aber von einem Moment auf den anderen wie ein hilfloses Bürschchen herumsaß und komplett verloren wirkte, war neu.

»Erik Schwenk«, sagte Albert jetzt. »Wahrscheinlich ein Angler, vermutlich Vereinsmitglied im ACK. Er hatte keinen Ausweis bei sich. Aber so einen Aufnäher auf dem Hemd. Und sein Name stand auf einer Kreditkarte, die er in der Hosentasche hatte. Die Kollegen haben das gecheckt, demnach war er 43 Jahre alt. Karlsruher.«

Hofer hatte die Augen zu Schlitzen zusammengekniffen und sah aus wie ein dickes, böses Schweinchen. »Was ist ACK? Ist das 'ne Versicherung?« Konnte Hofer Gedanken lesen? Versicherungsvertreter – die Assoziation musste heute bei Alberts Anblick irgendwie naheliegend sein.

»Nein, das ist die Abkürzung für den Angelclub Karlsruhe«, sagte Albert und faltete die Hände.

Hofer blies die Backen auf wie ein Kugelfisch und kniff die Augen noch mehr zusammen. Dann setzte er den Ich-zerreiß-euch-gleich-in-der-Luft-und-zwar-mit-links-Blick auf. »Ist das alles? Wie lange hing der denn schon?«

»Wir haben noch nichts aus der Pathologie. Herr Hofer, es ist eine Stunde her, dass die Spurensicherer ihn vom Baum geschnitten haben.«

Hofer winkte ab. »Jaja, ich weiß. Aber Sie haben doch gesagt, dass da die Fliegen schon Eier gelegt hatten. Kann ja nicht so schwer sein, anhand dessen einen Zeitpunkt festzumachen.« Er strich sich durch seine restlichen drei Haare. »Hat die Spurensicherung irgendwas Aufregendes gefunden?«

Albert zuckte mit den Schultern. »Aufregend nicht gerade. Herrenloses Angelzeug, hat wahrscheinlich ihm gehört. Und ein paar Fußabdrücke. Wahrscheinlich von Gummistiefeln. Und einige Zigarettenkippen. Vielleicht von ihm, vielleicht vom Mörder. Vermutlich ist das bald raus. Die Jungs sind dran.«

»Wahrscheinlich, vielleicht, vermutlich. Wie mir diese unnützen Wörter auf den Nerv gehen. Gummistiefel. Schön.« Er beugte sich so weit über den Tisch, dass Carmen seinen Atem riechen konnte. »Dann finden Sie diesen Gummistiefel-Fritzen. Und davon abgesehen: Gucken Sie sich die Leiche an. Ganz genau! Wer jemanden so an einem Baum aufknüpft, kann ja nicht mehr ganz dicht sein. Gucken Sie in Büchern nach. Kitzeln Sie das Computerprogramm, füttern Sie die Kiste mit Daten! Finden Sie vergleichbare Fälle. Und zwar dalli!«

Albert sagte nichts.

Hofer ließ sich wieder in seinen Stuhl fallen. »Herr Schneider, Sie sagen ja gar nichts mehr? Was ist los? Sie platzen doch sonst immer gleich vor Wut, wenn ich Ihnen irgendwelche Ratschläge gebe.« Er grinste süffisant. »Oder ist Ihnen noch schlecht vom Anblick der Leiche? Fischers Fritz fischt frische Fische!« Heiseres Lachen.

Toller Witz. Wenigstens konnte Hofer sich selbst darüber amüsieren. »Frische Fische fischt Frischers Fitz … Äh, nein. Herr Schneider, sagen Sie das mal ganz schnell. Vielleicht schaffen Sie wenigstens das?«

Albert sah Hofer vernichtend an und begann schweigend, seine Finger durchzukneten. Hofer lachte herablassend und schaute Carmen dann direkt ins Gesicht. »Mit Ihrem Kollegen scheint irgendwas nicht zu stimmen, Frau Henning.

Finden Sie mal raus, was ihn so fertigmacht. Frauen haben doch einen sechsten Sinn für so was, oder? Und falls Sie dann vielleicht noch ein kleines bisschen Zeit übrig haben, telefonieren Sie doch bitte nach Heidelberg und machen diesem Meyer in der Pathologie Dampf. Der scheint ja immer recht kooperativ zu sein.« Er warf Albert einen vielsagenden Blick zu. »Nicht wahr, Herr Schneider? Wir brauchen irgendetwas für die Presse, ruhig ein bisschen blutig. Die sollen sich mal eine Woche lang darüber das Maul zerreißen, bis wir das mit dem Bürgermeister geklärt haben.« Jetzt wurde er laut. »Befragen Sie jeden Idioten, der am Rhein rumrennt, stellen Sie alle Angelläden auf den Kopf, hören Sie sich bei den Nachbarn um, treten Sie von mir aus in den Angelclub ein – mir scheißegal, wie Sie was Brauchbares herkriegen, aber das Ganze ein bisschen flott! Und jetzt will ich von Ihnen beiden nur noch eine Staubwolke sehen, verstanden? Warum hocken Sie immer noch hier und sind noch nicht unterwegs zu diesem komischen Angel-Dingsbums? Herrgott!«

Zwei

Jewgenij hockte sich ins feuchte Gras und zündete sich eine Zigarette an. Er war es gewohnt zu warten. Der Rheinpegel ließ zu wünschen übrig. Das Wasser brach sich an den Steinen der Buhne und sog in kleinen Strudeln winzige Blätter und Insekten in die Tiefe. Die Spitze seiner Rute machte gleichmäßige Bewegungen, während das Blei über den Grund rollte. Kein Biss. Seit Stunden. Nicht mal ein Zucken. Aber so langsam könnte er kommen – der große Fisch. Und Steidl. Steidl war selten pünktlich. Aber das machte nichts. Jewgenij hatte es nicht eilig. Steidl war es, der es immer eilig hatte. Jewgenij war es nur *wichtig*. Das war ein Unterschied. Eile war ihm zuwider. Wichtiger war, dass Steidl *überhaupt* irgendwann auftauchte. Steidl war anstrengend. Jewgenij stellte sich vor, dass der magere alte Kerl sich das alles tatsächlich fest vorgenommen hatte – es war ein Witz. Er war irr, keine Frage. Ein wirrer alter Mann, immer hektisch. Wenn Jewgenij recht darüber nachdachte, hielten sich bei Steidl wahrscheinlich Verrücktheit und unendliches Wissen die Waage – Genie und Wahnsinn –, und im Grunde war ihm gerade deswegen eben doch so ziemlich alles zuzutrauen. Dem Professor. Steidls Aufregung war Jewgenij schleierhaft. Was sollte das Ganze – solange es überhaupt noch Fische gab, war schließlich alles in Ordnung. Ob er einfach gehen sollte?

Er konnte sich keine anstrengendere Gesellschaft als die Steidls vorstellen – einerseits. Andererseits war es wenigstens Gesellschaft. Gut dosiert. Nie zu viel, darauf musste man Wert legen, wenn man mit Steidl kooperierte. Aber ohne den Professor hätte Jewgenij niemanden mehr zum Reden. Zumindest niemanden, der ihm in die Augen sah beim Sprechen. Trotz seines deformierten Gesichts. Im Fernsehen hat er mal eine Sendung gesehen über Menschen wie ihn. Bei denen die Haut an bestimmten Stellen nicht aufhörte zu wachsen. Jewgenij hätte sich eine Behandlung leisten können. Aber zum einen war er im Vergleich zu anderen Fällen lange nicht so schlimm dran mit den beiden Geschwüren im Gesicht. Und zum anderen: Er mochte es nicht, auf Teufel komm raus in die Natur einzugreifen. Er war sein Gesicht gewohnt, so, wie es war. Die Wucherungen behinderten ihn nicht, und er hatte von klein auf gelernt, dass es eben Menschen gab, die anders waren als andere.

Ein langes Frachtschiff schob sich den Rhein hinauf. Der Bug drückte das Wasser vor sich her. Machte mächtig Tempo, das riesige Ding.

Jewgenij musste an seine Mutter denken. Die hatte ihm früher – wie Steidl heute – auch immer ins Gesicht geschaut. Und sie hatte gesagt: »Jewgenij, Leute wie du machen das Leben bunter und interessanter. Stell dir vor, alle Menschen wären gleich. Das wäre doch so was von langweilig! Die Menschen brauchen immer etwas zum Reden. Jedes Mal, wenn dich jemand komisch anguckt, sich umdreht und anfängt, mit einem anderen zu tuscheln, musst du dir denken: Ha! Jetzt habe ich wieder jemandem eine Geschichte geliefert, die er heute Abend zu Hause beim Essen erzählen kann. So musst du das sehen, Jewgenij. Immer! Die Leute sind eben so. Wenn sie anders wären, könnten alle Zeitungen dichtmachen. Und morgen fällt eine andere Kuh in den Bach.«

Plötzlich zuckte die Rutenspitze. Hastig stand er auf und packte die Angel. Ein harter Anschlag. Adrenalin schoss in seinen Kopf. Und – ja. Da hing er. Jewgenij hob die Rute kraftvoll nach oben. Wieder das Zucken. Sehr hart. Ein Stampfen. Tak, tak, tak. Der Fisch schlug heftig mit der Schwanzflosse. Wand sich. Kämpfte. Aber er hatte keine Chance. Jewgenij war stärker. Der Drill dauerte keine zwei Minuten. Dann hob er den Fisch ans Ufer. Ein kleiner Zander. Ganz schön kräftig für so einen Winzling. Nicht der Rede wert, dieser Fisch. Aber er würde gut in die Pfanne passen.

»Petri, Jewgenij – Jewgenij!« Jemand klopfte ihm auf die Schulter. Es war Steidl. Jewgenij hatte ihn nicht kommen hören.

»Danke.« Jewgenij legte den zappelnden Fisch ins Gras und kramte nach seinem Knüppel.

»Hast du lange gewartet? Ich hatte noch was zu erledigen – erledigen.« Steidl stelzte wie ein Reiher an Jewgenij vorbei, balancierte über die Steine hinunter zum Wasser und fing an, sich die Hände zu waschen. Die paar grauen Haare auf seinem Kopf standen in alle Himmelsrichtungen ab. »Aber jetzt ist alles in Butter, Jewgenij. In Butter.«

»Gut«, sagte Jewgenij. Er holte aus. Der Knüppel sauste herunter. Der Fisch zuckte, als das Holz auf seinen Schädel knallte. Jewgenij hatte Mühe, ihn festzuhalten.

»Der arme Fisch«, sagte Steidl und kletterte über die Steine zurück. »Du wirst ihn doch auch essen, oder?«

»Ich bin Russe«, knurrte Jewgenij und schlug noch einmal zu. Dann griff er nach seinem Messer. »Du weißt doch, was man über Russen sagt?«

Steidl stemmte die mageren Hände in seine knochigen Hüften. »Nein? Was sagt man über Russen – Russen?«

Jewgenij legte den Fisch auf den Rücken und setzte die Messerspitze zwischen den Brustflossen an. »Dass sie alles fressen. Russen fressen alles, sagt man.« Dann stieß er zu. Langsam quoll das Blut aus dem kleinen Schnitt. Jewgenij hatte das Herz genau getroffen.

»Sagt man das?«

»Ja, das sagt man«, antwortete Jewgenij und warf den Fisch neben seine Tasche ins Gras.

Steidl zog seine Jacke aus, breitete sie auf dem Boden aus und setzte sich darauf. Er zog die Knie an und umschlang sie mit seinen dürren Armen. »Jewgenij, hast du schon mit ihm gesprochen?«

»Mit wem?« Jewgenij wusste genau, wen Steidl meinte.

»Mit Alois. Hast du mit ihm gesprochen – gesprochen?«

»Nein.«

»Warum nicht?«

»Keine Zeit.«

Steidl seufzte. Er riss einen Grashalm ab und begann, ihn unruhig zwischen den Fingern zu drehen. »Du wirst es mir sagen, wenn du mit ihm gesprochen hast?«

»Ja.« Jewgenij holte aus. »Vorsicht, geh beiseite.«

Steidl lehnte sich nach rechts. Jewgenij konzentrierte sich kurz. Nahm die Rute noch weiter nach hinten. Der kleine Köderfisch baumelte kurz in der Luft. Surrend sauste die Schnur von der Rolle.

»Jewgenij?«

»Ja?«

»Frag ihn nach den Protokollen – Protokollen.«

Er fing wieder mit den Protokollen an. Wie sollte Jewgenij

nach Protokollen fragen, ohne dass es Alois komisch vorkam. Steidl wollte es einfach nicht kapieren. »Professor, wie oft noch …«

Steidl erhob sich und fing an, hinter Jewgenij auf und ab zu gehen. »Wo ist das Problem – Problem?«

Jewgenij zündete sich eine Zigarette an. Der Rauch verteilte sich beißend in der Lunge. Er rauchte zu viel am Wasser.

»Jewgenij, nur diese drei Protokolle – Protokolle!«

»Professor, ich habe dir die alten besorgt. Du hast gesagt, alles in Butter. Wozu die neuen?«

»Weil ich sie brauche. Weil wir alle sie brauchen.«

»Wer sind wir alle?«

»Du, ich, alle. Jeder Mensch. Die Welt braucht diese Protokolle – Protokolle.«

»Jaja, die Welt.« Manchmal fragte er sich schon, warum er sich überhaupt mit Steidl abgab. Das Einzige, das er konnte, war, allen auf die Nerven zu gehen. Aber er tat Jewgenij auch leid. Er verfluchte sich für seine Schwäche für bemitleidenswerte Leute. Diese beschissene soziale Ader. Wer außer ihm befasste sich sonst noch mit Steidl? Kein Schwein. Zumindest nicht freiwillig. Gut, er wollte ja nichts Böses. Er war eben durchgeknallt. Weiter nichts. Und außerdem hatte Steidl nichts gegen ihn, gegen den komischen Jewgenij, den andere Leute nur stumm anglotzten und dabei die Luft anhielten. Steidl hatte keine Angst vor Jewgenij. Vielleicht war es Dankbarkeit. Dafür, dass Steidl ihm einfach in die Augen sah, wenn er mit ihm redete, und nicht ständig auf die beiden riesigen Geschwüre starrte, die zwischen Nase und Mund und am linken Auge wucherten. Ja, die Freaks mussten wahrscheinlich zusammenhalten. Steidl nannte ihn auch nicht

»Blumenkohl«. Das war die Art der wenigen Leute, mit denen er sonst zu tun hatte, mit seinem entstellten Gesicht irgendwie pseudohumorvoll umzugehen. Der Blumenkohl und der Professor. Das Dream-Team. Sei's drum. Das Leben war komisch.

Steidl ging weiter auf und ab. »Ich brauche die Protokolle – Protokolle.«

»Und was genau machst du dann damit?«

Steidl blieb abrupt stehen. »Auswerten! Ich werte sie aus, überprüfe sie, checke gegen – gegen. Deshalb brauche ich ja die neuen! Es bringt mir nichts, wenn ich alte Protokolle habe. Ich muss sie doch mit meinen eigenen Ergebnissen vergleichen – vergleichen.«

»Verstehe.«

Steidl ging zu dem toten Fisch und hob ihn hoch. »Sieht gut aus. Er sieht wirklich gut aus. Ein schöner, gesunder Fisch, wie es scheint. Du wirst ihn doch wirklich essen – essen?«

Jewgenij hob den Kopf. Wenn irgendwer dort oben im Himmel saß und auf sie herunterblickte, irgendwer, der die Macht hatte, Steidl für einen Moment zum Schweigen zu bringen – Herrgott, warum tat er es nicht einfach? »Ja, Professor, ich werde ihn essen.«

»Versprochen?« Steidl lächelte.

»Versprochen. Du weißt doch, ich bin Russe!«

»Russen fressen alles, hm?«

»Ja.«

»Gut. Die Haut sieht gut aus. Gibst du mir die Innereien – Innereien?«

»Wenn du willst.«

»Ja. Ich brauche sie für …«

»… für deine Untersuchungen, ich weiß.«

»Ja. Hier, tust du sie mir hier in die Schüssel – Schüssel?« Er zog eine kleine Plastikbox aus seiner Umhängetasche.

Jewgenij stand auf und nahm das Messer. Ein sauberer Schnitt vom After zur Kehle. Als er den Fischkörper entlang des Schnittes auseinanderzog, zuckte er zusammen. Steidl stieß einen schrillen Schrei aus. »Ah! Da! Siehst du, Jewgenij! Siehst du? Also doch! Ich wusste es! Wusst ich's doch! Wusst ich's doch!«

Jewgenij schluckte. Betrachtete die sich windenden Parasiten, die die gesamte Leibeshöhle des Fisches ausfüllten. Und korrigierte sich innerlich: Russen fressen wohl doch nicht alles.

Der Wind zerrte an den Ästen. Er fröstelte, obwohl es relativ warm war. Und er hatte nicht geschlafen. So war es nicht geplant gewesen. Dass diese Kleine aber auch dermaßen zäh war. Andere Frauen hätten die Jammerei schon lange aufgegeben. Wenn es nach ihm gegangen wäre, hätte er ihr längst das Maul gestopft. Aber das war gegen die Abmachung. Jedes Detail dieser kranken Abmachung war bares Geld. Und er war Profi. Kein Grund zur Sorge. Die Kiste würde rund laufen. Wenn sie nur endlich die Klappe halten würde! »Wann hört das Miststück endlich auf zu jammern?«

»Soll ich sie erledigen?«, krächzte der Holzkopf.

Dieser Dummkopf. Wenn er ihn nicht noch so dringend brauchen würde – er würde ihm als Erstes die Kehle durchschneiden. »Halt die Klappe! Du weißt genau, wie es läuft. Und wasch dich gefälligst mal!«

»Was?«

»Waschen, Holzkopf! Du stinkst wie ein Otter!«

Als Antwort kam nur das dämliche Grinsen. Dieses Arschloch. Aber wenigstens war der Kerl so krank im Kopf, dass er mitmachen würde. Sie warteten jetzt schon seit einer Dreiviertelstunde. Und es passierte immer noch nichts. Ohne die Anzahlung würde nichts mehr laufen. Dann würde er die Sache auf seine Weise zu Ende bringen. Die war vielleicht etwas einfacher und nicht ganz so elegant, aber effektiv. Und im Grunde ging es ihm nie um etwas anderes als um Effektivität und Genauigkeit.

Das dämliche Grinsen wich langsam wieder dem gierigen Blick des heruntergekommenen Penners, den er letzte Woche in der Kneipe aufgelesen hatte. Es war erbärmlich. Und die Tussi hörte nicht auf zu maulen. »Geh und sieh nach ihr!«

Der Holzkopf nickte und trottete los. Wie ein Hund.

»Aber lass die Finger weg!«

Ein beleidigtes Grunzen war die Antwort.

Er sah wieder auf die Uhr. Es hätte längst jemand kommen müssen. Entweder dieser merkwürdige Kneipier, der beim letzten Mal mit dem Koffer im Gebüsch gesessen hatte und sich schier in die Hose gemacht hatte vor Angst, oder vielleicht doch der Auftraggeber. Aber wenn er clever genug war, würde er weiterhin nicht persönlich in Erscheinung treten. Wer einen Profi wie ihn engagierte, sollte eigentlich wissen, dass der Profi auch herausfinden würde, wer dahintersteckte. Zu gefährlich. Aber manche Leute waren auch einfach nur dumm.

Es war das erste Mal, dass ihm für einen solchen Job derart konkrete Anweisungen mitgegeben worden waren. Viel Raum für Interpretation gab es da nicht. Er hätte seine ganz eigenen Ideen gehabt, das Ableben der Zielperson entsprechend beeindruckend zu gestalten. Aber sei's drum: Der Deal war aus finanzieller Sicht völlig in Ordnung, und er war Profi genug, um sich dafür, ohne mit der Wimper zu zucken und ohne näher nachzufragen, genau an die Vorgaben zu halten. So ausgefallen die in diesem Fall auch sein mochten. Gottverdammt – er hatte den Treffpunkt exakt beschrieben. Was sollten sie bloß mit der Tussi anfangen, wenn doch niemand kam? Wenn es nach ihm ginge, hätte er sie längst kaltgemacht. Aber was sollte das – am Ende würde sich alles finden. Es hatte ihn nicht zu interessieren. Nichts, außer dem Geld.

»Wäh!« Die heisere Stimme des Holzkopfs krächzte durch die morsche Holzwand. Noch einmal: »Wäh!« Dann polterte es. War der Idiot hingefallen? Oder war was mit der Tussi? Eilig ging er auf die Hütte zu. Der feuchte Boden bog sich unter seinen hastigen Schritten. Als er die angelehnte Tür aufriss, torkelte ihm der Idiot entgegen. »Wäh!«

Es stank. Er stank. Und noch etwas anderes.

»Die hat sich vollgeschissen, Mann!«

Konnte dieser Depp das etwa nicht aushalten? Natürlich nicht. Er war nur ein hirnloser Trottel. Dass solche kleinen Details das Honorar steigerten, konnte dieses vom Alkohol zerfressene Hirn natürlich nicht verstehen.

»Vollgeschissen hat die sich! Wäh!«

Er gab dem Holzkopf einen heftigen Klaps auf den Hinterkopf.

»Und? Willst du sie etwa aufs Klo führen, hä?«

»Das ist total eklig, Mann.«

»Ich hab dir gesagt, lass die Finger weg! Hast du sie angefasst?«

»Ich wollte nur mal gucken. Reg dich doch nicht so auf, Mann.«

»Du bist ein Vollidiot! Aber sie hat aufgehört zu jammern, hm?«

»Ja. Hab ihr noch 'nen alten Lappen in den Mund gestopft. Zusätzlich.«

»Wehe, sie erstickt uns!«

»Nee Mann, die hat keinen Schnupfen.«

Jetzt hörte er die Pfeife. Endlich! »Du bleibst hier!« Er stieß sich von der Holzwand ab und rannte los. Wieder die Pfeife. Als er das Gebüsch erreicht hatte, duckte er sich. Er konnte seinen Puls in den Schläfen spüren. Wieder das Pfeifen. Jetzt musste er warten. Es kam ihm vor wie eine Ewigkeit. Der Wind hatte aufgehört, und die Sonne brach hervor. Er rutschte näher an den Busch heran. Jetzt hörte er die Schritte. Das hohe Gras raschelte. Aber er sah niemanden. Dann kam das Zeichen. Dreimal der Pfiff. Pause. Wieder dreimal der Pfiff. Pause. Und ein langer. Dann war Stille. Einen Augenblick später raschelte es wieder. Die Schritte entfernten sich. Er blieb reglos sitzen. Hoffentlich hatte der Idiot sich nicht von der Stelle gerührt. Aber er hörte nichts von ihm. Er sah auf die Uhr. Noch zwei Minuten. Ein paar Vögel zwitscherten. Sonst war da nichts. Eine Minute. Er horchte. Nein, der Idiot rührte sich nicht. Gut – jetzt konnte er nachsehen. In dem Augenblick, als er den Kopf hob, stand jemand auf und schlug sich in die Büsche. Der Kneipier. Es musste wieder derselbe Mann gewesen sein. Er wusste selbst nicht, was ihn so sicher machte – aber irgendwie blieb da etwas zurück, wie von einem verschreckten Reh. Im Grunde war es egal. Die Hauptsache war der Koffer. Er scannte kurz die Umgebung ab. Da war niemand. Ruhig stand er auf, ging zu dem vereinbarten Busch. Der Koffer lag da. Wieder sah er sich um. Niemand. Er ging in die Hocke und ließ die Verschlüsse aufschnappen. Es schien alles da zu sein. Mit sicheren Handgriffen überprüfte er den Koffer auf Wanzen oder ähnliche Mitbringsel, aber er war sauber. Er schloss ihn, klemmte ihn unter den Arm und ging zügig zurück in Richtung Hütte.

Drei

Erik Schwenk war nach »windigster und oberflächlichster Schnellrecherche«, wie Maren aus dem Sekretariat ihre Arbeit der letzten Stunde bezeichnete, der ehemalige Schwiegersohn des zweiten Vorsitzenden des örtlichen Angelclubs. Ehemalig im doppelten Sinne. Erstens war Erik Schwenk mausetot und zweitens bereits seit einiger Zeit geschieden. Und vermisst hatte ihn während seiner letzten Lebenstage offenbar niemand.

Seine Exfrau – *erste Anlaufstelle, wenn ein Mann am Baum aufgehängt wird,* wie Albert fand – wohnte in einer kleinen Wohnung in der Oststadt. Als Carmen und Albert klingelten, machte eine zierliche Person auf, die offenbar bester Laune war. Sie war barfuß, trug einen rosafarbenen Bademantel, hatte ein Handtuch um den Kopf geschlungen und roch nach blumigem Duschgel. Im Hintergrund lief Musik. Carmen verstand die Sprache nicht. Wahrscheinlich war es Portugiesisch, dem vielen »sch, sch, sch« im Text nach zu urteilen.

»Hallo«, sagte die Blumige und lächelte freundlich. »Was kann ich für Sie tun?«

»Sind Sie Antonia Schwenk?«

»Reichert«, sagte sie lächelnd. »Seit meiner Scheidung wieder Reichert. Das Klingelschild muss ich noch austauschen. Nostalgie. Irgendwie. Komisch. Ich weiß. Was kann ich für Sie tun?«

Albert kramte nach seinem Ausweis. »Mein Name ist Albert Schneider, das ist meine Kollegin Carmen Henning. Wir sind von der Kriminalpolizei.«

Antonia Reichert legte den Kopf schräg, zog die Stirn kraus und starrte auf den Ausweis. Dabei löste sich das Handtuch von ihrem Kopf. Sie griff danach und hielt es fest. »Ja? Und weiter?«

»Dürfen wir reinkommen?«

»Um was geht es denn, wenn ich fragen darf?« Sie machte große Augen, lächelte aber angestrengt weiter.

»Frau Reichert, wir haben schlechte Nachrichten. Ihr Exmann ist tot.«

Ihr Lächeln verschwand. Carmen bekam für den Bruchteil einer Sekunde Angst, in ein schwarzes Loch eingesaugt zu werden, wenn sie weiter in diese Augen sah.

Die Reichert hörte auf zu atmen. Nach einer gefühlten Ewigkeit sagte sie: »Was?«

»Ja. Dürfen wir reinkommen?«

Sie sah ziemlich erschrocken aus. »Ja. Bitte.«

Sie öffnete die Tür weit und ließ sie eintreten. Die ganze Wohnung roch nach diesem blumigen Duschgel. Es atmete sich beinahe wie in der Sauna nach einem Aufguss. Antonia Reichert huschte zur Stereoanlage, schaltete die Musik ab und ging voraus in die Küche. »Bitte, nehmen Sie Platz.« Sie zog einen der drei Holzstühle vom Tisch weg und bedeutete Carmen, sich zu setzen. »Ja, was ist denn passiert? Ein Unfall?«

Sie wirkte nicht, als wäre sie in irgendeiner Weise auf diese Nachricht vorbereitet gewesen. *Frauen können so was aber gut verstecken,* pflegte Albert zu behaupten. Carmen schloss sie allerdings bereits nach diesen wenigen Augenblicken als

Tatverdächtige aus. Das war zwar nicht korrekt. Natürlich war es das nicht. Aber vom Gefühl her – nein, diese blumige Frau hängte keinen Exmann mit Angelhaken am Baum auf und weidete ihn dann auch noch aus. Weibliche Intuition. Aber vielleicht verhielt es sich damit auch wie mit dem Töten von unschuldigen Tieren und dem Cordon bleu.

Albert sah Carmen an. »Soll ich?«

»Bitte.«

»Also.« Albert holte Luft. »Ihr Exmann ist vermutlich getötet worden. Er wurde heute Morgen gefunden. Es tut mir sehr leid.«

Stopp – zurückspulen, bitte! Was hatte Albert da eben gesagt? Es täte ihm leid? Er musste Drogen geschluckt haben.

»Um Gottes willen!« Antonia Reichert schlug die Hände vor den Mund. Ihre Augen wurden groß wie Tennisbälle. »Ja, aber warum denn? Wo war das denn? Um Gottes willen!« Sie wankte drei Schritte rückwärts, bis sie an die Spüle stieß, und hielt sich reflexartig daran fest.

»Einzelheiten dürfen wir Ihnen nicht mitteilen. Sie sind seine Exfrau. Wir müssen Ihnen deshalb einige Fragen stellen. Es kann sein, dass Sie uns wichtige Hinweise geben können. Sind Sie dazu bereit?«

»Ich bin verdächtig?« Sie schüttelte fassungslos den Kopf, nickte dann aber eifrig. »Aber sicher. Ja. Na klar bin ich verdächtig. Ich bin seine Exfrau. Mein Gott. Nein, ich war das nicht! Ja. Ja, fragen Sie, ich habe nichts zu verbergen. Aber was ist denn bloß passiert?«

»Das versuchen wir herauszufinden, Frau Reichert. Sie hatten keinen Kontakt mehr zu ihm?«

Sie riss sich zusammen, schluckte, ging zu einem der Stühle

und setzte sich aufrecht hin. »Nein, schon vor der Scheidung nicht mehr. Nur noch schriftlich, über den Anwalt.«

»Wann haben Sie ihn zuletzt gesehen?«

»Das ist ewig her. Monate.«

»Sie sind sich definitiv sicher, dass Sie ihn in den letzten Tagen nicht gesehen haben?«

»Ja.«

»Sie werden uns noch ein Alibi für die Tatzeit liefern müssen.«

»Und wann war die Tatzeit?«

»Dafür werden sich unsere Kollegen mit Ihnen in Verbindung setzen.«

Albert vermied es zu sagen, dass sie bisher noch keine Ahnung hatten, wann genau die Tat eigentlich begangen worden war. Er sah die Reichert streng an.

Sie atmete tief ein und aus. »Und wenn ich keines habe?«, fragte sie schließlich.

»Kein Alibi? Dann haben Sie ein Problem.«

Sie runzelte die Stirn. »Aber ich habe Ihnen doch eben gesagt, dass ich Erik seit Monaten nicht mehr gesehen habe. Und ich war in letzter Zeit nicht oft außer Haus. Ich habe mich nicht 24 Stunden am Tag mit Leuten umgeben.«

Albert lächelte kalt. »Tja …«

Die Reichert rieb sich die Schläfen, schloss kurz die Augen und sah Albert dann fest ins Gesicht. »Wie auch immer, ich habe damit nichts zu tun. Das wird sich alles klären.«

»Wie lange waren Sie verheiratet?«, fragte Albert.

»Vier Jahre – also fast. Aber Sie wissen ja, wie das so ist. Es hat halt nicht mehr gepasst.«

Ob Albert wusste, wie das war? Was das bedeutete, »es hat nicht mehr gepasst«? Sicher wusste er das. Er hatte ja immer noch keine Frau an Land gezogen. Bisher hatten alle nach kürzester Zeit mit wehenden Fahnen die Flucht ergriffen. Das erzählte man sich wenigstens hinter vorgehaltener Hand.

»Was hat nicht mehr gepasst?«, fragte Albert.

Antonia Reichert löste das Handtuch jetzt vollständig von ihrem Kopf. Die nassen blonden Haare fielen ihr strähnig über die Schultern. »Alles«, sagte sie. »Also, wir hatten uns nichts mehr zu sagen. Jeder hat nur noch vor sich hin gelebt. Sein eigenes Ding gemacht.«

»Das klingt nicht nach großem Streit. Warum dann nur noch Kontakt über den Anwalt?«

Albert stellte gute Fragen – zumindest dafür, dass sie keine Zeit gehabt hatten, sich vorher irgendeine Theorie zusammenzuschustern. Dasselbe hatte Carmen eben auch gedacht.

»Na ja, er hat das wohl nicht als schlimm empfunden, dass wir nicht mehr miteinander geredet haben. Als ich ihm dann gesagt habe, dass ich so nicht leben möchte und dass ich seelisch verhungere, ist er ganz komisch geworden. Er war wahrscheinlich verzweifelt und hatte Angst, dass ich ihn sitzen lasse.«

»Was Sie ja dann auch gemacht haben.«

Sie nickte. »Ja. Anfangs hat mir das sehr leidgetan. Aber er wollte sich einfach nicht ändern. Wir haben *überhaupt nicht* mehr miteinander geredet. Wobei ich es immer wieder versucht habe. Immer, immer wieder. Dann habe ich mich eben von ihm getrennt.«

»Und wie hat er darauf reagiert?«

»Er hat dann angefangen, mir nachzustellen. Ist nachts bei mir vor der neuen Wohnung aufgekreuzt, hat gebettelt und gefleht, irgendwann hab ich Beschwerden von den Nachbarn gekriegt, was das soll, dass da nachts immer so ein Theater im Treppenhaus ist. Er wollte mich unbedingt zurückhaben. Und irgendwann ist er ausgerastet und hat mich festgehalten und dann die Treppe runtergestoßen. Ist nichts passiert, aber danach habe ich eine Verfügung durchgeboxt, dass er sich mir nicht mehr nähern darf. Der Arme … Es ging ihm halt sehr nah.«

»Sie nehmen ihn in Schutz?«

»Wie gesagt, er war nie … na ja … böse oder so zu mir. Er war irgendwie in seiner eigenen Welt. Immer so – weit weg oder wie man das bezeichnen soll. Und ziemlich sensibel. Deshalb habe ich ihm das auch nachgesehen. Ich war nie wirklich böse auf ihn. Aber ich wollte nicht mehr so einsam sein.«

»Hat er Sie seit dieser polizeilichen Anordnung noch einmal belästigt?«

»Nein. Nicht einen Mucks habe ich von ihm gehört. Bestimmt seit sechs Monaten nicht mehr.«

»Hatte er eine neue Freundin?«

Antonia Reichert schob die Unterlippe vor und sah für einen Moment ein bisschen blöde aus. Dann schüttelte sie den Kopf. »Nein. Nicht dass ich wüsste.«

»Sie scheinen diesen Gedanken gar nicht in Erwägung gezogen zu haben, habe ich Recht?«

Sie zuckte mit den Schultern. »Nein, ehrlich gesagt nicht. Nach dem ganzen Theater hier.«

»Fällt Ihnen irgendein Grund ein, warum jemand Ihren Exmann aus dem Weg schaffen wollte?«

»Ich habe absolut keine Ahnung. Ich bin …« Sie stockte. »Entschuldigen Sie. Ich bin jetzt doch etwas geschockt im

Moment. Ich weiß es nicht. Ich kann mir das nicht vorstellen. Und dass er … dass er sich selbst …?«

»Frau Reichert, das können wir mit allergrößter Wahrscheinlichkeit ausschließen. Wirklich. Haben Sie eine Vorstellung, was er draußen im Wald zu tun hatte?«

»Im Wald?«

»Ja. In der Nähe vom Pionierhafen.«

Sie zog die Augenbrauen hoch und machte Kulleraugen. »Nein. Keine Ahnung. Aber er war schon immer viel draußen unterwegs. Als Angler. Das ist nichts Ungewöhnliches für ihn.«

»Wen könnten wir fragen, was er an diesem Tag da wollte?«

Sie schüttelte langsam den Kopf. »Wie ich schon sagte, ich hatte keinen Kontakt mehr zu ihm. Vielleicht fragen Sie tatsächlich mal beim ACK nach. Vielleicht können die Ihnen weiterhelfen. Vielleicht mein Vater.«

Albert nickte. »Ihr Vater ist Vizechef des Angelclubs, richtig?«

»Ja.«

»Gut. Wenn Ihnen trotzdem noch etwas einfällt, egal, wie unwichtig es Ihnen erscheint, melden Sie sich bitte bei uns.« Er legte seine Karte auf den Tisch. »Und wir werden uns bei Ihnen melden. Es ist sehr wahrscheinlich, dass wir noch eine Aussage von Ihnen aufnehmen müssen bei uns im Präsidium.«

»Ja, ist gut.«

Draußen steckte Albert sich einen neuen Kaugummi in den Mund. »Was meinst du?«

»Sie war's nicht.«

»Hm.« Er kratzte sich im Nacken und blinzelte in die Sonne. »Was meinst *du* denn?«

Er schob die Unterlippe vor wie eben noch die Reichert – und sah genauso blöde aus. »Kann sein, kann auch nicht sein. Sie profitiert als Geschiedene ja nicht von seinem Tod, oder? Finanziell, meine ich.«

»Nein. Gut, die Einzelheiten werden wir überprüfen. Aber bis dahin ist sie, glaube ich, nicht unbedingt unsere Hauptverdächtige.«

»Nein, glaub ich auch nicht.«

Zeit für einen kleinen Vorstoß in Sachen *Was-ist-mit-dem-Kollegen-los*. »Albert?«

»Ja?«

»Sag mal, geht's dir eigentlich gut? Ich hab so den Eindruck, dass dich irgendwas beschäftigt?«

Er rümpfte die Nase, sah kurz auf seine Schuhe und kickte dann einen kleinen Kieselstein beiseite. »Nein, alles gut. Komm, wir müssen weiter. Haag und Tobi sind schon in der Wohnung vom Schwenk. Wir sollten auch mal vorbeigucken und uns nicht ausschließlich auf die Berichte verlassen.«

Erik Schwenks Wohnung sah genau so aus, wie Carmen sich das Zuhause eines unglücklich geschiedenen Mannes vorgestellt hatte: drei Zimmer, fünfter Stock im Hochhaus in Bulach. Kleiner Balkon, insgesamt vier volle Aschenbecher – in jedem Zimmer und in der Küche jeweils einer. Wäscheständer im Schlafzimmer, im Wohnzimmer eine hässliche Schrankwand, Bucheimitat, wenige Bücher, hauptsächlich Schmöker. Auf dem Boden stapelweise Zeitschriften. Special-Interest. Motorrad. Angeln. Modellbau. Ein Bauhaus-Katalog. Im Kühlschrank drei Dosen Bier, eine halbvolle Flasche Ketchup, ein Glas Quittengelee und eine halbe angetrocknete Zitrone. Auf dem Fensterbrett ein Topf mit völlig verdorrtem Basilikum und ein kleiner Kaktus, wie man ihn in jedem Möbelhaus kaufen konnte. Keine Bilder an der Wand. Nur in dem hässlichen Wohnzimmerschrank standen drei gerahmte Fotos: eines von Erik Schwenk und Antonia Reichert. Das Glas zersprungen. Auf dem zweiten Foto war Erik Schwenk mit einem alten Mann abgebildet. Vielleicht sein Vater. Das dritte Bild zeigte Erik Schwenk zusammen mit drei anderen kräftigen Burschen, wie sie um einen riesigen Fisch herumstanden. Ein Trophäenbild. Na ja – wem's gefiel. Wenn Carmen sich Antonia Reichert in dieser Wohnung vorstellte, war klar, dass das nicht hatte gutgehen können. Eingebrochen worden war in die Wohnung nicht. Alles stand an seinem Platz, Türen und Fenster waren unversehrt.

Der Vermieter hatte sich bereiterklärt, die Wohnungsbegehung zusammen mit seiner Frau zu überwachen. Der kleine grauhaarige Mann hatte aber nur eine einzige Sorge: »Wann kann ich den Krempel hier rausschmeißen? Ich meine, was ist denn mit der Miete? Und wenn die Leute hören, was dem Schwenk passiert ist, will doch keiner mehr einziehen hier! Ich meine, wenn jemand an Spuk und so was glaubt.«

Albert wischte mit dem Zeigefinger über das Fensterbrett. »Staubig.«

»Allerdings«, sagte die Frau des Vermieters spitz. »Aber so sind die Junggesellen eben, das kennt man ja nicht anders.«

Albert sah sie finster an. Sagte aber nichts. Junggesellen. Ob es in Alberts Wohnung wohl genauso aussah wie hier?

»Laptop habt ihr schon eingepackt?«, fragte er nach einer ewig wirkenden Schweigepause.

Tobi nickte. »Klar. Hat Dieter schon gemacht. Er kümmert sich drum.«

»Gut. Also, ich glaube, ihr schafft das hier alleine, oder?«

»Ja doch.«

»Und kriegt mir raus, wer die ganzen Leute da auf diesem Fischfoto sind. Das Bild scheint mir relativ neu zu sein.«

»Okay, Chef.«

Die Pinnwand, die in der Küche hing, war überladen mit alten Zetteln. Auf einem Zettel, der über die anderen geheftet war, stand eine Nummer. Offenbar eine Telefonnummer. Aber mit einer merkwürdigen Vorwahl. Carmen nahm den Zettel ab und hielt ihn Tobi hin. »Habt ihr da schon angerufen?«

»Hallo? Sollen wir uns vierteilen oder was? Nur die Ruhe, wir sind ja auch nicht ganz dämlich.«

Holla, auch angenervt, der Kollege? »Entschuldige bitte. Aber überprüft das, ja?«

»Ja!« Mit dem falschen Fuß aufgestanden, oder was?

Die Vermieterin drückte sich an ihnen vorbei und baute sich am Fenster auf. »Meine Güte, ich möchte mal wissen, wann der die Scheiben das letzte Mal geputzt hat?«

Steidl war schon lange nicht mehr so aufgeregt gewesen, das sah Jewgenij an seinen Bewegungen. Wenn sich Steidls Verdacht bestätigte, wäre das eine Sensation! Das würde den Professor rehabilitieren – vielleicht. Steidl holte die kleine Box mit den Innereien aus seiner Tasche, hängte die Tasche ordentlich an den Kleiderhaken und knipste das Licht an. Rasch ging er an Jewgenij vorbei zum Mikroskop, stellte die Box vor sich auf den Tisch und griff nach dem Skalpell. »Gleich, Jewgenij. Gleich, gleich. Gott sei Dank hast du den Fisch erwischt – erwischt und so vor einem langsamen qualvollen Tod – Tod bewahrt.« Jetzt wiederholte Steidl die Wörter schon mitten im Satz. Aber es half sowieso nichts, er war nicht zu beruhigen, solange die Ursache für die Parasiten noch ungeklärt war. Jewgenij wollte nur sichergehen, dass der Professor nichts Unüberlegtes tat. Deshalb stand er hier bei ihm in seinem kleinen Labor. Kommentarlos. Einfach nur als großer Aufpasser.

Mit einer sicheren Handbewegung legte Steidl die Innereien des Fisches in eine große Petrischale und zog mit beiden Händen den Darm in die Länge. Dann setzte er das Skalpell an. Dünne Scheibchen, hauchzart. Mit einem Mal hörte er auf zu zittern. Konzentriert und zügig schnitt Steidl das Gewebe zurecht. Vier kleine Proben. »Fürs Erste sollte das reichen – reichen.« Er legte das Skalpell beiseite. Ohne hinzusehen, griff er neben sich und nahm zielsicher eines der drei bereitgelegten Instrumente in die rechte Hand. Mit der linken griff er den Objektträger. Er hielt die Luft an. Mit äußerster Vorsicht schob er die erste Gewebeprobe auf das dünne Glas und tropfte mit der Pipette ein Tröpfchen destilliertes Wasser darüber. Dann ließ er ein rundes Schutzplättchen darauf fallen – und atmete erleichtert aus. »So, mein lieber Fisch. Woll'n wir doch mal sehen, ob du mir dein Geheimnis verrätst – verrätst.«

Im Büro hängte Albert sich ans Telefon. Beim Angelclub war niemand. Über den Anrufbeantworter erklärte eine freundliche Fischersfrau, dass die telefonischen Sprechzeiten des ACK dienstags bis donnerstags ab 18 Uhr seien. »Persönlich sind wir montags und freitags von 17 bis 21 Uhr für Sie da.« Albert knallte den Hörer auf die Ladestation. »Carmen, sag Maren Bescheid. Sie soll heute Abend alle zusammentrommeln zur Lagebesprechung. Bis dahin haben wir noch einiges vor.«

»Und wo fangen wir an?«

»Los, wir fahren raus zum Müller.« Er sprang auf und sah sie auffordernd an.

Was sollte das jetzt wieder heißen? »Welcher Müller? Wohin raus?«

Albert blieb in der Tür stehen und zeigte genervt nach draußen. »Raus zum Rheinhafen. Der Inhaber des Angelgeschäfts dort ist der Vorsitzende vom ACK. Nie gehört?«

Was war denn jetzt schon wieder? Fast schon war Carmen der Illusion erlegen, dass sie nach ihrem letzten gemeinsamen Fall so etwas wie Freunde – oder vielleicht wenigstens gute Kollegen – waren. Zumindest hatte er ihr heute Mittag noch geholfen, wieder auf die Beine zu kommen, und sie hatte sich vorhin auch noch bemüßigt gefühlt, ihn nach seinem Befinden zu fragen. Aber anscheinend war innerhalb von nicht einmal einer halben Stunde wieder der alte Schneider-Geist in Albert zurückgekehrt: chronisch schlecht gelaunt, bissig, zynisch, ein bisschen gemein. Und wie besessen, wenn es darum ging, irgendwelche Mörder dranzukriegen. Carmen hatte den »alten Schneider« ehrlich gesagt nicht vermisst. Dass er wusste, wer der Vorsitzende des Angelclubs war und wie der hieß, war da irgendwie auch wieder typisch. Wer interessierte sich schon für solche abseitigen Sachen? »Woher weißt du das denn?«, fragte Carmen also ehrlich überrascht.

Albert blieb stehen, drehte sich wieder um und schob den Kaugummi von einer Backe in die andere. »Du liest wohl keine Zeitung, was?«, fragte er – offenbar rein rhetorisch.

Natürlich las Carmen Zeitung. Also wenigstens die Polizeimeldungen und hier und da mal einen Kommentar. Ab und zu die Überschriften im Lokalteil. Aber das Wichtigste gab's doch ohnehin im Radio. »Warum Zeitung?« Albert verdrehte die Augen. »Der Chef vom ACK stand neulich groß im Lokalteil, weil ihm seine Scheißfische wegsterben im Rhein.«

»Aha. Hat das vielleicht was mit unserem Toten zu tun?«

»Bin ich Jesus?«

»Nein, aber vielleicht stand das ja auch in der Zeitung.«

»Lies verdammt nochmal öfter die Scheißzeitung, weil im Lokalteil zum Beispiel auch immer drinsteht, wer von welchem Drecksverein der Chef ist und was er sonst noch so macht. Für Polizisten ist es ganz gut, wenn sie sich in der Stadt auskennen, in der sie arbeiten. Deshalb Zeitung.«

Du lieber Himmel! »Albert, in Karlsruhe gibt es Hunderte von Vereinen!«, protestierte Carmen, während er mit drei großen Schritten auf sie zuging, nebenbei ihren Mantel vom Haken riss und ihn ihr unsanft an die Brust drückte. Dann fasste er sie wieder bei der Schulter und drehte sie in Richtung Tür. »Albert, du willst mir nicht im Ernst erzählen, dass du von allen Karlsruher Vereinen die Vorstandsmitglieder im Kopf hast?« Albert schob sie vor sich her. »Doch, hab ich«, antwortete er ohne jeden Anflug von Humor.

»Albert, du solltest dich bei *Wetten, dass …?* anmelden!« Der Spruch war selten dämlich – sie würde sich gerade auch auf die Nerven gehen. Aber es war ein kleiner Versuch, dem Kollegen wenigstens ein winziges Lächeln zu entlocken. Der Versuch scheiterte nicht nur, er ging quasi grundlegend in die Hose. Albert holte Luft, und als er Carmen anschrie, fühlte sie sich wie eine Comicfigur, der die Haare nach hinten wehen, weil ihr ein Löwe direkt ins Gesicht brüllt: »Wetten, dass du jetzt sofort mit mir mitkommst? Und nimm einen von diesen Angelhaken mit. Liegen dank *meiner* Anweisung schon bei der Sekretärin auf dem Schreibtisch.« Der Löwe stapfte nicht sonderlich majestätisch den Gang entlang in Richtung Parkplatz. Au Backe, dachte Carmen. Au Backe.

Albert starrte stur geradeaus, während sie zum Rheinhafen fuhren. »Sag mal, angelst du eigentlich regelmäßig?« Irgendwie musste das Gespräch wieder in Gang kommen. Die Luft war zum Schneiden dick.

»Sehe ich so aus?«, fragte er unwirsch.

Jetzt hatten sie sich so schön zusammengerauft, waren per Du, hatten einen kniffligen Fall gemeinsam hinter sich gebracht – und er machte nun wieder auf Stress? Gut, sie hatten sich ein paar Monate nicht mehr gesehen – nur sporadisch, mal ein »Hallo« auf dem Gang. Einmal war es sogar vorgekommen, dass sie zusammen einen Kaffee in der Kantine getrunken hatten – mehr aus Versehen als verabredet, aber immerhin. Und als es heute Morgen hieß: »Schneider und Henning gehen raus zu dem Toten – neue Ermittlungsgruppe, altes Team, alles wie gehabt, Sie kennen das ja inzwischen«, da hatte Carmen sich sogar auf Albert gefreut. Sie hatte gedacht, dass sie vielleicht diesmal von Anfang an ein richtig gutes Team sein könnten – so eine kleine romantische Vorstellung von den beiden Superermittlern, einmal ganz davon abgesehen, dass das Wort romantisch eher auf eine Kakerlake als auf Albert anwendbar war. Einen letzten Versuch wollte Carmen aber noch starten. »Albert, es ist doch irgendwas?« Schon während sie diese Frage stellte, hasste sie sich dafür. Das war so was von typisch weiblich. Er sagte nichts und bog auf das Hafengelände ein. Aber weiblich hin oder her, sie musste verdammt nochmal ab jetzt wieder mit ihm zusammenarbeiten. Und es war ja wohl bei Gott nicht zu viel verlangt zu wissen, welche Laus ihm über die Leber gelaufen war. Also noch ein letztes Mal die sanfte Tour. Carmen konnte immer noch nicht schlucken, dass er vorhin bei Hofer so klein gewesen war und jetzt das Arschloch heraushängen ließ. »Albert, ich will dir nicht auf den Keks gehen. Ich hab nur das Gefühl, dass deine Laune irgendwie …«

Er trat abrupt auf die Bremse. Der Kies knirschte unter den Reifen. »Meine Laune ist irgendwie *was?*« Er sah sie an, als hätte sie gedroht, sein Auto in die Luft zu jagen – oder seine Schuhe mit wasserfester Farbe anzumalen. Okay, reden war wohl nicht. Er würde sich schon wieder einkriegen. Carmen hob entschuldigend die Hände. »Albert, nochmal: Es tut mir leid, ich bin halt auch nur eine Frau, kapiert? Komm, wir gehen ins Angelgeschäft.« Den genervten Unterton konnte und wollte Carmen einfach nicht unterdrücken. Albert merkte das offenbar. Er drehte mürrisch am Lenkrad und fuhr langsam weiter.

Auf dem Parkplatz vor dem *City-Fish* standen mehrere Autos. Die Art von Autos, die Carmen spontan für Angler genau passend fand: ein dunkelroter staubiger Kombi, ein dunkelgrüner staubiger Kombi und ein alter Polo – auch staubig. Alle hatten an der Heckscheibe einen Aufkleber, der den Wagenbesitzer als Angler auszeichnete. Ein fröhlich dreinblickender Fisch, der über einen Regenbogen hüpfte, ein Aufkleber, auf dem schlicht »Sportfischer« stand, und einer mit einem Anglerboot. »Carmen, was glotzt du jetzt die Autos an, komm schon.«

Es roch komisch im *City-Fish*. Carmen hatte noch nie in ihrem Leben einen Angelladen von innen gesehen. Vollgestopfte Regale, Hunderte Angelruten, unendlich viel Kleinkram in

Millionen von kleinen Boxen, Tütchen und Wühlkisten. Wozu brauchte jemand diesen ganzen Kram? Angeln – das war doch im Grunde nicht mehr als ein Stock, ein Stück Schnur und ein Wurm dran?

Die junge Frau hinter der Theke lächelte freundlich und schloss die Vitrine zu, in der große Messer ausgestellt waren. »Hallo«, sagte sie, kam hinter dem Tresen hervor, schlurfte in ihren ausgetretenen Turnschuhen, noch immer lächelnd, an Albert und Carmen vorbei und verschwand zwischen den Regalen. Dann kam ein junger Mann um die Ecke.

»Kann ich helfen?« In seiner abgewetzten Jeans und seinem bunt bedruckten T-Shirt hätte er besser auf das Cover einer Pop-CD gepasst. Seine Haare waren schwarz und standen wie in Zement gegossen in alle erdenklichen Richtungen. »Ich bin Jonas.« Er streckte Carmen die Hand hin.

Albert musterte ihn kritisch. Dann schien er sich am Riemen zu reißen – er brüllte nicht, sondern fragte einfach: »Ist dein Chef da?«

Jonas schien es nicht im Geringsten zu stören, dass Albert ihn ungefragt duzte. Er sah kurz auf seine Armbanduhr. »Müsste in 'ner halben Stunde wieder da sein. Kann ich vielleicht helfen?«

»Ja«, sagte Albert. Die ungeduldige Geste, mit der er Carmen signalisierte, das Tütchen mit dem Haken aus der Tasche zu holen, hätte er sich schenken können. Wie sah das denn aus? Als wäre sie seine Ehefrau – oder seine Sekretärin. Na warte, Freundchen, das klären wir später draußen. Carmen hielt Jonas den Beutel mit dem riesigen Angelhaken hin. »Kannst du uns sagen, was das ist?«

Jonas grinste und nahm das Tütchen. »Klar. Das ist ein Wallerhaken. Haben wir da hinten. Brauchen Sie welche?«

Albert nahm Jonas das Tütchen weg und holte den Haken heraus. »*Was* für ein Wallerhaken?« Wahrscheinlich war es unangebracht zu fragen, was in aller Welt überhaupt ein Waller war. Albert schien es zu wissen. War es ein Fisch? Keine Ahnung. Auf der Speisekarte hatte sie das Gericht noch nie gesehen. Und überhaupt, auf dem Teller sahen die Fische weiß Gott selten noch so aus, wie sie einmal im Wasser herumgeschwommen waren. Außer Forelle vielleicht. Aber Waller – nie gehört.

Jonas nahm den nackten Haken und legte ihn auf seine Handfläche. »Hm. Das könnte ein VMC sein. Größe 9/0 vielleicht. Ich kann's jetzt auf Anhieb nicht schwören, aber ich hol mal ein Päckchen zum Vergleichen, wenn Sie wollen.«

Albert nickte. »Ich bitte darum.« Jetzt guckte Jonas komisch. Irgendwie verständlich. Sie hatten sich noch nicht vorgestellt, und es war eher unwahrscheinlich, dass irgendwelche Angler hier hereinkamen und solche Fragen stellten. Geschweige denn *Nicht*-Angler, die ja sowieso von Tuten und Blasen keine Ahnung hatten. Jonas verschwand zwischen den Regalen. Albert betrachtete seine Schuhe. Mit den Fingern trommelte er seitlich auf seinem Oberschenkel herum. Er stand unglaublich unter Strom.

»Albert? Was ist eigentlich ein Waller?«

Er hörte mit dem Trommeln auf. »Ein Wels.«

Wels – das war Carmen ein Begriff. Wels hatte sie schon gegessen. War zartes Fleisch gewesen, ziemlich lecker. »Und warum braucht man so riesige Haken für einen Wels? Den kriegt der doch gar nicht ins Maul.«

Albert sagte nichts und zeigte auf ein vergrößertes Foto, das hinter der Theke hing. »*Das* ist auch ein Wels.«

Der Fisch, wenn man dieses Ungetüm auf dem Poster so

bezeichnen konnte, lag in den mehr oder weniger starken Armen von drei Kerlen, die alle vor Freude beinahe im Kreis grinsten. Dieses Vieh sah aus wie ein riesiger schleimiger Wurm aus einem Science-Fiction-Film. Und er war bestimmt zwei Meter lang – mindestens.

Und endlich: Albert lächelte! »Carmen, glaub mir, die kriegen solche Haken sehr wohl ins Maul.« Jonas kam zurück. Er hielt ein Päckchen mit exakt den Haken in der Hand, an denen die Leiche gehangen hatte. Verdammt – gerade hatte Carmen den widerlichen Anblick vergessen. Jetzt hatte sie ihn wieder vor Augen, und ihr wurde wieder schlecht.

»So, ich hab Recht gehabt. Es sind die VMC, Größe 9/0.« Jonas hob das Kinn einen Zentimeter an und musterte stolz den Haken. Dann sah er erst Albert und dann Carmen an. »Warum ist das so interessant für Sie? Das sind relativ teure Haken. Ich hätte auch noch was Günstigeres …«

Albert lächelte milde. »Bürschchen, das geht dich einen Scheißdreck an.«

Jonas hob die Hände und trat einen Schritt zurück. »Okay, okay, war ja nur ein Angebot.« Dann wandte er sich wieder an Carmen, hob die Augenbrauen, als wollte er sagen: »O je, ist der Kerl immer so ätzend?« Stattdessen fragte er jedoch: »Kann ich Ihnen sonst noch irgendwie helfen?«

»Im Moment nicht«, sagte Albert und drehte Jonas den Rücken zu.

»Vielen Dank, wir kommen bestimmt später auf Ihr Angebot zurück.« Carmen hoffte, dass er die Entschuldigung für Alberts Gestänker zwischen den Zeilen lesen konnte. »Albert, klär mich mal auf. Das ist also offenbar ein Haken, mit dem man diese Fischungetüme fängt. Was willst du jetzt machen?«

Albert biss sich auf die Zunge und setzte sich langsam in Bewegung. Er schlenderte an einem der langen Metallständer entlang, an dem gefühlte eine Million Tütchen mit irgendwelchem Kleinkram hingen.

»Albert?«

Er antwortete nicht, sondern schlenderte weiter. Jetzt war er bei den Angelruten angekommen.

»Albert?« Dieser Kerl machte sie noch krank. Carmen stapfte hinter ihm her. Er hatte zwei Tütchen in die Hand genommen und verglich sie. Wollte er jetzt noch schnell für seinen Feierabend einkaufen? Da hatte er sich aber geschnitten. Hier blöd rumstehen in diesem miefigen Freak-Laden und abwarten, bis der Herr sich wieder sortiert hatte – kam überhaupt nicht in die Tüte.

»Albert …«

Er hängte seelenruhig beide Tütchen wieder zurück und ging in Richtung Ladentheke. Jonas sah ihn skeptisch an. »Gut, also, dann hätten wir gerne noch zwei Ruten und das restliche Zeug, was man so braucht.«

Jonas zog erstaunt die dünnen Augenbrauen hoch und glotzte ihn verblüfft an, als hätte Albert ihm eben eröffnet, dass er schwanger sei. »Ähm, ja, auf was wollen Sie denn gehen? Waller?«

Albert blieb völlig ungerührt. »Was fängt man denn zurzeit so?«

»Ja, also ein paar Barsche gehen eigentlich immer, Zander, Waller – keine Ahnung.«

Albert grinste. »Waller klingt doch gut. Dann nehmen wir zwei billige Ruten mit Rolle, Schnur, Haken und dem ganzen Tamtam. Was kostet das?«

Jonas kratzte sich am Kopf. Seine Haare bewegten sich

steif unter seiner Handbewegung und federten dann augenblicklich wieder in ihre angestammte Position. »Ich kann nachsehen, ob wir diese günstigen Komplettpakete da haben. Da kostet eines mit allem Drum und Dran so um die vierzig Euro.«

Auf dem Parkplatz lud Albert zufrieden die Tüten in den Kofferraum. Carmen verstand die Welt nicht mehr. »Das ist doch jetzt nicht dein Ernst? Was machen wir mit dem ganzen Mist?«

»Wir gehen zum Angeln.«

»Was?!«

»Zum Angeln. Du glaubst doch nicht im Ernst, dass irgendein Angler uns Storys erzählt, wenn wir da hinlatschen und sagen: Tach auch, Polizei, wir wollten mal eben wissen, wen von euren Anglerkollegen ihr so grundsätzlich für einen Mörder haltet.«

»Sag bloß, du hältst den Vorschlag vom Hofer jetzt tatsächlich für gut?«

Albert warf den Kofferraum mit Schwung zu und ging ums Auto herum. »Eben hab ich's dir doch erklärt. Ja, Hofer ist ein fetter, widerlicher Drecksack, aber die Idee mit der Undercover-Sache war echt nicht schlecht.«

Hatte er gerade *undercover* gesagt? Wo waren sie denn bitte – im Kino? »Nette Idee, Albert. Aber mal ganz abgesehen davon, dass ich keine Ahnung vom Fischen habe: Ich weiß, dass wir 'nen Angelschein brauchen. Und den hab ich nicht.«

»Aber ich. Und davon mal ganz abgesehen, Carmen: Wir sind die Bullen! Wir dürfen alles. Kapiert?!«

»Wir dürfen alles? Tatsächlich? Gut zu wissen. Und jetzt?«

»Laber nicht, steig ein. Wir fahren ins Büro, gucken die Berichte durch, sofern schon irgendwelche von wem auch immer da sind, und dann sehen wir weiter, okay? Auch einen Kaugummi?« Er hielt ihr die Packung hin.

»Danke.«

In diesem Moment trat Jonas zur Tür heraus, eine Zigarette in der Hand. Er zündete sie an, zog, lehnte sich gegen die Mauer und sah zu Carmen und Albert herüber.

Alberts Miene verfinsterte sich schlagartig. »Was glotzt du denn so blöd?«

Jonas schüttelte genervt seine Zementfrisur, zog an seiner Kippe und drehte sich weg.

»Albert, was …?«

»Steig ein!« Jetzt schob er den Kaugummi hektisch von einer Wange in die andere.

Carmen sah ihn forschend an. Dann musste sie lächeln. Albert, die Stimmungsschwankungen und der Kaugummi. Jonas und die Kippe. Albert – Kaugummi – Kippe. Na *endlich* hatte sie's geschnallt! Sonnenklar: Albert hatte aufgehört zu rauchen.

Maren hatte fein säuberlich alle bisher eingetroffenen Berichte in zweifacher Ausfertigung auf Carmens und Alberts Schreibtische gepackt. Alles musste gelesen werden, bevor am Abend der Kriegsrat tagte. Sie hatten schließlich keine Zeit, sich den Mund fusselig zu reden, bis jeder auf dem neuesten Stand war. Albert war allerdings *mal kurz* zum Fundort der Leiche gefahren. Warum auch immer – er hatte es nicht gesagt. Gott sei Dank war er mal für eine Weile weg. Es war zwar unerfreulich, dass sie sich den Papierkram vorläufig alleine vornehmen musste, aber besser das, als dieses

Nervenwrack von einem Nichtraucher zu ertragen. Vielleicht probierte er auch das neue Angelzeug aus und startete heimlich schon seinen ersten aufregenden Undercover-Einsatz. Es war ihr egal.

Sie hob den Stapel hoch. Erste Rückmeldung aus der Pathologie. Umfassender Bericht von der Spurensicherung, Anweisungen von der Staatsanwaltschaft, Kontaktadressen von so ziemlich allen Leuten, die auch nur im Entferntesten etwas mit Angeln zu tun hatten. Carmen schlug zuerst den Pathologiebericht auf.

Leiche, männlich, 43 Jahre alt. Tierbefall. Musca domestica (Stubenfliege). Lucilia Caesar (Grünliche Schmeißfliege). Igitt. Wie konnte man ein so widerliches Insekt »Caesar« taufen? Außerdem Calliphora (Bläuliche Schmeißfliege). Also hatten sich so ziemlich alle Fliegenarten an dem armen Kerl ausgetobt und ihre Eier in seine Augen gelegt. Ameisenfraß. Ätzspuren, kleinfleckig, strichförmig. Außerdem kleine Schnabelhiebe. Im Magen Reste von Erdnüssen. Vermutlich seit vier Tagen tot. Schlag auf den Hinterkopf mit einem stumpfen Gegenstand. Verletzungen mit einem scharfen Messer. Stich in die Halsschlagader, Längsschnitt durch den kompletten Torso. Schnitte vor Eintritt des Todes ausgeführt. Aufgehängt wahrscheinlich erst einige Stunden später. Neigungswinkel der Schnitt- und Einstichwunden lassen auf Rechtshänder schließen.

Bericht von der Spurensicherung. Zigarettenstummel Marke Gauloises. Fußabdrücke Gummistiefel Größe 44/45. Zwei leere Plastikbierflaschen, Marke Grafenberg. Entfernung zwischen Fundort der Flaschen und Fundort der Leiche circa 30 Meter. Bisher keine brauchbaren DNA-Spuren, Zigarettenstummel noch im Labor. Zur Befestigung der Leiche am

Baum verwendetes Material: Wäscheleine. Es war ekelhaft. Darunter ein Blatt Papier mit einer Auflistung der letzten Telefonverbindungen des Handys. Carmen konnte mit den Namen nichts anfangen. Jacqueline Reuter. Michael Amann. Theo Reichert. Reichert? Das war wahrscheinlich sein Exschwiegervater. Warum telefonierte er mit seinem ehemaligen Schwiegervater? Und warum sprach der nach dem Drama mit seiner Tochter überhaupt noch mit ihm? Wahrscheinlich waren Männer da irgendwie anders. Aber die Reichert hatte ja auch selbst gesagt, dass ihr Vater möglicherweise was wissen könnte. Egal, diese Telefonate überprüften sowieso gerade die Kollegen. Trotzdem: Das war ein Ansatzpunkt. Sie sollte sich solche Kleinigkeiten aufschreiben. Für später. Ihr Hirn war momentan wie ein Sieb. Vielleicht lag das daran, dass sie sich in letzter Zeit irgendwie hatte gehenlassen. Sie hatte zu viel gegessen, war nicht mehr regelmäßig zum Laufen gegangen, hatte viel zu viel ferngesehen und die letzten beiden Bücher, die sie angefangen hatte, nach rund fünfzig Seiten weggelegt. Wo waren jetzt schon wieder die dämlichen Klebezettel hin verschwunden?

Dann klingelte das Telefon.

»Carmen?«

»Maren, was gibt's?«

»Ich konnte ihn nicht abwimmeln. Er will nur mit dir reden.«

»Wer?«

»Hab den Namen nicht verstanden. Ich stell durch, ja?« Klack.

Na danke. »Henning?«

Es war Alois Dittus. »Frau Henning! Mir ist doch noch was eingefallen. Wegen des Toten. Aber das kann ich Ihnen schlecht am Telefon erklären. Kommen Sie noch einmal raus, wo wir uns heute Morgen getroffen haben. Hardy und ich werden in einer Dreiviertelstunde dort sein.«

»Herr Dittus, geben Sie mir wenigstens einen Tipp, bevor ich hier alle aufscheuche.«

»Der Totschläger. Ich habe den Totschläger gesehen.«

»Was für einen Totschläger?«

»Das kann ich Ihnen so nicht erklären.«

»Herr Dittus, die Kollegen sind noch vor Ort. Herr Schneider müsste draußen sein. Bitte klären Sie das mit ihm.«

In diesem Augenblick wurde die Tür aufgestoßen. Albert marschierte im Stechschritt um den Schreibtisch herum, schnappte sich den Papierstapel und marschierte damit wieder hinaus, ohne Carmen eines Blickes zu würdigen.

»Äh, Herr Dittus, entschuldigen Sie, mein Kollege ist doch nicht draußen. Ja, also, muss das wirklich sein, dass ich persönlich komme?«

Vier

Da war er schon wieder. O Gott, nein. Bitte nicht. Konrad versuchte, äußerst beschäftigt zu wirken, und verkroch sich hinter seinem Bildschirm. Es war zwecklos. Steidl hatte ihn sofort ins Visier genommen und kam, in seiner bröckeligen Art, sich fortzubewegen, direkt auf Konrad zu.

»Ich hab wieder was für Ihre Zeitung. Das müssen Sie sich unbedingt ansehen – ansehen.« Steidl hielt Konrad einen Stapel Papiere unter die Nase. Der ohnehin verrückte Biologe wirkte heute irgendwie noch verrückter und um einiges nervöser als sonst. Seine kleinen scharfen Augen bewegten sich unablässig auf und ab. Überhaupt schien er sich in einer Tour immer und andauernd zu bewegen. Ständig ein Zucken hier im Arm und da im Bein und im Gesicht und – Konrad wurde es fast schwindelig.

»Hallo, Herr Steidl. Ich bin grade sehr beschäftigt. Es ist 16 Uhr – Sie wissen schon, das ist die hektischste Zeit in einer Lokalredaktion. Ich muss noch einiges an Meldungen fertig machen.« Der überfreundschaftliche Ton, den er gegenüber Steidl anschlug, war fast ekelhaft. Aber mit den Monaten hatte Konrad herausgefunden, dass das das einzige Mittel war, Steidl wieder von seinem Schreibtisch wegzubekommen. Steidl hatte es schon einmal fertiggebracht, bis Redaktionsschluss in der Tür stehen zu bleiben, mit der Begründung: »Dann warte ich eben, bis Sie fertig sind, dann können wir reden – reden«, und er hatte Konrad so grauenhaft schnell, wirr und lange zugetextet, dass dieser sich danach bei der Verabredung mit seiner damaligen Freundin mit Whisky besoffen hatte. Schließlich hatte er sie statt mit Tine mit Sabine angeredet. Scheißabend. Und wer war schuld? Steidl. Dieser fahrige Gruselmensch, völlig bekloppt, irr wie noch was, ständig das letzte Wort eines jeden Satzes wiederholend, dabei das eine Auge zusammenkneifend – aber Job war Job. Und wenn er auch noch so nervtötend war und jeder in der Redaktion sich schon unwillkürlich duckte, wenn er im Anmarsch war – Steidl war auch wichtig. Weil er grundsätzlich immer gerne seinen Senf dazugab, wenn es um irgendwelche Geschichten ging, die mit Umwelt- oder Sozialpolitik zu tun hatten. Wenn ein Gesprächspartner fehlte, war Steidl der Mann der Wahl. Er sagte immer was, zu allem. Und er stand hinter dem, was er sagte. Er hatte schließlich keinen Ruf mehr zu verlieren. Das war gut. Das rechtfertigte die Qualen, die er einem verursachte, wenn er wieder mit wichtigen Neuigkeiten kam – die meistens entweder keine oder himmelschreiend übertrieben waren. Man hätte es nicht für möglich halten sollten, dass dieser Kerl mal Professor für Biologie gewesen war. Gerüchten zufolge war er irgendwann einfach ausgetickt. Manche erzählten, er sei einmal mit Walen geschwommen und dabei sei ihm sein Verstand flöten gegangen, weil die Wale zu ihm gesprochen hätten. Andere behaupteten, er sei auf der Jagd nach irgendeinem seltenen Wüstenkäfer in der Gobi herumgeschlichen und ihm sei das Wasser ausgegangen. Als ihn dann irgendein faltiger Mongole gefunden und mit seinem Kamel zur nächsten Jurte bugsiert hatte, war Steidls Gehirn schon so vertrocknet, dass das bisschen Kamelmilch es auch nicht mehr richtig zum Laufen gebracht hatte. Und das letzte und, wie Konrad fand, hübscheste Gerücht besagte, dass Steidl auf dem Mount Everest – angeblich war er leidenschaftlicher Bergsteiger und gefürchtetes Mitglied des Alpenvereins – dass er also auf dem Mount Everest einem echten und wahrhaftigen Yeti begegnet sei und er ihm im Delirium, kurz vor dem Erfrierungstod, habe versprechen müssen, die Welt zu retten. Wie auch immer – so oder so ähnlich wird es wohl gewesen sein mit dem Steidl. Irgendwann wurde er der Uni verwiesen, weil er in seinen Vorlesungen ein bisschen zu grundsätzlich geworden war und die Studenten zu merkwürdigen Handlungen aufgefordert hatte. Sie sollten sich nie wieder in ein Flugzeug setzen, wegen der Umwelt, sich gefälligst einen Job in ihrer nächsten Umgebung suchen, und weil es in und um Karlsruhe leider nicht allzu viele mit dem Fahrrad oder zu Fuß erreichbare Jobs für Hunderte studierter Biologen geben würde, sollten sie doch das Studium am besten einfach sein lassen – Kinder zeugen, ihre Omas pflegen und wieder auf dem Feld arbeiten.

Jetzt stand Steidl auf jeden Fall mit wirren Haaren vor Konrads Schreibtisch und hielt ihm immer noch sehr bestimmt den Papierstapel hin.

»Das wird Sie interessieren. Ist was Neues. Es geht um den Rhein – Rhein.«

Konrad rang sich ein Lächeln ab. Um den Rhein. So, so. Wenigstens mal wieder was Lokales. »Was ist denn mit dem Rhein?«

»Lesen Sie. Es wird Sie interessieren – interessieren.«

Er schien sehr nervös zu sein. Er wiederholte oft das letzte Wort eines Satzes. Aber nicht unbedingt in jedem Satz. Es sei denn, er war furchtbar aufgeregt. »Also gut. Versprochen.

Wenn ich Zeit habe, kümmere ich mich drum, ja, Herr Steidl?«

Konrad griff nach dem Papierstapel, aber Steidl wollte ihn nicht loslassen. Er sah Konrad misstrauisch an. Wie ein Höhlenmensch, der einen mal an seinem Knochen nagen lassen will, aber nicht sicher ist, ob er den leckeren Schmaus danach tatsächlich wieder zurückbekommt.

»Herr Steidl, es ist gut. Geben Sie her, ich treffe Sie dann wie immer am gewohnten Platz, ja?« Steidl hatte kein Telefon. Aus Prinzip nicht. Er glaubte fest an den Überwachungsstaat. Dass Geheimdienste jeder Regierung die Bürger überwachten – und ihn als Wissenschaftler natürlich im Besonderen. Es könnte ja sein, hatte er Konrad einmal erklärt, dass er irgendetwas bei seinen Forschungen entdeckte, was die Regierung verheimlichen wollte. Und dann wäre er geliefert. Alle Anrufe erledigte er deshalb von der Telefonzelle aus. Seit es nicht mehr so viele Telefonzellen gab, setzte sich Steidl, um sich bei seinen Ich-rette-die-Welt-Recherchen weite Fußwege zu ersparen, tagelang immer auf dieselbe Bank, direkt neben einer der wenigen Telefonzellen in der Innenstadt. Von dort aus erreichte er auch schnell alle möglichen Behörden und das Rathaus. Wo er sich offenbar, abgesehen von der Zeitungsredaktion, besonders gerne aufhielt. Konrad hatte versucht, ihm klarzumachen, dass es für die Regierungen dieser Erde viel zu teuer und nicht lukrativ wäre, jeden Wissenschaftler, und speziell Steidl, so intensiv zu überwachen. Das war dem Professor aber egal. Er war überzeugt. Basta. Und Konrad hatte aufgegeben, ihn eines Besseren belehren zu wollen.

Steidl ließ den Papierstapel nur widerwillig los. »Gut. Ich sage Ihnen nur noch grob, um was es geht. Ich habe Fische entdeckt – entdeckt. Sie waren verendet. Selbstverständlich habe ich sie sofort ordnungsgemäß eingeschickt und dem Angelverein Bescheid gesagt. Ich habe aber noch keine Reaktion. Leider kann ich die Tiere nicht selbst detaillierter untersuchen – untersuchen. Dafür reicht mein privates Labor nicht aus. Aber ich tippe mal auf die Fabrik – Fabrik. Da müssen Sie was machen.«

In der Tat – tote Fische im Rhein hörten sich gut an. Und auf diesem Gebiet war Steidl sicher nicht der Dümmste. Konrad musste bei der Fischereibehörde nachfragen. Stichwort Fabrik.

»Danke, Herr Steidl, klingt spannend. Ich seh's durch und treffe Sie morgen. Um zehn, ja?«

Steidl lächelte zufrieden. »Um zehn. Sehr gut – gut. Ich werde auf Sie warten.« Er nickte – offenbar zufrieden, weil Konrad ihm tatsächlich zugehört hatte und weil ihm das Wort »warten« am Ende des Satzes nicht noch einmal herausgerutscht war –, dann legte er beide Hände an die Hüften und drehte sich auf dem Absatz um. Und weg war er.

Konrad ging mit Steidls Papieren in die Kantine, bestellte einen Pott Kaffee mit Milch und setzte sich in die hinterste Ecke. Er sah sich kurz um und streifte dann seine Schuhe ab. Steidl hatte wieder ganze Arbeit geleistet. Akribisch hatte er im Inhaltsverzeichnis aufgeführt, was er auf den folgenden Seiten zusammengetragen hatte. »Seite 7: Exposé. Seite 8: Verendete Fische im Rhein. Seite 13: Laborergebnis Untersuchung des Fisches. Seite 14: Protokoll der Entnahme von Wasserproben. Seite 15: Laborergebnis Wasserproben – Prüfung der offiziellen Protokolle. Seite 17: Stellungnahme der Fischereibehörde. Seite 21: Schreiben an den zuständigen Pächter.« Und so weiter. Und so weiter. Dann stockte Konrad. »Seite 52: Stellungnahme von Bürgermeister Herbert Schumann.« Herbert Schumann war tot. Konrad blätterte auf Seite 52 vor. »Stellungnahme Bürgermeister Herbert Schumann. Betrifft: Maßnahmen des Angelclubs in Absprache mit dem Regierungspräsidium zur Erhaltung der Wasserqualität in den genannten Abschnitten des Rheins. Karlsruhe, am 17. April.« Der 17. April. Das war vor rund vier Wochen gewesen. Kurz vor seinem Tod also. Konrad schüttelte sich. Diese Bürgermeister-Kiste war wirklich mysteriös. Vor allem, weil die Karlsruher Polizei so überhaupt nichts rausließ. Und aus den Österreichern war auch nicht mehr herauszubekommen. Warum schockierte ihn die Tatsache, dass Herbert Schumann noch kurz vor seinem Tod irgendeine langweilige Stellungnahme zum Rheinwasser abgegeben hatte? Jeder Mensch macht schließlich noch irgendetwas vor seinem Tod. Vor allem, wenn er nicht damit rechnet, dass er sterben wird. Was war also dabei?

Und doch war es irgendwie komisch, jetzt einen Text von ihm zu lesen, der sich mit etwas so ganz anderem beschäftigte, der nichts mit seinem Tod zu tun hatte, den er noch vor kurzem an seinem Schreibtisch verfasst hatte, nichts ahnend. Und diese Stellungnahme von einem inzwischen Toten sollte Konrad jetzt studieren, um ein aktuelles Thema aufzuarbeiten. Hatte das nicht etwas von Leichenschändung? Schumann war eigentlich ganz nett gewesen. Recht menschlich für einen Politiker. Und die journalistische Grundregel, dass man alles überprüfen muss, was nicht aus erster Hand stammt, war Konrad so in Fleisch und Blut übergegangen, es sträubte sich alles in ihm, diese Stellungnahme überhaupt zu lesen – weil er wusste, dass er Schumann nicht mehr anrufen konnte, um zu erfragen, was er nicht verstand.

Konrad schob den Gedankenwust um den Bürgermeister beiseite und blätterte zurück zum Exposé. Inhaltlich war ihm einiges bereits bekannt. Verendete Fische im Rhein. Kam immer mal wieder vor. War erst vor ein paar Monaten ein großes Ding gewesen, Abwässer aus der Chemiefabrik, alle Fische mit dem Bauch nach oben und so weiter. Das redeten die Firmen gerne klein, weil der Rhein ja schließlich ein großer Fluss sei, sich unglaublich schnell selbst reinige, bla, bla, bla. Meistens kamen auch irgendwelche komischen Krankheiten, die die Fische befielen. Einmal war seltsames Abwasser von einer Fabrik eingeleitet worden, aber das lag Jahre zurück und hatte damals, soweit Konrad sich erinnerte, auch rechtliche Konsequenzen gehabt. Aber die paar Fische, die das betroffen hatte – kein Schwein hatte sich großartig darüber aufgeregt. Diese ollen Kamellen schienen für Steidl jetzt aber in einem großen Zusammenhang zu stehen. Denn nach dieser Abhandlung über Fischsterben innerhalb der vergangenen 15 Jahre stellte er fest: »Es ist mir bewusst, dass dies im ersten Augenblick kühn klingen mag, aber ich wage zu vermuten, dass Bürgermeister Herbert Schumann aufgrund der im Folgenden ausführlich dargestellten Sachlage in großen Schwierigkeiten war. Ich halte seinen Tod für nicht zufällig.«

Jetzt war Steidl offensichtlich definitiv eine Sicherung durchgebrannt. Sie hätten nicht so viel darüber berichten sollen, dass Schumann sich gegen den heftigen Widerstand seiner Fraktion am Ende doch für die Investitionen in besagte Chemiefabrik ausgesprochen hatte. Aber dass Steidl daraus jetzt eine Verschwörungstheorie strickte – und das auch noch in Zusammenhang mit irgendwelchen toten Fischen –, schlug dem Fass den Boden aus. Konrad ließ den Kopf auf die Tischplatte sinken. Dann klopfte er mit der Stirn dagegen. »Bekloppt. Bekloppt. Bekloppter alter Mann …«

»Wer ist bekloppt?« Tine stellte ihr Tablett neben seinem Kopf ab und lachte. »Bekloppt – bekloppt?«

»Ja. Ach, ich will's gar nicht erzählen.«

»Wundert dich das wirklich? Was hat er denn diesmal? Zeig her …« Sie griff nach dem Papierstapel.

»Finger weg!« Konrad klopfte ihr auf die Hand. »Lass das, es reicht, wenn ich mich mit diesem Schmarrn beschäftigen muss.«

Tine schob beleidigt die Unterlippe vor. »Bitte, dann nicht. Um was geht's denn ganz grob?«

»Um Fische.«

»Fische?«

»Ja, Fische. Und um den Schumann.«

»Schumann? Mein Thema! Zeig her!«

»Das willst du nicht wirklich lesen.«

»Was denn?« Tine griff nach dem Papier. Konrad hielt es fest.

»Willst du eine Theorie von unserem Professor lesen, in der er sich irgendwie zusammengeschustert hat, dass der Tod von Schumann – ich zitiere – ›nicht zufällig‹ war?«

Tines Mundwinkel klappten enttäuscht nach unten. Dann seufzte sie. »Nein. Will ich nicht.«

»Eben.«

Sie nahm die Gabel in die Hand und klopfte mit der Unterseite auf den Tisch. »Mist. Wenn die Theorie von jemand anderem käme, würde ich 'ne große Sache draus machen! Aber wenn ich den Steidl zitiere, schmeißen die mich achtkant raus.«

»Tja.«

»Tja. *Ich* würde ja sagen, dass die Frau vom Schumann ihm einen Tritt verpasst hat, und deshalb ist er gestürzt. Aber das darf man ja nicht mal denken.«

Er sah sie prüfend an. »Ja, dass *du* so was denkst, wundert mich nicht. Gut, ihr Frauen wisst vielleicht besser, wie Frauen ticken.« Konrad wollte nicht länger bei ihr sitzen bleiben. »Ich geh wieder hoch.« Er schlüpfte in seine Schuhe.

»Bin ich dir so zuwider, dass du jetzt sofort abhaust, wenn ich komme?«

»Nein, Tine, ich bin nur beschäftigt.«

Sie nickte. Nicht gerade verständnisvoll. »Hast du eigentlich sehr viel zu tun?«

»Warum? Ist was?«

»Die Bullen haben eben 'ne Pressemitteilung geschickt. Toter am Rhein.«

»Wasserleiche?«

»Ne, glaube nicht. Aber offenbar Opfer von Gewaltverbrechen.«

»Hm. Gibt's 'ne Pressekonferenz?«

»Ich hab angerufen. Vorerst nicht mehr Infos als das, was in der Mitteilung steht. Aber ich dachte, es könnte mal jemand rausfahren.«

»Hey, es ist gleich Viertel nach fünf. Was ist mit Tanja?«

»Kann nicht. Hat zu tun.«

»Hast du sonst schon jemanden rausgeschickt?«

»Nur den Fotografen.«

Konrad schloss die Augen. »Willst du's als Aufmacher?«

Tine bejahte mit einem zufriedenen Zungenschnalzen. Irgendwie hatte er es vermisst, dieses Zungenschnalzen. Aber nur ein bisschen. Sie hatten sich aus gutem Grund getrennt.

Konrad nickte. »Okay, bin schon weg.«

In der ersten Pressemitteilung stand so gut wie nichts. Aber die zweite, die nur zwei Minuten später im Posteingang war, klang interessanter. Sie war holprig verfasst. Die Staatsanwaltschaft schien es eilig gehabt zu haben, mit der Nachricht an die Öffentlichkeit zu gehen. »Eine männliche Leiche hat ein Spaziergänger am frühen Mittwochmorgen in einem Waldstück in unmittelbarer Nähe des Rheinufers nahe des Pionierhafens entdeckt. Die Leiche wurde an zwei Angelhaken von dem noch unbekannten Täter an einem Baum aufgehängt. Aufgrund der äußeren Verletzungen wird zum jetzigen Zeitpunkt von einem Gewaltverbrechen ausgegangen. Die Kriminalpolizei hat die Ermittlungen aufgenommen. Wir bitten die Vertreter der Medien, von weiteren Nachfragen abzusehen. Zum jetzigen Zeitpunkt gibt es keine weiteren Erkenntnisse. Polizei und Staatsanwaltschaft werden Sie umgehend informieren, sobald es die Ermittlungen zulassen.« Konrad zog die Jacke an, um sie draußen auf dem Parkplatz direkt wieder auszuziehen. Es war verdammt heiß. Und bis zum Pionierhafen würde er im Feierabendverkehr locker eine halbe Stunde brauchen. Bei dieser Bruthitze. Und das im Mai!

Fünfzig Minuten später quetschte er sich mit seinem alten Golf zwischen einen staubigen Kombi und ein Polizeiauto. Links und rechts davon standen um die zwanzig Autos – darunter eines mit der Werbeaufschrift eines Fernsehsenders und eines vom Radio. Keine fünf Meter von ihm entfernt stand ein Pulk von Polizeibeamten. Konrad ging auf sie zu.

»Servus, Konrad!« Einer der Polizisten winkte. Konrad hätte seine Brille aufsetzen sollen. War das jetzt Dieter oder der andere Polizeisprecher?

»Hab schon gedacht, von euch taucht gar niemand mehr auf.«

Es war Dieter. »Servus, Dieter.«

»Bist wahrscheinlich nicht zum Spaß hier, hm?«, fragte Dieter.

»Nein. Die Pressemitteilung kommt ja vermutlich von euch. Mich interessiert das Drumherum. Weißt ja.«

Dieter seufzte, steckte sich den Zeigefinger ins Ohr, drehte zweimal hin und her, betrachtete interessiert das, was er herausgeholt hatte, wischte den Finger an der Hose ab und zog dann seine Mütze gerade. »Ja, ich weiß. Viel kann ich dir nicht bieten. Außer wenn du 'nen Bericht über wahnsinnig gewordene Fernsehteams schreiben willst, die den Wald belagern.«

»Schon mal besser als nur eure langweilige Pressemitteilung.«

»Haha.«

»So, Dieter, wo darf ich hin? Bringst du mich? Fundort angucken, oder geht das nicht?«

»Geht. Aber nur in Begleitung, ausschließlich innerhalb der Absperrung.« Dieter zeigte mit dem Zeigefinger auf eine junge Kollegin, die neben ihm stand. »Stellung halten! Ich komm gleich wieder.«

Dittus war immer noch nicht da. Carmen hatte tunlichst Abstand vom abgesperrten Gelände bewahrt, während sie auf Dittus und seine Geschichte vom gefundenen Totschläger wartete. Dass sie sich derweil auf ein Gespräch mit einem anderen Angler eingelassen hatte, war relativ nützlich gewesen. Wieder mal glücklicher Zufall, eine Fügung des Schicksals, was auch immer – auf jeden Fall war Timo Kratz zum einen eine amüsante Plaudertasche und zum anderen war das, was er von sich gab, auch noch interessant. Kratz sah aus wie ein Mops mit Mütze in einem Liegestuhl. Er ließ die Hände rechts und links auf den Boden herunterhängen und beäugte unentwegt die Spitze seiner Angelrute. Dabei hörte er nicht auf zu reden.

»Das ist ein total schräger Kerl, der Steidl. Hat immer gedacht, alle hätten was gegen ihn. Zum ersten Mai haben sie ihm nachts Eier an die Hauswand geschmissen. Na ja, haben sie ja bei allen in der Straße gemacht. Aber er, er hat's mal wieder persönlich genommen und die Schalen von der Wand abgekratzt. Dann hat er sie, sagt man wenigstens, in seinem Tresor im Schlafzimmer eingeschlossen. Für den Fall, dass die Bullen doch nochmal ermitteln irgendwann. Wegen der Fingerabdrücke. Bekloppt, was?«

»In der Tat«, nickte Carmen. Wo blieb der Dittus bloß?

»Mädchen, dass Sie den Steidl nicht kennen, ist echt 'n Wunder! Der steht doch andauernd bei euch auf'm Revier oder bei der Zeitung auf der Matte.«

»Frau Henning!«

Dittus kam anmarschiert. Er winkte und klopfte Kratz freundschaftlich auf die Schulter. »Servus, Timo. Was machst du denn hier mit der Frau Kommissarin?«

Kratz kratzte sich. »Gegenfrage: Was machst du hier mit ihr?«

Diese putzige Männerunterhaltung musste postwendend unterbrochen werden. Carmen fühlte sich von einer Sekunde zur anderen zum kleinen Weibchen degradiert. Und davon abgesehen: Kaum standen da diese beiden Männer beieinander, sprachen sie mindestens doppelt so laut. Offenbar animierten sie sich außerdem gegenseitig unbewusst dazu, im breitesten Dialekt zu sprechen. Es war fast kein Wort mehr deutlich zu verstehen. Es klang, als würden sie sich über eine Entfernung von mindestens fünfzig Metern hinweg ihre Geschichten zurufen – und hätten dabei beide ein komplettes Päckchen Hubba-Bubba-Kaugummi im Mund. Es ging um einen großen Fisch. Kratz zeigte eben mit den ausgestreckten Armen, *wie* groß er gewesen war. Dittus nickte anerkennend und brüllte ein langgezogenes »Nooooiiiiii?!« und fügte ein übertrieben erstauntes »Des gibt's ja net« an.

»Die Herren, ich habe nicht allzu viel Zeit. Herr Dittus, Sie wollten mir etwas von diesem Totschläger erzählen. Was soll das denn bedeuten?«

»Na, ein Totschläger. Mit dem man den Fischen auf den Kopf haut.«

Carmen verstand nur Bahnhof. »Herr Dittus, was um Himmels willen wollen Sie mir sagen? Was hat das denn mit der Leiche zu tun?«

»Ich habe ihn gesehen. Mir ist's vorhin eingefallen. Ich hab das Ding am Flussrand treiben sehen. Ich hatte noch überlegt, ob ich ihn rausfischen soll. Aber das war mir zu viel. Und Hardy hatte auch keine Lust.«

»Woher wollen Sie denn wissen, dass dieser Totschläger etwas mit dem Toten zu tun hat?«

»Weil's ganz in der Nähe war. Und es war vor zwei Tagen, als ich das Ding gesehen habe. Flussabwärts. Aber jetzt ist es weg.«

»Wird mit der Strömung abgetrieben sein. Oder ein anderer hat's rausgefischt«, mischte sich Kratz ein – hörbar bemüht, wieder ins Hochdeutsche zurückzufinden.

Carmen nickte. »Und davon abgesehen, Herr Dittus, so ein Ding haben doch bestimmt viele Angler hier am Rhein dabei. Dass da mal einer einen verliert, ist doch recht wahrscheinlich.«

»Ich will das auf jeden Fall im Protokoll wissen! Nachher kommen Sie mir noch komisch, weil ich was gewusst und Ihnen nichts gesagt habe. Also?«

Er war nicht kleinzukriegen. »Gut. Vorschlag: Wir gehen rüber zu den Kollegen, und Sie geben das dort zu Protokoll.«

»Einverstanden!« Dittus nickte selig.

»Gut, dann kommen Sie mit.«

Spitze. Und dafür war sie hier rausgefahren.

Dieter blieb abrupt stehen. »Da sieh mal einer an! Wenn du da nicht von Glück sprechen kannst, Konrad!«

»Was?«

»Guck mal, wer da eben kommt!«

Konrad folgte mit den Augen Dieters Zeigefinger. Er deutete auf eine Frau, die eben mit einem ziemlich kompakten Kerl auf sie zukam. »Wer ist das?«

»Die Henning. Sag bloß, die kennst du nicht?«

»Nicht persönlich. Die sagt doch nie was zur Presse.«

»Darf sie auch nicht. Nur in Ausnahmefällen, wenn's ihr der Staatsanwalt erlaubt. Ansonsten geht alles über die Pressestelle, ausnahmsweise auch mal über mich, wenn die Hütte brennt wie zurzeit.« Ein Anflug von Stolz huschte über sein Gesicht, bevor er direkt auf diese Henning zuging.

»Frau Henning! Was gibt's? Kann ich was für Sie tun?« Zuckersüß. Dass Dieter so geschmeidig werden konnte, wer hätte das gedacht? Aber Konrad musste zugeben: Er kannte Dieter lange genug, um zu merken, dass er dieser Frau nicht viel abgewinnen konnte. So schlecht war Miss Kommissarin allerdings nicht. Hübsche Erscheinung. Fast ein bisschen zu hübsch für eine Frau in dieser Position. Hoffentlich keine Kratzbürste.

»Tag, die Herren.« Sie reichte Dieter die Hand und streckte sie dann auch in Konrads Richtung. Sie lächelte nicht, als er sie kurz drückte. Also doch Kratzbürste.

»Das hier ist Herr Dittus, der die Leiche gefunden hat. Er will noch etwas zu Protokoll geben.«

»Ah ja. Herr Dittus, da nehme ich Sie mal mit rüber zum Kollegen. Bitte.« Dieter schnappte sich Dittus und führte ihn weg.

Konrad sah den beiden nach und beäugte dann die Kommissarin, die wie bestellt und nicht abgeholt im Wald stand. Es schien sie niemand als die ermittelnde Kommissarin zu erkennen. Keiner von den anderen Presseleuten beachtete sie. Also gut, jetzt oder nie, Konrad.

»Frau Henning?«

Sie wollte offenbar gerade abdrehen, zuckte zusammen und wandte sich dann überrascht zu ihm um. »Ja?«

Er hielt ihr noch einmal die Hand entgegen. »Mein Name ist Mende, *Badische Aktuelle*. Sie sind die ermittelnde Kommissarin, stimmt's?«

»Ja. Aber ich kann Ihnen leider keine Auskunft geben. Sie müssen sich bitte gedulden, bis die Pressemitteilung kommt.«

»Ich weiß. Entschuldigen Sie. Ich wollte Sie auch nichts zum Fall fragen. Das weiß ich ja, dass Sie nichts sagen dürfen.« Er ließ die Hand wieder sinken.

»Ach. Entzückend. Und was wollen Sie mich *dann* fragen?«

»Eigentlich weiß ich das gar nicht so genau. Ich wollte Sie einfach mal … ansprechen. Schlimm?«

»Nein, Herr …?« Jetzt hielt Carmen ihm auffordernd die Hand hin. Er griff sofort zu.

»Mende. Hallo.«

»Soso, Herr Mende. Ja, also, wie Sie schon messerscharf kombiniert haben, ich bin nicht befugt, Ihnen Auskunft zu geben. Sie wollten mich ansprechen? Bitte – und jetzt?«

»Ja, also, ich will so ein bisschen was drumrum schreiben. So mit Atmosphäre und so.« Er lächelte aufmunternd. »Sie wissen schon – so ein bisschen den Schock einfangen, die aufgeregte Situation, das Gewusel.«

»Aha. Und was wollen Sie dann von mir? Einen Schock? Oder lieber das Gewusel?«

»Vielleicht einen privaten Satz? Wie geht's Ihnen denn? Das ist doch bestimmt schlimm für Sie persönlich – so ein Anblick. Oder? Ich meine, so ein aufgeschlitzter Körper …«

»Kein Kommentar, Herr Mende. Tut mir leid.«

»Schade. Ich dachte nur, man kann ja mal fragen. Entschuldigen Sie bitte, dass ich Sie aufgehalten habe.«

Dittus kam wieder anmarschiert. »So, habe alles zu Protokoll gegeben.«

Fast hätte Carmen *Danke, Herr Major* geantwortet.

»Danke, Herr Dittus.«

»Gerne. Wer ist das?« Er zeigte auf Mende.

Mende nickte freundlich. »Mende, *Badische Aktuelle*. Guten Tag.«

»Aha.« Dittus richtete sich auf und warf Carmen einen unsicheren Blick zu.

Sie musste ihm den Mund verbieten, solange sie keine Ahnung hatte, was schon alles von der Sache raus war.

»Herr Dittus, Sie wissen ja, dass es die Ermittlungen gefährden kann, wenn bestimmte Dinge an die Öffentlichkeit gebracht werden, die die Staatsanwaltschaft noch nicht freigegeben hat?« Ein strenger Blick, Carmen, du musst einen strengen Blick aufsetzen!

Dittus schloss wichtigtuerisch die Augen und nickte, als wäre das selbstverständlich völlig klar. Mende lächelte und steckte demonstrativ seinen Kugelschreiber in die Brusttasche. Carmen musterte ihn prüfend und hob dann entschuldigend die Hände. »Ich muss dazu nichts sagen, oder?«

Jetzt lachte er und schüttelte den Kopf. »Nein.«

»Gut. Also, Herr Dittus, Sie sollten jetzt gehen.«

Dittus nickte. »Gut. Wenn Sie mich und Hardy brauchen …« Er zeigte auf seinen Monsterhund.

»Ja. Danke.«

Mende stand immer noch wie angewurzelt da und starrte Carmen an.

»Kann ich noch irgendwas für Sie tun? Sie sollten sich vielleicht Ihren Kollegen vom Fernsehen anschließen, die rennen alle schon seit ’ner Weile wie verrückt um die Absperrung rum und filmen Bäume und Büsche und befragen irgendwelche Spaziergänger.«

Er nickte langsam. »Sie haben keine Spuren bisher, nicht wahr?«

»Wie ich schon sagte – kein Kommentar.«

»Also hat er sich vielleicht übers Wasser davongemacht? Mit einem Boot?«

Er fing an zu nerven. »Vielleicht – oder er brauchte gar kein Boot, weil er übers Wasser laufen kann«, sagte sie schnippisch.

Er schien den Unterton verstanden zu haben. Er lächelte. »Auch eine interessante Theorie. Ja, genau, ein Wasserläufer.«

»Genau, mit sechs Beinen, und mit einem davon hat der kleine Wasserläufer dieses unglaublich große Fleischermesser festgehalten, mit dem er vorher dem armen Mann den Bauch aufgeschnitten hat. Von unten nach oben, krabbelkrabbel, hier ein Schnitt, krabbelkrabbel, da ein Schnitt, fertig ist die hübsche Wasserläufer-Leiche.«

Jetzt lachte er herzhaft. »Wahrscheinlich war es genau so. Entschuldigen Sie nochmals bitte. War mir ein Vergnügen, Frau Henning.« Dann drehte er sich um und ging. Und Carmen fiel auf, dass dieser Herr Mende einen verdammt knackigen Hintern hatte.

Alles war gelaufen wie geplant – bis auf diese eine Kleinigkeit. Was musste die Mutter von dieser kleinen Schlampe auch die Nase in fremde Angelegenheiten stecken? Sie schnüffelte. Und sie kannte ihre Tochter gut und wusste, wo sie nach Hinweisen auf deren Verbleib suchen musste. Das konnte gefährlich werden. Sonst hätte der Auftraggeber nicht noch einmal so viel dafür springen lassen, dass die Kleine nicht, wie ursprünglich geplant, nach der Zeit in der Hütte einfach irgendwo verschwinden würde. Sie sollte gefunden werden. Und zwar schnell. Und spektakulär. Damit niemand mehr nach ihr suchte, niemand mehr an der falschen – oder, besser gesagt, an der richtigen – Stelle stocherte. Diese neue Aufgabe war lösbar, keine Frage. Er musste nur ein Weilchen darüber nachdenken. Leider stand kein richtiges System dahinter – das widerstrebte ihm. Er legte Wert auf Systematik. Jetzt konnte er keine Spur legen. Aber das sollte am Ende nicht sein Problem sein, das war das Problem des Auftraggebers. Er persönlich hätte es anders gelöst – das störte ihn ein wenig. Aber sei's drum. Er würde sich auch dafür einen ordentlichen Weg zurechtlegen. Ansonsten war inzwischen alles paletti. Das war gut. Es wäre nicht das erste Mal, dass jemand versuchte, ihn übers Ohr zu hauen. Die Planänderung musste deshalb sorgfältig auf ihre Echtheit überprüft werden. Aber wahrscheinlich hatte es sich inzwischen herumgesprochen, dass es keine gute Idee war, ihn aufs Glatteis führen zu wollen.

»Geh rein und gib ihr das!« Er reichte dem Penner ein paar Traubenzucker. »Und nachspülen!«

»Mann, die stinkt!«

»Du stinkst auch! Geh schon! Und dann machen wir, dass wir wegkommen.«

»Wohin?«

Als hätte er es nicht schon tausend Mal erklärt. »Frag nicht so viel. Du wirst es schon sehen. Und beeil dich!«

»Du hast es mir aber nicht gezeigt, Mann! Und für das, was ich gemacht habe, hätte ich das schon ...« Er rülpste. »... schon verdient.«

»Habe ich dich schon mal beschissen?«

»Nein.«

Kunststück. Wie hätte er ihn auch je bescheißen sollen? Sie kannten sich erst seit einer Woche. Aber das spannte der Idiot mit seinem vom Alkohol aufgeweichten Gehirn natürlich nicht. »Also. Mach jetzt, wir haben nicht den ganzen Tag Zeit.« Er wartete, bis der Holzkopf in der Hütte verschwunden war. Dann klappte er den Koffer noch einmal auf. Er nahm die Karte heraus und folgte mit der Fingerspitze langsam dem Verlauf des Rheins. Im Geiste wiederholte er die Zahlen für das Schließfach. Wie würde er diese Kleinigkeit jetzt auf die Reihe kriegen? Jemanden einfach verschwinden zu lassen war die leichteste Übung – wenn man so viel Routine darin hatte wie er. Jemanden aber regelrecht zu präsentieren und die ganze Sache zu einem einzigen öffentlichen Verwirrspiel zu machen – das war eine Herausforderung. In seiner Branche verzichtete man gerne auf diese Art der Herausforderung. Aber zwei Möglichkeiten gab es. Er musste nur noch herausfinden, welche die bessere war. Zur Belohnung konnte er sich danach für eine Weile absetzen und seine Cocktails unter Palmen schlürfen.

»Komm her, Mann, das geht so nicht!« Der Holzkopf streckte den Kopf zur Tür heraus und winkte. »Komm!«

Er hätte sich einen clevereren Kerl besorgen können. Aber das hätte andere Schwierigkeiten mit sich gebracht. Nicht zuletzt die Bezahlung. Und dann natürlich die Sicherheit. Jemand wie der Holzkopf ließ sich problemlos aus dem Weg schaffen. Mit einem Kollegen wäre das wesentlich schwieriger. Und innerhalb der Branche verzichtete man nicht nur gerne auf Unvorhersehbares, man kannte sich auch. Jeder wusste, dass er eigentlich Einzelkämpfer war. Hätte er sich einen von den Jungs ins Boot geholt, hätte dieser sofort gewusst, dass er den Preis in die Höhe treiben kann – und bei unvorhergesehenen Planänderungen hätte er sich absprechen müssen. Das fiel beim Holzkopf weg. Dem Schnaps sei Dank. Er stand auf und ging zur Hütte.

»Sie spuckt das immer wieder aus!«

Die blonde Tussi wimmerte leise. Ihre Arme zuckten, als stünden sie unter Strom. Aus ihrem Mundwinkel lief Spucke. Ihre Lippen waren aufgesprungen und zitterten.

Er sagte kein Wort. Er hielt die Hand auf, der Idiot verstand und drückte ihm den Traubenzucker in die Hand. Ohne zu zögern, ging er auf die Frau zu und schob ihr den Traubenzucker in den Mund. Dann nahm er ihren Kopf in die Hände und presste ihren Unterkiefer nach oben. Sie wehrte sich nicht. Und schluckte. Er nickte.

»Wow!«, sagte der Idiot. Er antwortete nicht, sondern bedeutete ihm lediglich mit einer Handbewegung mitzukommen. Sie hatten noch ein ganzes Stück Weg vor sich. Aber es war das beste Versteck für das Auto gewesen. Und jetzt war es an der Zeit, sich wieder damit zu beschäftigen.

Fünf

Albert wollte gerade gehen. »War's ergiebig?«, fragte er, während er sich eilig die Jacke anzog.

»Nicht wirklich. Wo gehst du hin?«

»Kurz zu unseren Kollegen rüber ins andere Gebäude.«

»Wegen?«

»Die Kartei abholen. Abgleich, andere Fälle. Du weißt schon.«

»Okay. Aber mach hinne, die anderen trudeln gleich ein.«

»Wie lange hab ich?«

»Viertelstunde.«

Er sagte nichts mehr und rauschte zur Bürotür hinaus – durch die keine zwei Minuten später Tobi hereinspaziert kam. Pfeifend. Mit noch mehr Papier unter dem Arm, als Carmen sowieso schon auf dem Schreibtisch hatte.

»Servus, Carmen. Na, alles im grünen Bereich?«

»Tobi – was ist denn mit dir?«

»Was soll sein?« Er pfiff weiter, warf mit einer lässigen Handbewegung den Papierstapel auf einen leeren Stuhl, lehnte sich dann an Carmens Schreibtisch und verschränkte die Arme vor der Brust.

»Was pfeifst du denn da?«

Tobi antwortete nicht, sondern pfiff lauter.

»Hör auf! Sag mir, woher ich das kenne, sonst werd ich wahnsinnig!«

»Ich gebe dir einen Tipp. Es ist kein Lied im eigentlichen Sinne. Es ist quasi – so eine Art Filmmusik.«

»Wie, so eine Art Filmmusik? Entweder es ist Filmmusik oder es ist keine.«

Tobi pfiff weiter.

»Warte, warte, warte, es liegt mir auf der Zunge! Da da da daaa daaaa da daa daaa da daaaa da da daaaaa …«

»Ja, genau, du hast den Groove raus. Und?«

»Ich hab's! Miss Marple!«

»Bingo!«

»O Mann, manchmal steh ich echt auf dem Schlauch.«

»Allerdings. Das war ja wohl voll einfach. Ich dachte, du guckst das so gerne?«

»Ja. Hab's aber schon ewig nicht mehr gesehen. Lief schon lange nicht mehr im Fernsehen.«

»Also *ich* hab ja die DVD-Box. Mit *allen* Folgen.«

»Ist mir zu teuer.«

»Verstehe.« Er stieß sich von der Tischkante ab und zog sich Alberts Schreibtischstuhl zu Carmen. »Stör ich eigentlich? Ich bin zu früh.«

»Nö, störst nicht. Kannst mir ja schon mal vorab sagen, ob du was Brauchbares auf der Pfanne hast.«

»Hab ich!«

»Hervorragend. Aber erzähl's mir nicht, sonst muss ich mir alles zweimal anhören.«

»Okay. Was soll ich dann erzählen?«

»Was die Liebe macht, zum Beispiel.«

Er grinste. »Warum? Hast du Gerüchte gehört, oder was?«

»Nein, wieso? Gibt's welche?«

»Nein. Aber ich hätte es lustig gefunden, mal wieder von dir zu hören, mit wem ich alles was am Laufen haben soll.«

Gerade als Tobi Luft holte, um vielleicht doch noch mit einer Frauengeschichte herauszurücken, steckte Angelika Schmelzer den Kopf zur Tür herein. »O, bin ich zu spät?«

»Nein, nein, Frau Schmelzer. Tobi ist nur zu früh. Kommen Sie rein.«

Die junge Kollegin machte die Tür leise hinter sich zu. Wie auf Zehenspitzen schlich sie in die Zimmerecke, wo der alte wackelige Holzstuhl stand, und nahm Platz. Kerzengerade. Die Hände auf den Oberschenkeln. Hatte sie aufgehört zu atmen?

Tobi drehte sich auf Alberts Chefsessel um 180 Grad – so schwungvoll, dass das Leder quietschte – und sah die Schmelzer misstrauisch an. »Angie, was ist denn mit dir? Du schleichst hier rein wie Falschgeld.«

Sie lächelte verschämt und rieb sich mit dem Zeigefinger die Nase. »Tschuldigung. Ich bin nur ein bisschen … baff. Wegen Herrn Schneider.«

Was hatte Albert jetzt wieder angestellt? »Wieso?«

Die Schmelzer zog die Augenbrauen so hoch, dass sie fast mit ihrem Haaransatz verschmolzen. »Er ist ziemlich angespannt, kann das sein?«

Und wie das sein konnte! »Ja. Aber was hat er denn gemacht?«

»Er hat mich angebrüllt. Wegen nichts. Eigentlich. Ich komme eben von drüben von den Kollegen im C-Bau. Ich hatte mir grade die Vermisstenkartei durchgesehen und wollte den Computer füttern mit den neuesten Daten für den Abgleich mit ähnlichen Mordfällen, da ist er reingekommen und hat mich angeschnauzt. Ich soll mich um meinen eigenen Mist kümmern und die Sachen machen, für die ich bezahlt werde. Dann hat er mir meine Ausdrucke aus der Hand gerissen.«

Carmen blieb keine Zeit mehr, Alberts Verhalten zu deuten. Als er durch die Tür stürmte, war klar, dass das Thema vorerst ruhen musste. Er warf Angelika Schmelzer einen vernichtenden Blick zu. Tobi sprang hastig von Alberts Stuhl auf. Albert setzte sich, riss die oberste Schreibtischschublade auf und suchte nach etwas.

»Wer fehlt denn noch?« Carmen wollte das allgemeine Schweigen, das nur von Alberts Gekrame durchbrochen wurde, nicht weiter ausdehnen.

»Dieter Ohnmacht«, sagte Tobi. »Aber der kommt nicht, der ist noch bei der Auswertung von Schwenks Computer. Apropos: Ich hab die Telefonnummer überprüft, die beim Schwenk an der Pinnwand hing.«

»Und?«

»Es ist ulkig – das ist die Telefonnummer von einer der letzten Telefonzellen in ganz Karlsruhe. In der Innenstadt.«

»Womit wir schon beim Thema wären«, sagte Albert, der aufgehört hatte zu kramen und sich eben einen Kaugummi in den Mund schob.

»Ja – also, wie gesagt: Es ist die Nummer einer Telefonzelle. Die kann jeder benutzen, um sich zurückrufen zu lassen.«

»Komisch. Also erstens hat heutzutage jeder ein Handy, und wer keines hat, der lässt sich zu Hause anrufen«, überlegte die Schmelzer, die offenbar beschlossen hatte, all ihren Mut zusammenzukratzen und sich nicht weiter von Albert beeindrucken zu lassen.

Tobi nickte heftig. »Genau.«

»Ja. Und zweitens, falls Erik Schwenk jemanden in einer Telefonzelle zurückgerufen hat – warum hebt er dann die Nummer auf und hängt sie an so exponierter Stelle in der

Küche an die Pinnwand?«, fragte die Schmelzer weiter. Albert quittierte diese Überlegung mit einem genervten Stöhnen – beließ es aber dabei.

Carmen seufzte. Sie dachte an ihre eigene Pinnwand. Was dort alles für alte Zettel hingen, die kein Mensch mehr brauchte und niemals wieder lesen würde. »Es ist schon irgendwie merkwürdig. Aber wenn ich ehrlich bin, mir könnte das auch passieren, dass ich so eine Nummer aufschreibe und nach dem Telefonat ganz automatisch an die Pinnwand hefte, ohne mir was dabei zu denken.«

Tobi grinste und kratzte sich dabei so heftig im Genick, dass es klang, als schabte jemand Eis von einer Autoscheibe. »Stimmt. *Dir* traue ich so was zu.«

Albert trommelte ungeduldig mit den Fingern auf der Tischplatte. »Ja. Und was machen wir jetzt mit dieser Telefonnummer? Kann man rauskriegen, wann dort von Erik Schwenks Anschluss aus angerufen wurde?«

»Langsam!« Tobi zog gezielt ein Blatt aus seinem dicken Papierstapel. »Hier. Es wurde der größtmögliche Zeitraum überprüft – drei Monate. Länger werden die Daten nicht gespeichert. Und während dieser drei Monate wurde kein einziges Mal von Erik Schwenks Anschluss aus dort angerufen. Auch nicht von seinem Mobiltelefon aus.«

Das war in der Tat komisch. Warum notierte sich jemand die Nummer einer Telefonzelle und hob sie länger als drei Monate auf? »Vielleicht hat er von einem anderen Anschluss aus dort angerufen?«

»Vielleicht. Aber merkwürdig ist das allemal.«

Albert nickte. »Stimmt. Aber vielleicht war er einfach nur ein Messi und hat den Zettel nach dem Anruf an die Wand gepinnt und einfach so dort hängen lassen. Können wir trotz aller Merkwürdigkeiten jetzt einfach mal alles zusammentragen, was wir bisher wissen – ich meine, es wäre ganz zielführend, wenn wir uns ein bisschen abstimmen würden, damit sich nicht zwei Leute gleichzeitig auf dieselben Aufgaben stürzen. Stimmt's, Frau Schmelzer?«

Angelika Schmelzer sagte nichts, senkte den Kopf und starrte auf ihre rechte Hand.

»Also«, setzte Albert an. »Fangen wir mal am Anfang an.« Er stand auf, ging um den Schreibtisch herum, nahm den Filzstift und begann, die Tafel zu bearbeiten.

»Erik Schwenk, 43 Jahre alt, wird entdeckt. Aufgehängt an zwei großen Wallerhaken, mit Wäscheleine. Der Schädel zertrümmert, der Körper aufgeschnitten von oben nach unten, regelrecht ausgeweidet. Wie bei einem Fisch. Was sagt uns das?«

Carmen schluckte den Magensaft herunter, der wieder ihre Speiseröhre hinaufkroch. »Die Leiche wird präsentiert, in einer ganz bestimmten Art und Weise.«

»Sehr richtig. Wenn jemand diesen armen Kerl einfach nur hätte umbringen wollen, dann hätte er sich so viel Mühe nicht gemacht. Also: Irgendetwas will der Täter damit sagen. Das erinnert mich an den Bekloppten vom letzten Jahr. Was diese Beknackten immer dazu treibt, im Mittelpunkt stehen zu müssen.«

»*Die* Täter«, meldete sich Tobi zu Wort. »Ich kann mir nicht helfen, aber ich gehe mal davon aus, dass einer alleine es nicht schafft, einen starken Kerl dieser Größe am Baum aufzuknöpfen.«

»Auch sehr richtig«, sagte Albert. »Ich habe im Computer nachgesehen. Auf die Schnelle kann man sagen: Auf so eine Art und Weise hat noch nie jemand eine Leiche zur Schau gestellt. Es gab kürzlich mal einen Fall in Österreich, da hat ein Verrückter seine Opfer kopfüber an einer Kirche aufgehängt und bestimmte Zahlen in die Leichen eingeritzt.«

»Uäh!«, machte die Schmelzer.

Albert überhörte sie. »Das war ein total, völlig, absolut Verrückter, der ein bestimmtes Ritual mit seinen Opfern vollführt hat. Sie haben ihn geschnappt. Er sitzt ein. Also nicht unser Mann. Was das Täterprofil angeht: Als Schnellschuss würde ich mal vermuten, er zieht Befriedigung daraus, sein Opfer aufzuschneiden.«

»War der denn allein – also der in Österreich?«

»Ja. Aber wie er das alles geschafft hat, steht nicht im Computer. Aber wenn Sie's interessiert, Frau Schmelzer, dann rufen Sie doch in Österreich an.«

Wieder Schweigen.

»Keiner sagt was? Auch gut.« Albert malte weiter auf der Tafel herum. »Erik Schwenk hat allein gelebt, seiner Exfrau nachgetrauert, die angeblich keinen Kontakt mehr zu ihm hatte. Kontakt hatte er aber sehr wohl zu seinem ehemaligen Schwiegervater, Vizechef vom Angelclub. Tobi, du hast dich drum gekümmert?«

»Ja.« Tobi kramte einen neuen Zettel heraus. »Theo Reichert. Netter alter Mann.«

»Du hast mit ihm gesprochen?«

»Ja.«

»Und?«

»Erik Schwenk war nach der Scheidung ziemlich aktiv im Angelclub. Er war seit kurzem einer von den Gewässerwarten. Hat sich sehr eingesetzt für den Verein. Und der alte Reichert hat ihn immer gern gemocht. Er hat gesagt – Achtung, ich zitiere wörtlich: ›Es ist mir schon klar, dass der

Junge viel mit sich selbst ausgemacht hat. Mit meiner Tochter kann es manchmal schwierig sein. Dass er da fast nur noch alleine draußen am Wasser war, kann ich ihm nicht verdenken.‹ Zitat Ende.«

Carmen dachte an Antonia Reichert und das blumige Duschgel. »Ja, aber die Tochter scheidet ja wohl aus. Als Täter – oder Mittäter. Hat er sonst noch was gesagt?«

»Warum scheidet sie aus?«, fragte Tobi. »Sie hat für den Zeitraum, in den die Pathologie den Mord angesiedelt hat, kein Alibi. Wir haben das überprüft.«

»Ja, aber sie hat doch wohl auch kein Motiv, oder? Finanziell und so war da doch nichts Auffälliges, wenn ich richtig gelesen habe. Und die Reichert allein kann den großen Mann doch nicht aufhängen und aufschneiden?«

»Wir haben noch zu wenig, um die Reichert komplett ausschließen zu können, finde ich«, konstatierte Tobi. »Aber zurück zu ihrem Vater: Er hat gesagt, dass er absolut keinen Schimmer hat, wer ernsthaft etwas gegen Schwenk gehabt haben könnte. Ziemlich beliebter Kerl. Und die kleinen Streitigkeiten innerhalb dieses Angelclubs sind, das hat der Reichert zumindest gesagt, alle harmlos gewesen.«

»Was für Streitigkeiten?«

»So viel Zeit hatte ich nicht. Er kommt jederzeit, wenn wir ihn herbitten. Er war sehr kooperativ.«

Jetzt sah Albert Angelika Schmelzer auffordernd an. »Frau Schmelzer?«

»Erik Schwenk hatte keine Schulden«, kam es wie aus der Pistole geschossen. »Er hat immer pünktlich seine Miete bezahlt, ist niemals negativ aufgefallen, keine Eintragung im Vorstrafenregister, einziger polizeilicher Vermerk: richterliche Verfügung. Er durfte sich seiner Exfrau nicht mehr nähern, weil er ihr nachgestellt hat. Keine Eintragungen bei der Schufa. Keine Lebensversicherung zugunsten seiner Exfrau. Er hatte außer dem Angelclub und seinem Motorrad keine besonderen Interessen. Gearbeitet hat er als Meister in einer Autowerkstatt. Hat gutes Geld verdient. Außerdem war er Mitglied bei den Grünen.«

»Bei den Grünen?«

»Ja. Er ist als 18-Jähriger da eingetreten, hat sich aber nie großartig engagiert. Aber dieses Jahr wollte er sich zu den Gemeinderatswahlen aufstellen lassen.«

»Tatsächlich?« Carmen wurde hellhörig. »Wann sind die Wahlen?«

»In knapp vier Wochen«, schoss es aus Angelika Schmelzer heraus.

Albert stöhnte genervt. »Wunderbar. Dann müssen wir uns jetzt die anderen Fraktionen vornehmen?«

Tobi lachte. »Ja, genau. Die Angler im Gemeinderat. Kennt jemand einen? Leute, der Typ war Gewässerwart beim Angelclub, er hat sich jahrelang keinen Deut für seine Partei interessiert, dann wollte er sich für die Gemeinderatswahlen aufstellen lassen, im Angelclub war er sehr beliebt, das heißt, er hätte von den 4000 Mitgliedern möglicherweise viele Stimmen bekommen. Jetzt ist er tot. Was sagt uns das?«

»Dass vielleicht irgendwer um jeden Preis verhindern wollte, dass er in den Gemeinderat gewählt wird?«, fragte Schmelzer – eher rhetorisch.

»Genau. Und warum wollte das jemand verhindern?«

Albert schüttelte heftig den Kopf. »Leute, bitte! Das hatten wir doch schon. Wenn es bloß darum gegangen wäre, ihn aus dem Weg zu schaffen, dann hätten die ihn doch nicht *so* an diesem Baum aufgehängt! So mordet kein Politiker! Die machen so was eleganter.«

»Ich finde das schon ziemlich elegant«, konterte Tobi. »Ist doch eine schicke Sache – einen um die Ecke bringen und so tun, als wäre es ein Bekloppter gewesen?«

»Sei's drum.« Albert machte eine Blase mit seinem Kaugummi und schrieb sich etwas auf seinen Fresszettel. »Gut, auf jeden Fall sollten wir das im Auge behalten. Frau Schmelzer, was wollte der Schwenk denn im Gemeinderat erreichen? Die Wahlen sind in vier Wochen, der muss sich doch irgendwie schon in der Öffentlichkeit präsentiert haben?«

Carmen musste grinsen. »Albert, wenn es so wäre, dann hättest *du* davon doch längst in der Zeitung gelesen.«

»Nein«, sagte die Schmelzer langsam. »Ich weiß das nur aus der Parteizentrale. Er wollte sich grade um das Flugblatt kümmern, das er nächste Woche verteilen wollte.«

Tobi winkte dazwischen. »Leute, dann gibt's dazu doch bestimmt was auf seinem Rechner. Ich sag Dieter Bescheid, dass er da drauf achten soll.«

»Gut. Wobei ich das momentan, ehrlich gesagt, eher für Zufall halte.« Albert sah auf die Uhr. »Wer kümmert sich um die Kartei? Man sollte trotz allem die Eingaben noch verfeinern. Das, was ich eben rausgelassen habe, war ja nur ein Schnelldurchlauf. Frau Schmelzer?«

»Wenn Sie …«

»Nein, ich habe nichts dagegen«, unterbrach er sie. »Sie können da noch was lernen. Leute, ich muss weg.«

Was war das denn jetzt? »Sind wir denn fertig?«

»Ich mit euch – ja. Wenn ihr noch was zu bequatschen habt – bitte. Kannst es mir ja dann erzählen.«

»Und wo gehst du bitte hin?«

»Hab noch ein Treffen. Klingt vielversprechend.«

»Inwiefern? Privat oder wegen unseres Toten?«

»Nicht privat.« Er nahm die Klinke in die Hand.

»Albert?« Carmen ahnte Böses. Wenn er so herumdruckste, war wieder irgendwas im Busch, das sie nicht wissen sollte.

»Und hast du mit Meyer geredet? Wann können wir uns den Schwenk nochmal ansehen?«

»Morgen im Lauf des Tages. Wie es uns reinpasst. Lass uns das dann besprechen. Gott zum Gruße, Leute.« Er lächelte der Form halber und zog die Tür hinter sich zu.

Tobi spitzte die Lippen und sah fragend in die Runde. »Und jetzt?«

»Kümmerst du dich um Dieter Ohnmacht, den Computer und die Grünen?«

»Geht klar.«

»Frau Schmelzer, Sie gucken die Kartei durch, auch die Vermisstenkartei, wenn's geht, ob unser Herr Schwenk irgendwem gefehlt hat und wer sonst noch so vom Erdboden verschluckt ist. Und …« Carmen senkte vorsichtshalber die Stimme. »Rufen Sie doch wirklich mal in Österreich an und fragen Sie sich durch zu den Kollegen, die diesen Ritualmord damals bearbeitet haben. Mich interessiert schon, wie der Typ das hingekriegt hat, die Leiche kopfüber an die Kirche zu hängen. Und das ganze Drumherum.«

Sie lächelte. »Mach ich.«

»Und Tobi? Wir brauchen die Grünen. Also die einzelnen Mitglieder, die etwas zu sagen haben. Filterst du uns bitte die raus, mit denen zu sprechen lohnt?«

Tobi nickte und ging eilig hinaus.

Feierabend. Carmen war müde, hatte Hunger und seit geraumer Zeit das unerträgliche Gefühl, dass sie nach Schweiß roch. Ob das tatsächlich stimmte, war unerheblich. Allein die leise Ahnung, dass es so sein könnte, war Grund genug, sofort nach Hause zu fahren und zu duschen. Das war fast schon pathologisch. Aber seit die Lebensgefährtin ihres Bruders einmal so verheerend nach Schweiß gestunken hatte, dass Carmen über zwei Stunden lang nicht sicher war, ob sie selbst nicht diejenige mit den Ausdünstungen war, hatte sie ein regelrechtes Schweiß-Trauma. Scheiß drauf. Heute konnte sie sowieso nichts mehr reißen. Morgen würde anstrengend genug werden. Also fuhr Carmen nach Hause.

Captain Cook machte sich nicht einmal die Mühe, die Augen zu öffnen, als sie ins Wohnzimmer kam. Stattdessen legte er eine seiner dicken roten Katzenpfoten quer über sein Gesicht, als wollte er sich die Nase zuhalten. »Danke, Cookie, ich weiß selber, dass mein Deo versagt hat.« Sie warf ihre Handtasche in die Ecke, streifte die Schuhe ab und sah die Post durch. Rechnung. Rechnung. Rechnung. Postkarte – von wem? Von ihrem Bruder. »Salute Schwesterherz, was machen die Räuber? Könntest mich ruhig mal wieder anrufen, damit ich dich neidisch auf mein tolles Leben machen kann. Gruß von der Insel. Frank.«

Danke, Frank. Seit er beschlossen hatte, sich im Leben keinen Stress mehr zu machen – »Arbeit? Was soll das? Morgen könnte ich tot sein!« –, ging er ihr auf die Nerven. Vor nicht einmal zwei Jahren hatte er sich von seiner Lebensgefährtin getrennt mit der Begründung, dass sie jetzt eine »TT« sei. TT – Teilzeit-Tussi. Sie hatte sich damals entschieden, nicht mehr voll zu arbeiten, weil sie auf der Esoterikwelle gesurft war und ihr alle Frauen im Yogakurs geraten hatten, sich keinen Stress mehr zu machen, sondern sich auf die wichtigen Dinge zu konzentrieren. »Was will ich mit einer dämlichen TT?«, hatte Frank gewettert. »Die hockt die ganze Zeit zu Hause und wartet drauf, dass ich *auch* nach Hause komme, dann überfällt sie mich mit ihrem Gelaber, weil sie den ganzen Tag nix zu tun hatte, und ich soll ihre neuen Schuhe bezahlen. Danke, kein Bedarf.« Seine Freundin hätte ihre Schuhe locker noch selbst bezahlen können. Carmen war damals insgeheim neidisch auf sie gewesen. Dass sie den Mut gehabt hatte, auf die Hälfte ihres Gehalts zu verzichten und den Rest der Zeit mit *schönen* Dingen zu verbringen. Spaziergänge, Theaterbesuche, Volkshochschulkurse zu Ölmalerei, französischer Sprache und asiatischer Küche. Familientreffen. Wöchentliche Gesprächskreise über Literatur. Frank hatte es ätzend und selbstsüchtig gefunden. Er hatte sie von einem Tag auf den anderen vor die Tür gesetzt, und als er merkte, dass sie eben doch die Frau seines Lebens war, drehte er durch. Hals über Kopf hatte er seinen Managerposten an den Nagel gehängt, nur um ihr zu beweisen, dass er auch mal fünfe gerade sein lassen konnte. Das war aber nicht so ganz im Sinne des Erfinders gewesen. Sie fand es albern. Mehr nicht. Er verlotterte völlig, fing nach ein paar Wochen seine Tage regelmäßig mit einem Glas Tequila an, rauchte einen Zigarillo nach dem anderen, hörte ausschließlich Goa-Musik und duschte nur noch einmal die Woche. Bevor er seine Wohnung aufgab, um auf die Kanaren abzuhauen, hatte Carmen ihn noch einmal dort besucht. Sie war erschüttert gewesen: In der Küche stapelten sich die Schnapsflaschen, er ernährte sich nur noch von Oliven und Toastbrot, und sein Bettlaken war voller Flecken und Krümel, als hätte er seit Monaten nicht mehr am Esstisch gesessen. Seit er auf die

Kanaren abgezwitschert war, schien er sich etwas gefangen zu haben. Zwar hatte er seine TT nicht zurückerobert, aber dafür hatte er – das war zumindest Carmens letzter Stand – irgendeine blutjunge Bauchtänzerin aufgetan, die in einem Hotel als Animateurin arbeitete. Die hatte ihm dann dort wohl so eine Art Job verschafft. Was für ein Job es genau war, wusste Carmen nicht. Aber es schien ihm einigermaßen gut damit zu gehen – auch finanziell gesehen. Und nein, Carmen war nicht neidisch. Sicher – auf den Kanaren zu hocken, anstatt mit Albert in Karlsruhe unter den Argusaugen der Öffentlichkeit einen Mörder zu suchen, wäre einerseits nicht so verkehrt. Andererseits hatte ihr Bruder nach der enttäuschten Teilzeit-Tussen-Liebe mit diesem Bauchtanzmädchen auch nicht das große Los gezogen. Das Mädchen war knapp 20, ihr Bruder war 38, irgendwann würde sie sich einen anderen Kerl schnappen. Und sie kannte Frank gut genug, um zu wissen, wie er eigentlich tickte. Im Grunde wollte er eine starke Frau, die im Leben stand, die ihren eigenen Kopf hatte, vor der er Respekt haben konnte – und die ihn dazu auch noch wirklich liebte. Sein Kanaren-Dasein konnte nur ein Übergang sein – also kein Grund zum Neid. Übergang hatte Carmen schließlich selbst genug. Übergang von Affäre zu Affäre zu grausamer Durststrecke – sexuell gesehen. Gefühlsmäßig zwischen *Ja-ich-lass-mich-drauf-ein* und *Den-Teufel-werd-ich-tun*, nach der letzten fürchterlichen Pleite erst recht. Himmel, wenn sie nur daran dachte, wurde ihr ganz anders. Fast hätte sie sich verliebt damals. Und dann war Thomas erschossen worden. Peng. Einfach so. Von einer Frau, die sie und Albert damals gerade noch so vor einem Wahnsinnigen gerettet hatten. Beruf und Privates durften sich nicht vermischen. Dass sie Mitte 30 werden musste, um das zu kapieren?! Carmen erwischte sich, wie sie völlig in Gedanken anfing, nervös auf einer Ecke der Postkarte herumzukauen. Sie hatte kalte Füße. Irgendwie war ihr ohnehin dauernd kalt, obwohl es im Mai fast noch nie so heiß gewesen war. Zumindest konnte sie sich nicht daran erinnern. Sie ging in die Küche, setzte Wasser auf und hockte sich auf den Klappstuhl. Sie war hundemüde. Und hatte nicht einmal mehr Lust fernzusehen.

Geschundene Leiche am Rheinufer
Mordopfer längs aufgeschlitzt/Täter hinterlässt keine Spuren/ Polizei sucht Zeugen

Eine grausam zugerichtete Leiche ist gestern an einem Baum hängend nahe des Karlsruher Rheinufers entdeckt worden. Nach Angaben der Polizei handelt es sich eindeutig um Mord. Der Tote ist offenbar ein Karlsruher und Mitglied des Karlsruher Angelclubs. Nach Informationen der Badischen Aktuellen *war der Tote mit zwei großen Angelhaken an einer Kiefer aufgehängt worden. Außerdem soll ihm der Leib vom Bauch bis zur Kehle aufgeschnitten worden sein. Die Staatsanwaltschaft wollte diese Details jedoch nicht bestätigen und verwies auf die laufenden Ermittlungen. Es sei korrekt, dass der Tote an einer Kiefer aufgehängt wurde. Auch habe die Leiche Verletzungen aufgewiesen. Zur Art der Verletzungen wollte die Staatsanwaltschaft jedoch keine Stellung nehmen. Zeugen, die in den vergangenen Tagen in der Nähe des Pionierhafens etwas Auffälliges bemerkt haben, werden gebeten, sich mit der Karlsruher Polizei in Verbindung zu setzen.*

Vor Ort
Konrad Mende

Den Fundort der Leiche dürfen die Medienvertreter besichtigen – unter Aufsicht und ausschließlich innerhalb des markierten Bereichs.

An der Kiefer, von der die Polizei vor wenigen Stunden den Toten abgeschnitten hat, ist nichts zu sehen. Schwer vorstellbar finden es die unzähligen Journalisten, die zur Berichterstattung nach Karlsruhe gekommen sind, dass an diesem idyllischen Ort am Rhein etwas so Grausames passiert sein soll. Die Reporterin eines süddeutschen Fernsehsenders hat sich die Schuhe ausgezogen und gestikuliert aufgeregt. Sie zeigt ihrem Kameramann, welchen Busch er filmen soll, während sich zwei andere Medienvertreter mit Mikrofonen an ihr vorbeidrücken und auf zwei Spaziergänger stürzen, die eben den Weg herunterkommen. »Haben Sie es schon gehört? Sind Sie geschockt? Es ist ein grausames Verbrechen.« Die Spaziergänger scheinen es noch nicht im Radio gehört zu haben. Sie sind erschrocken. Man sieht es an ihren Gesichtern. Die Frau hält sich entsetzt die Hand vor den Mund, während die Radiofrau auf sie einredet.

Der Polizeisprecher hat alle Hände voll zu tun, um den Ansturm zu ordnen. Relativ unbemerkt ist auch eine der Ermittlerinnen am Tatort zugange. Ein kurzes Gespräch mit einem Zeugen, der etwas bemerkt haben will. Sie weist den Zeugen an, der Presse nichts zu sagen. Wirkt gefasst, funktioniert. Als die Frau vom Radio sie bemerkt, dreht sie sich um. »Kein Kommentar«, sagt sie und steckt die Hände in die Hosentaschen. Die Frau vom lokalen Fernsehsender nickt, schreibt »Kein Kommentar« in ihren Notizblock und seufzt. »Die hat jetzt ganz schön zu tun«, kommentiert sie den wortlosen Abgang der Ermittlerin. Ihr Kameramann nickt auch. »Schöne Scheiße«, sagt er. »In deren Haut wollte ich jetzt auch nicht stecken.« Keine Spuren vom Täter. Es ist gespenstisch. Als habe er sich über die Wellen des Rheins davongemacht. Über das Motiv dieses blutrünstigen Wasserläufers rätseln die Journalisten offen. Wilde Theorien machen die Runde. Und am Ende bleibt doch nur das nackte Entsetzen …

Carmen stellte lautstark die Kaffeetasse auf den Tisch zurück. »Spitze! Was soll denn der Mist, bitte?!« Captain Cook fühlte sich offenbar angesprochen. Er zuckte zusammen und huschte dann durch den Türspalt hinaus in den Gang.

Carmen legte die Zeitung beiseite. Der »Wasserläufer«! Sie musste diesen Menschen mit ihrem lapidaren Geschwätz ja mächtig beeindruckt haben. So ein Arschloch! Wenigstens hatte er sie nicht als Quelle genannt. Das zeigte mal wieder, dass man am besten einfach komplett die Klappe hielt, wenn irgend so ein Schmierfink in der Nähe war. Genau das brauchte sie nach dem Aufstehen: einen dämlichen Zeitungsbericht, in dem man dann auch noch zitiert wurde mit »Kein Kommentar«. Dieser Zeitungsfuzzi wusste ganz genau, dass sie nichts sagen durfte. Aber er hatte offensichtlich unbedingt irgendwie dokumentieren müssen, sie gesehen und auch noch angesprochen zu haben. Karrieregeiler Typ! So einen Bericht musste man nicht zu Ende lesen. Carmen griff nach der Zeitung und warf sie in Richtung der Altpapierkiste. Die Seiten fielen auseinander, ein Teil der Zeitung rutschte so blöd vom Papierstapel, dass Carmen der bloße Anblick auf die Nerven ging. Ja, sie war grundgereizt heute. Sie stand auf. Als sie das Papier in die Hand nahm, sah sie die zweite große Überschrift auf der Seite mit dem Bericht über ihren Toten. Mord? Wie jetzt? Noch ein Mord?

War es Mord?
Der Karlsruher Sozialbürgermeister Herbert Schumann ist möglicherweise einem Verbrechen zum Opfer gefallen. Nach Informationen der Badischen Aktuellen, *die auf Nachfrage von der Staatsanwaltschaft bestätigt wurden, schließen die österreichischen Ermittler nicht mehr aus, dass die Ausrüstung, die Schumann in Kärnten zum Klettern benutzte, manipuliert worden ist. Schumann stürzte vergangene Woche eine Felswand hinab und erlag seinen Verletzungen. (Die* Badische Aktuelle *berichtete.)*

Sechs

»**Es ist raus.** Wir sind im Arsch!«, sagte Albert und schlug mit der geballten Faust auf die Tischplatte. »Jetzt, wo auch wirklich alle öffentlich drüber spekulieren, was eigentlich mit dem Schumann passiert ist, wird Hofer uns so was von Druck machen!«

»Ich weiß schon, was du meinst. Aber in erster Linie ist das doch jetzt Aufgabe der Kollegen, was zu liefern.«

»Klar. Aber du hast Hofer ja gehört: Unser Fall braucht Ergebnisse, damit die Presse was zum Berichten hat und nicht jeden Tag kommentiert, wie unfähig die Bullen sind, weil sie nichts über den toten Bürgermeister rauskriegen. Dann wenigstens was über den anderen Toten. Den finde ich übrigens fast noch spektakulärer.«

»Allerdings. Ich wüsste echt gerne, warum die denen von der Zeitung das überhaupt gesteckt haben mit der Kletterausrüstung vom Schumann.«

»Kann ich dir auch nicht sagen. Vielleicht haben die angerufen und einfach mal ins Blaue hinein behauptet, sie hätten was gehört und können das nicht länger zurückhalten, und sie bräuchten endlich eine Bestätigung, ansonsten stünde in der Zeitung morgen *Kein Kommentar.*« Theatralisches Schweigen. Grinsen.

»Danke, Albert, ich hab's auch gelesen.«

»Oh, Madame liest Zeitung, ja?«

»Du nervst.«

»Tu ich gern.«

Würde sie noch rauchen, hätte Carmen ihm jetzt eine Zigarette angeboten. Er wäre garantiert sofort um vier Alarmstufen niedriger einzustufen gewesen. »Was machen wir jetzt? Gibt's neuen Lesestoff, der uns irgendwie weiterbringt?«

Albert schüttelte den Kopf. Er klickte sich offenbar wieder irgendwo durchs Internet. Seine Augen flogen von links nach rechts und von oben nach unten über den Bildschirm. »Nein. Ich hab mir noch überlegt, dass wir mal nach der Karre von unserem Toten suchen sollten. Wo der gewohnt hat – von da aus geht man ja nicht zu Fuß raus zum Rhein. Schon gar nicht mit dem riesigen Rucksack voll Angelzeug. Er hat 'nen Kombi, der auf ihn gemeldet ist. Das Auto ist wie vom Erdboden verschluckt. Und da im Umkreis von was weiß ich wie vielen Metern nichts war, sollten wir das Teil eben doch noch mal intensiver suchen. Was meinst du?«

»Klar, muss sein. Hast du's schon rausgegeben?«

»Nein. Ist mir selber erst vor zwei Minuten eingefallen.«

»War eigentlich was in seiner Wohnung?«

»Ich sag doch, kein neuer Papierkram bisher. Wenn irgendwas Spannendes gewesen wäre, dann hätte Tobi uns schon Bescheid gesagt.«

»Stimmt. Ich ruf ihn nachher mal an und frage nach. Was war mit deinem Treffen?«

»Was für ein Treffen?«

»Gestern hast du doch gesagt, du hättest noch ein vielversprechendes Treffen?«

»Verrat ich nicht.«

»Na toll.«

»Ich verrat es erst, wenn es tatsächlich was gebracht hat.«

»Aha.«

Er nickte selbstzufrieden und goss sich noch einen Kaffee ein. Dann schob er sich mitsamt seinem Stuhl vom Tisch weg und verschränkte wichtig die Arme vor der Brust. »Aber mal was ganz anderes: Ich hab eine Idee. Wir müssen ja mit diesen Anglern irgendwie reden.«

»Ja, klar. Und? Unsere Leute sind doch da schon dran, und wir nehmen uns dann später die vor, die uns Tobi und der Rest als wichtig rausgepickt haben. Richtig?«

»Ja und nein. Das bringt alles nichts mit diesem Herausgepicke. Angler schweigen gern – oder reden über Fische. Also reden sie wenn überhaupt auch in ihrer Freizeit *nur* mit anderen Anglern, die auch wissen, wovon sie reden.«

»Aha. Und du meinst, wenn die Kollegen hingehen und sagen: *Polizei, Sie müssen uns weiterhelfen* – dann schweigen sich die Angler trotzdem aus, oder was?«

»Ach, jetzt stell dich doch nicht dümmer, als du bist, Carmen! Du weißt doch genau, auf was ich rauswill!«

»Nein, keine Ahnung.«

Albert stieß sich vom Tisch ab und rollte rückwärts mit seinem Schreibtischstuhl zur Kaffeemaschine. Er griff nach der Kanne und hielt sie sich direkt vors Gesicht. »Verdeckte Ermittlung. Capici?«

Ach, Albert. Nicht wieder so ’ne Tour. Das war doch völlig albern.

»Albert, das ist doch völlig albern. Wie willst du das denn machen? Dich jeden Tag zum Angeln an den Rhein setzen und warten, bis irgendein dauerschweigender Angler seinen Autismus durchbricht und mit dir das Quatschen anfängt? Spitzentrick!«

Albert goss sich Kaffee ein und tippte sich dann mit dem Zeigefinger an die Stirn, als wollte er damit die Brillanz des nun wahrscheinlich folgenden Vorschlags noch unterstreichen. »Carmen, wir melden dich zum Fischereischein an!«

»Wir machen was?«

»Du machst den Fischereischein! Ist doch bestens. Erstens bist du 'ne Frau. Mit angelwilligen Frauen quatschen die Kerle immer gerne. Außerdem kannst du dann völlig unverblümt die dämlichsten Fragen stellen. Und kannst dich durchfragen, wer eigentlich wer ist, wer wen leiden kann, warum den und den anderen nicht und so weiter.«

»Spitze. Ist dir eigentlich klar, dass der Karlsruher Angelclub mehr als viertausend Mitglieder hat?«

»Natürlich. Du weißt ja – Zeitung. Woher weißt *du* das denn? Recherchiert? Schon vor dem Frühstück?«

Carmen wollte nicht darauf eingehen. Er fand immer mehr zu seiner alten Schneider-Form zurück. Es machte keinen Spaß. Er rätzte zu viel. Jetzt rätzte sie zurück. »Sag mal, Albert, ganz kurz, ehe ich's vergesse: Rauchst du eigentlich nicht mehr?«

Als hätte sie ein unsichtbares Knöpfchen gedrückt, spannten sich Alberts Muskeln plötzlich an. Sein Gesicht wurde hart, er faltete die Hände, dann schlossen sich seine Finger umeinander wie ein Schraubstock.

»Nein«, antwortete er. Schweigen.

»Respekt«, sagte Carmen spitz. »Und warum hast du aufgehört?«

»Kein Kommentar«, sagte Albert. Aber er lächelte nicht zu ihrem neuen Running Gag.

»Warum? Bist du krank?«

Die Frage machte ihn offenbar zornig. »Ich will nicht mit

dir darüber reden, okay?« Sein Ton war scharf wie ein Filetiermesser. Einen Schritt zu weit in die Privatsphäre vorgewagt. Eben doch nur Kollegen – keine dicken Freunde. Bravo, Carmen. Was hatte sie erreicht? Er fühlte sich offenbar bedrängt, sie sich gekränkt und obendrein auch noch mies, weil sie sich nun tatsächlich Sorgen um ihn machte.

Albert wollte das peinliche Schweigen, das sich seit einem Augenblick im Büro breitgemacht hatte, offenbar durchbrechen.

»Also, machst du's? Den Angelschein, mein ich.«

Es war wahrscheinlich besser, wieder auf das Gespräch einzusteigen. Mein Gott, hatte Albert etwa Krebs? Oder was am Herzen? »Das heißt, dass ich auch nicht mit dir blöd am Rhein rumsitzen muss, wenn du mit den nagelneuen Waller-Ruten deine eigene verdeckte Ermittlung startest.«

»Warum? Da kannst du doch genauso mit dabei sein?« Er war offenbar dankbar, dass sie nicht weiter nach seiner Gesundheit fragte, sondern sich auf seinen Themenwechsel eingelassen hatte. Es war spürbar. Allein schon am Tonfall.

»Verdeckte Ermittlung, ich mit dir zusammen am Rhein sitzen und angeln – Erde an Albert: Das ist bescheuert! Wenn ich den Kurs mache, ist doch klar, dass ich keinen Fischereischein habe und folglich auch nicht fischen darf. Heißt: Falls jemand, der mich aus diesem komischen Kurs kennt, uns am Wasser mit der Rute sieht, dann ist's aus mit dem Alibi.«

»Hm. Du könntest ja auch meine Frau sein.«

»Jetzt werd mal nicht komisch!«

»Und außerdem: Was sollen die am Wasser, die mit dir in dem Kurs sitzen? Die dürfen doch selber noch nicht angeln!«

»Gut erkannt, Mister Oberschlau. Und genau deswegen haben die auch null Ahnung von irgendwelchen Kerlen, die da im Angelverein rumspringen. Weil sie neu sind. Frischfleisch. Also macht das alles sowieso keinen Sinn. Und davon mal ganz abgesehen: Das spricht sich dort in Windeseile rum, dass ich als Kommissarin mit dir unterwegs bin – angefangen bei dem Dittus. Der fischt doch auch. Oder dem Kratz. Du glaubst doch nicht im Ernst, dass irgendwer das nicht weiß, der da in dem Club Mitglied ist.«

»Stimmt. Einerseits. Dass da niemand drin hockt, der irgendwas weiß, könnte stimmen.«

»Und andererseits?«

»Andererseits – dann melden wir dich eben zu 'nem anderen Kurs an.«

»Und was für einer soll das deiner Meinung nach sein? Wie räuchere ich eine Forelle?«

Albert lachte herzhaft. »Gar nicht schlecht. Aber jeder Angler, der ein bisschen Ahnung hat, weiß, wie man räuchert. Nein, ich dachte da jetzt eher an so 'nen Praxiskurs. Fliegenfischen zum Beispiel. Oder Spinnfischen. Mit irgend so 'nem Guru.«

»Toll. Und da gehen die Leute hin, die sowieso schon 'nen Schein haben?«

»Ja. Die lassen sich da noch Tricks beibringen.«

»Spitze. Also wieder das gleiche Problem, nur andersrum: Ich habe keine Ahnung vom Fischen. Also kann ich folglich da auch nicht teilnehmen, weil die alle alles wissen, und ich weiß nichts. Fällt irgendwie negativ auf, oder?«

»Ein bisschen mehr Einsatz hätte ich schon von dir erwartet, Kollegin.«

»Inwiefern bitte mehr Einsatz?«

»Na, dann hock dich zwei Tage auf deinen netten Hintern und büffel ein bisschen.«

Netter Hintern? Hatte er grade »netter Hintern« gesagt? »Was büffeln?«

»Ach Carmen, langsam wird's blöd. Stellst du dich mit Absicht so an?«

»Hallo, Albert, ich kapier überhaupt nicht, was du da wieder für wirre Ideen hast. Dieser Undercover-Mist ist totaler Quatsch. Mach's doch selber!«

Albert lachte. Und lachte. Und lachte. Dann schossen ihm sogar die Tränen in die Augen – so sehr schüttete er sich aus. »Carmen, du bist echt … hahaha!«

»Was ist denn nun bitte so unglaublich komisch?«

»Dass du dich scheinbar so gar nicht in einen Kerl reinversetzen kannst.«

»Kann ich wohl!«

»Kannst du nicht! Hör mal, die Story wird folgende sein: Du hast natürlich den Fischereischein. Aber du hast nie wirklich aktiv geangelt. Weil du den Schein irgendwann vor Jahren mal gemacht hast. So. Und du hattest dann aber doch keine Lust mehr. Und jetzt willst du gerne mal gehen, bist aber die totale Praxisnull und hast sowieso schon alles vergessen. Einmal schön Augenklimpern, schön nett sein, schwups – hast du sofort zehn Kerle an der Backe, die sich drum reißen, dir mal einen Nachmittag lang irgendwas zu erklären.«

»Spitzenplan. Aber ist dir klar, dass ich durch diese Nummer dann womöglich mehrere Tage ausfalle? Kann das nicht jemand anders machen? Angelika zum Beispiel?«

»Die Schmelzer? Bist du irre?«

»Warum? Die kann das genauso gut.«

»Glaubst du das? Ne, kannste knicken. Und glaub mir doch einfach mal was, wovon du gar nichts verstehen kannst: Dir werden sie lieber irgendwas erzählen als der Schmelzer.«

»Warum?« Carmen konnte es sich denken. Aber sie wollte es aus seinem Mund hören.

»Weil sie hässlicher ist als du!«

Balsam für die Seele! War das eigentlich ein Kompliment? Er hatte immerhin nicht gesagt: Du siehst besser aus. Oder du bist die Hübscheste weit und breit. Aber er hatte gesagt, sie ist hässlicher als du. Könnte heißen: Du bist hässlich, aber sie ist noch hässlicher. Aber es war ja Albert, der hier vor ihr stand. Also war es ein Kompliment. Eindeutig. Sollte sie sich bedanken?

»Also, überredet?«

»Von mir aus. Aber du solltest mir dann vielleicht wenigstens irgendein Buch ausleihen, das ich heute Nacht durchackern kann.«

»Kein Problem. Hab ich zu Hause. Ist zwar schon älter, aber fürs Grobe wird's reichen. Dann mach ich mich mal schlau, was es für Kurse gibt in nächster Zeit. So lange könntest du schon mal die Gruppensitzung vorbereiten. Damit das weg ist, wenn wir später zu Meyer rausfahren. Wir müssen uns den Schwenk doch noch angucken.«

»Igitt. Ich will nicht. Fischers Fritz fischt frische Fische …«

»Genau.« Er grinste. »Wir werden uns diesen Wasserläufer schon schnappen. Was für ein blödsinniger Vergleich.«

Klar – er las die Zeitung immer gründlich. Sie würde ihm nicht sagen, dass dieser Quatsch von ihr stammte. Und sie konnte nicht fassen, dass er sie mit einem einzigen versteckten Kompliment für seinen bekloppten Vorschlag mit dem Kurs im wahrsten Sinne des Wortes geködert hatte.

»Hast du endlich aufgehört zu schreien, Julchen? Braves Julchen.« Sie sah nur einen feinen Streifen Helligkeit, als sich die Tür quietschend öffnete. Die Panik war weg. Sie spürte ihre Hände nicht mehr. Das Seil, mit dem ihre Hände hoch über dem Kopf festgebunden waren, hatte ihre Handgelenke blutig gescheuert. Sie spürte den Schmerz nicht mehr, hatte keine Kraft übrig, Angst zu haben. Sie konnte nicht mehr. Nicht einmal weinen. Sie hörte seine Schritte. Dann roch sie ihn. Er stank. Nach Schweiß. Nach Fett. Nach ungewaschen. Nein, diese Scheißkerle wollten sie nicht einfach nur aus dem Weg schaffen. Wenn es so wäre, hätten sie das schon längst getan. Es konnte nicht nur darum gehen, dass sie zu viel über diese Wasser-Sache herausgefunden hatte. Wenn es darum ging, hätten sie sie mit einem Betonklotz an den Füßen im Rhein versenkt oder einfach abgeknallt. Aber da wollte ihr jemand die Hölle bereiten. Und es gab nur eine Person, die ihr ganz spontan dazu einfiel.

»Julchen, ein liebes Julchen bist du! Willst noch ein Zuckerchen haben, hm?«

Sein Mundgeruch ließ sie würgen. Ich will dich sehen, du Dreckschwein! Ich will dich sehen! Nimm mir die verdammte Augenbinde ab, damit ich dir ins Gesicht spucken kann! Sie hörte das Plastik rascheln. Gleich würde er ihr wieder ein Traubenzucker in den Mund stecken. Ihr die Kiefer zusammendrücken, damit sie es nicht ausspucken konnte. Er wollte sie am

Leben halten. Was hatte der noch mit ihr vor? Und wo war Erik?

»Komm, Julchen, lecker, lecker, lecker!« Er drückte ihr den Traubenzucker zwischen die Zähne und drückte ihr den Mund zu.

Sie konnte nicht kauen. Nur lutschen. Wie lange war sie schon hier? Warum suchte niemand nach ihr? Wo war sie? Warum hatte niemand sie schreien hören? Die halbe Lunge hatte sie sich rausgebrüllt. Sie schluckte.

»Braves Julchen.«

»Was wollen Sie von mir?« Ein letzter Anlauf. Sie hörte ihre eigene Stimme kaum. Wie über ein Reibeisen krochen ihre Worte durch die Stimmbänder aus ihrem vertrockneten Mund. Bei ihrer Mutter gab es nichts zu holen. Kein Geld, nichts. Auch sonst gab es von niemand etwas zu holen, der für ihr Leben etwas bezahlt hätte. Ihr Vater hätte alles für sie gegeben. Aber der war tot. Noch einmal versuchte sie es: »Was wollen Sie?« Und während sie die Worte formte, drängte sich ihr das Bild vom Gesicht dieser Frau auf, dieser Frau, die ihr schon eben in den Sinn gekommen war, die sie erst neulich angesehen hatte mit diesem ganz bestimmten Ausdruck, den Julia noch nie zuvor bei einem Menschen gesehen hatte.

Er lachte. »Was ich will? Ach Julchen, nicht solche Fragen stellen!«

Wieder Schritte. Da war jemand. Da war sonst nie jemand anderes gewesen. Da war tatsächlich jemand! Sie schrie! Mit letzter Kraft schrie sie, so laut sie konnte. Und hinter ihrem Schrei hörte sie jetzt wieder sein Lachen. Und ein anderes Lachen! Ein zweites, grauenhaftes, männliches Lachen! Sie schrie weiter, aber es passierte nichts. Nur sein Geruch verzog sich, da waren Schritte, die immer leiser wurden, die sich entfernten, dann ging die Tür wieder zu. Sie hörte auf zu schreien. Die anderen lachten weiter.

Sieben

Konrad ließ sich nur widerwillig auf die Schulter klopfen. »Großes Kino, Junge«, sagte sein Kollege und legte ihm einen Ausdruck hin. »Guck, die Chefredaktion ist stolz wie Oskar. Alle Agenturen benutzen jetzt den Begriff ›Wasserläufer‹ für den Mörder. Gratuliere.«

Schöner Mist. Ob er sie anrufen sollte? Sich entschuldigen? Er hätte das doch ahnen können. Einmal so ein blödes Wort in die Welt gesetzt – zack –, war das Ding ein Selbstläufer, auch wenn es weder Hand noch Fuß hatte. Wasserläufer – so ein irreführender Blödsinn. Sogar die Bildzeitung war über ihren Schatten und auf den Zug aufgesprungen. Auf der Internetseite stand er schon, der »Wasserläufer«, den sie sich heute Morgen aus der *Badischen Aktuellen* abgeguckt hatten – sogar in der Überschrift. Spitze. Wenn die wüssten! Und morgen würden sie es drucken.

»Klemmst du dich weiter dahinter?« Die Frage des Kollegen klang rhetorisch.

»Wenn's was zum Dahinterklemmen gibt …«

»Ach, wenn die Bullen uns nichts Neues rausgeben, dann fassen wir eben nochmal alle grausamen Morde der letzten paar Jahre zusammen. Und so ein bisschen Herzschmerz. Weißt du eigentlich schon, wer der Mann ist? Vielleicht kriegst du ein paar schockierte Nachbarn zu fassen? Oder mindestens so was wie *Die Angst geht um in der Fächerstadt*.«

Er machte eine erhebende Geste und blickte in die Luft, als sähe er die Schlagzeile bereits vor sich. »Dir fällt schon was ein, hm? Hast ja zwei Stunden bis zur Konferenz.«

Konrad hätte krankmachen sollen. Es war ihm unangenehm. Es war nicht sein Ding, die Geschichten künstlich aufzublasen. Aber wenn schon mal so eine Sache in der Stadt passierte – er hatte keine Alternative. Als er zum Telefonhörer greifen wollte, umwehte ihn plötzlich Tines Parfum – und keine Sekunde darauf bohrte sich ein weiterer »Glückwunsch« in sein Ohr. Ein unangenehm spitzer Glückwunsch. »Konrad, du läufst mir und dem toten Bürgermeister bald den Rang ab!«

»Selber Glückwunsch. Raffiniert eingefädelt, Madame. Die Idee vom Steidl hat dir keine Ruhe gelassen, oder?«

»Natürlich nicht. Kennst mich doch. Eigentlich hab ich ja nur spaßeshalber bei der Staatsanwaltschaft angerufen. Aber denen ist scheinbar so die Muffe gegangen, dass sie's mir tatsächlich bestätigt haben.« Sie setzte sich vor ihm auf die Tischplatte, zog ein Bein an und umarmte ihr Knie. »Was machst du draus – aus deinem Toten? Großen Aufmacher für morgen?«

»Ich weiß nicht …«

»Hey!« Sie ließ ihr Knie los und schlug mit der flachen Hand auf den Tisch. »Ich hab mit dem Schumann jetzt alle Hände voll zu tun. Was meinst du eigentlich, was hier läuft den ganzen Tag? Ich telefonier mich quer durch den gesamten deutschsprachigen Raum, seit offiziell ist, dass der Sturz wahrscheinlich kein Unfall war! Und solange wir keine Fakten haben und nur spekulieren können, müssen wir sehen, dass die andere Geschichte wenigstens ordentlich läuft. Ja, und eigentlich bin ich hier, weil ich mir die Unterlagen vom

Steidl abholen wollte. Du warst ja gestern nicht mehr aufzutreiben. Hast du das Zeug etwa mit nach Hause geschleppt? Und wie kann ich den Typen erreichen?«

Holla! War Madame heute mit dem falschen Fuß aufgestanden? »Sag mal, was soll denn der Tonfall? Bist du im Stress, oder was?«

Ihre Augen wurden kalt. »Ja. Der Verleger sitzt uns im Nacken. Wir sind die Zeitung vor Ort, wir können es uns nicht leisten, dass irgendein anderes Blatt vor uns an Informationen kommt, die eigentlich wir als Erste haben müssten.«

»Und? Was hat denn dein Bürgermeister bitte mit meinem Aufgeschlitzten zu tun?«

»Konrad, wir sitzen in einem Boot. Wir haben hier zwei Riesenstorys. Du deine, ich meine. Wenn einer von uns beiden Bockmist baut, schadet uns das beiden.«

»Entschuldige bitte, aber ich steh, glaub ich, grad auf dem Schlauch.«

»Hör mal – jeder hier in diesem Haus weiß, dass wir noch nicht lange getrennt sind. Jeder hier in diesem Haus wartet doch nur drauf, dass einer von uns beiden ausrastet und seine Arbeit nicht mehr gut macht. Jeder hier in diesem Haus beobachtet uns und hofft, dass irgendwas schiefläuft, damit sie wie die Geier über uns herfallen können. Möglicherweise schielt die Chefetage auch drauf, einen von uns beiden zu versetzen.«

»Wie kommst du denn da drauf?«

Jetzt rümpfte sie die Nase und bedachte ihn mit einem mitleidigen Blick. »Du kapierst gar nichts, oder? Na ja, ich bin es ja nicht anders von dir gewöhnt.« Sie stieß sich von der Tischplatte ab, zog ihre Hose glatt und sah auf die Uhr. »Kannst du mir die Sachen vom Steidl beibringen, bis in 'ner halben Stunde?«

»Die Telefonnummer werd ich dir bestimmt nicht geben. Die hat er mir im Vertrauen gesteckt. Ich bring dir die Unterlagen. Ich muss nicht dazusagen, dass du sorgfältig damit umgehen und mir meinen Professor mit Feingefühl studieren sollst?« Das war böse. Aber sie brauchte gerade einen Dämpfer. Es passte ihr nicht, dass er befördert worden war und jetzt mit ihr auf einer Stufe stand. Sie war eine Kämpferin. Es passte ihr nicht, dass alle über sie tuschelten. Es passte ihr nicht, dass sie die starke Frau heraushängen lassen musste, um Karriere zu machen. Aber so lief das Geschäft nun mal. Er hatte nicht von ihr verlangt, die Blitzkarriere zu machen. Aber natürlich hatte sie Recht: Alle warteten nur darauf, dass sich der Flurfunk bestätigte. Nämlich, dass Tine es an den Nerven hatte und dass er wieder angekrochen kam. Dass das ganze Theater am Arbeitsplatz untragbar wurde und einer von beiden wegmusste – Platz machen für den nächsten Anwärter auf eine leitende Position.

»Chef?« Die Sekretärin, deren Namen er sich nicht merken konnte, weil sie nur zur Urlaubsvertretung reinkam, tippelte um die Ecke und wedelte mit einer CD. »Hier sind die Sachen aus dem Archiv drauf!« Konrad schätzte sie auf Mitte vierzig, sie war relativ groß und ganz offensichtlich recht weich um die Hüften. Sie trug eine zu enge weiße Stoffhose, ein zu enges lilafarbenes Top und hatte die blondierten Haare zu einer Art Wischmopp hochgebunden. Außerdem war sie für Konrads Geschmack zu stark geschminkt.

»Welche Sachen aus dem Archiv?« Wenn er doch nur ihren Namen wüsste! Sein Kumpel war schuld, dass er ihn sich nicht merken konnte. Der hatte sie heimlich »Tanzschulenschrittchenflittchen« getauft. Weil sie angeblich schon seit Jahren regelmäßig dreimal die Woche zum Tangokurs ging.

Und zwar ausschließlich in die Anfängergruppen – um neue Männer kennenzulernen. Allein bis Konrad sich diesen Spitznamen hatte merken können, hatte es Wochen gedauert.

»Na, alles, was in den letzten zehn Jahren unter *Mord* und *Leiche* abgelegt worden ist«, erklärte das Tanzschulenschrittchenflittchen irritiert. »Das sollte ich Ihnen doch raussuchen, hat Frau Hermann gesagt.«

Danke, Tine. Dass du mir jetzt in deiner eskalierenden Neurose auch noch die einfachsten Arbeiten abnimmst. Er streckte der Frau ohne Namen die Hand entgegen. Sie tippelte auf ihn zu und überreichte ihm feierlich die CD und schien unendlich froh zu sein, mal etwas richtig gemacht zu haben.

»Danke«, sagte Konrad.

»Bitte«, sagte die Frau ohne Namen. Ihr Parfum war noch penetranter als Tines. Dann ließ sie ihn allein in ihrer Duftwolke sitzen.

Er legte die CD ein. Die älteren Artikel waren als Bilddateien eingescannt, die neuen als Textdateien gespeichert. Konrad klickte das erste Bild an.

Der Artikel stammte von einem Kollegen, der schon nicht mehr lebte. Damals war eine Leiche auf einer Autobahnraststätte bei Baden-Baden aufgetaucht. Klar – die im Archiv hatten ihm jetzt alles zum Thema Mord und Leiche herausgesucht. Dass der Mord, um den es in diesem Artikel ging, für seine Recherchen eigentlich nicht relevant sein konnte – ein Familienvater hatte seine Frau im Affekt erschossen und die Leiche auf dem Damenklo liegen lassen –, das hatten die im Archiv nicht wissen können. Aber das bedeutete doppelte Arbeit für ihn. Mist. Er klickte die nächste Bilddatei an. Schon besser. Eine Leiche – am Bodensee zwar –, aber wenigstens schon auffällig zurechtgemacht. Der Täter hatte das Opfer in ein Hochzeitskleid gesteckt, in ein Boot gelegt und mit Blumen bedeckt. Der Witz war damals, dass das Opfer keine Frau, sondern ein Mann war. Ein Irrer – natürlich. Der Fall war 17 Jahre her. Den Täter hatte die Polizei innerhalb von drei Tagen geschnappt. Der nächste Fall: Drei dauerbekiffte Jugendliche hatten vor elf Jahren einen alten Mann gefangen genommen. Ihn in einen Keller gesperrt. Über Tage. Als sie eines Morgens kamen, um ihm etwas zu essen zu geben, war der alte Mann tot. Gestorben an einem Herzinfarkt. Die Jungs drehten durch und hängten den Mann schlussendlich in einer Nacht- und Nebel-Aktion an einem Baum auf einer Streuobstwiese auf, um es wie Selbstmord aussehen zu lassen. Am Ende hatten sie sich gestellt. Der nächste Fall hatte etwas mit Verstümmelung zu tun. Ein kleiner Ort bei Mannheim. Ein Verrückter hatte seine Nachbarin erst erschlagen und ihr dann beide Ohren und die Nase abgeschnitten und sie dann auf einen Sessel in seinem eigenen Wohnzimmer gesetzt. Er wurde in die Geschlossene eingewiesen. Vor einem Jahr: Ein durchgeknallter Schauspieler hatte eine lackierte Leiche im Schlosspark aufgestellt. Der Artikel war von Tine. Eigentlich wäre es besser, wenn sie sich um diese Geschichte kümmern würde. Sie sollten tauschen. Er den Bürgermeister. Vor allem, weil er ja diese Unmengen von Aufzeichnungen von Steidl hier herumliegen hatte. Aber wer konnte sich schon vierteilen?

Konrad druckte die relevanten Fälle aus und nahm sich einen Textmarker. Wenn er gleich bei der Staatsanwaltschaft anrufen würde, musste er die richtigen Fragen stellen.

Der Anhänger war verdammt auffällig. Aber diesem Gestank konnte er nicht mal den Holzkopf aussetzen. Den brauchte er schließlich noch – für das Allerwichtigste. Er schloss die Türen des Hängers und ging mit federnden Schritten über die Straße zum Wagen. Sie mussten sich ranhalten. Hätte er vorher gewusst, dass er die ganze Sache noch etwas verfeinern musste, hätte er sich schon längst um alles gekümmert. Er hasste Improvisation. Perfekte Planung und saubere Arbeit waren das A und O. Aber in diesem Fall konnte er sich Prinzipienreiterei nicht leisten. »Einsteigen, Holzkopf!«

Er startete den Motor, sah noch einmal in den Rückspiegel und kurbelte dann das Fenster runter.

»Zigarette?« Der Holzkopf hielt ihm die Schachtel hin. Manchmal fragte er sich, warum manche Menschen sich ohne Widerworte andauernd so erniedrigen ließen. Aber es sollte ihm recht sein.

»Danke, Holzkopf.«

Er hielt sich an die Geschwindigkeitsbegrenzungen. Zwar hatten sie nicht allzu viel Zeit, aber er wollte auf Nummer sicher gehen. Eine halbe Stunde hin oder her – er musste ohnehin so kalkulieren, dass der Holzkopf sich noch gemütlich einen hinter die Binde kippen konnte. An einer Raststätte fuhr er ab. Beliebig. Was er suchte, gab es überall. Er drehte sich zu seinem Beifahrer um. »Was trinken?«

Der Holzkopf war eingenickt. Er atmete gleichmäßig. Sein Kopf war nach hinten gekippt, aus seinem offenen Mund dünstete ein widerlich schlechter Atem. Wahrscheinlich hatte er die ganze Nacht über kein Auge zugemacht, sondern sich ein paarmal einen runtergeholt und dann wieder gegrübelt. Wenn man das überhaupt Grübeln nennen konnte, was in diesem aufgeweichten Hirn vor sich ging.

»Holzkopf!« Er rüttelte an seiner Schulter. »Was trinken?«

»Klar, Mann!« Der Holzkopf zuckte kurz zusammen, ächzte, rieb sich die Augen und suchte verschlafen nach dem Türgriff.

»Geh rein, hol dir was.« Er drückte ihm einen Zehner in die Hand. »Ich komm gleich nach.«

»Was machstn?«

»Scheißen.«

Er zog die Kapuze über, bevor er an der Klofrau vorbei zur Herrentoilette ging. Die Pissoirs ließ er links liegen. Im Vorbeigehen warf er einen Blick in jede Kabine. Verdammt. Die Putze leistete ganze Arbeit. Hier war nicht viel zu holen. Aber er hatte zu wenig Zeit, um umzudisponieren. Kurzerhand schloss er sich in einer der Kabinen ein und wartete. Eine Weile passierte nichts. Dann hörte er Schritte. Jemand hockte sich auf dem Klo nebenan auf die Schüssel. Als er die Spülung hörte und der Kerl zum Waschbecken gegangen war, erhob er sich. Blitzschnell trat er heraus. Er musste schneller sein als die Putzfrau. Er verriegelte die Tür von innen, streifte die Handschuhe über und nahm den Plastikbeutel aus der Tasche. Viel hatte der Typ nicht hinterlassen. Aber diese drei Schamhaare würden ihren Dienst tun. Vorsichtig packte er den Beutel zurück in die Jacke, nahm die Handschuhe ab und warf der Putze im Hinausgehen fünfzig Cent auf den Unterteller.

Acht

Carmen hatte keine Zeit mehr gehabt, auch nur die kleinste Kleinigkeit für irgendeine Sitzung vorzubereiten. Hofer hatte nicht einmal selbst angerufen, um sie zu sich zu zitieren. Seine Sekretärin hatte ihrer Sekretärin relativ eindringlich vermittelt, dass die beiden Kommissare sich allerwärmstens anziehen sollten, ehe sie ein bisschen flott anzutanzen hatten. Albert brüllte während der Fahrt ungefähr zwanzig Minuten am Stück alle Autofahrer an, die vor, hinter oder neben ihm an roten Ampeln standen, brüllte Carmen an, weil sie vergessen hatte, sich anzuschnallen, er versuchte, seinen Kaugummi aus dem Autofenster zu spucken – was nicht klappte, und trat daraufhin so aufs Gaspedal, dass Carmen spontan zu beten anfing.

»Tickst du noch ganz richtig?«

Albert sagte nichts, machte nur ein Gesicht, als würde er gleich in den Krieg ziehen, um ein ganzes Volk für jahrelange Knechtung zu rächen, und bog mit quietschenden Reifen auf den Parkplatz ein. »Deine Show, Carmen«, blaffte er beim Aussteigen. »Ich sag kein Wort bei ihm. Quasi: *Kein Kommentar.*«

Das war es also. Albert kotzte es anscheinend mächtig an, dass Hofer sauer war wegen des Zeitungsartikels. Und sie hatte es verbockt. Also musste sie es auch auslöffeln. Er hatte ja Recht. Aber die Tatsache, dass er nicht mehr rauchte, trug momentan nicht gerade zur eleganten Lösung dieses Problems bei. Als wäre es nicht schon ätzend genug, sich vom Staatsanwalt zusammenfalten zu lassen. Auch noch vom Kollegen gestiefelt zu werden, das war – ach, scheiß drauf.

»Er hat schlechte Laune«, flüsterte die Sekretärin und warf einen vielsagenden Blick zu Hofers halb geöffneter Bürotür. Albert ignorierte sie und setzte sich auf einen der Wartesessel. »Sie können gleich reingehen«, flüsterte sie weiter. »Er erwartet Sie.« Dann rückte sie vielsagend ihre Brille zurecht und wandte sich mindestens genauso vielsagend wieder ihrem Computer zu.

Hofer saß mit dem Rücken zu Tür und Schreibtisch, die Farbe seiner Glatze sprach Bände.

»Hallo«, sagte Carmen.

Albert sagte nichts und nahm unaufgefordert auf einem Stuhl in der Ecke Platz. Er ließ sie tatsächlich auf dem Schlachtfeld allein. Danke, Albert.

»Frau Henning!« Hofers Tonfall erinnerte sie unwillkürlich an die Schlange aus *Alice im Wunderland*, die noch für einen Augenblick die Wehrlosigkeit ihres Opfers auskostet, bevor sie schließlich zuschnappt und es mit Haut und Haaren verschlingt.

Er drehte sich immer noch nicht um. »Frau Henning«, wiederholte er. »Haben Sie eine Vorstellung davon, was hier los ist?«

»Nein.« Carmen hatte wirklich keine Ahnung.

»Nun, dann will ich Ihnen auf die Sprünge helfen. Hier ist *die Hölle* los. Unser Pressesprecher weiß nicht mehr, wo ihm der Kopf steht, seit ganz Deutschland sich Gedanken über …« Jetzt drehte er sich blitzartig auf seinem Stuhl um und vernichtete Carmen im Bruchteil einer Sekunde mit seinem Tötungsblick. »Seit ganz Deutschland sich Gedanken um den Wasserläufer macht!« Woher wusste er das? Woher wusste er, dass das Wort von ihr stammte? Sie wurde schließlich nicht namentlich zitiert.

Hofer stand auf und stützte sich mit beiden Händen auf der Tischplatte ab. Sein Kopf schob sich bedrohlich nach vorne. »Ist Ihnen eigentlich klar, was Sie da in die Welt gesetzt haben? Ist Ihnen klar, dass die Leute, die wir suchen, sich schlapp lachen über uns? Ist Ihnen klar, dass wir denen, die wir suchen, damit einen roten Teppich ausgerollt haben?« Den letzten Satz brüllte er.

Carmen war sprachlos.

»Jetzt sagen Sie nichts mehr, hm? Stimmt ja, *kein Kommentar*, das ist ja Ihr Spezialgebiet!« Hofer fing sich nur mit Mühe. Er stellte sich aufrecht hin, atmete zweimal tief durch und sprach wieder ruhiger. »Frau Henning, dass dieser Journalist das große Muffensausen gekriegt hat und Ihnen über unsere Pressestelle ausrichten lässt, es täte ihm leid, dieses Wort aus der eigentlich inoffiziellen Unterhaltung in die Welt gesetzt zu haben – das hat mich heute Morgen zwei Herztabletten außer der Reihe gekostet!«

Carmen wusste nicht, was sie sagen sollte. Sie wollte in einem schwarzen Loch verschwinden. Es war dämlich, was sie sich geleistet hatte. Der Anpfiff war gerechtfertigt. Das war das Schlimme.

»Frau Henning«, er setzte sich wieder und legte die Fingerspitzen aneinander. »Ich frage Sie jetzt nicht, wie Sie gedenken, diesen Unfug aus der Welt zu schaffen. Dafür ist es zu spät. Wir müssen mit dem Wasserläufer leben. Deshalb frage ich Sie jetzt ganz sachlich, was es bei unserem Wasserläufer Neues gibt und inwiefern es sich abzeichnet, dass wir es tatsächlich mit einem verrückten Einzeltäter zu tun haben, der auf wundersame Weise so gar keine Spuren hinterlässt – oder besser gesagt: Dessen Spuren so wundersam und geheimnisvoll sind, dass wir als Ermittler zu blöd sind, sie zu finden. Großes Fragezeichen.« Zum Abschluss schenkte er ihr ein zuckersüßes Lächeln. Bums. Was sollte sie darauf sagen? Flucht nach vorne. Eine andere Chance hatte sie nicht.

»Sie haben Recht.«

Hofer sagte nichts und wartete.

»Sie haben Recht«, wiederholte Carmen und senkte instinktiv den Kopf um ein paar Millimeter. »Ich habe mich unprofessionell verhalten, und es tut mir leid.«

Hofer sagte immer noch nichts.

»Albert?« Carmen drehte sich hilfesuchend zu Albert um, der mit steinerner Miene in der Ecke hockte und aussah, als ginge ihn das alles einen Scheißdreck an.

Es hatte keinen Zweck. Da musste sie jetzt alleine durch. Reiß dich zusammen, Carmen! Herrgott, du hattest keine Zeit, bevor du hier angetrabt bist! Sie hob den Kopf wieder.

»Herr Hofer, wir waren eben dabei, die neuen Aufzeichnungen zu sichten, die Besprechung ist noch nicht durch, wir müssen noch zu Meyer nach Heidelberg – wir können Ihnen heute Abend was Neues vorlegen.«

»Heute Abend?« Hofer lachte künstlich nachsichtig. »Ach, Frau Henning, bemühen Sie sich nicht. Das muss doch nicht sein, dass Sie sich hier ein Bein ausreißen wegen dieser popeligen Leiche! Bitte, lassen Sie sich Zeit, bringen Sie was, wann immer es Ihnen passt! Aber dass Sie mir wegen solcher Banalitäten ja nicht Ihr Privatleben vernachlässigen! Das wäre mir äußerst unangenehm! Ich will doch, dass es meinen Kommissaren gut geht!«

Hoffnungslos. Egal was sie jetzt sagte – es war falsch.

»Herr Hofer, sobald es was gibt, das Sie für die Presse verwerten können, melden wir uns bei Ihnen.« Dann machte Carmen etwas, was sich wahrscheinlich nicht mal Albert getraut hätte. Sie lächelte Hofer ins Gesicht, und ehe er antworten konnte, sagte sie »Guten Tag«, drehte sich auf dem Absatz um und verließ das Zimmer.

»Gib ihr das in die Hand!«

»Das? Aber warum denn, Mann?«

»Frag nicht, mach!«

»Und was soll sie damit?«

»Anfassen. Einfach ein bisschen dran rumspielen, kapiert?«

»Dran rumspielen, hm?« Der Holzkopf zeigte seine fauligen Zähne.

»Einmal linksrum, einmal rechtsrum. Das reicht. Und dann lass sie hier drauf spucken.«

»Dazu muss ich ihr die Fesseln abnehmen und ihr das Tuch aus dem Mund nehmen!«

Klar – der Holzkopf packte das nicht alleine. »Ich komm mit.« Er nahm ihm das Taschentuch aus der Hand und ging voraus. »Ich kümmere mich um den Rest.«

Die Nadelspitze bohrte sich in ihr Hinterteil. Reflexartig zuckte sie zusammen. Der Schmerz, der ihr augenblicklich vom Po aus in Beine und Rücken schoss, erschreckte sie so, dass sie für einen Moment zu atmen vergaß. Sie spürte das leise Stöhnen, das unkontrolliert aus ihrem Mund entwich. Sie roch wieder seinen beißenden Schweiß. Und jetzt packte er sie am Arm.

»Steh auf, Mann!« Er brüllte. Aber seine Stimme kam von weit weg, drang wie durch einen dichten Nebel an ihr Ohr. »Steh auf, hab ich gesagt!« Er zerrte sie an ihrem Arm auf die Beine. Sie hatte seit Tagen nicht mehr aufrecht gestanden. Ihre Knie zitterten – nein, schlotterten regelrecht. »Reiß dich doch zusammen, Julchen!« Er zerrte so heftig an ihrem Arm, dass sie ihr Schultergelenk knacken hörte. Sie gab nach, ging drei Schritte mit. Dann schlug ihr Wärme ins Gesicht. Unter der Augenbinde kroch ein feiner Streifen Helligkeit hindurch. Als sie stolperte, ließ er sie los. Sie schlug auf nassem Gras auf.

Er würde sich nicht die Finger schmutzig machen. Er war hier schließlich nicht das Putzkommando. »Halt dir die Nase zu und steig ein, verstanden?«

»Mir ist schlecht«, sagte der Holzkopf und rieb sich mit dem Handschuh über seine rot geäderte Nase.

»Du stinkst selber wie ein Iltis, also stell dich nicht so an. Vorwärts!«

Der Holzkopf startete den Motor. Der Gestank war bestialisch. »Vorwärts, weg hier! Ich warte dort auf dich.«

Carmen bemühte sich um eine feste Stimme. So was hatte sie sich noch nie geleistet. Aber Frechheit siegt – vielleicht hatte das die Herren beeindruckt. »So, was jetzt? Meyer? Würde doch grad passen, oder?«

Albert nickte und schloss den Wagen auf. »Ich weiß zwar nicht, ob uns das wirklich weiterbringt, aber einen Versuch ist's wert. Rufst du ihn kurz an, dass wir kommen?«

Carmen warnte Meyer vor, der offenbar wie ein Besessener immer noch mitten in der Arbeit – um nicht zu sagen in Erik Schwenks Leiche – steckte. Seine Begeisterung war uneingeschränkt angesichts dieses Auftrags. Er begrüßte die beiden überschwänglich mit blutverschmierten Handschuhen winkend und frohlockte: »Frau Henning, Herr Schneider, Sie beide schaffen es, dass ich tatsächlich wieder begeistert von meinem Beruf bin. Wirklich, jedes Mal, wenn Sie mir eine Leiche bringen, ist es überaus interessant. Machen Sie das mir zuliebe?«

Carmen war überzeugt, dass es irgendein Gen geben musste, das Wissenschaftler gegenüber Leichen so abgebrüht machte. Dieses Gen fehlte ihr definitiv. Erik Schwenk war nicht zugedeckt, und Carmen schaffte es noch nicht, ihn anzusehen.

»Schauen Sie sich das hier mal an«, sagte Meyer und winkte die beiden zu sich. »Hochinteressant! Frau Henning? Kommen Sie, kommen Sie …«

Widerwillig trat Carmen zur Bahre und konzentrierte sich auf Schwenks Gesicht. Gleichwohl es zerfressen und zerkratzt war, war das noch der appetitlichste Teil der Leiche – die im Großen und Ganzen aussah wie durch den Fleischwolf gedreht.

Meyer zeigte mit beiden Zeigefingern auf den zertrümmerten Schädel. »So, also, wenn Sie mein vorläufiges Gutachten gelesen haben, wissen Sie ja schon: Er hat einen mächtigen Schlag auf den Hinterkopf erhalten. Ordentlich was auf die Nuss gekriegt. Und zwar nur einen Schlag. Derjenige, der ihn ausgeführt hat, war überaus treffsicher, schnell und kräftig. Einmal zugehauen, zack, weg war er.«

Albert nickte. »Verstehe. Das heißt, dass er also nach dem Schlag auf den Kopf tot war.«

Meyer schüttelte heftig den Kopf. »Mitnichten! Er war ohnmächtig. Es hat ja auch ganz schön alles zermanscht bei dem lieben Herrn hier. Aber tot war er noch nicht. Er ist im

Endeffekt verblutet, nachdem ihm jemand die Bauchhöhle aufgeschlitzt hat.«

Carmen hatte einen Kloß im Hals.

Meyer sah den Leichnam fast ein bisschen verliebt an und lächelte. »Tja, er hat davon zum Glück nicht viel mitgekriegt wahrscheinlich, aber Fakt ist, dass er sofort nach diesem Schlag aufgeschnitten wurde.«

Albert zog die Stirn kraus. »Komisch.«

»Wieso komisch?«

»Weil die Spurensicherung gesagt hat, dass die Leiche wahrscheinlich nicht dort zur Leiche gemacht worden ist, wo sie gehangen hat. Und auch nicht dort aufgeschnitten wurde.«

Meyer spitzte die Lippen. »Und woraus schließen die Herren von der Spurensicherung das?«

»Na, weil die einzige Blutlache, die es dort gab, unter dem Toten gefunden wurde. Also an der Stelle, wo er quasi – abgehangen ist.«

Meyer lachte. »Schön formuliert.«

»Danke.«

»Also, was genau bereitet Ihnen denn dabei Kopfzerbrechen?«

»Ich hatte mir das eigentlich so gedacht, dass er irgendwo umgehauen worden ist, dann zu diesem Platz da gebracht wurde, aufgehängt und dann im Hängen ausgeschlitzt wurde, verstehen Sie? Ich meine, das ist doch 'ne Riesensauerei, wenn man so 'nen Kerl aufschlitzt und dann noch ewig in der Gegend rumtransportieren muss, so voll mit Blut und Sabber.«

Meyer lächelte milde. »Da stimme ich Ihnen zu.«

Carmen drehte sich der Magen um. Sie war nicht imstande, sich an diesem Gespräch zu beteiligen.

Albert sah Meyer fragend an. »Geht das denn? Von der Logik her? Sie sagten doch, er ist direkt nach dem Schlag aufgeschnitten worden.«

»Natürlich. Wie gesagt, er war ohnmächtig, nicht tot. Er hatte keine Zeit, an den Kopfverletzungen zu sterben – was sicher etwas später genauso passiert wäre. Aber die paar Minuten dazwischen – wie lange brauchen zwei starke Kerle, so jemanden an den Baum zu hängen?«

»Gut. Also einigen wir uns darauf, dass es wahrscheinlich so war.«

»Sehr richtig. Er wurde auch ein Stück über den Boden geschleift. Das habe ich an seiner Kleidung gesehen – also, als er sie noch anhatte.« Meyer grinste. Das ging Carmen eine Spur zu weit.

»Herr Meyer, ich will Ihnen nicht zu nahe treten, aber finden Sie nicht, dass Sie sich aus Respekt vor dem Toten vielleicht etwas gewählter ausdrücken sollten? Ich meine, hier rumzustehen und Witze zu reißen – ich finde das unangemessen.«

Meyer machte pflichtbewusst ein ernstes Gesicht. »Verzeihung. Aber ich habe Ihnen noch gar nicht gesagt, was ich nebenbei entdeckt habe: Er hatte Krebs. Prostata. Unschöne Sache. Lange hätte er's nicht mehr gemacht. Würde mich interessieren, ob er davon gewusst hat.«

Jewgenij nahm die Abkürzung zu seinem ehemaligen Lieblingsangelplatz. Er war schon lange nicht mehr dort gewesen, hatte nicht allzu viel Zeit und deshalb keine Lust, zwei Kilometer Umweg in Kauf zu nehmen. Aber hätte er gewusst, wie sehr das Gestrüpp hier inzwischen wucherte, hätte er sich vielleicht anders entschieden. Scheiß Dornen. Hier sollte mal jemand mit dem großen Rasenmäher durchsensen. Aber jetzt durften die Hecken nicht geschnitten werden. Wegen der Vögel. Er hätte doch den regulären Fußweg nehmen sollen. Jewgenij kletterte über einen umgefallenen Baum und versuchte, mit der freien Hand die Brombeeren von seinem Gesicht fernzuhalten. Als würden sie nach ihm greifen. Jetzt hingen zwei Triebe in seinem Hosenbein fest. Unwillkürlich griff er nach unten. Die Dornen vor seinem Gesicht ließ er los. Sie schnellten zurück und bohrten sich in seine Schläfe. Vor Schmerz ließ er die Tasche fallen und griff nach seinem Gesicht. Es blutete. Wenn ihn jetzt jemand sehen könnte. Er biss die Zähne zusammen, schob sich noch zwei Meter weiter durch den zugewachsenen Trampelpfad, blieb stehen und musterte wütend die Brombeertriebe. Scheiß Grünzeug. Scheiß Abkürzung. Hoffentlich lohnte sich der Aufwand wenigstens. Wenn er keinen Fisch erwischen würde, musste er sich ein anderes Hobby suchen. Als er den Kopf wandte, um sich weiter durch das Dickicht zu quälen, bohrte sich ein widerlicher Gestank in seine Nase. Er war einiges gewöhnt, schließlich hatte er schon im Schlachthaus gearbeitet – aber *das*! Dieser Geruch toppte so ziemlich alles. Im nächsten Augenblick musste er würgen. Woher kam dieser Gestank? Mitten im Wald? Er griff in seine Jackentasche, fand ein gebrauchtes Tempotaschentuch und drückte es sich vor die Nase. Er sah sich um. Da war nichts. Das einzig Auffällige waren ein paar umgeknickte Äste ein paar Meter links von ihm. Als wäre jemand vor einer Weile dort entlanggegangen. Eine Leiche – schoss es ihm durch den Kopf. So kann nur eine Leiche stinken! Der Gedanke schlug wie eine Faust in seinem Magen ein. Bei Gott. Er hatte schon immer die irrationale Angst gehabt, beim Angeln statt eines

Fischs irgendwann einen Toten am Haken zu haben. Möglicherweise lag die Leiche gleich hier – irgendwo dicht neben seinen Füßen? Er wollte das Taschentuch nicht von seinem Gesicht wegnehmen. Hastig sah er auf den Boden, drehte sich nach allen Seiten, sein Blick sprang von einem Strauch zum nächsten. Aber da war nichts. Langsam fasste er sich. Ein Tier. Das könnte auch ein Tier sein. Ein Reh, das verwest. Jewgenij, du bist ein gestandener Russe, verdammt. Jeder, der wüsste, dass du dich bei ein bisschen Gestank im Wald so erschreckst, würde dir den Vogel zeigen. Sollte er suchen? Wenn es nun doch kein Tier war? Wieder sah er auf den Boden. Jetzt blieb sein Blick an den umgeknickten Ästen hängen. Nein, das war kein Tier gewesen. Hier war jemand gegangen. Ein Mensch. Wer außer ihm marschierte quer durchs Dickicht? Und vor allem wohin? Ein Angler? Das war ausgeschlossen. In diese Richtung? Da kam nichts. Weit und breit. Irgendwann, ja, relativ weit weg, stieß man auf einen befestigten Weg. War jemandem der Hund abgehauen? Vielleicht. Aber der Gestank? Vorsichtig zog Jewgenij das Taschentuch von der Nase weg. Sofort schlug ihm wieder der Geruch entgegen, so unbarmherzig, dass es ihn fast umwarf. Reiß dich zusammen, Jewgenij. Du wirst nachsehen. Es ist deine Pflicht. Wenn es ein Tier ist, darfst du dich selber auslachen. Wenn es kein Tier ist … Er verdrängte den Gedanken und setzte zielstrebig, ohne weiter auf die Dornen zu achten, einen Fuß vor den anderen in Richtung der umgeknickten Äste.

Seit sie von Meyer aufgebrochen waren, hatte Albert kein Wort gesagt. Tobi hatte eben angerufen. Es gab Neuigkeiten von Dieter Ohnmacht. Einige E-Mails in Schwenks Laptop waren interessant. Außerdem gab es ein paar Entwürfe des Flugblattes für seine Wahlwerbung. Zuerst mussten sie aber ins Parteibüro. Der Termin mit dem Chef war für in einer halben Stunde vereinbart. Woher hätte Tobi auch wissen sollen, dass sie heute Morgen zuerst hatten bei Hofer antanzen müssen und dadurch völlig aus dem Zeitplan geraten waren. Carmen war gespannt.

»Du, Albert?«

»Hm?«

»Du hast seit mindestens zehn Minuten kein Wort mehr gesagt?«

»Hm.«

Sie traute sich nicht, weiterzufragen. Er starrte stur auf die Straße. Und er fuhr unglaublich gemäßigt – was ihr fast am meisten Sorgen machte. Er hielt durch mit dem Nichtrauchen. Sie hätte ihn so gerne gefragt. Aber sie wollte das Wort *Krebs* in Zusammenhang mit ihm nicht aussprechen. Wenn sie sich einfach nur etwas zusammengesponnen hatte? Sie sah ihn lange an. Sein Gesicht war unbewegt, nur einmal glaubte sie, ein Zucken an seinem rechten Auge wahrzunehmen. Er war frisch rasiert. Ein winziger Kratzer mit einer Blutkruste am Kinn. Und er hatte einen kleinen Pickel auf der Nase. Sie hatte ihn noch nie so genau angesehen. Und es schien ihn im Augenblick auch nicht zu stören. Wenn er es überhaupt merkte. So versunken wie er war. Zum ersten Mal fiel ihr auf, dass er eigentlich immer blaue Hemden trug. Ordentlich gebügelt, den obersten Knopf offen. Es war ulkig – sie hatte ihn noch nie genau angesehen, und jetzt, als sie es tat, merkte sie, dass er tatsächlich so gar nicht ihr Typ war. Er hatte nichts Verwegenes. Er war zu glatt, rein optisch. Sein Gesicht war auf eine ganz eigene Art unheimlich gerade.

Nichts war krumm, die Nase wie mit dem Lineal gezogen, die Augenbrauen schnörkellos, der Mund sehr definiert.

Albert bremste und fuhr von der Autobahn ab. Er sah sie an. Carmen erschrak. Sie war so versunken gewesen, mit Blickkontakt hatte sie nicht gerechnet. Ganz automatisch drehte sie den Kopf weg und sah aus dem Fenster.

Jewgenij folgte der Spur immer weiter. Probehalber nahm er das Taschentuch von der Nase weg. Nein – der Gestank ging nicht weg. Er wurde eher schlimmer. Ihm war mulmig zumute. Immer wieder sah er auf den Boden, links und rechts seiner Füße. Einmal blieb ihm beinahe das Herz stehen. Abrupt hielt er inne. Etwas Weißes lugte dicht neben seinem rechten Fuß unter einem Busch hervor. Er blieb stehen, sah sich um. Da war nichts. Er bückte sich, presste das Taschentuch noch fester vor sein Gesicht. Er griff einen herumliegenden Ast, schob ein paar kleine Zweige und Farnblätter beiseite. Es war eine Plastiktüte. Leer. Zum Glück. Dass die Leute ihren Dreck auch überall hinschmeißen mussten!

Er stand wieder auf. Wenige Schritte weiter sah er die kleine Lichtung. Und das Auto.

Die Frau schüttelte energisch den Kopf. »Wenn ich's Ihnen doch sage. Der Schwenk hat bisher rein gar nichts für die Druckerei eingereicht. Wenn Sie noch einen Augenblick warten, wird der Chef Ihnen bestätigen, dass nichts eingegangen ist.« Die Vorzimmerdame war der Inbegriff einer Grünen-Anhängerin und verkörperte so ziemlich jedes Vorurteil, das Nicht-Grüne über die Ökos hatten: beiger Strickpullover, Gesundheitslatschen, die langen, mit silbernen Strähnen durchsetzten Haare offen. Nicht geschminkt, sehr burschikos.

Sie nickte – weniger höflich, als das Gespräch damit einseitig abschließend –, stand auf und ging, in der einen Hand ihre leere Kaffeetasse, in der anderen eine CD-Hülle, quer durchs Zimmer und dann auf den Flur hinaus.

»Tja«, sagte Albert und nahm die Hände aus der Manteltasche. »Das« – er zeigte auf eines der druckfrischen Wahlplakate an der Wand – »ist genau die Art von Propaganda, auf die Leute abfahren, die keine Ahnung von Wirtschaft haben.« Das Plakat zeigte einen Atomreaktor, der mit einem dicken roten Kreuz durchgestrichen war. Darunter: Windräder. Daneben ein großer grüner Haken.

»Wie auch immer.« Carmen zuckte mit den Schultern. »Auf jeden Fall nicht sehr einfallsreich.« Carmen langweilten solche Plakate. Die Stadt war damit regelrecht tapeziert. An jeder Ampel lachte einen ein anderes Gesicht an, eine andere populistische Botschaft, Kreuzchen hier, Kreuzchen da.

Albert nickte und fing an, auf und ab zu gehen. »Wir hätten uns zuerst das Zeug aus dem Laptop angucken sollen. Ich fühl mich schlecht vorbereitet für diese Grünen-Sache«, sagte er mürrisch.

»Geht mir auch so. Aber jetzt warten wir's halt mal ab.« Die Vorzimmer-Grüne blieb verschwunden. Carmen schlenderte auf ihren Schreibtisch zu. Die Zeitung lag aufgeschlagen darauf. Mit Textmarker waren einzelne Passagen in verschiedensten Artikeln angestrichen. Eben wollte Carmen genauer hinsehen, als die Tür aufgestoßen wurde.

Wie ein plötzlicher Windstoß kam Franz Gegenheimer in braunem Cordanzug und mit schreiend gelber Krawatte herein, in einem Schwung, als würde er gar keine Schritte mit seinen eigenen Beinen machen, sondern stünde auf einem unsichtbaren Skateboard, das irgendwer im Nebenzimmer angeschubst hatte – so kam er auf Carmen zugeschossen, im Gesicht das Strahlen von zehn Sonnen, auf den Lippen das herzlichste und wärmste »Hallo, Frau Henning«, das sie in den letzten 37 Jahren gehört hatte. Dann drehte er sich um, schoss fast schon mit wehenden Haaren auf Albert zu, reichte ihm die Hand und bedachte ihn im Gegensatz zu Carmen mit einem Blick, als wollte er ihm kondolieren. »Guten Tag, Herr Schneider«, sagte er ernst. Dabei nahm er Alberts Finger zwischen beide Hände.

Albert nickte und zog die Hand weg. »Guten Tag, Herr Gegenheimer. Schön, dass Sie Zeit haben, so mitten im Wahlkampf.«

»Ich bitte Sie!«, sagte Gegenheimer und winkte mit beiden Händen ab. »Das ist doch selbstverständlich. Wenn die Kriminalpolizei was will, dann ist das doch ganz klar, dass wir Ihnen helfen, wo wir nur können. Ich meine, gerade jetzt können wir uns ja wohl kaum leisten, dass irgendwas in der Presse auftaucht, das mit den Grünen und der Polizei zu tun hat, ohne dass wir darüber miteinander gesprochen haben!« Er verschränkte die Hände auf dem Rücken und fing an, auf den Zehenspitzen zu wippen. »Äh, ja. Worum geht es?«

»Wollen Sie uns nicht erst einmal hereinbitten, Herr Gegenheimer?« Albert deutete auf seine halb geöffnete Bürotür.

Gegenheimers rechte Hand sauste in einer runden Bewegung zu seiner Stirn. »Sicher, natürlich! Verzeihung. Wo ist nur mein Kopf?« Er lachte künstlich. »Bitte, gehen Sie rein, nehmen Sie Platz, wo Platz ist. Ich sag Susi, dass sie uns Kaffee machen soll. Sie mögen Kaffee?«

Gegenheimers Büro war ein Dschungel. Fast das gesamte Fenster war zugewuchert mit irgendwelchem Grünzeug. Palmen, Farne, Kletterpflanzen, ein Hibiskus, gleich mehrere Papyrus-Wedel. Der graue Teppichboden war fleckig. An der Decke baumelte eine billige Lampe. An der Innenseite der Tür war mit Tesafilmstreifen ein Poster von den Rolling Stones befestigt. Neben dem vermutlich ebenfalls billigen Schrank hing eine Dartscheibe an der Wand. Alle drei Pfeile steckten genau in der Mitte.

Keine zwei Minuten später sauste Gegenheimer an Carmen und Albert vorbei, holte seinen Stuhl hinter dem Schreibtisch hervor und setzte sich zu ihnen – fast wie in einen Stuhlkreis bei irgendeiner Selbsthilfegruppe, bei der jeden Moment der Moderator die Vorstellungsrunde eröffnet und sich die Teilnehmer gegenseitig ein Wollknäuel zuwerfen und Sachen sagen wie: *Ich bin die Carmen, fast 37 Jahre alt, Single, und habe seit kurzem ein Problem mit der Eifersucht meiner Katze auf alle Männer, die in meine Wohnung kommen.*

»Kaffee kommt gleich. Was kann ich für Sie tun?«, fragte Gegenheimer freundlich.

»Dass Erik Schwenk tot ist, ist Ihnen bekannt?«, stieg Albert ohne Umschweife ein.

»Ja«, schoss es aus Gegenheimer heraus. »Ja, das ist mir bekannt. Schrecklich. Ganz schrecklich. Mord, nicht wahr?«

»So sieht's aus«, sagte Albert. »Hat ja schnell die Runde gemacht.«

Gegenheimer rutschte unruhig auf seinem Stuhl herum. »Ja. Fürchterlich. Und gerade jetzt!«

»Was meinen Sie mit ›gerade jetzt‹?«

»Na, er wollte sich für den Gemeinderat aufstellen lassen. Er hätte viele Stimmen bekommen.«

»Warum? Wie lange kannten Sie ihn denn schon?«

Gegenheimer blickte etwas verunsichert erst zu Albert,

dann zu Carmen. »Äh, ja, was genau wollen Sie denn wissen? Ich meine, soll ich einfach mal so erzählen, was mir zu Erik Schwenk einfällt, oder wollen Sie was Bestimmtes wissen?«

»Erzählen Sie einfach mal«, sagte Albert und drückte auf den Kugelschreiber.

»Gut. Also, der Erik Schwenk war jahrelang Parteimitglied, ohne dass wir ihn je zu Gesicht bekommen hätten. Er stand immer nur auf der Mitgliederliste, ist aber nie zu Versammlungen gekommen oder so. Gut – war uns auch recht – Mitglied ist Mitglied. Jeder einzelne Name ist gut für die Statistik …«

»Weiter.«

»Ja, also, auf einmal ist er hier auf der Matte gestanden. Hat sich vorgestellt und gesagt, dass er sich in den Gemeinderat wählen lassen möchte.«

»Wann war das?«

Gegenheimers Augen rollten in Richtung Decke, wo sie angestrengt einen unsichtbaren Punkt fixierten. »Hm, gute Frage. Da müsste ich Susi fragen. Apropos – wo bleibt eigentlich der Kaffee …?«

»Herr Gegenheimer, ich sage Ihnen mal, was uns umtreibt: Ein Mann, der sich früher nie für Politik interessiert hat – oder vielmehr sich nie engagiert hat –, will sich das erste Mal in seinem Leben in den Gemeinderat wählen lassen. Und kurz nachdem das bekannt wird, wird er umgebracht. Können Sie sich vorstellen, dass irgendwer so furchtbare Angst davor hatte, dass Schwenk in die Lokalpolitik gehen will, dass er ihn umgebracht hat deswegen?«

Gegenheimer machte ein Gesicht wie ein Erdmännchen. »Nein. Nein, kann ich mir nicht vorstellen. Ich meine …«

»Herr Gegenheimer, hat Schwenk Ihnen gegenüber einen Grund genannt, warum er Gemeinderat werden will?«

»Ja. Er wolle sich für eine sauberere Umwelt einsetzen.«

»Das ist ein bisschen pauschal, finden Sie nicht?«

»Wieso pauschal? Abgesehen von einer besseren Bildungs- und Kulturpolitik ist das schließlich unser ureigenes Thema!«

»Aber was konkret wollte er denn dafür tun? Verstehen Sie nicht, worauf wir hinauswollen?«

»Ja doch. Natürlich verstehe ich, worauf Sie hinauswollen. Sie wollen von mir hören, dass er irgendeinem Konzern einen Strich durch die Rechnung machen wollte, weil er geheime Informationen hatte, mit denen er einen ganzen Industriezweig hätte lahmlegen können. Das ist es, was Sie hören wollen, stimmt's?«

»Zum Beispiel«, sagte Albert und verschränkte die Arme.

»Tut mir leid«, Gegenheimer lehnte sich zurück. Alle zehn Sonnen waren inzwischen aus seinem Gesicht und seinem Tonfall verschwunden. Er schien verunsichert. »Damit kann ich nicht dienen. Ich weiß nur, dass er Angler war und sich da auch als Gewässerwart engagiert hat. Er wollte sich unter anderem gegen die Einleitung von belasteten Abwässern in den Rhein starkmachen, ja. Aber das ist nicht außergewöhnlich, oder?«

»Stehen größere Entscheidungen im Gemeinderat an, die er im Falle seiner Wahl hätte beeinflussen können?«

Gegenheimer überlegte. »Ach wissen Sie, es stehen dauernd wichtige Entscheidungen an. Wenn Sie drauf hinauswollen, dass er gegen das Chemiewerk draußen am Rhein mobilmachen wollte – ja. Das war ein offenes Geheimnis. Aber seien wir doch mal ehrlich: Ich bin lange genug in der Politik, um zu wissen, dass das allenfalls ein bisschen Publicity für uns gebracht hätte. Mehr nicht. Gegen diese großen Unternehmen ist kein Kraut gewachsen. Da macht ein kleiner Gemeinderat nichts dagegen.«

»Wieso gegen das Chemiewerk? Leiten die ihr Dreckwasser in den Rhein?«

»Kam schon öfter vor. Die haben sich aber immer wieder rausgeredet. Haben wieder irgendwas investiert, so nach dem Motto: ›Wir wissen, dass wir böse sind, wir haben den Rhein verpestet, also pflanzen wir zusammen mit dem Ministerpräsidenten nebenbei mal wieder ein paar Bäume als Wiedergutmachung‹. Und gleichzeitig verkaufen wir der Presse, dass wir wieder 20 Jugendliche in Ausbildung genommen haben. Sie wissen ja selber, wie so was läuft.«

»Haben Sie wirklich schon aufgegeben, Herr Gegenheimer? Sie sind Vorsitzender Ihrer Partei hier im Kreis. Meinen Sie nicht, dass Ihnen da ein bisschen mehr Enthusiasmus besser zu Gesicht stünde?« Albert wirkte ehrlich enttäuscht, als er das sagte.

»Sie sind ja die Polizei und nicht die Presse. Sie dürfen nicht denken, dass ich nicht mehr an unsere erklärten Ziele glaube oder dass ich nicht mehr bereit wäre, dafür einzutreten. Beileibe nein – natürlich bin ich noch motiviert – irgendwie. Im Laufe der Jahre habe ich aber viel gesehen. Ich bin nicht mehr so blauäugig wie früher.«

»Und Sie halten es nicht für möglich, dass Schwenk irgendetwas wusste, mit dem er eben doch etwas gegen dieses Werk in der Hand gehabt haben könnte?«

Gegenheimer machte große Augen. »Nein! Was sollte das denn sein? Das sind Strukturen innerhalb der Industrie – haben Sie eine Ahnung, wer da alles mit wem vernetzt ist? Ich will nicht überheblich klingen, aber man muss innerhalb der Politik mindestens Vorsitzender von irgendeiner Vereinigung sein, um da auch nur im Geringsten irgendwo gehört zu werden. Wenn überhaupt. Das meiste wird doch zwischen den

Wirtschaftsleuten und den Politgrößen hinter den Türen vermauschelt, wo unsereins nicht mal die leiseste Ahnung hat, dass es dort überhaupt eine Tür gibt.«

»Wir geraten ins Philosophieren, Herr Gegenheimer. Entschuldigen Sie bitte, dass ich Sie unterbreche. Bei einem Glas Wein nach Feierabend würde ich mich gerne noch ausführlicher mit Ihnen darüber austauschen. Aber ich muss doch wieder die Kurve zu unserer konkreten Frage kriegen.«

»Sicher. Kein Problem.«

»Haben Sie einen Tipp für uns, wer uns zu Erik Schwenk noch irgendwas Spannendes sagen könnte? Vielleicht eben zu seiner politischen Motivation?«

»Nein.«

»Haben Sie eine Liste für uns, wer sich noch alles für den Gemeinderat aufstellen lassen wird?«

»Sicher. Ich sag Susi, sie soll sie ausdrucken. Ich frage mich wirklich, wo der Kaffee bleibt?«

»Das Auto ist aufgetaucht!« Tobi schrie so aufgeregt in den Hörer, dass Carmen fühlte, wie ihr Trommelfell vibrierte. »Ich hab gesagt, die sollen erst mal absperren und die Finger weglassen, bis ihr rauskommt. War richtig, oder?«

»Goldrichtig, Tobi. Aber hör doch auf, so zu brüllen! Wo ist die Karre denn?«

»Das ist es: in einem Waldstück, nicht allzu weit weg von da, wo man den Schwenk gefunden hat. Aber unsere Kollegen schwören hoch und heilig, dass sie dort auch gesucht haben, als sie die Gegend abgegrast haben.«

»Komisch. Heißt das, dass jemand anders mit dem Auto unterwegs war in der Zwischenzeit?«

»Ist sehr wahrscheinlich.«

»Der Killer?«

»Tja – das werdet ihr gleich rausfinden. Wobei: Jeder, der mit dieser Karre unterwegs war, muss irre sein.«

»Warum?«

»Nach dem, was der Kerl erzählt, der das Auto entdeckt hat, muss es da rausstinken wie sonst noch was. Also kleiner Tipp: Streicht euch das Mentholzeug unter die Nase.«

»Warum? Was soll denn da so stinken?«

»Irgendwas muss in der Karre drin sein. Der Typ hat das Fahrzeug nur gemeldet, weil es da wohl so bestialisch rausgestunken hat, dass er sich alleine nicht rangetraut hat, um nachzusehen.«

»Du liebe Güte! Liegt da etwa noch 'n Toter drin?«

»Ehrlich gesagt, würde ich mich an eurer Stelle mal drauf einstellen.«

»Na wunderbar.«

Als sie ausstiegen, schlug Carmen der Gestank ins Gesicht wie eine Faust. Sie fasste Albert am Arm. »Gib mir sofort die Mentholschmiere, ich muss gleich schon wieder kotzen! Albert?«

Albert war mit einem Schlag kreideweiß um die Nase geworden. »Uäh! Ich schwör bei allem, was mir heilig ist – das übertrifft echt alles, was ich je gerochen habe.« Er schluckte, schmierte sich einen dicken Strich Mentholgel unter die Nase und reichte Carmen das Döschen. Carmen kramte zwei Tempotaschentücher aus ihrer Handtasche. »Da, nimm.«

»Danke.« Albert schien es auch schlecht zu werden.

Der Kombi, der auf Erik Schwenk zugelassen war, stand abseits des Weges – es war erstaunlich, wie er es überhaupt geschafft hatte, durch dieses Dickicht hindurchzufahren. Falls überhaupt er selbst den Wagen hier abgestellt hatte.

Hatten die Kollegen nicht Stein und Bein geschworen, dass sie hier gesucht hatten? War eine Leiche im Kofferraum? Carmen ging so dicht an den Wagen heran, dass sie durch die Scheiben sehen konnte. Im Innern lag nichts Auffälliges. Eine alte Zeitung. Ein kleiner Eimer.

»Hier!« Albert hatte das Taschentuch vom Gesicht weggenommen und hob etwas vom Boden auf. »Eine Taschenlampe.«

»Mhm.« Carmen wollte sich diesem Gestank nicht aussetzen. Etwas abseits standen die Spurensicherer und warteten auf Kommandos. Carmen nickte Holger Knecht zu, der mit angeekeltem Gesicht, einem halben Pfund Menthol auf der Oberlippe und drei Männern im Schlepptau auf den Kofferraum zuging. »Aufmachen«, nuschelte Carmen hinter ihrem Tempo hervor. Einen Augenblick darauf wünschte sie, sie hätte das niemals gesagt. Der Gestank war bestialisch. Für einen Moment glaubte Carmen, keine Luft mehr zu bekommen. Ein unglaublich schwerer, leicht süßlicher Geruch schlug ihr so brachial entgegen, dass ihr schwindelig wurde. Unwillkürlich wichen alle wie ferngesteuert ein paar Schritte zurück. Als hätte jemand den Gestank einer gesamten Mülldeponie komprimiert und in diesen Kofferraum gepresst. Oder vielmehr in den blauen Plastiksack, der darin lag. Für einige Sekunden rührte sich niemand. Dann hörte Carmen, wie sich einer der Spurensicherer hinter ihrem Rücken übergab. Himmel, wer sollte jetzt die Kontrolle behalten?

»Aufmachen«, wiederholte sie beherzt und meinte diesmal den Plastiksack. Der Spusi-Mann kotzte sich noch immer die Seele aus dem Leib. Holger Knecht kämpfte mit den Tränen, machte dann aber eine hektische Handbewegung, drehte sich um und ging zu seinem Wagen. Er kam mit verschiedenen Gerätschaften und Handschuhen zurück. Niemand sagte etwas. Knecht streifte tapfer die Handschuhe über, nahm sich ein Ding aus Metall, das aussah wie eine Art Greifarm, und rüttelte damit am zugeknoteten Ende des Plastiksacks. Es half nichts. Knoten war Knoten. Jemand würde Hand anlegen müssen. Knecht hielt sich mit einer Hand an einem Baumstamm direkt neben dem Auto fest. Carmen war weitere fünf Schritte rückwärtsgegangen, Albert lehnte mit geschlossenen Augen an ihrem Polizeiauto. Der Junge hatte aufgehört zu kotzen, kämpfte aber immer noch mit sich. Die anderen beiden fassten sich ein Herz. Entschlossen gingen sie auf den Kofferraum zu, mit einem Messer schlitzten sie mit zwei geschickten Bewegungen den Sack der Länge nach auf. Carmen schloss die Augen. Tief Luft holen – oder besser nicht. Das wäre einer Ohnmacht gleichgekommen. Sie war auf das Schlimmste vorbereitet.

»Was ist das denn?« Es kam von den beiden Jungs wie aus einem Mund. Carmen riss instinktiv die Augen auf. Albert kam angerannt. Mit vors Gesicht gepressten Taschentüchern standen sie vor dem Kofferraum. Und was da unter dem Plastik schimmerte, war noch widerlicher als alles, was Carmen sich bis dahin ausgemalt hatte. Glibberig. Schleimig, fast flüssig waberte dieses monströse deformierte Etwas jetzt langsam heraus und verteilte sich zähfließend über den Rand des Sacks auf der Zeitung, die darunter lag. Es sah aus, als hätte einer ein riesiges Plastikrohr in die Mikrowelle gepackt und gewartet, bis es seine Form verloren hatte. Das war keine Leiche.

»Was ist das?«, fragte Carmen, und sie erkannte ihre eigene, vom Ekel verzerrte Stimme kaum. Albert drehte sich um und zog Carmen mit sich vom Wagen weg. Immer weiter.

Carmen nahm das Tuch vom Mund. Der Gestank verfolgte sie. Sie presste sich den Ärmel ihrer Jacke vors Gesicht. »Albert, was ist das?«

Jetzt blieb Albert endlich stehen und drehte sich zu ihr um. »Du weißt es, Carmen.«

»Was? Wie, ich weiß es? Nein, ich weiß es nicht.«

»Doch. Du hast so was schon gesehen. Aber in etwas anderem Zustand.«

»Albert, bitte!«

»Fischers Fritz fischt frische Fische«, sagte Albert.

Jetzt dämmerte es ihr. »Ein Wels?«

»Ein Wels.«

»Verdammt nochmal.«

»Soso, ein Fisch. Na guten Appetit«, witzelte Hofer und zog eine Grimasse. »Was sagt Ihnen das?«

»Ich würde vermuten, dass Erik Schwenk eben vom Fischen gekommen ist, den Wels in den Kofferraum gepackt hat und losfahren wollte, als ihm jemand von hinten eins übergebraten hat«, sagte Albert sachlich.

»Klingt so.« Hofer lehnte sich zurück. »Haben Sie in dem Auto sonst noch was Auffälliges gefunden?«

»Bisher nicht. Erst mal müssen die armen Schweine vom Beseitigungsdienst die Karre halbwegs begehbar machen. Wer da keinen Pferdemagen hat, hat keine Chance.«

»Gut.« Hofer nahm sich einen Zettel zur Hand. »Und das Auto stand dort vorher nicht?«

»Angeblich nicht. Das Waldgebiet wurde durchsucht, nachdem die Leiche von Erik Schwenk gefunden wurde.«

»Hm. Glauben Sie denn, dass jemand anderes mit dem Auto unterwegs war?«

»Möglich. Das wird die Spurensicherung noch feststellen.«

»Okay. Herr Schneider, Frau Henning, sobald Sie irgendwas haben, will ich sofort Bescheid bekommen, verstanden? Ich bin momentan in Eile, ich muss mich mit der Schumann-Sache befassen.«

»Gibt es denn da was Neues?«

»Ja und Nein. Es ist immer noch nicht zu hundert Prozent sicher, dass mit der Ausrüstung irgendwas nicht in Ordnung war. Schumann war ein versierter Kletterer – es ist also unwahrscheinlich, dass er nicht jedes auch noch so kleine Problem nicht bereits *vor* Beginn der Tour beanstandet hätte. Aber irgend so ein Wichtigtuer, der sich *Experte* schimpft, hat wohl einen übertriebenen Geltungsdrang und behauptet steif und fest, dass an der Stelle, an der das Seil gerissen ist, vorher jemand irgendwas manipuliert hat. Schwefelsäure oder so. Leider gibt es so gar keine Spuren oder Beweise für Fremdeinwirkung. Schwefelsäure ist in jeder Autobatterie. Wenn man 'ne Kletterausrüstung in der Garage rumliegen hat und da 'ne Autobatterie ausläuft, dann sieht man das dem Seil wohl nicht unbedingt gleich an.«

»Aha. Aber frisst sich so was nicht direkt voll durch alle Fasern? Das hätte doch schon viel eher reißen müssen, oder?«

»Wohl nein. Keine Ahnung, ich kenn mich mit diesem Geklettere ja auch nicht wirklich aus. Aber das kann wohl sein, dass das Seil einem gewissen Zug noch standhält, und erst bei starker ruckartiger Belastung macht es: zack. Und weg isser.«

»Aha. Und wer soll auf so was kommen?«

»Die Kollegen aus Österreich haben inzwischen alle auseinandergenommen, die an dem Tag irgendwie Zugang zu der Ausrüstung gehabt haben könnten, alle, die an der Klettertour beteiligt waren. Ein paar von den Teilnehmern haben ausgesagt, dass eine kleine Gruppe vor ihnen die Wand hochgekraxelt ist. Nach denen wird jetzt noch gesucht.«

»Was sollen die denn damit zu tun haben?«, fragte Albert. »Ich würde ja die Ehefrau festnehmen!«

O je, jetzt ging das schon wieder los.

Albert bemerkte Carmens genervten Blick und grinste. »Was denn? Die war doch auch dabei? Und wie uns die Geschichte lehrt: Wenn wichtige Männer umkommen, und zwar auf eine perfide Art und Weise, dann steckt fast immer die Ehefrau oder die Geliebte dahinter. Weiber! So sind sie. Stimmt's, Carmen?«

»Sehr witzig.«

Hofer rollte mit den Augen. »Ja, sehr witzig, Herr Schneider. Aber was red ich überhaupt mit *Ihnen* darüber. Ich habe definitiv keine Zeit, mit Ihnen über Dinge zu plaudern, die Sie nichts angehen. Wenn Sie zu viel Zeit haben, dann kümmern Sie sich um das Auto von dem Schwenk.«

»Das ist auch so ziemlich das Einzige, was wir jetzt machen können«, sagte Albert draußen und kickte einen Kieselstein beiseite. »Solange uns Tobi, Dieter und die Schmelzer nichts Neues bringen.« Dann grinste er. »Oder wir gehen zum Fischen? Die Ausrüstung liegt im Auto.«

»Nette Idee – aber lass mal. Meinst du, jemand hat gesehen, wie und wann die Karre dort hingekommen ist?«

»Keine Ahnung. Auf jeden Fall bin ich mir sicher, dass der Kerl eben vom Fischen gekommen ist, seinen Fang verstaut hat und dann: zack. Wir müssen, glaube ich, selber mal mit den ACKlern reden.«

»Vertraust du unseren Kollegen nicht? Die haben doch da schon alles auf den Kopf gestellt.«

»Carmen, ich sag dir was, was ich dir schon einmal gesagt habe: Angler reden nicht gern, außer es geht um ihre Fische: Wer hat den größten? Kapiert? Wenn Angler unter sich sind, sind das größere Tratschtanten als jedes noch so geschwätzige Weib.«

»Und?«

»Ich bin nach wie vor der Meinung, dass wir uns unters Volk mischen sollten, bis wir was von dem Auto zu hören kriegen. Es reicht völlig, wenn Tobi und die anderen da offiziell als Polizei auftauchen. Halt mich für verrückt oder nicht, aber ich frag mich jetzt durch, wo die besten Plätze um diese Jahreszeit sind, und geh ans Wasser.«

»Albert …!«

»Was? Komm mit oder lass es bleiben. Ich bin mir sicher, wenn ich irgendwem erzähle, dass der Erik immer ganz schön fette Welse gefangen hat, dann erzählt mir einer, wo er dafür immer hingegangen ist. Und vielleicht noch mehr.«

»Noch mehr *was*? Was genau versprichst du dir denn? Welche Informationen?«

»Wie gesagt: Wenn ich rausbekomme, wo er immer zum Fischen gegangen ist …«

»Albert, die Plätze hat Tobi schon erfragt.«

»Tobi hat erfragt, wo man überhaupt zum Fischen gehen kann und welche guten Plätze in der Nähe vom Fundort sind. Aber du hast doch Meyer gehört? Das sagt noch lange nichts darüber aus, ob er tatsächlich dort unterwegs war an dem Abend. Außerdem erwische ich vielleicht jemanden, der weiß, mit wem der Schwenk rausgegangen ist.«

»Tobi meinte, die vom ACK haben gesagt, dass er sich nie verabredet hat, sondern immer alleine los ist.«

»Klar, die treffen sich ja auch am Wasser, die Angler. Das ist nicht wie bei euch Weibern, die erst mal zwei Stunden lang miteinander telefonieren müssen, um auszumachen: *Treffen wir uns da oder da? Ja, das ist wichtig, sonst weiß ich nicht, was ich anziehen soll. Meinst du, das kleine Schwarze ist passend dafür? Oder besser das lange Rote? O, nicht doch, du machst Witze, deine Frisur ist doch viel besser als meine! Blablabla!*«

Es war wieder so weit: Der Nikotinentzug zerrte an Alberts Nerven. »Woher hast du denn diese angeblichen Fakten über uns Frauen, hm?«

»Geht dich nichts an.«

»Na, eigene Erfahrung ist's ja wohl kaum, nach dem, was man so hört.« Das war frech. Aber es wirkte.

Albert wechselte sofort das Thema. »Also: Ich glaube, es bringt was, wenn ich mich mit Anglern am Wasser unterhalte.«

»Albert, wenn jemand Erik Schwenk an einem seiner letzten Abende am Wasser getroffen hätte, hätte derjenige sich bei uns gemeldet.«

»Ist nicht gesagt.«

»Es hat keinen Zweck, oder?«

»Was hat keinen Zweck?«

»Dich von der Idee abzubringen.«

»Richtig. Gib's auf. Was ist, kommst du mit zum Hafen? Heute mal auf Brassen – und sobald du in Übung bist auf Wels?«

»Du willst mich umbringen, richtig?«

»Ich dich umbringen? Wieso?«

»Weil ich so ein Vieh niemals an Land ziehen werde, sondern der Fisch mich mit in die Tiefe reißt und ich jämmerlich am Grund des Rheins ersaufen werde.«

»Soso, ich wusste ja, dass du eine ganz schön große

Klappe hast, Kollegin. Aber offenbar steckt so gar nichts dahinter, außer dem nicht vorhandenen Selbstbewusstsein. Kommissarin und hat Schiss vor ein bisschen Fisch. Hätte ich nicht von dir gedacht. Schade eigentlich.«

Eine Dreiviertelstunde später stand Carmen neben Albert auf den wackeligen Steinen am Rheinhafen und kam sich vor wie der letzte Mensch. »Ich kann dir nicht helfen, oder?«

»Nein«, sagte Albert und knotete mit ein paar flinken Handgriffen den Haken an die Schnur. Dann sah er Carmen an. »Oder vielleicht doch: Gib mir mal ein paar von den Maden aus der Plastikdose.«

»Welche Plastikdose?«

»Die da.« Albert zeigte auf einen kleinen schwarzen Behälter, in dessen grünem Deckel kleine Löcher waren.

»Maden? Wo hast du die denn her?«

»Aus dem Angelladen.«

»Wann warst du denn im Angelladen?«

»Na, mit dir.«

»Da hast du diese Dinger gekauft?« Carmen sah skeptisch in die mit Sägemehl gefüllte Dose, in der es so wild wuselte und krabbelte, dass sie sich spontan schütteln musste. »Und die Dinger leben noch?«

»Daher der Name«, sagte Albert trocken, hob den Deckel von der Dose und hielt ihn Carmen hin. »Lebendköder. Die stellt man in den Kühlschrank, und da *leben* die dann munter vor sich hin.«

»In den Kühlschrank?«

»Ja.«

»Albert, das ist total eklig. Du willst mir nicht sagen, dass du die Maden in deinem Kühlschrank aufbewahrt hast.«

»Wenn ich's mir recht überlege, werde ich ab sofort wieder öfter Maden im Kühlschrank haben«, sagte Albert schmunzelnd und nahm Carmen das Döschen aus der Hand. »Mir gefällt's nämlich hier draußen. Das hab ich schon ewig nicht mehr gemacht.« Mit Daumen und Zeigefinger schnappte er sich die erste Made und spießte sie auf den Haken. »So, guck genau hin. Hier, an dem Ende musst du sie aufpiken, dann bewegen sie sich noch schön, leben quasi am Haken noch ein bisschen weiter. Das lockt die Fische.«

Milchiger Sabber quoll aus der Einstichstelle. Na herrlich. »Lecker, Albert. Das erinnert mich wieder an unsere Leiche. Mir wird gleich schlecht.«

Er antwortete nicht, sondern spießte routiniert zwei weitere Maden neben die erste. Dann drückte er ein kleines rundes Ding aus Metall, das aussah wie ein Käfig ohne Deckel und Boden, in die stinkende krümelige Masse, die er vorher in einem alten Eimer angerührt hatte – in dem, dem Etikett nach zu urteilen, vorher »Omas schwäbischer Kartoffelsalat« für 2,59 Euro verpackt gewesen war. Armer Albert. Ernährte sich von gekauftem Kartoffelsalat aus dem Plastikeimer. Wie furchtbar. Das Zeug konnte doch nur nach Chemie schmecken.

»Und was macht man jetzt damit?« Carmen zeigte auf die krümelige Masse. Alberts Enthusiasmus und die sich windenden Maden reichten ihr irgendwie noch nicht, um sich spontan für Alberts wiederentdecktes Hobby zu begeistern. Gut, die frische Luft war nicht schlecht. Carmen war sowieso zu wenig spazieren gegangen in letzter Zeit.

Er hob den kleinen Metallkäfig hoch, in dem jetzt das krümelige Zeug klebte. »*Das* ist ein Futterkorb. Das Zeug, was da jetzt drinsteckt, soll die Fische anlocken.«

»Aha. Spannend.«

»Tu nicht so gelangweilt! Du wirst schon sehen«, sagte Albert und nahm die Rute vorsichtig nach oben. Der vor sich hin krümelnde Futterkorb und die wie wild zappelnden Maden baumelten in der Luft. »Geh beiseite, wenn du den Futterkorb nicht gleich an den Kopf kriegen willst.« Mit Schmackes feuerte Albert das Zeug ins Hafenbecken. »Okay. Jetzt stellen wir die Rute hier hin und warten.«

»Das ist alles?«

»Das ist alles.«

»O Mann, ich sollte vielleicht doch woanders meine Arbeit tun.«

»Warum? Warte nur, bis der erste Fisch beißt.«

»Nein, danke. Ist mir wirklich zu langweilig. Ich hau ab.«

»Tu dir keinen Zwang an. Ich bleib hier.«

»Gut. Ich mach was Sinnvolleres.«

»Und ich komme dafür später mit einem dicken Fisch und jeder Menge Informationen, verlass dich drauf.«

»Dein Wort in …«

»Fang mir jetzt bloß nicht mit *Gott* an!«

Maren hatte Carmen eine Notiz auf den Schreibtisch gelegt. Demnach war das Auto offenbar tatsächlich bewegt worden und im Inneren hatte man die verschiedensten Fingerabdrücke gefunden. Immerhin ein kleiner Hinweis. Außerdem ein paar Haare und Hautpartikel – das Übliche eben. Bis die endgültigen Ergebnisse da waren, würde es noch dauern. Also was jetzt?

Marens Gesicht tauchte im Türrahmen auf. »Hast du das Zeug gesehen?«

»Ja, danke.«

»Wo ist Albert?«

»Wenn ich dir das sage, wird er gefeuert.«

»Warum?« Sie schob sich ins Zimmer und schloss leise die Tür. Dann streckte sie den Kopf vor, wie ein kleines Kind, dem man versprochen hatte, ihm jetzt ein unglaublich spannendes Geheimnis zu verraten.

»Maren: Er angelt.«

Ihr gespannter Gesichtsausdruck fiel entgeistert in sich zusammen.

»Frag einfach nicht weiter. Dass wir das nicht verstehen, hat, glaub ich, nichts mit uns zu tun. Das kapiert wahrscheinlich *keine* Frau. Kannst du mir bitte ’nen Gefallen tun?«

Maren schüttelte den Kopf, als wollte sie so die merkwürdige Information, die Carmen ihr eben über Albert gegeben hatte, loswerden. Dann ging sie mit einem Mal in ein Nicken über. »Äh, ja, Gefallen tun, klar, was denn?«

»Such mir doch bitte mal ein paar Infos zu der Chemiefabrik draußen am Rhein zusammen. So auf die Schnelle, was du finden kannst.«

»Wie, so auf die Schnelle?«

»Ansprechpartner, Skandale in den letzten Jahren, Geschäftsentwicklung.«

»Auf die Schnelle – haha. Geh doch selber ins Internet. Dann kannst du gezielt nach dem suchen, was du brauchst.«

»Ich brauch vor allem was zu essen. Und Maren, wer von uns beiden ist denn bitte die Sekretärin?«

»Danke, dass du mich drauf hinweist, große Chefin.« Maren lächelte. Sie nahm Carmen so etwas nicht krumm. Oder wenigstens nur selten. »Soll ich nicht Tobi sagen, dass er sich um diese Fabriksachen kümmern soll – also gleich so richtig?«

Carmen schüttelte langsam den Kopf und stand auf. »Nein.

Das ist so eine Sache, der sollten wir selbst nachgehen, aber das will ich vorher nochmal ganz genau mit allen durchsprechen. Ist ziemlich kompliziert, verworren, blöd, geht mir auf die Nerven – aber wenn ich's ignoriere, kann ich nicht mehr schlafen.«

»Aha. Klingt – komisch.«

»*Ist* komisch, Maren.«

»Gut. Dann mach ich mich dran.«

»Danke. Vor lauter Autofund und Stinkewels im Kofferraum haben wir uns dadrum noch gar nicht richtig gekümmert. Und ehe wir jetzt einen ganzen Konzern auseinandernehmen, will ich die Vorgehensweise nochmal besprechen. Apropos: Wo sind denn die Unterlagen, die wir vom Erik Schwenk hatten, bezüglich seiner Wahl zum Stadtrat?«

Maren sah fast ein bisschen genervt für einen Augenblick an die Decke. »Deshalb frag ich, ob du das Zeug gelesen hast. Ich hab's dir mitgeben lassen, als ihr zu dem Auto rausgefahren seid.«

»Wer hätte mir das denn mitbringen sollen?«

»Na, der Knecht von der Spurensicherung. Hat er's euch nicht gegeben?«

»Nein. Vielleicht hat Albert das Zeug entgegengenommen und vergessen, es mir zu zeigen. Aber du kannst mir glauben, bei *dem* Gestank vergisst man wirklich alles andere.«

»Keine Panik, ich hab's ja noch in Kopie. Ich bring's dir. Vielleicht hat's aber auch der Knecht vergessen …« Sie lächelte dieses unangenehm geheimnisvolle Lächeln, das dazu auffordern sollte zu fragen: »Warum?«

»Warum«, fragte Carmen. Maren wäre geplatzt, wenn sie Carmen nicht hätte erzählen können, was sie wieder für Neuigkeiten wusste.

»Er hat wieder was mit ihr angefangen.«

»Mit wem?«

»Mit der Atom.«

Carmen hatte keine Ahnung, wen Maren meinte. »Hä?«

»Na, mit dieser Tante von der Galerie! Mit der hatte er doch schon mal was, hat ja damals schon keiner verstanden, weil mal ehrlich: Findest *du* die attraktiv?«

»Maren, ich weiß ja so spontan nicht mal, wen du genau meinst!«

»Gunda Ato-hom, die Ga-le-ris-tin!« Maren hob den Zeigefinger zur Schläfe und machte kreisende Bewegungen. »Klingelt's? Die hattet ihr doch mal verhört wegen dem Broski damals, bei dieser Sache mit den lackierten Leuten.«

»Ah, jetzt! Ja, ich weiß wieder. Das war die mit den Löckchen und der Blümchenbluse, oder?«

»Genau!« Maren strahlte, sah sich kurz um, gerade so, als stünde vielleicht jemand hinter der Tür, um zu lauschen. »Und der Witz ist ja: Der Knecht ist inzwischen ver-hei-ra-tet!«

»Was? Hatte ich gar nicht mitbekommen.«

»Ja – ist das nicht heftig? Ich mein, hallo, das ist jetzt wirklich noch nicht lange her, dass er dieses Blondchen da zum Altar geschleppt hat, also besonders helle ist sie abgesehen von ihren Haaren nicht – ja, und dann macht er nur ein paar Monate später wieder mit dieser ollen Galeriefrau rum. Kapierst *du* das?«

»Sag mal, woher weißt du das denn überhaupt schon wieder? Das ist doch sicher nur ein Gerücht, oder?«

»Nein! Das sind gesicherte Fakten!«

»Maren, soll ich dir mal was sagen? Ich find das irgendwie nicht richtig, dass sich hier alle so intensiv mit dem Privatleben von dem Knecht befassen. Was redet ihr denn dann erst über mich? Ich will's gar nicht wissen wahrscheinlich, oder?«

Maren grinste. »Nein, das willst du wirklich nicht wissen. Obwohl, na ja, viel ist es ja gar nicht. Eigentlich ist man sich momentan darüber einig, dass du einfach ein bisschen frustriert bist.«

»Wie bitte?«

Maren sah sich wieder um und senkte die Stimme. »Jetzt reg dich doch nicht so auf. Ist doch so, oder? Ich mein, wann hat man von dir das letzte Mal was mitbekommen von einem erfolgreichen Flirt oder so? Carmen, als Kollegen sieht man sich jeden Tag, da kann man so was eben nicht verstecken.«

»Ich bin mitnichten frustriert! Ich glaub, ihr spinnt?!«

»Jetzt häng dich doch nicht so an diesem einen Wort auf!«

»Daran soll ich mich nicht aufhängen? Hallo, das hört sich an, als würde ich hier männerlos vor mich hin verstauben.«

»Ist es denn nicht so?«

»Wenigstens lasse ich mich nicht heiraten und dann bescheißen und andersrum fange ich nichts mit verheirateten Männern an …«

»Was die Sache nicht eben einfacher macht«, konstatierte Maren.

»Wie meinst du das denn jetzt?«

»Na ja, in deiner Preisklasse sind die guten Kerle alle verheiratet.«

»Nicht alle. Viele sind auch schon wieder geschieden.«

»Aha. Und du suchst jetzt also nach einem geschiedenen Mr Perfect?«

»Ich suche überhaupt nicht, Maren.«

»Na dann …« Sie zuckte mit den Schultern. »Auf jeden

Fall hat der Knecht mein Männerbild wieder etwas durcheinandergebracht.«

»Wegen?«

»Weil man doch gemeinhin immer denkt, dass die Herren ganz froh sind, wenn sie ein blondes blutjunges Betthäschen haben – und jetzt ist er mit so einer verheiratet, und was macht er? Er bescheißt sie mit dieser ollen Künstlertante. Das verwirrt mich.«

»Dann geh doch einfach mal los und sortier dein Weltbild neu – ich hab nämlich gerade ganz andere Sorgen, Maren. Holst du mir bitte die Unterlagen?«

Die Wurfsendung, die Erik Schwenk als Wahlwerbung vorbereitet hatte, war ein echter Witz. Hatte Schwenk tatsächlich geglaubt, dass ihn irgendwer aufgrund seiner Selbstdarstellung in diesem Flugblatt wählen würde? Es war eindeutig von ihm selbst am Computer gestaltet worden – Carmen hatte keine Idee, wer es sonst gewesen sein sollte. Denn so stümperhaft ging nicht einmal die achtjährige Tochter ihrer besten Freundin mit Grafikprogrammen um.

Der Hintergrund war grasgrün. Das Logo der Grünen war lieblos in die rechte untere Ecke gequetscht. In der Mitte der ersten Seite war ein Passfoto von Erik Schwenk abgebildet. Nicht unsympathisch, aber auch alles andere als souverän. Er lächelte auf dem Bild einen Tick zu künstlich, trug eine schwarze Strickmütze und einen Mehrtagebart. Für einen Grünen war das soweit noch nicht allzu furchtbar – doch statt selbstsicher und vertrauenswürdig wirkte er eher wie ein Exknacki. Ein sympathischer, etwas treudoof dreinblickender Exknacki, der eigentlich keinem was Böses wollte und dem das große Fleischermesser nur aus Versehen in den Rücken der Schwiegermutter gefallen war. Das Flugblatt war so langweilig, dass Carmens Fantasie schon ganz von alleine mit ihr durchging. Hintergrund und Foto also: schlimm. Das Schlimmste an der Gestaltung war allerdings die Schrift. Und zwar in jeder Hinsicht. Erstens war seine *Unter*schrift unter dem Anschreiben an die Wähler nicht die eines gestandenen Mannes. Carmen fiel sofort wieder die achtjährige Tochter ihrer Freundin ein: Schwenks Unterschrift war wie die eines unbeholfenen Kindes, das *so tut,* als unterschriebe es so schwungvoll wie Mama und Papa, das aber trotzdem noch Wert darauf legt, dass der Name lesbar bleibt. Und dann dieser Fließtext! Er hatte Times New Roman als Schriftart gewählt. In Weiß – natürlich, auf dem grünen Hintergrund wäre alles andere wohl schlecht lesbar gewesen. Die Schrift allerdings, die heutzutage wohl kein Mensch mehr für ein ordentlich gestaltetes Flugblatt verwenden würde, war dabei nicht rechts- oder linksbündig an das Papier angepasst, sie war einfach nur zentriert. Schon auf den ersten Blick wirkte schlicht *alles* an diesem Flyer unprofessionell. Unmotiviert. Schlecht gemacht.

»Und, hilft dir das Blatt denn weiter?«, fragte Maren und sah Carmen über die Schulter.

»Geht so. Was ist mit den Fabriksachen?«

»Suche läuft«, sagte Maren. »Was steht denn drin in dem Flugblatt?«

»Sag bloß, du hast das nicht gelesen? Du bist doch sonst immer ganz vorne mit dabei, wenn's um Neugierpunkte geht.«

»Haha. Du hast wohl vergessen, was ich hier sonst noch so den ganzen Tag für euch am Wursteln bin, hm? Sag schon, was steht drin?«

»O je, das willst du nicht wirklich wissen.«

»Doch. Musst es mir ja nicht vorlesen. Fass mal zusammen.«

»Unterm Strich steht in dem Flugblatt in etwa: Unser Rhein muss sauber bleiben. Die erkrankten Fische der vergangenen Jahre sind das Ergebnis einer schlechten Umweltpolitik in unserer Stadt, die Behörden kümmern sich nicht um das, was ich ihnen an Ergebnissen aus meiner Tätigkeit als Gewässerwart liefere. Deshalb will ich Stadtrat werden, damit jemand auf mich hört. Grob gesagt.«

»Aha. Spannend.« Maren guckte skeptisch. »So clever war der Typ nicht, hm?«

»Wer, der Schwenk?«

Sie nickte heftig. »Ja. Also entschuldige, aber so chic ist dieses Flugblatt echt nicht, und so schlau klingt das auch nicht, womit er sich da anbietet. Ich meine, das ist doch echt nur langweilig und schon tausend Mal von anderen gesagt worden? Ich hab ja nicht die Wahnsinnsahnung von Kommunalpolitik, aber den hätt' ich sicher nicht gewählt. Das ist doch was für Erstwähler, die *noch* weniger Ahnung haben.«

»Stimmt. Ist irgendwie auch komisch, oder?«

Maren nickte wieder. »Ja. Vor allem, wenn das so ein Depp war – wer will ihn denn dann umbringen? Ich meine, wem kann ein Depp schon gefährlich werden?«

»Da ist was dran, Maren.«

Sie richtete sich auf und streckte stolz ihre Hühnerbrust vor. »Tja – ihr müsst mich öfter was fragen. Auch Sekretärinnen haben manchmal ganz gute Gedanken.«

Carmen musste lachen. *Wem kann ein Depp gefährlich werden?* Der Satz gefiel ihr. Bei passender Gelegenheit musste sie den in lustiger Runde mal einbauen. Wenn es mal wieder um die Verflossenen ihrer Freundinnen ging zum Beispiel. »Aber die Exfrau vom Schwenk hat jetzt nicht unbedingt den Eindruck vermittelt, dass sie ihn für einen Deppen gehalten hätte«, sagte sie ernst. »Und die Frau hat auch nicht den Eindruck gemacht, als würde sie sich über Jahre mit einem *Deppen* zufriedengeben. Einfach gestrickt, ja, das hat sie schon gesagt. Also wenige Interessen.«

»Na und?« Maren stemmte die Hände in die nicht vorhandenen Hüften und sah Carmen streng an. »Ich bitte dich, wenn zwei Bullen aufkreuzen und dir sagen, dass dein Exmann tot ist, wäre dann dein erster Satz: *Ach ja, macht ja nix, er war doch sowieso nur ein Depp?*«

Wieder musste Carmen lachen. »Maren, jetzt wirst du unsachlich.«

»Mir egal – das Sachliche ist euer Bier. Aber sie hat sich ja von ihm getrennt. Also war er ein Depp. Manche Männer werden ja auch erst mit der Zeit zu Deppen. Nie erlebt?«

»Doch. Hast Recht.«

»Ich weiß. Ich muss wieder an meine Arbeit. Ich hab da 'ne Chefin, die heißt Carmen Henning, und die wird ungemütlich, wenn ich mein Zeug nicht rechtzeitig fertigkriege.« Sie lächelte zuckersüß, dann hielt sie kurz inne, als erwartete sie Applaus für ihren Witz.

»Kein Applaus, Maren.«

»Dann nicht. Bis später.«

Carmen ging um den Schreibtisch herum und begann, die braun gewordenen Blätter ihrer Grünlilie auszuzupfen. Besser, man goss sie zu wenig, als dass man die Pflanze ersäufte. Leidvolle Erfahrung. Vergammeltes Wurzelwerk rettete sich nicht so leicht wie ein Pflänzchen mit ein bisschen Wassermangel. Apropos Wassermangel. Wasser, Gewässer, Angler, Fische – über was sollte sie sich jetzt eigentlich zuerst Gedanken machen? Wie konnte jemand, der ganz offensichtlich so einfach gestrickt war wie der Schwenk, Gewässerwart bei einem Angelclub werden? Das war doch ein recht verantwortungsvoller Job – bildete Carmen sich zumindest ein. Da brauchte man doch einigermaßen helle Köpfchen? Und wer redete so jemandem ein, dass er sich zum Stadtrat wählen lassen sollte? Und warum? Carmen griff zum Telefon. Tobi hatte sich mit dem Vater von Erik Schwenks Exfrau, diesem Reichert, unterhalten. Und wer außer den Schwiegereltern sollte besser beurteilen und bereitwilliger darüber Auskunft geben können, ob der Schwiegersohn ein Depp war oder nicht – und warum er es trotzdem im Angelclub zu etwas gebracht hatte.

Tobi ging eine halbe Ewigkeit nicht ans Telefon. Dann endlich, nach dem gefühlten vierhundertdreizehnten Freizeichen: »Carmen, grüß dich, was gibt's?«

»Stör ich? Wo steckst du?«

»Ich … äh, ich bin in einer Besprechung.«

»In einer Besprechung?«

»Ja, mit der Sybille von der Streife.«

»Sybille von der Streife?«

»Carmen, was willst du?«

»Okay, es ist also, was ich denke. Hab Spaß, aber vergiss vor lauter Milchkaffee oder Cappuccino, oder was auch immer du grade mit Sybille von der Streife zu dir nimmst, deine Arbeit nicht, verstanden?«

»Rufst du mich an, um mir *das* zu sagen?«

»Nein. Du hast doch mit dem Reichert gesprochen?«

»Dem Schwiegervater vom Schwenk, meinst du?«

»Genau den. Hol mir den mal her. Ich muss ihn was fragen.«

»Was denn?«

»Erklär ich dir später. Gibst du Laut, wenn du weißt, wann er kommen kann?«

»Wuff.«

»Wie, wuff?«

»Na, ich gebe Laut.«

»Scherzkeks. Viel Spaß noch.«

Carmen musterte ihr blasses Spiegelbild in der fleckigen Fensterscheibe. Ein Besuch beim Friseur wäre mal wieder nötig. Das war nämlich keine Frisur auf ihrem Kopf, das waren nur noch Haare. Aber für wen sollte sie sich auch hübsch machen? Da war ja niemand weit und breit. Und dieser Journalist? Das war auch Quatsch. Der war zwar ganz sexy, aber momentan würde mit dem auch nichts laufen. Mit niemandem würde was laufen. Wann denn auch? Sie schaffte es ja abends gerade noch irgendwie, ihren Kater zu füttern, bevor er versuchte, die Futterdosen selbst mit den Zähnen zu öffnen. Sogar die tägliche Dusche nach Feierabend war zurzeit eine Qual, weil der Mischer am Boiler seit Wochen kaputt war und entweder eisig kaltes oder kochend heißes Wasser lieferte – aber nichts dazwischen. Es war ihr zu viel, sich gesund zu ernähren – von wegen dreimal täglich eine Portion Obst, viel Wasser trinken, und schon bricht sich die Schönheit Bahn im müden Frauengesicht – alles Quatsch. Wer täglich seine 14 Stunden Arbeit runterreißen musste, konnte nicht gut aussehen. Es sei denn, man hatte jemanden, der sich um die drei Obstportionen und den Wasservorrat und das Katzenfutter und die Wäsche und überhaupt alles andere kümmerte. Ein Hausmann wäre gut. Aber auch irgendwie langweilig. So ein Pantoffelheld, der den ganzen Tag nur zu

Hause herumwischte, während sie als Kommissarin durch die Gegend turnte? Nein, keine gute Idee. Viel zu langweilig. Ein reicher Kerl, der ihr ein schönes Leben und eine Putzfrau bezahlte? Schon besser. Aber woher nehmen? Aufreißen in dem Zustand? Mit *den* Augenringen? In *diesem* Outfit? Unmöglich. Also doch ein Grund für einen Friseurbesuch. Probehalber lächelte Carmen ihrem Spiegelbild in der Scheibe zu. Ein bisschen zu gequält. Das Unbeschwerte war ihr in den letzten paar Jahren immer mehr abhandengekommen. Diese Was-kümmerts-mich-Einstellung, die ihr Aussteigerbruder im Gegensatz zu ihr so sehr kultiviert hatte. Zugegeben, das mit *Anfang-dreißig-Sein* war durch. Da biss die Maus keinen Faden ab. Aber Himmel, sie würde es ja wohl noch schaffen, aus dieser Tretmühle mit viel Job und wenig Freizeit das Beste zu machen? Sie war doch keine von diesen verbitterten Weibern, die bis zum Schluss nur von einer Belanglosigkeit in die nächste stolperten und über die Karriere das echte Leben und die Liebe verpassten? Komisch, dass sie das gerade jetzt so sehr beschäftigte. Lag wahrscheinlich daran, dass sie morgen Geburtstag hatte und kein Schwein mit ihr reinfeiern würde. Sicher, sie konnte irgendeine Freundin aktivieren. Das war meistens ganz lustig. Aber am Ende fühlte es sich immer nach Bittstellerei an. *Bitte verbringe den Abend mit mir, ich bin sonst so alleine.* Grauenvoll.

Mit einem Stoßseufzer wandte sie sich vom Fenster ab und durchwühlte ihr Gehirn, um zum Thema zurückzufinden. Über was hatte sie jetzt ursprünglich nachdenken wollen? Ach ja, Schwenk und der Gemeinderat. Der Gegenheimer von den Grünen hatte auch nicht den Eindruck gemacht, als hätte er Schwenk sehr ernst genommen. Zu Recht – wie man diesem stümperhaften Flugblatt ziemlich eindeutig entnehmen konnte. Wahrscheinlich wäre Schwenk niemals Stadtrat geworden. So hatte es sich wenigstens angehört. Einen Nachrückkandidaten gab es zwar, aber wegen so einem schlechten Listenplatz brachte man niemanden um die Ecke. Er wollte gegen das Chemiewerk mobilmachen – ja, das wollten viele. Und wenn er das wirklich ganz ernsthaft versucht hätte, dann hätte doch längst wieder etwas darüber in der Zeitung gestanden. Zugegeben: Carmen hätte es bestimmt nicht gelesen. Maximal die Schlagzeile. Wie auch immer – das war alles absurd. Nein, mit dieser Stadtratsache konnte es nichts zu tun haben. Bei einfach gestrickten Leuten ging es meistens um Liebe, Eifersucht, Geld oder Rache. Bestimmt war es so. Dass das alles so verworren war, war eben doch ein blöder Zufall. Anders konnte es nicht sein. Sie durften sich nicht in eine Idee verrennen, die sie am Ende nirgendwo hinführte.

Dann fiel ihr wieder ihr Bruder ein. Ob er sich melden würde an ihrem Geburtstag? Wenn nicht, würde sie ihn anrufen. Aber sie brauchte eine Gehirnstütze, sonst würde sie diesen Vorsatz wieder vergessen. Wo waren die verflixten gelben Klebezettel?

Jetzt kam es drauf an. Besoffen genug war der Holzkopf. Im Grunde konnte nichts schiefgehen. »Willst du sie vögeln?«

»Was?«

»Ob du sie vögeln willst?« Der Holzkopf hatte wahrscheinlich noch nie eine Frau von innen gespürt. Zumindest nicht, seit er so abgestürzt war. Und als kleines Schmankerl, bevor er abkratzen würde – warum nicht? Ihm konnte es egal sein. Er würde keine Spuren hinterlassen. Die Bullen würden den Fall unaufgeklärt zu den Akten legen, und wenn sie tatsächlich jemanden verknackten, dann würde das sicher nicht er sein. »Was ist? Letzte Gelegenheit!« Es war fast schon amüsant, wie ungläubig er ihn ansah. Er brauchte noch einen kleinen Schubs, damit er sich auch traute. »Na los, Holzkopf, jetzt oder nie!«

»Du verarschst mich doch?«

»Wieso sollte ich? Na los, mach dich ran. Die Kleine braucht das doch.«

Dieser stinkende Volltrottel. Jetzt lachte er. Ein kurzatmiges, keuchendes Lachen, fast so, als finge er schon bei der Vorstellung, sie zu vögeln, das Stöhnen an.

»Na los.«

Der Holzkopf strahlte. Nickte. Und ging in Richtung der Hütte.

Sehr gut. Diese ganze Geschichte war krank. Aber so war eben der Auftrag. Und er wollte sich nichts nachsagen lassen. Alles sauber erledigen, wie bestellt. Diese kleinen Grausamkeiten waren Teil des Pakets. Eine seltene Sache. Ein bisschen pervers. Aber es war mal was anderes, als nur jemanden mit der Kanone wegzupusten und die Leiche verschwinden zu lassen. Diesmal war es quasi das Gegenteil eines 08/15-Plans. Es war nicht ganz so einfach wie sonst. Das machte die Sache so interessant. Und überaus lukrativ.

Der Holzkopf stöhnte auf. Gleich stand der schwierige Teil an. Das Boot hatte er sich schon ausgesucht. Die Wäscheleine lag bereit. Einzig die Spritze musste noch aufgezogen werden. Wichtig war nur: Wenn sie sein Sperma in der Toten finden würden, waren sie erstmal beschäftigt. Der Holzkopf war erkennungsdienstlich erfasst. Er hatte früher schon einmal Frauen belästigt. War eine Weile her. Aber Papier war geduldig. Es würde nicht lange dauern, bis sie durch das Sperma auf ihn stoßen würden. Und wenn sie ihn dann totgesoffen irgendwo finden würden, war die Sache für die Bullen vermutlich halbwegs klar und er aus dem Schneider. Und das Beste war, dass ihm diese Idee sozusagen auf dem Silbertablett serviert worden war. Weil es für das Mädchen vor seinem Tod nicht allzu gemütlich sein sollte. Also bot es sich doch geradezu an, sie vorher noch einmal so richtig von einem Widerling wie dem Holzkopf hernehmen zu lassen. Im Grunde hätte es auch gereicht, sie einfach irgendwo in den Wald zu schmeißen oder nachts auf einem verlassenen Parkplatz abzulegen. Aber Geschäft war Geschäft. Also würde er sich die Mühe machen müssen und auch Teil zwei der Vereinbarung sauber abarbeiten. Dass die Bullen niemals würden klären können, warum der Holzkopf das alles getan hatte, bevor er abgekratzt war, interessierte ihn nicht. Das Einzige, was ihn interessierte, war das Geld.

Er lauschte. Vom Holzkopf war nichts mehr zu hören. Kein Wunder, dass so jemand schnell fertig war. Dann konnte es ja endlich weitergehen.

Die Luft im Wohnzimmer war zum Schneiden. Carmen riss alle Fenster auf, warf Jeans und T-Shirt von sich, schnappte das Telefon und setzte sich in Unterwäsche auf die Couch. Vermutlich würde ihr Bruder nicht rangehen. Um diese Uhrzeit? Aber der gute Wille zählte. Vier Mal klingelte es. »Eh?«

»Hey, Bruderherz, ich bin's. Wahnsinn, dass ich dich erwische!«

»Ah, Carmen. Ich hätte dich morgen angerufen. Hast doch morgen Geburtstag, oder? Bin ich schiefgewickelt und hab's verpennt?« Er klang müde. »Oder is' jemand gestorben oder sonst was passiert?«

»Du hast an meinen Geburtstag gedacht?«

»Klar. Ist er nun morgen oder nicht?«

»Ja, morgen. Wieso soll was passiert sein?«

»Ich dachte nur, weil du von dir aus anrufst.«

»Wenn du's genau wissen willst: Ja, es ist jemand gestorben, und deshalb hab ich viel zu tun.«

»Oh, Schwesterchen, das interessiert mich doch gar nicht, das mit deinem komischen Job.« Er räusperte sich umständlich und hielt dabei offenbar den Hörer von sich weg. Dann schmatzte er, als hätte er von etwas Saftigem abgebissen. Er kaute, schluckte geräuschvoll und lachte dann leise und trocken. »Dass du viel arbeitest, ist nichts Neues, Schwesterchen. Wie geht's dir sonst? Alles im grünen Bereich?«

»Ja … Nein. Ach, wie man's nimmt.«

»Heißt?«

»Na, außer Arbeit gibt's nix.«

»Kein Mann?«

»Nein.«

»Langweilig.«

»Ja, find ich auch.«

»Rufst du deswegen an? Weil dir langweilig ist?«

»Willst du, dass ich jetzt *Ja* sage?«

Er reagierte nicht auf ihre rhetorische Frage. »Was machen die Eltern?«

Er hatte wirklich keine Ahnung. »Sag bloß, du hast dich wieder nicht gemeldet?«

»Wo denkst du hin! Wann hätte ich mich denn bitte melden sollen? Und warum? Lustig, dass sie sich diesmal noch gar nicht bei dir beschwert haben, weil ich mich so rar mache.«

»Hallo – beide hatten Geburtstag letzten Monat.«

»Echt? O, stimmt, ganz vergessen. April, April!«

»Du bist ein Idiot.«

»Wieso? Weil ich mir das lästige Kuchenessen erspare? Und das zwanghafte Geschwätz über Erfolg und Versagen im Beruf? Immerhin hab ich deinen Geburtstag auf der Pfanne. Muss ich dich eigentlich noch anrufen morgen, um zu gratulieren, wo wir ja jetzt schon miteinander sprechen?«

»Frank, ich hab dich eigentlich angerufen, um mich mal wieder nett mit dir zu unterhalten und um unseren Kontakt zu pflegen. Auf diese Tour hier hab ich jetzt echt keinen Bock.«

»Was hast du, Carmen? Welche Tour? Weil ich ehrlich bin? Gewöhn dich dran.«

»Geh ich dir genauso auf die Nerven wie unsere Eltern? Du musst es nur sagen, dann werde ich dich auch nicht mehr belästigen.« Dieses Arschloch.

»Carmen, jetzt hör auf. Warum bist'n du so gereizt? Ich hab mit keiner Silbe gesagt, dass du mich nervst, und ich find's gut, dass du mich anrufst. Okay?«

»Bist du betrunken?«

»Wen interessiert das? Ist das wichtig?«

»Für mich schon.«

»Warum? Weil du eben doch infiziert bist mit diesem spießigen Gewäsch von Ordnung und Anstand und diesem So-kann-man-doch-nicht-leben-Quatsch? Schämst dich auch für deinen betrunkenen Bruder, was?«

»Das hab ich nicht gesagt.«

»Aber gedacht. Sonst hättest du nicht gefragt, ob ich betrunken bin.«

»Nein. Ich wollte das nur wissen, weil ich dann besser einschätzen kann, über was ich momentan mit dir reden kann und welche Themen ich besser sein lasse.«

»Carmen, wenn's dir darum geht, kriegst du jetzt mal 'ne ganz grundsätzliche Info: Ich bin dauervoll zurzeit. Zufrieden? Ich kiffe regelmäßig, ich habe nach wie vor immer mal wieder die eine oder andere süße Biene im Bett und keine Ahnung, was ihr immer von mir wollt.«

»Warum muss dieses Gespräch jetzt so laufen, Frank?«

»Weiß nicht. Ich hab nicht damit angefangen. Von mir aus ist alles prima. Aber ich muss dich jetzt abwürgen, ich bin gleich verabredet.«

»Aha …«

»Ja, entschuldige, wir haben die Zeit jetzt blöd verplempert, ich meld mich irgendwann bei dir.«

»Mach das …«

»Jo. Also, mach's gut, Schwester. Vielleicht bis morgen, zu deinem Geburtstag.«

Carmen drückte auf den roten Knopf und starrte noch eine Weile den Hörer in ihrer rechten Hand an. Mit der linken kraulte sie Captain Cook am Kopf, der sich an ihren nackten Oberschenkel drückte und schnurrte wie ein Traktor. Warum juckte es sie so sehr, was mit ihrem Bruder war?

Es schien ihm doch alles scheißegal zu sein. Weil es eben ihr Bruder war. Warum war es wichtig, dass er sich nicht bei den Eltern gemeldet hatte? Und warum hatten sie ihr nichts davon gesagt? Sie hatten sich doch sonst immer postwendend beschwert, wenn sie nichts von Frank hörten. Es war ätzend, wenn etwas in der Familie nicht stimmte. Oder besser gesagt: Wenn man *das Gefühl hatte*, dass etwas nicht stimmt. Ohne genau zu wissen, was es war. Und ohne die Chance, es aus der Welt zu schaffen. Carmen wusste genau, ihre Eltern würden sich auf ein ernsthaftes Gespräch über Frank nicht einlassen. Wenn sie aufgehört hatten, sich zu beschweren, dann saß diese Sache inzwischen tiefer als ein oberflächlicher Aufreger über den entgleisten Sohn. Vielleicht würde ihre Mutter allein darüber sprechen. Carmen würde es zumindest versuchen. Aber sie war sich fast sicher, dass ihr Vater das Thema Frank spätestens mit dem nicht erfolgten Geburtstagsanruf für tot erklärt hatte – zumindest in seinen eigenen vier Wänden. Sie würde ihre Mutter zu sich einladen. Sobald der Mord aufgeklärt war und sie wieder mehr Zeit hatte. Warum musste man sich über seine Familie immer so einen Kopf machen – wieso waren einem die Verwandten am Ende doch immer so wichtig?

Carmen seufzte, legte den Hörer auf den Wohnzimmertisch und stand auf. Captain Cook hörte augenblicklich auf zu schnurren, sah sie beleidigt an und drückte seinen roten Katzenkopf dann ans Sofakissen.

Carmen ging in die Küche, goss sich ein Glas Wasser ein und dachte noch ein bisschen über ihre Familie nach. Ein anstrengendes Thema. Da kamen nostalgische Gefühle hoch, man wurde kindisch, dann war man ganz gerührt beim Gedanken an Kindergeburtstage von vor 30 Jahren. Als es den

Geburtstagstisch gab, wo immer ein Himbeerkuchen draufstand, mit Himbeeren aus dem eigenen Garten. Und eine Kerze. Und ein kleiner Blumenstrauß. Es fielen einem Momente ein, in denen man sich besonders nah war. Bei Gewittern zum Beispiel, die einem Angst gemacht hatten. Dann war man zu den Eltern ins Bett gekrochen, unter die Bettdecke mit dem hellbraunen, mit Herbstlaub bedruckten Bezug. Es wurde einem klar, dass man in vielen Dingen seinen Eltern so furchtbar ähnlich war – und das doch früher immer hatte vermeiden wollen.

Captain Cook kam um die Ecke und strich Carmen um die Beine. Die Katze. Na endlich holte sie jemand von diesen komischen Gedanken weg. Aus dieser merkwürdigen Stimmung. Sie musste sich dringend mit etwas anderem beschäftigen. So konnte sie unmöglich morgen arbeiten. Wenn schon nichts Privates, was war dann beruflich zu erwarten für ihren Geburtstag?

Tobi hatte Reichert für morgen Vormittag zum Gespräch bestellt. Und Albert hatte weder einen Fisch gefangen noch sonst irgendwas Brauchbares vom Wasser mitgebracht. Er hatte ihr nur zwei Bücher auf den Tisch geknallt und erklärt, wenn sie sich bloß ein bisschen einlesen würde, könnte sie sein Hobby vermutlich besser verstehen – und natürlich auch gezielter für ihren aktuellen Fall recherchieren. Im Fernsehen lief nur Müll, eine Freundin hatte Carmen auch nicht angerufen, um in den Geburtstag reinzufeiern, also schnappte sie sich eines der beiden Bücher und fing an zu schmökern. Es war nicht zu glauben, wie viele verschiedene Fischarten es gab. Und wie diese Viecher alle zu unterscheiden waren. Carmen saß auf dem Sofa und blätterte. Moderlieschen hieß ein Fisch. Und Steingreßling. Schlammpeitzger.

Blaubandbärbling. Bitterling. Du liebes bisschen! Das klang eher nach Pilzesuchen als nach Angeln. Du große Güte! Eigentlich hatte Carmen gedacht, diese Sache mit den Maden wäre das Einzige, das man unbedingt wissen musste. Aber dass es bei einem für den Laien so banal erscheinenden Hobby Dinge gab, die Pilker, Wirbel und Twister, Wobbler, Blinker und Spinner genannt wurden, dass es angeblich einen Unterschied machte, ob man 17 oder 20 Gramm Blei an der Schnur befestigte, und dass es Lockstoffe gab, die *Aalwunder* und *Dynamite* hießen, überraschte sie, und ihr wurde klar: Das war keinesfalls ihre neue Lieblingsbeschäftigung – vielmehr beschlichen sie immer mehr Zweifel, ob dieses angeblich so besinnliche und stellenweise als so romantisch gepriesene Hobby *überhaupt* irgendeine Seite hatte, die auch nur entfernt als romantisch bezeichnet werden könnte. Bei der Überschrift *Lebendköder* blieb Carmen hängen. Wahrscheinlich hatte sie das Bild der noch zappelnden Maden neulich so sehr beeindruckt, dass ihr Unterbewusstsein jetzt unbedingt irgendwo lesen wollte, dass die armen Maden nicht gelitten hatten, als Albert sie auf den Haken gespießt hatte. Jetzt hatte sie schon Mitleid mit Maden – und das an ihrem Geburtstag. Sie war offenbar an einem neuen Tiefpunkt ihres Lebens angekommen. Das Angeln mit kleinen lebendigen Köderfischen war – so stand es da schwarz auf weiß – verboten. Na wenigstens das. Kleine Fische waren nämlich doch noch eine Spur bemitleidenswerter als zappelnde Maden – allein der großen Augen wegen. Und weil sie eben *klein* waren. Wer machte denn auch so was? Wer mit echtem Fisch angeln wollte, musste diese kleinen putzigen Fischlein vorher *abstechen – und nach Belieben in Stücke schneiden*. Fischfetzen hieß es da im Buch. Guten Appetit. Bei lebendigem Leib durften nur Würmer und verschiedene Maden auf den Haken gespießt werden. Ob den Tieren das was ausmachte, stand da nicht. Allerdings wurde einen Absatz später ausführlich der Unterschied zwischen Watt- und Seeringelwurm erklärt und wie man am Meer mit einem Mix aus Garnelen, Würmern und Heringsfetzen richtig dicke Fische landen konnte. Carmen fiel der Angelladen wieder ein. Schon komisch – es musste jede Menge Leute geben, die sich für das Thema begeisterten. Sonst würde der Laden ja nicht so viel Umsatz machen. Ihre klischeehafte Vorstellung vom Angeln an sich war allein durch das bisschen Lektüre bereits grundlegend zerstört.

Als das Telefon klingelte, sah Carmen erschrocken auf die Uhr. Kurz vor zehn. Sie hatte sich festgelesen. War irgendwie doch ganz interessant. Sie nahm das Telefon und checkte die Nummer. Es war Alberts Handy. Und bereits nach Alberts erstem Satz dachte Carmen, dass es besser gewesen wäre, nicht dranzugehen.

»Carmen, steck dir am besten gleich den Finger in den Hals. Wieder 'ne Leiche. Diesmal weiblich.« Das konnte ja heiter werden, wenn er schon so anfing. Ganz automatisch stützte sie sich vorsorglich an der Kommode ab. »Warum so eklig?«

»Der Aufgehängte war ja schon widerlich. Aber ganz ehrlich, was sie mit dieser armen Frau angestellt haben – ich weiß nicht, ob dein Magen das mitmacht.«

Wieder eine Leiche. Diesmal eine Frau. Wieder am Rhein. Oder besser: Darin. »Carmen, jetzt wird's spaßig. Wann kannst du da sein?«

Als sie am Rheinhafen ankamen, steckte die Tote bereits in einem schwarzen Plastiksack. Inzwischen war es stockfinster.

Holger Knecht kam raschen Schritts aus der Dunkelheit zu dem mittlerweile mit Flutlicht ausgeleuchteten kleinen Parkplatz und winkte schwach mit ein paar Polaroidfotos. »Ein Glück für Sie, dass Sie jetzt erst kommen. Ich würde fünfzig Euro wetten, dass Ihnen allein schon beim Anblick der Fotos übel wird.« Er hielt Carmen die Bilder hin.

Es war schrecklich. Die junge Frau hatte offensichtlich noch nicht lange im Wasser gelegen. Das Gesicht war trotzdem schon relativ aufgequollen. Die Handgelenke waren aufgescheuert. Sie waren blau. Und grün. Und lila. Als wäre sie verprügelt worden.

»Wollen Sie die Leiche gleich live sehen? Sie ist noch da.«

Carmen schüttelte den Kopf. »Noch nicht, bitte. Ich … ich brauche noch einen Moment. Und *wo*, sagten Sie, wurde sie gefunden? Ich kann das immer noch nicht glauben.«

»Wie ich's dem Kollegen Schneider schon gesagt habe: Sie war an die Unterseite von diesem Boot gebunden.« Er zeigte auf den rot-weiß gestrichenen Holzkahn, der umgedreht einige Meter weiter auf dem Rasen lag.

»Wie? Wie genau war sie da festgebunden?«

»Hier, die Fotos.« Er streckte ihr fünf weitere Bilder entgegen. »Arme und Beine gespreizt, da sehen Sie's gut drauf.« Er rückte die Fotos in Carmens Händen zurecht und deutete auf eines, auf dem lediglich die nackten Unterarme und Hände der Frau zu sehen waren. Der Rest von ihr war von dem zu diesem Zeitpunkt noch schwimmenden Kahn unter Wasser gedrückt. »Die arme Frau hat das Boot quasi mit ihrem ganzen Körper von unten her umarmt. Festgebunden. Mit Wäscheleine von einem Handgelenk zum anderen, von einem Sprunggelenk zum anderen …«

Unfassbar. Carmen starrte die Hände der jungen Frau an,

die tot an der Bugwand des Bootes klebten, die Finger gekrümmt, als hätte sie noch im Tod versucht, sich von ihren Fesseln zu befreien.

»Hier – da haben wir das Boot umgedreht. Kein schöner …« Er räusperte sich und sah weg.

»Nein, kein schöner Anblick«, ergänzte Carmen. »Wer sie ist, wissen wir nicht?«

»Sie hatte keine Papiere bei sich. Die Daten gehen aber gleich raus – ob sie zu irgendeiner vermissten Person passen.«

»Wie alt mag sie sein?«

»Zu jung für so einen Tod. Oder den Tod überhaupt …«, konstatierte Knecht.

Carmen drehte sich zu Albert um. »Das waren die gleichen Täter, oder?«

»Wie bei Schwenk? Klar. Sehe ich auch so. Alles andere wäre ja ein bisschen viel Zufall. Ich meine, dass hier zwei Irre durch die Gegend marschieren und irgendwelche Leute so hinrichten.«

»Dann haben die beiden sich bestimmt gekannt.«

»Möglich. Wir gehen nachher gleich mal sämtliche Kontakte von dem Schwenk durch. Dieter ist ja mit dem Laptop inzwischen fertig. Dann soll er den Schreibkram erstmal sein lassen und uns das Ganze einfach direkt so zusammenfassen.«

»Vielleicht also doch 'ne Beziehungskiste, hm?« Es musste so sein. Carmen war sich schließlich schon vorher fast sicher gewesen, dass es in diese Richtung ging. Das war im Prinzip der erste Baustein, der ihre These untermauerte.

»Du denkst an einen eifersüchtigen Kerl, der die beiden beim Vögeln im Wald erwischt hat?«

»War mein erster Gedanke. Weil irgendwie sieht mir das einerseits nach wahllosem Herumgemorde aus, und andererseits aber auch irgendwie – ach, ich weiß nicht.«

»Möglich – das mit der Eifersuchtssache. Puh, ich kann jetzt noch nicht klar denken.«

»Was machen wir mit der Presse?«

»Das lass mal Hofers Sorge sein.«

»Weiß er denn schon Bescheid?«

»Sie haben ihn aus dem Bett geklingelt. Wie genau er die Details kennt, weiß ich nicht. Wir sollten aber demnächst bei ihm antanzen.«

»Wunderbar.«

»Na ja, vielleicht freut er sich ja. Noch mehr, das vom Bürgermeister ablenkt.«

»Ich finde, inzwischen bräuchten wir was, das von uns ablenkt.«

»Du sagst es …«

»Muss heute denn keine Meldung mehr raus?«

»Hofer scheint es nicht so eilig zu haben. Wenn morgen was in der Zeitung stehen soll, dann müsste ja sofort was raus. Es ist schon spät, wer weiß, bis wie viel Uhr die überhaupt noch Zeit haben, um was ins Blatt zu kriegen. Lass dich überraschen.«

»Wer hat die Frau entdeckt?«

»Ein Jogger. Er wartet da drüben im Wagen.«

Carmen schätzte den Jogger auf um die vierzig. Und er sah aus wie aus dem Bilderbuch: hautenges Höschen, hautenges Hemdchen, luftgepolstertes Hightech-Schuhwerk, an der einen Seite seines Hosenbunds hing der iPod, auf der anderen das Handy. Seine Figur war tatsächlich genau so wie die der

Läufer, die im Fernsehen Werbung für irgendwelche isotonischen Supergetränke oder 1000 Stunden wirksames Deo machten: Durchtrainiert, aber für Carmens Geschmack viel zu mager – und davon abgesehen sah das hautenge Joggerkostümchen einfach nur albern aus. Er hatte was von einer etwas fahrigen, aber sehr sportlichen Giraffe und wirkte wie eine Comicfigur aus einem Disneyfilm. Er trat nervös auf der Stelle herum, als wollte er sich während dieses kurzen Zwischenstopps warmhalten und anschließend direkt weiterjoggen. Sein Unterkiefer schob sich unentwegt hin und her, während er Carmen die Hand reichte. Nachdem sie sich vorgestellt hatte, öffnete er den Mund weit zu einem langgezogenen, näselnden »Hahn«, um dann weiter den Kiefer hin und her zu schieben.

»Herr Hahn, warum haben Sie sich überhaupt um das herrenlose Boot gekümmert? Sie sind doch hier am Joggen, und dass man da im Halbdunkel ein Boot am Ufer liegen sieht und hingeht – warum haben Sie denn überhaupt nachgesehen?«

Hahn blieb stehen und kratzte sich am Kinn. »Ich habe selbst ein Boot, mir ist schon mal eins abhandengekommen. Ärgerlich. Ich dachte, wenn irgendwer das Ding losgebunden hat und der Besitzer sich ärgert, kann ich's vielleicht irgendwie hier am Ufer sichern und dann melden.«

»Und dann sind Sie runter zum Ufer und haben das Boot zu fassen bekommen und versucht, es auf die Steine zu ziehen.«

»Genau.« Er fing wieder an, auf der Stelle zu trippeln.

»War jemand in der Nähe? Haben Sie jemanden getroffen heute Abend?«

Hahn schüttelte den Kopf und presste die Lippen zusammen. Sein Trippeln wurde heftiger.

»Herr Hahn, geht's Ihnen gut?«

Hahn schüttelte wieder den Kopf. Dann sauste seine rechte Hand mit einem Schlag vor sein Gesicht, blitzartig drehte er sich um, torkelte mit wenigen Schritten auf den nächsten Baum zu, und einen Augenblick später hörte Carmen das krampfartige Würgen.

»Oh, oh, empfindlicher Magen«, stellte Albert fest.

»*Ich* kann ihn verstehen«, sagte Carmen.

Neun

Trauerfeier für Schumann

Eine große Trauerfeier für den verstorbenen Sozialbürgermeister Herbert Schumann wird am kommenden Freitag in der Stephanuskirche stattfinden. Bisher gibt es keine neuen Stellungnahmen seitens der Staatsanwaltschaft zu der Vermutung, dass seine Kletterausrüstung manipuliert worden sein könnte. Neben Ansprachen aller Karlsruher Bürgermeister werden auch die Ehefrau von Herbert Schumann sowie eine seiner beiden Töchter das Wort ergreifen. »Wir möchten auf diese Weise zeigen, wie dankbar wir der Stadt Karlsruhe sind und wie sehr uns die Anteilnahme am Tod meines lieben Mannes während der vergangenen Tage gerührt hat«, schreibt Waltraud Schumann in einer Presseerklärung. »Meine Tochter Liz wird der Feier voraussichtlich nicht beiwohnen können. Ihre Krankheit lässt diese Belastung vermutlich nicht zu. Wir bitten deshalb bereits jetzt darum, von Fragen bezüglich ihres Verbleibs am Tag der Trauerfeier Abstand zu nehmen«, erläutert Schumann weiter. Statt Blumen bittet sie darum, ihre Hilfsaktion zugunsten leukämiekranker Kinder zu unterstützen. Die 21-jährige Liz Schumann, die an Leukämie leidet, war vor rund zwei Monaten mit einer schweren Virusinfektion ins Krankenhaus gebracht worden. Sie ist inzwischen ein Pflegefall. (Die Badische Aktuelle *berichtete.)*

Hofer hatte noch nichts über die tote Frau an die Presse rausgegeben. Er war der Meinung, sie sollten zunächst die Leichenschau abwarten. Und hatte Carmen und Albert unmissverständlich zu verstehen gegeben, dass sie sich aufgrund des Personalmangels höchstselbst in der Pathologie einzufinden hatten, um die Informationen von Meyer aus erster Hand zu bekommen. Auch wenn sie kein großes Tamtam um ihren Geburtstag machen wollte – Carmen hätte es trotzdem gut gefunden, wenn wenigstens irgendwer bei der Arbeit daran gedacht hätte. Dass Hofer nichts von ihrem Geburtstag wusste, war klar. Aber Albert – wenigstens er? Doch Albert war einfach nur genervt. Heute sah er schlecht aus. Es machte den Eindruck, als setzte ihm irgendetwas mächtig zu. Obwohl sie eigentlich schon in einer Dreiviertelstunde mit Meyer in Heidelberg verabredet waren, wollte er unbedingt noch eine schnelle Diskussionsrunde abhalten. »Ich will den Mist endlich von meinem Schreibtisch weghaben – und ich will wieder mehr Freizeit«, war der zweite Satz, den er heute früh nach »Guten Morgen« zu Carmen gesagt hatte.

»Leute, wir müssen jetzt mal was klarstellen!« Albert stand wie der Highlander auf seinem schottischen Berg – nur ohne Schwert – in der Mitte des Zimmers und sah entschlossen in die Runde, die er spontan zusammengetrommelt hatte. »Wir haben hier zwei grausige Morde, und ganz ehrlich: Ich hab keine Idee, inwiefern die zusammenhängen könnten. Uns fehlt auch noch der Obduktionsbericht von der toten Frau. Wir wissen noch nicht, wer sie ist. Wir haben schon spekuliert, ob das vielleicht eine Beziehungstat sein könnte. So nach dem Motto: Typ erwischt seine Tussi mit dem anderen – also Erik Schwenk – im Wald. Dreht durch, killt die beiden. Ist aber irgendwie nicht ganz logisch, das muss ich euch ja nicht erzählen. In solchen Fällen hängen die Täter ihre Opfer schließlich nicht auf und weiden sie aus. Und davon abgesehen, wenn das tatsächlich ein spontaner Wutausbruch von jemandem war: Wie soll er das alleine hingekriegt haben?«

Carmen lächelte. »Jetzt hast du's uns ja doch erzählt.«

»Tschuldigung.« Albert war nicht amüsiert, sondern redete unbeirrt weiter. »Was wir auch ohne Pathologiebericht sagen können: Die Leiche von dem Schwenk ist völlig anders zugerichtet als die Leiche der Frau. Das macht mir am meisten Kopfzerbrechen.«

»Stimmt«, bestätigte Angelika Schmelzer unvermittelt. Sie sah müde aus. Unnötigerweise hatte sie die halbe Nacht damit zugebracht, sich in den Fall des Serienkillers aus Österreich einzuarbeiten, ohne nennenswerte Ergebnisse.

Albert sah sie abschätzig an. »Wollen *Sie* fortfahren, Frau Schmelzer?«

»Nein. Entschuldigung.«

»Also«, Albert malte notdürftig eine aufgeschlitzte Leiche und ein Boot mit einem Strichmännchen darunter an die Tafel. »Leute, helft mir auf die Sprünge, ich kann mir nicht vorstellen, dass hier zwei verschiedene Täter am Werk sind. Ich kann mir aber auch nicht vorstellen, dass ein Kerl, der irgendwie von einem bestimmten Trieb besessen ist, zwei Menschen auf so unterschiedliche Art und Weise umbringt und ihre Leichen dann so präsentiert. Wozu soll das gut sein? Angenommen, er steht drauf, Menschen aufzuschlitzen – warum hat er das dann nicht auch bei der Frau gemacht? Und angenommen, er steht drauf, seine Opfer beim langsamen Sterben zu beobachten – warum hat er Erik Schwenk dann vorher auf den Kopf gehauen? Das ergibt absolut keinen Sinn.«

»Ich weiß, was du meinst«, sagte Carmen. »Es ist kein Schema zu erkennen.«

»Genau. Womit wir beim nächsten Problem wären: Leute, die wahllos morden, wollen Aufmerksamkeit. Solche Leute rufen für gewöhnlich irgendwo an und geben sich als Mörder zu erkennen. Gerne auch bei der Polizei. Schön – die Polizei sind wir, falls das jemand von euch inzwischen vergessen haben sollte. Aber es hat uns kein Schwein kontaktiert.« Albert schaute in die Runde. »Leute, sagt irgendwas Schlaues – ich steh hier wie der Ochs vorm Berg.«

»Ein Trittbrettfahrer?«, schlug Tobi vor, klang aber wenig überzeugt von seinem eigenen Einwurf.

»Nicht ausgeschlossen – aber irgendwie auch nicht gerade naheliegend.«

»Vielleicht haben die beiden Morde wirklich so gar nichts miteinander zu tun«, sagte Angelika Schmelzer.

Albert machte eine wegwerfende Handbewegung. »Zwei Killer, die zur gleichen Zeit in Karlsruhe unterwegs sind und sich gegenseitig den Rang ablaufen wollen, wer die originelleren Methoden hat, oder was? So ein Schwachsinn. Ich bitte euch, darüber den Rest des Tages nachzudenken. Tobi, veranlasse doch bitte, dass die Hundestaffel loszieht. Frau Schmelzer, Sie kümmern sich um die Vermisstenkartei. Das ist ja Ihr Spezialgebiet. Wir treffen uns heute Abend. 17 Uhr, hier. Alle Mann. Carmen – wir haben zu tun. Komm mit.«

»Denkt dran, dass ich den Reichert für nachher bestellt hab«, erinnerte Tobi finster. »Und das mit der Hundestaffel läuft schon längst, falls ihr's noch nicht bemerkt habt«, nölte er beleidigt, während er die Tür hinter sich zuzog.

In der Pathologie ging es hektisch zu. Zumindest hatte Carmen den Eindruck. Melanie, die mausgraue junge Assistentin mit den dicksten Brillengläsern der Welt, ging hastig voraus, in der Hand hielt sie mehrere zusammengerollte Papiere, mit denen sie unablässig gegen ihre Hüfte klopfte. »Er ist noch nicht weit gekommen«, erklärte sie und stieß eine Schwenktür auf. »Bitte, hier entlang. Er hatte noch keine Zeit. Ist mächtig viel los heute.« An der nächsten Tür blieb sie abrupt stehen, drückte sie mit dem rechten Arm auf und bedeutete Carmen und Albert mit dem zusammengerollten Papier einzutreten. »Bitte, hier ist er. Ich muss weiter.«

Meyer hatte die Frau noch nicht geöffnet. Er begrüßte Carmen und Albert mit einem hastigen Nicken und fing sofort an, mit einer ausladenden Geste in Richtung Leiche, den Fall zu erläutern. »Viel konnte ich in der Kürze der Zeit noch nicht herausfinden. Von außen kann ich Ihnen allerdings schon sagen: Sie hatte Sperma in ihrer Scheide. Was erstaunlich ist, denn sie lag schließlich eine ganze Weile im Wasser. Vielleicht zehn Stunden, keinesfalls länger als einen Tag, würde ich sagen.«

Er hatte nicht einmal *Guten Morgen* gesagt. »Hallo erstmal, Herr Meyer«, sagte Carmen mit Nachdruck.

»Hallo. Entschuldigen Sie. Wenn ich im Stress bin, vergesse ich manchmal meine gute Kinderstube. Also zur Sache. Zehn Stunden vielleicht.«

»Im Wasser? Länger nicht?« Carmen hätte geschworen, dass die Leiche mindestens zwei Tage unter dem Kahn gelegen hatte – so, wie sie aussah. »Woran sehen Sie das denn?«

»Faustregel, Frau Henning. Achtung, jetzt lernen Sie was über Wasserleichen: Die sogenannte Waschhautbildung kennen Sie ja aus der Badewanne.«

»Ja. Da schrumpelt alles.«

»Genau. Also, bei Wasserleichen gilt die Faustregel – jetzt mal ohne nähere Betrachtung der Umstände: Nach drei Stunden bildet sich Waschhaut an den Fingerspitzen. Nach drei weiteren Stunden bildet sich die sogenannte Hohlhand – also eine Waschfrauenhand. Und noch mal drei Stunden später ist die Waschfrauenhand weiß. Würde sie schon länger als drei Tage liegen, würde sich die Haut bereits ablösen. Tut sie aber nicht. Ergo liegt sie irgendwas zwischen sechs Stunden und drei Tagen im Wasser. Aber ich tendiere eher zum Minimum.«

»Aha.«

Meyer ging ohne ersichtlichen Grund mit drei großen Schritten um den Stahltisch herum. Offenbar hatte er heute einen ausgeprägten Bewegungsdrang. Denn gleich darauf hob er die Hand, streckte den Zeigefinger aus und begann, mit ihm in der Luft zu kreisen. »Was ich übrigens auch mit ziemlicher Sicherheit sagen kann, ist, dass sie ertrunken ist. Äußerlich habe ich keine Verletzungen festgestellt, die zu ihrem Tod hätten führen können. Wir werden uns ihre Lunge vornehmen, die Leber, das Herzblut. Mal sehen. An aufgeschürften Handgelenken stirbt man jedenfalls nicht – und auch nicht an blauen Flecken. Also ist Ertrinken wahrscheinlich. Um die genaue Zeit zu bestimmen, muss ich mich aber noch mit einem Kollegen besprechen und die ganze Kiste absichern über den Vergleich mit anderen Fällen. Die chemisch-physikalischen Aktivitäten im Rheinwasser sind ziemlich unterschiedlich – abhängig von der Jahreszeit und so weiter.« Er senkte die Hand und setzte seinen Weg um den Stahltisch mit drei weiteren großen Schritten fort.

»Was Sie nicht sagen.«

»Da staunen Sie, was? Und, wie eben bemerkt, sie hatte vor ihrem Tod Geschlechtsverkehr.«

»Großartig!« Albert, der sich die ganze Zeit über stumm und Kaugummi kauend fast hinter Carmen versteckt hatte, klatschte begeistert in die Hände. »Das heißt, wir können auf jeden Fall überprüfen, ob das Sperma von dem anderen Toten ist.«

»Können wir. Und haben wir bereits veranlasst.«

»Machen Sie's nicht so spannend!«

»Geduld! Das Ergebnis haben wir noch nicht. Müsste aber heute noch im Laufe des Vormittags kommen.«

»Also gut. Was noch?«

»Sie hat Kotreste am After.«

Albert verzog das Gesicht. »Ist ja eklig. Wie lange muss man denn im Wasser liegen, damit sich so was abwäscht?«

Meyer sah ihn streng an. »Herr Schneider, wenn Sie nach dem Toilettengang kein Papier benutzen, sich ein paar Stunden in die Badewanne legen, ohne sich mit der Hand da hinten ein wenig zu säubern – was glauben Sie?«

»Ich bade nie«, gab Albert entrüstet zurück. »Und dass der Schließmuskel im Tod versagt, ist doch wohl nichts Neues.«

»Sehen Sie, das ist es aber gerade: Ich vermute, die Frau hat sich nicht nur im Todeskampf, sondern schon vorher und gleich *mehrmals* eingekotet.«

»Mehrmals? Das klingt total – ich weiß nicht, wie.«

»Sie hat sich nicht nur im Sterben in die Hose gemacht. Sondern immer wieder, über mehrere Tage hinweg, und zwar ohne sich zu waschen.«

»Woher wollen Sie das denn wissen?«

»Sieht man an den Hautveränderungen. Ganz typisch für so was. Hat man gerne bei alten Leuten, um die sich tagelang niemand mehr gekümmert hat, bevor sie mutterseelenallein in ihrer Wohnung gestorben sind.«

»Sie wollen also sagen, dass diese junge Frau sich gleich ein paarmal hintereinander in die Hosen gemacht hat, ohne sich zu waschen, und dass danach – ich wiederhole: ohne, dass sie sich oder er sie gewaschen hat – ein Mann mit ihr geschlafen hat?«

»So sieht's aus.«

»Ist das eklig!«

»Jeder nach seiner Façon, würde ich sagen.« Meyer lächelte – diesmal nicht süffisant. Eher, als wollte er sagen: So ist das Leben, mein Lieber. Sehen Sie der Realität ins Auge. »Auf jeden Fall würde ich, wenn man die Abschürfungen am Handgelenk betrachtet, sagen, dass sie das alles nicht freiwillig gemacht hat. Sprich, ich glaube, sie war gefesselt über ein paar Tage, und niemand hat sie aufs Klo geführt. Ganz einfach.«

»Soll das heißen, es hat sie jemand vergewaltigt, nachdem er sie über einen längeren Zeitraum festgehalten hat?«, klinkte Carmen sich ein.

Meyer nickte. »Würde ich sagen.«

»Aha. Gut. Weiter?«, drängelte Albert, immer noch mit überaus angewidertem Gesichtsausdruck.

»Herr Schneider, ich finde, in der Kürze der Zeit ist das, was ich bisher beigesteuert habe, mehr als genug.«

Carmen nickte. Das war *allerdings* mehr als genug. »Danke. Wenn's was Neues gibt …«

»… melde ich mich. Ja. Aber wenn Sie möchten, können Sie gerne dabeibleiben, wenn ich sie aufmache.«

Das fehlte noch! »Verzichte.«

»Ich auch«, sagte Albert, der sich offenbar von der Geschichte mit dem Kot immer noch nicht ganz erholt hatte.

»Ich habe sowieso vor, später nach Karlsruhe zu kommen,

wenn ich hier fertig bin. Hab da noch was zu erledigen. Vielleicht schneie ich mal bei Ihnen rein später. Und jetzt entschuldigen Sie mich«, sagte Meyer mit einem abschließenden Kopfnicken, ehe er sich die Gummihandschuhe überstreifte.

Jewgenij lehnte an der Litfaßsäule neben der Telefonzelle und war nervös. Es wäre ihm lieber gewesen, sich nicht mehr mit Steidl zu treffen – nach allem, was passiert war. Er hatte keine Ahnung, warum, aber er hatte ein verdammt ungutes Gefühl. Er wusste nicht, wem er diese Sache – so sie denn überhaupt stimmte – zutrauen sollte. Doch eine diffuse Angst plagte ihn schon seit zwei Tagen. Das war alles nicht gut, was sie da machten. Was Steidl da trieb. Er wollte es im Grunde gar nicht wissen. Aber er konnte ihn nicht im Stich lassen. Nicht den Professor. Er hatte die Protokolle von Dittus nicht bekommen. Seit Dittus eine Leiche gefunden hatte, schien der Fettsack beschlossen zu haben, dass er mit normalen Menschen nicht mehr redete. Nur noch mit der Polizei. Vor allem, wenn es sich um Dinge handelte, die irgendwie im Entferntesten mit dem Toten zu tun haben könnten. Und in Dittus' Fantasie hatte inzwischen *alles* irgendwie mit dem Toten zu tun. Wie zum Beispiel Protokolle von Versammlungen des ACK. Monate alt. Unbedeutend. Aber er konnte Dittus ja schlecht zwingen. Mehr als dreimal *bitte* sagen konnte und wollte er nicht.

»Jewgenij! Du musst mir helfen – helfen!« Steidl sah verzweifelt aus. Seine Augen waren gerötet, seine Stirn war faltiger als sonst, und er schien zu glauben, Jewgenij sei seine letzte Rettung. Er blieb direkt vor Jewgenij stehen und fasste ihn dann links und rechts bei den Oberarmen, als wollte er ihn gleich schütteln. Tat er aber nicht. Stattdessen schraubten sich seine dürren Daumen in Jewgenijs Bizeps. »Jewgenij, sie werden nichts unternehmen – unternehmen.«

»Wer wird nichts unternehmen?« Jewgenij hob langsam die Hände und griff sanft nach Steidls Oberarmen. »Lass mich erst mal los.«

»Entschuldige – entschuldige.« Steidl löste seine Hände blitzartig und ließ sie nach unten fallen. Seine Nervosität hatte ihn voll im Griff. Er fing an, mit den Armen hin und her zu pendeln. »Der Mende von der Zeitung kümmert sich nicht – nicht.«

Das hatte Jewgenij sich gedacht. Ihm war längst klar, dass der Professor sich viel zu sehr auf diesen Journalisten eingeschossen hatte. Wie oft hatte er schon versucht, ihm klarzumachen, er solle sich endlich einen Ansprechpartner bei der Polizei suchen. »Professor, ich hab dir ja gesagt, was ich von diesem Journalisten halte.«

Steidl schüttelte energisch den Kopf. »Nein, Jewgenij, nein. Du weißt ganz genau, dass ich nicht zur Polizei gehen kann – kann.«

»Professor, wann siehst du's endlich ein? Du brauchst jemanden, der dich unterstützt und der Sache nachgeht. Wenn der Mende das nicht macht, wird er wissen, warum. Geh endlich mit dem Kram zur Polizei! Wenn das stimmt, was du da in deinem Kopf zusammengebastelt hast, ist das die einzig richtige Adresse.«

Steidl hielt mit dem Armebaumeln inne und sah ihn an, als wäre er ein Verräter. Für einen Augenblick wirkte sein Gesicht wie das eines zornigen alten Druiden, der Jewgenij im nächsten Moment mit einem geheimen Zauberspruch in die Hölle schicken würde. Dann zuckte sein Mundwinkel, und sein Blick glitt zum Boden.

»Professor? Was willst du von mir hören?«

Er sah wieder auf. Diesmal lag echte Verzweiflung in seiner Stimme. »Dass du die Protokolle mitgebracht hast – hast.«

»Dittus hat sie nicht rausgerückt. Aber das war klar, Professor. Das wusstest du doch.«

Steidls Augen wurden feucht. Er konnte nicht mehr sprechen.

»Professor, du weißt, ich lasse dich nicht im Regen stehen. Aber du musst zugeben, dass du jetzt an einem Punkt bist, an dem du Hilfe brauchst.«

Steidl nickte wie ein kleines Kind. Dann sagte er leise: »Von dir. Und vom Mende. Bitte! Bitte – bitte!«

Es war zwecklos. Jewgenij hatte keine Ahnung, wie er es ihm klarmachen sollte, außer sich andauernd zu wiederholen. »Geh zur Polizei! Ich glaube kaum, dass ich oder irgendwer von der Zeitung dir weiterhelfen kann.«

»Ich hab es dir schon erklärt – erklärt. Hier ist doch jeder korrupt. Vor allem bei der Polizei. Jeder Polizist, dem ich was erzähle, macht einen Bericht. Und wenn der Falsche den Bericht in die Hände kriegt, dann verschwindet er, und ich bin meines Lebens nicht mehr sicher – sicher.«

Er hatte sich völlig hineingesteigert. Viel mehr, als der Sache guttat. »Professor, du siehst müde aus. Du solltest mal *schlafen*. Und hör doch auf, hier eine Verschwörungstheorie nach der anderen zu stricken. Wenn du so misstrauisch bist, dann such dir jemanden bei der Polizei, von dem du glaubst, dass du ihm vertrauen kannst.«

»Toll. Und wen – wen? Es gibt *keinen* da, dem ich vertraue – vertraue.«

»Also ich fand die Polizisten nett, als ich dieses Auto da

gefunden habe. Professor, pass auf: Du gehst da hin und sagst, du möchtest mit denjenigen reden, die das mit dem stinkenden Auto bearbeiten.«

Auf der Rückfahrt von Heidelberg nach Karlsruhe drehte Albert unentwegt am Radio herum.

»Albert, warum machst du's nicht einfach aus, wenn dir keiner von den Sendern gefällt?«

»Warum? Nervt dich das Rumgeschalte?«

»Ziemlich.«

»Okay.« Er drückte den großen runden Knopf in der Mitte. Carmen hatte Durst.

»Albert, ich muss was trinken.«

Ein Lächeln kroch über sein Gesicht. »Aha. Und?«

»Hast du irgendwas da?«

»Ich hab leider nichts Hartes dabei. Aber guck mal auf dem Rücksitz, da müsste 'ne Wasserflasche liegen.«

Carmen kommentierte Alberts Witz nicht. Seit ihr Bruder angefangen hatte, regelmäßig zu trinken, verstand sie solche Späße nicht mehr. Sie griff nach hinten und bekam eine Flasche zu fassen. Die Flüssigkeit darin sah aus wie trüber Urin. »Albert, das ist doch kein Wasser!«

Er grinste. »Ich habe nicht gesagt, dass das *Wasser* ist, ich habe gesagt, eine Wasser*flasche*! Guck doch mal aufs Etikett.«

»Haha. Und, was hast du reingefüllt?«

»Zaubertrank!«, sagte Albert ernst.

Carmen schraubte den Deckel ab und schnüffelte. »Riecht komisch.«

»Was anderes hab ich nicht. Trink oder verdurste.«

»Was *ist* das denn?«

»Wasser mit Sanddornsaft.«

»Sanddornsaft? Seit wann trinkst du denn so was?«

»Ist gesund. Jede Menge Vitamin C!«

»Aha.« Carmen setzte an und nahm einen Schluck. »Wäh. Tut mir leid, aber ich durste lieber.«

Albert zuckte mit den Schultern. »Gut. Nicht mein Problem.«

Er hatte noch nie irgendwas Gesundes zu sich genommen. Das Nichtrauchen musste ihn umgekrempelt haben. Oder der Arzt hatte ihm gesagt, wenn er nicht haufenweise Vitamin C zu sich nähme, müsse er spätestens übermorgen sterben. Eine andere Erklärung gab es nicht für derartige Abweichungen von der Albert-Norm. Carmen verkniff es sich, ihre Überlegung laut zu äußern. Sie schraubte die Flasche zu und legte sie wieder auf den Rücksitz. »Was machen die anderen eigentlich?«

»Sag mal, warst du bei der Besprechung vorhin dabei oder war das deine Zwillingsschwester?«

»Entschuldige, ich war zu müde. Mein Hirn war einfach noch nicht aufnahmebereit.«

»Ach so, du hast ja heute Geburtstag. Glückwunsch noch. Hast noch reingefeiert gestern, was? Kein Wunder, dass du so neben der Spur bist.«

Albert wusste, wann sie Geburtstag hatte? Jetzt war er ihr unheimlich. »Äh, danke. Nein, nach dieser gruseligen Leiche war ich nicht mehr so sehr in Feierlaune.«

»Aha. Wie auch immer: Hofer hat beschlossen, dass die beiden Leichen auf jeden Fall was miteinander zu tun haben, und weil wir mit unserem Aufgeschlitzten ja sowieso nicht weiterkommen, müssen wir uns weiter um die Frau kümmern.«

»Mit Personalaufstockung?«

»Carmen! Was glaubst du denn? Geburtstagsgeschenk vom Chef? Du bist lustig.«

»War ja nur ’ne Frage …«

»Hast du noch irgendwas veranlasst, bevor wir los sind?«

»Na, das Übliche erstmal. Die Frau war nackt. Also würde es schon mal helfen, wenn man irgendwelche Klamotten finden würde.«

»Und wo willst du anfangen zu suchen? Die ist ja wohl über Tage festgehalten worden. Das kann doch überall gewesen sein!«

»Ich bin auch kein Idiot, Carmen! Trotzdem hab ich gesagt, die sollen mal entlang des Rheins anfangen. Wenn man dem glaubt, was der Meyer gesagt hat, dann kann man ausrechnen, wie weit sie mit dem Boot in dieser Zeit in etwa abgetrieben sein könnte. Also sind die Jungs jetzt mal ein Stück flussaufwärts zugange und grasen das Ufer und den Wald drumrum ab. Vielleicht finden sie was. Nachdem an dem Boot keine Plakette war, kann man leider auch nicht sagen, auf wen der Kahn zugelassen ist. Hast doch gehört, Tobi hatte die Hundestaffel schon losgeschickt.«

»Wo würdest du denn so eine Frau festhalten?«

Albert drückte sich in den Fahrersitz und seufzte. »Hab ich mir auch schon überlegt. Also, in einer Wohnung glaube ich nicht.«

»Wegen der Schreie? Anfangs muss die doch gebrüllt haben wie am Spieß?«

»Wenn man sie irgendwie ruhigstellt, muss das nicht mal sein. Nein, wegen der Scheiße.«

»Weil sie sich in die Hosen gemacht hat?«

»Genau.«

»Warum?«

»Weil es stinkt, Carmen! Ich weiß ja nicht, ob das bei dir nach Flieder duftet, aber wenn ich mir vorstelle, dass sich jemand anderes in einem geschlossenen Raum in die Hosen kackt, dann würde ich diesen Raum nicht mehr betreten.«

»Sie hatte sogar noch ungewaschen Geschlechtsverkehr! Wenn das jemand ist, der drauf steht?«

»Kann ich mir nicht vorstellen. Also nicht über einen längeren Zeitraum.«

»Und was folgerst du jetzt aus deinem Ekel?«

»*Ich* würde so eine eher irgendwo draußen anbinden. Wo sich's – verflüchtigt.«

»In einer Gartenhütte?«

»Zum Beispiel.«

»Hm. Könnte sein. Gibt's denn da Gartenhütten, wo die jetzt suchen?«

»Machst du Witze? Hunderte! Das ist es ja, was diese Sache so langwierig macht.«

»Okay. Also was das angeht, einfach warten?«

»Genau. Und die Frauen, die bisher als vermisst gemeldet worden sind, passen so gar nicht auf die Beschreibung von unserer Unbekannten. Heißt also auch da: weiter warten.«

»Geben wir ein Phantombild von ihr raus?«

»Das muss Hofer entscheiden. Ich denke mal, ja. Wenn sich nicht schnell was tut, dann ist das unsere einzige Chance.«

»Na dann. Was machen wir jetzt?«

»Aussteigen. Reingehn. Nachdenken.«

Maren winkte Carmen direkt ins Büro durch. »Keine Zeit zum Reden. Euer Herr Reichert ist schon da. Seit Ewigkeiten.«

»Mist, den hätt ich fast vergessen. Wo ist er?«

»Wartet unten. Ich lass ihn holen.«

Reichert war sympathisch. Sein Gesicht war so, wie man es sich bei einem freundlichen älteren Herrn vorstellte: Lachfalten säumten die eng beieinanderstehenden Augen, seine Haut war wettergegerbt, die weißen Haare wellten sich ein wenig um die Ohren herum, und seine Stimme war überaus angenehm. Carmen fühlte sich sofort wohl in seiner Gegenwart.

»Schön, dass es so kurzfristig geklappt hat, Herr Reichert.«

»Kein Problem. Wenn ich irgendwie helfen kann, gerne. Furchtbare Sache, das mit dem Erik. Ein lieber Junge war das.«

Carmen kaufte ihm sofort ab, dass es ihm leidtat um seinen ehemaligen Schwiegersohn. Sie nickte verständnisvoll. »Furchtbar, ja. Sie scheinen ihn gemocht zu haben?«

»O ja! Er war ein sehr lieber Mensch.«

»Und dass es mit ihm und Ihrer Tochter nicht geklappt hat, hat Ihr Verhältnis nicht gestört?«

Er lächelte milde. »Nein. Sehen Sie, ich liebe meine Tochter über alles. Aber ich bin eben auch ein Mann. Ich weiß, wie schwierig es für einen jungen Burschen ist, eine Frau glücklich zu machen, ohne sich zu verbiegen.«

»Na ja, so jung war Erik Schwenk auch wieder nicht.«

Jetzt lachte er leise. »Interessant, dass Sie das so sehen. Ich würde behaupten, Männer um die vierzig müssen im Kopf noch längst nicht erwachsen sein.«

»Tatsächlich? Erzählen Sie weiter, ich kann bei diesem Gespräch vielleicht auch was für *mein* Privatleben lernen.« Carmen lächelte.

Reichert lächelte zurück, wurde aber direkt wieder ernst. »Was wollen Sie hören? Am Ende war es so, dass meine Tochter eben eine andere Vorstellung davon hatte, was es heißt, gemeinsam sein Leben zu verbringen. Erik war nicht der – wie soll ich sagen – nicht gerade der Inbegriff von einem Mann von Welt. Und Antonia hätte es eben gerne gehabt, dass er mal mit ihr ins Theater geht oder sich mit ihr über Politik unterhält, mit ihr ferne Länder bereist. Erik war nicht so. Er war herzensgut, hatte aber eben nicht die intellektuellen Möglichkeiten, meine Tochter zufriedenzustellen. Er hat geglaubt, dass die Ehe gut funktioniert, weil er sich wohlgefühlt hat mit ihr. Er hatte schließlich seine Interessen – er war viel draußen, und dann immer und immer wieder sein Motorrad. Tagelang konnte der Junge an seiner Maschine rumpolieren, neue Teile für sein Baby suchen und dran herumbasteln. Er hat einfach nicht gemerkt, dass Antonia sich nicht dafür interessiert. Und das kann ich gut verstehen. Ich habe auch Jahre gebraucht, um einigermaßen zu begreifen, wie man die Balance hält, damit die Ehe funktioniert.«

»Verraten Sie mir das Rezept?«

»Ich konnte es nicht einmal meiner eigenen Tochter erklären.«

»Herr Reichert, Erik Schwenk hat ein Flugblatt entworfen. Er wollte sich zum Stadtrat wählen lassen. Das Flugblatt ist, sagen wir, etwas unbedarft in Aufmachung und Inhalt.«

Reichert nickte.

»Verzeihen Sie mir diese Frage, aber wie kommt jemand wie Erik Schwenk darauf, dass er überhaupt Chancen hat auf einen Sitz im Gemeinderat? Und warum ist er zum Gewässerwart gemacht worden, wo er doch intellektuell nicht so ganz …«

»… auf der Höhe war?«, vervollständigte Reichert die Frage.

Carmen nickte.

»Nun, ganz einfach. Ich habe gemerkt, dass ihn das mit Antonia fertigmacht. Er war vielleicht nicht der Hellste, aber wie gesagt, ein sehr gefühlvoller junger Mann. Er hat natürlich irgendwann gespürt, dass das alles nicht mehr rund läuft. Und dann war es ja auch aus und vorbei auf einmal. Aber ich wollte mich nicht einmischen. Meine Tochter ist erwachsen, und ich kann sie nicht zwingen, ihr Leben mit einem Mann zu verbringen, den sie nicht zu schätzen weiß – oder, um es etwas neutraler zu sagen, der sie nicht zufriedenstellen kann –, nur weil ich ihn mag. Er hat mir ziemlich leidgetan, und deshalb habe ich ihm diese Aufgabe im Verein verschafft. Ich hatte das Gefühl, dass er etwas braucht, um sich wieder nützlich zu fühlen. Und ob Sie's glauben oder nicht: Er hat sich in kürzester Zeit in das Thema eingearbeitet. Und er hat seine Sache gut gemacht, wie ich finde.«

»Und das mit dem Gemeinderat?«

»Ja, ich wusste davon. Ich habe aber keine Ahnung, wie er auf diese verrückte Idee gekommen ist. Ich habe versucht, ihm das auszureden. Aber dann dachte ich, ich kann nicht auf ewig sein Aufpasser sein. Soll er sein Glück doch versuchen.«

»Wissen Sie, ob er eine neue Freundin hatte?«

»Nicht dass ich wüsste. Eigentlich kann ich mir das schlecht vorstellen. Aber nageln Sie mich nicht drauf fest. Es kann gut sein, dass er mir so etwas ganz bewusst nicht erzählt hat – ich bin immerhin sein ehemaliger Schwiegervater, vielleicht wollte er nicht, dass ich davon weiß –, wenn es denn so war.«

»Gibt es andere Frauen, mit denen er viel zu tun hatte?«

»Hm. Nein. Mir fällt niemand ein.«

»Wirklich gar niemand?«

»Nein. Aber wie gesagt, das muss nichts heißen.«

»Wussten Sie, dass er Krebs in einem fortgeschrittenen Stadium hatte?«

Reichert machte große Augen. »Erik? O Gott, nein. Nein, davon hat er nie gesprochen.«

»Danke, Herr Reichert.«

»Krebs …« Reichert schüttelte den Kopf. »Der arme Junge. Meine Güte, wenn er was gesagt hätte …«

»Ja, das Leben ist manchmal – komisch?!«

»Da sagen Sie was, Frau Henning. Der arme Junge.«

»Herr Reichert, vielen Dank nochmal. Das wär's fürs Erste. Wenn wir noch was wissen möchten, wenden wir uns wieder an Sie.«

Zehn

Im Internet wurde Erik Schwenks Tod bereits heiß diskutiert. Albert hatte Carmen die Adresse der Homepage, auf der sich auch das Forum der Karlsruher Angler befand, auf den Schreibtisch gelegt – und was Carmen da abgesehen von den Kommentaren zum Tod des Gewässerwarts zu lesen bekam, war mehr als nur ein bisschen befremdlich.

Zunächst einmal war es eine Homepage wie viele andere auch. Sie war sogar relativ übersichtlich, etliche Links führten zu verschiedenen Unterthemen, die sich wiederum quasi in Unterunterthemen verzweigten. Die Benutzer dieser Plattform waren offenkundig alle aktive Angler, was die meisten schon durch ihren Spitznamen, den sie sich fürs Fachsimpeln im Internet gegeben hatten, ganz deutlich zeigten. Da diskutierten zum Beispiel *Barsch12* und *Raubfischjäger* mit *Wallerwilli* über – ja, über was eigentlich? Es schien auf jeden Fall irgendetwas mit Hechten zu tun zu haben.

Barsch12: *hab in den letzten jahren die meisten hechte auf blinker gefangen.*
Raubfischjäger: *dann hast du aber alle deine fritten mitgezählt. Hecht-omas fängt man nur auf große bulldawgs.*
Wallerwilli: *die bulldawgs hab ich noch nicht probiert. mit welcher farbe hast du am besten gefangen?*

Ein paar Zeilen weiter unten drehte sich die Diskussion um die Frage, wie man am besten große Karpfen fangen konnte. Zumindest hieß es so in der Überschrift zum Thema. Anhand der eigentlichen Diskussion hätte Carmen nicht einmal den Hauch einer Idee gehabt, über was diese Typen sich da wohl austauschten.

Monsterfisch: *macht es eigentlich sinn, boilies mit muschelaroma in einem gewässer zu verwenden, in dem gar keine muscheln vorkommen?*
Angelkönig: *gute frage. keine ahnung.*
Neptun666: *die dinger sind scheiße. ich fang bei uns am baggersee damit nix, obwohl wir da muscheln haben. aber scopex geht gut.*
Monsterfisch: *hab bei uns am besten mit erdbeeraroma gefangen. allerdings nur im frühjahr.*

Erdbeeraroma? Du liebes bisschen! Fraßen Fische etwa Erdbeeren? Ein paar Zeilen weiter unten regte sich irgendwer darüber auf, dass jemand scheinbar mit irgendwelchen Fischen auf Angebertour war, die er gar nicht dort gefangen hatte, wo er es vorgab. Dieses Männergehabe – *wer hat den größten Fisch gefangen? Ich! Nein ich!* Grauenhaft. Dieser Wettbewerbsgedanke – das ging Carmen völlig ab. Überhaupt wäre ihr ihre Zeit viel zu schade gewesen, sich unter irgendwelchen obskuren Spitznamen darüber aufzuregen, wer mit welchem Fisch beschissen hatte. War das nicht so was von egal? Aber einem namens Dorschnorbert war das alles andere als gleichgültig.

Dorschnorbert: *ich finds assig von ihm, dass er hier fische reinstellt, die er in frankreich gefangen hat. ich find man sollte ihn aus dem forum schmeißen.*

Spinner587: *wen jetzt? zanderschreck? natürlich ist das blöd von ihm, aber er ist halt noch arg jung, da macht man so nen blödsinn.*
Dorschnorbert: *aber ihm das so durchgehen zu lassen ist auch nicht okay. wie wäre es wenn man ihn für die fangdatenbank sperren würde?*
Wallerwilli: *Jetzt reg dich halt nicht so auf. Oder willst du ihn gleich auch ausnehmen und am Baum aufhängen wie sie's mit dem Erik gemacht haben?*
Spinner587: *Ich finde das gehört nicht hierher.*
Wallerwilli: *Von mir aus – aber ist doch wahr …*

Das war nicht der einzige Satz, der zum Thema Erik Schwenk im Forum zu lesen war. Speziell dieser Wallerwilli fand das Thema offenkundig ziemlich spannend. Und ein Typ namens Zanderjäger480 hatte vermutlich ziemlich unter die Gürtellinie gezielt – seine Kommentare waren sozusagen ausradiert worden. Albert hatte schon alle Hebel in Bewegung gesetzt, herauszufinden, wer hinter welchem dieser drolligen Spitznamen steckte – wobei es im Grunde auch logisch war, dass alle sich über den Mord an Erik Schwenk ausließen. Auch Angler waren offensichtlich entgegen aller Klischees kleine Tratschtanten. Unter dem Link »Der ACK trauert um seinen Gewässerwart Erik Schwenk« gelangte man zur Diskussion mit diversen Beiträgen und gruseligen Theorien.

Wallerwilli: *Scheiße, das mit dem Erik.*
Dorschnorbert: *ja, echt scheiße. Ich finds so abartig, ich weiß gar nicht, was ich dazu sagen soll.*
Zanderjäger480: *BEITRAG VOM ADMINISTRATOR GELÖSCHT*
Wallerwilli: *das gehört nicht hierher! Ich finds ein unding, dass so was hier geäußert wird!*

Zanderjäger480: *BEITRAG VOM ADMINISTRATOR GELÖSCHT*
Dorschnorbert: *Das glaube ich nie und nimmer! Da steckt doch sicher was Größeres dahinter. Also dass da einfach ein Irrer rumrennt kann ich mir nicht vorstellen*
Wallerwilli: *Klar, aber was Zanderjäger da von sich gibt ist unter aller Kanone! Wir leben doch nicht im Mittelalter!*
Dorschnorbert: *Sag ich doch, das glaub ich nicht.*
Wallerwilli: *Und was meinst du mit was Größeres? Mehrere?*
Dorschnorbert: *Weiß selber nicht so recht. Oder doch dieses Weib?*
Wallerwilli: *Welches Weib?*
Dorschnorbert: *Die Kleine, um die er rumgeschlichen ist?*

Aus dem Augenwinkel sah Carmen, wie jemand an ihren Schreibtisch trat. Ehe sie aufblicken konnte, räusperte sich derjenige wichtig und hielt ihr eine Art Päckchen entgegen, das übel roch. Carmen zuckte zusammen, lehnte reflexartig den Oberkörper zurück und sah den alten dürren Mann, der dicht vor ihrem Schreibtisch stand, erschrocken an.

»Was ist das?«

»Ein Fisch.« Er klatschte das in Zeitungspapier gewickelte Etwas auf Carmens Tisch.

»Ein Fisch?« Carmen sah an ihm vorbei in Richtung Maren. Die hob entschuldigend die Hände. »Gefahr im Verzug, hat er gesagt!« Dann ging sie rückwärts hinaus und machte hastig die Tür von außen zu.

Carmen blickte wieder den Mann an. »Gefahr im Verzug?«

»Richtig.«

»Wegen eines … Fisches???«

»Genau.«

»Wer sind Sie überhaupt, wenn ich mal fragen darf? Ich

meine, Sie platzen hier rein und knallen mir dieses komische Ding auf den Tisch!«

»Steidl. Professor. Für Biologie. Angenehm – angenehm.«

Das war er also! Der berüchtigte Professor Steidl. Und dieser Auftritt bestätigte bereits so ziemlich alles, was sie bisher über ihn gehört hatte. Was nicht viel war, aber sehr beeindruckend, vor allem angesichts dessen, dass er jetzt in ihrem Büro stand.

»Gefahr im Verzug – Verzug!«, wiederholte er aufgeregt.

Gefahr im Verzug wegen eines Fisches? Es war wohl so weit: Irgendwo hatte vermutlich ein Komet eingeschlagen, jetzt stand die Welt unweigerlich Kopf und würde in Kürze untergehen. Hatte sie irgendwas verpasst? Carmen, bleib ruhig. Es ist gleich vorbei. Jemand hat dir was in den Kaffee gemischt. Das ist alles nur ein Scherz.

»Tja, dann erklären Sie mir mal, *welche* Gefahr im Verzug ist, hm?«

»Das«, Steidl zeigte auf das Zeitungspapier mit dem Fisch darin, »das ist *unglaublich*!«

In der Tat, jemand knallte ihr einen in Zeitung gewickelten Fisch auf den Schreibtisch und bezeichnete diesen als Gefahr – *unglaublich* war dafür ein sehr treffender Ausdruck.

»Packen Sie den Fisch doch mal bitte aus.« Man musste die Leute immer dort abholen, wo sie gerade standen. Und Steidl stand offenbar inmitten dieses Wassertiers.

»Moment. Ich brauche Gummihandschuhe.« Steidl kramte in seiner Jackentasche, als würde er gleich einen Revolver herausziehen. *Peng! Ein guter Witz!* Tatsächlich brachte er ein paar Einmalhandschuhe daraus hervor, die er sich mit flinken Bewegungen gekonnt über die Hände streifte. Dann klappte er das Papier auseinander. »Bitte!«

Es war ekelhaft. Ein Fisch. Die Bauchhöhle geöffnet. Darin: Würmer. Unzählige. Breite, helle, glitschige Würmer. Wie Bandnudeln.

»Was soll das?«

»Würmer!«

»Das sehe ich auch. Was soll ich damit?«

»Das ist es! Das wollten die schon die ganze Zeit!«

»Was? Was wollten die schon die ganze Zeit?«

»Das sind die Waffen!«

»Die was?«

»Die biologischen Waffen! Sie entwickeln sie. Das ist die Testphase. Und wenn diese Phase vorbei ist, schlagen sie zu!«

Er war komplett irr! Es stimmte also, was alle sagten. Steidl hatte nicht mehr alle Tassen im Schrank. »Herr Steidl, was soll das? Wer schlägt zu?«

»Die Regierung.«

Aha. Ja, genau. Die Regierung. Und der amerikanische Präsident war gar nicht Barack Obama, sondern ein grüner Alien ohne Geschlecht, der die Erde von innen heraus aushöhlen und dann mit Sahnepudding füllen wollte. »Wie meinen Sie das denn – die Regierung?«

»Ich sage Ihnen, Sie müssen etwas unternehmen – unternehmen!«

»Herr Steidl, Gewässerschutz ist Sache des Regierungspräsidiums. Sie können bei uns Auffälligkeiten anzeigen, aber darum kümmern können wir uns nicht. Dafür gibt es speziell geschulte Beamte.«

»*Sie* müssen das aber machen – machen! Sie persönlich – persönlich!«

Was sollte ausgerechnet Carmen mit diesem Fisch? Wenn er jetzt nach Albert, dem passionierten Angler, verlangt hätte … »Warum denken Sie das, Herr Steidl? Ich meine, dass ausgerechnet *ich* mich darum kümmern soll?«

»Weil Sie doch mit der ganzen Sache zu tun haben. Das stand doch in der Zeitung – Zeitung!«

»Was stand in der Zeitung? Dass ich mit der Regierung Killerwürmer züchte?«

»Dass Sie den Mörder von Bürgermeister Schumann suchen – suchen.«

»Was hat das denn mit diesem Fisch zu tun, um Himmels willen?«

»Schumann hatte Daten – Daten. Fragen Sie Konrad Mende! Der weiß auch alles!«

Wie bitte? Was hatte er da eben gesagt? »Was für Daten?« War da eben die Lösung des Bürgermeister-Falls in Gestalt eines verrückten Professors in ihr Büro marschiert? Wohl kaum. Aber jeder verdiente seine Chance.

»Wichtige Daten! Gewässerproben!«

»Und?«

»Die wollten nicht, dass jemand die Daten bekommt – bekommt. Die wussten, dass er mich kennt und dass ich das auswerte. Und dass wir an die Presse gehen – gehen.«

»Haben Sie denn Beweise für Ihre Behauptung? Und wer sind *die*?«

»Die Drahtzieher. Da stecken alle mit drin.«

»Wer sind *alle*?«

»Die Fischereibehörde. Das Regierungspräsidium. Die Stadt. Die Landesregierung. Die Bundesregierung! Alle!«

Das war zu viel. »Herr Steidl, für den Mord an Herrn Schumann sind meine Kollegen zuständig. Ich würde Sie bitten …«

»Nein! Bloß nicht – nicht!« Er hielt sich schützend die

Arme über den Kopf, als würde jeden Moment die Decke runterkommen.

»Herr Steidl, *wir* suchen einen kranken Menschen, der einen Mann auf bestialische Weise an einem Baum aufgeknöpft hat.«

»Ja, das waren auch *die*!«

»Wer sind *die*?«

»Na, *die*, die ich eben aufgezählt habe!«

»Entschuldigen Sie mich einen Augenblick.« Bei aller Liebe, das konnte sie nicht alleine bewältigen. Sie hatte hier alle Hände voll zu tun, und Maren ließ diesen Irren einfach so in ihr Büro. Sie stand auf, ließ Steidl und den Fisch zurück und ging hinaus.

»Maren!«

»Ich konnte ihn nicht abwimmeln.«

»Hast du 'ne Ahnung, *wie* irr der ist? Ihr schafft mir den sofort wieder raus!«

»Wie denn?«

»Lass dir was einfallen. Ich werd mich mit dem Kerl nicht weiter alleine befassen. Hol von mir aus Tobi her, der hat ein Händchen für solche Bekloppte, ich werd mir hier nicht in einer Privatvorstellung Fische mit Würmern vorführen lassen! Wer bin ich denn?«

Tobi war innerhalb von zwei Minuten – die Carmen vorkamen wie eine halbe Ewigkeit – im Vorzimmer zur Stelle. Er zog ungläubig die Stirn kraus. »Was? Fische mit Würmern? Auf deinem Schreibtisch?«

»Guck nicht so, du hast schon richtig gehört. Ach ja, und nimm dich in Acht, die Regierung will uns alle umbringen. Mit Fischwürmern. Nimm ihn dir vor, ich such mal meinen feinen Kollegen. Schönen Tag noch!« Dann stapfte Carmen hinaus und hoffte inständig, dass sie Albert in der Kantine zu fassen kriegte.

Tatsächlich schob er sich eben ein Stück Käsekuchen so weit in den Mund, dass er mit dem zweiten Biss den kompletten Rest würde vernichten können.

»Albert, du glaubst ja nicht …«

»Uaow?« Kuchenkrümel spritzten aus seinem vollgestopften Mund.

»Kau erstmal zu Ende. Auf jeden Fall hatte ich eben 'ne Begegnung der dritten Art.«

Albert schluckte einen Teil des Kuchenbreis hinunter. »Ungdf?«

»Völlig irr, aber ich muss es dir jetzt erzählen, damit du dich umgehend an der Problemlösung beteiligen kannst. Ich hab Tobi abkommandiert, damit er sich's nochmal anhört, aber ich geb mir das erst nochmal, wenn er sagt, dass das eine echte Theorie ist.«

Albert wischte sich mit dem Handrücken über den Mund und winkte der Frau hinter der Theke. »Machen Sie mir noch ein Stück? Ich hole es gleich ab! Danke!« Die Küchenangestellte nickte eifrig und verschwand hinter einem Vorhang. Jetzt wandte Albert sich Carmen zu und bohrte derweil genüsslich mit dem Finger in seinen hinteren Backenzähnen herum. »So, also, was war denn? Du bist ja völlig aufgekratzt.«

»Dieser Steidl ist eben hier aufgetaucht. In meinem Büro. Er hat erzählt, der Schumann wäre von der Regierung umgebracht worden. Stell dir das mal vor!«

Albert nahm den Finger aus dem Mund und grinste spöttisch.

Carmen merkte, dass sie Albert mit tellergroßen Augen

anstarrte – in Erwartung einer dieser Nachricht angemessenen Reaktion »Krass, oder?«

So ganz entsprach Albert aber nicht den Erwartungen. Er nickte nur. »Allerdings krass. Und warum hat die Regierung ihn angeblich umgebracht?«

»Weil er Daten hatte, die beweisen können, dass in der Karlsruher Chemiefabrik biologische Waffen hergestellt werden, die die Menschheit vernichten können oder so ähnlich. Du weißt schon, so'n Zeug wie Giftgas, Bakterien, Viren, Pilze, Keime – keine Ahnung.«

»Aha. Und die Regierung hat nicht nur Schwefelsäure über Schumanns Kletterseil gekippt, sondern auch den Schwenk am Baum aufgehängt und aufgeschlitzt?«

»Das hab ich ihn auch gefragt.«

»Und? Was hat er dazu gesagt?«

»Ja, *das waren bestimmt auch die*, hat er gesagt. Ich hab ihn jetzt einfach stehen lassen und Tobi zu ihm reingeschickt.«

»Hm. Müssen wir dem jetzt nachgehen oder nicht?«

»Leider vermute ich, wir müssen. Aber er hat irgendwas von Konrad Mende gefaselt. Dieser Journalist. Der wüsste alles, meint er.«

»Ein Journalist?« Albert zog die Stirn kraus und seufzte. »Ich frag Journalisten ungern irgendwas.«

»Ich auch. Aber man könnte wenigstens mal nachhaken, wie der Steidl grundsätzlich einzuschätzen ist. Wir müssen ihm ja nicht gleich alles aufs Brot schmieren.« Konrad Mende. Carmen fiel der Hintern wieder ein. Ja, zur Not würde sie sich den Mende auch alleine vornehmen, wenn Albert nicht wollte. Dann konnte sie dem Kerl auch noch mal kräftig die Meinung geigen wegen seines bescheuerten Artikels über den *Wasserläufer*.

»Wie der Steidl einzuschätzen ist? Willst du meine Einschätzung hören?« Die Frage war rhetorisch. Albert wartete keine Antwort ab, stand auf und ging in Richtung Theke, trommelte auf den Tresen und nahm dann eilig sein zweites Stück Käsekuchen in Empfang.

Carmen seufzte. »Hunger oder einfach nur Lust auf Süßes?«, fragte sie schließlich – wohl eine Spur zu unschuldig.

»Heißhunger natürlich. Frag nicht so dämlich. Ging's dir besser, als du damals mit dem Rauchen aufgehört hast?«

»Nein. Hab mich auch vollgefressen.«

»Siehst du.«

»Albert, ich hab in diesem komischen Internetforum gelesen, bevor der Steidl bei mir reingeplatzt ist.«

»Ja, und?«

»Da stand was von einer Frau, der der Schwenk nachgestiegen sein soll. Gibt's da schon was?«

Albert schüttelte den Kopf. »Nichts Konkretes. Aber wenn du Lust hast, kannst du die entsprechenden Jungs gerne selbst dazu befragen. Der Administrator von dem Forum hat uns die echten Namen von diesen Burschen gegeben. Du bist doch selten abgeneigt, wenn's drum geht, nette junge Herren kennenzulernen. Oder soll ich Tobi das machen lassen?« Er grinste.

»Wie witzig du wieder bist – haha. So, was machen wir jetzt?«

Alberts Miene versteinerte sich augenblicklich. »Du überlegst dir mein Angebot. Das war ernst gemeint. Und jetzt: wieder hochgehen.«

»Warum?«

»Weil Meyer im Haus ist. Hab ihn vorhin im Flur rumstehen sehen bei einer von den Polizeischülerinnen. Ich geh jede Wette ein, dass er inzwischen in unserem Büro hockt und wartet.«

»Auf uns?«

»Auf wen denn sonst.«

»Dann hat Tobi den Steidl hoffentlich woanders hingebracht. Wenn Steidl jetzt zusammen mit Meyer über biologische Waffen diskutiert, in unserem Büro, dann häng ich sie beide am nächsten Baum auf! Was will Meyer denn überhaupt?«

»Keine Ahnung. Ein Schwätzchen halten, was weiß ich. Er hat doch gesagt, dass er vielleicht noch vorbeikommen will. Möglicherweise weiß er auch schon, ob das Sperma vom Schwenk ist oder nicht. Geh schon mal vor, ich esse hier noch schnell zu Ende.«

Steidl war verschwunden. Maren zeigte mit dem Kopf zur Tür. »Tobi hat ihn mit rübergenommen. Und Herr Meyer sitzt drin und isst Kekse.«

»Kekse?«

»Ja.« Maren strahlte. »Ich hab doch Kekse gebacken. Du hast noch keinen einzigen gegessen!« Sie hielt Carmen die Dose unter die Nase. »Probier mal, die sind echt gut!«

»Weihnachtsgebäck? Maren, es ist Mai!«

»Na und? Man muss auch mal was dem Trend entgegensetzen.«

»Ob Weihnachtsgebäck ein Trend ist? Ich weiß ja nicht …«

Albert kam zur Tür herein.

»Das ging aber schnell mit dem Käsekuchen! Inhaliert?«

»Der Hunger treibt's rein«, antwortete er, während er sich eine Handvoll Kekse aus der Dose griff. »Köstlich Maren, einfach köstlich!« Dann ließ er die beiden stehen und ging durch ins Büro.

Maren lächelte milde und sah ihm verzückt hinterher. »Ja, er weiß meine Kekse zu schätzen.«

»Mach mal halblang! Verkommst du etwa grade zum Hausmütterchen? Oder warum willst du unbedingt alle Junggesellen bebacken?«

Maren sah Carmen strafend an. »Herr Meyer ist meines Wissens *kein* Junggeselle!«

»Aber Albert! Schmeiß dich ran, Maren! Das wär doch was! Du und Albert! Back ihm eine Million Kekse, er wird dick und fett und liebt dich dafür auf immer und ewig.«

»Meine Mutter hat schon immer gesagt: Liebe geht durch den Magen!«

»Maren, mach mir keine Angst! Das war eben ein Witz, klar!«

»Hältst du mich für so verzweifelt, dass ich mit Albert durchbrennen würde?!«

»Da sag ich jetzt nichts dazu.«

Meyer hatte ein Bein über das andere geschlagen, blätterte halbherzig in der Tageszeitung und kaute. Albert kaute auch.

»Hallo, Herr Meyer. Gibt's was Neues, oder was führt Sie jetzt schon hierher? So ganz persönlich und wahrhaftig.«

Er sah auf, schluckte und legte die Tageszeitung beiseite. »Frau Henning! Ich habe Sie bei der Öffnung der Leiche vermisst! Aber ich habe inzwischen gehört, dass Ihnen der Anblick der Leiche diesmal sogar noch etwas mehr – sagen wir – den Magen herumgedreht hat als beim letzten Mal.«

Danke, Maren. Einmal für einen blöden Keks gelobt werden und dann gleich Geheimnisse ausplaudern. »Allerdings.«

Meyer war unmöglich. Aber im Grunde war er einfach nur gut. Machte seine Arbeit wie kein Zweiter. Gründlich. Kreativ. Eiskalt. Manchmal war er aber auch ein bisschen sonderbar. Aber vielleicht brachte das der Beruf mit sich, wenn man den ganzen Tag mit Toten herumspielte.

»Nein, Frau Henning, um auf Ihre Frage zurückzukommen, ich habe bedauerlicherweise nichts Aufregendes für Sie, zumindest nichts, was Sie nicht bereits in meinem zweiten Gutachten hätten nachlesen können.«

»Zweites Gutachten? Wann kam das denn? Herr Meyer, haben Sie acht Arme, oder wie machen Sie das alles gleichzeitig?«

Albert reichte ihr einen braunen Umschlag. »Bitte. Hab's auch eben erst gesehen. Lag versehentlich bei den Kollegen ein Stockwerk tiefer im Posteingang.«

»Schon gelesen? Was Wichtiges?«

Meyer winkte ab. »Nein, Sie haben noch nichts verpasst. Ich sehe mir die Dame später noch ein zweites Mal von innen an. Aber ich warte auf einen Kollegen, der sich mit Wasserleichen sehr gut auskennt. Nicht dass Sie denken, ich würde das nicht alleine hinkriegen.« Er lachte. »Aber er ist wirklich eine Koryphäe und verfasst derzeit ein neues Buch. Der Fall könnte für ihn ziemlich spannend werden, deshalb … Aber um auf Ihre Frage zurückzukommen: Ich wollte mal vorbeischauen, wenn ich ohnehin in der Stadt bin. Und allein wegen der Kekse hat es sich ja schon gelohnt.«

»Im Prinzip schickt Sie der Himmel – auch wenn ich nicht begeistert bin, dass wir auf den abschließenden Obduktionsbericht wegen irgendeines angeblichen Experten ewig warten sollen! Und überhaupt, ich denke, bei Ihnen ist so viel los? Und jetzt haben Sie auf einmal alle Zeit der Welt, sich hier bei uns mit Keksen vollzustopfen?«

»Sie würden es ja doch nicht verstehen, wenn ich Ihnen den Stress eines Pathologen erläutern würde. Kann Ihnen auch egal sein, oder? Aber schön zu hören, dass mich der Himmel schickt.« Er schlug ein Bein über das andere, zog das Knie an und umschlang es mit beiden Händen. »Warum?«

»Weil ich ein Problem mit Fischen und Würmern habe.«

»Sie haben Würmer?«

»Ich habe einen Fisch, in dem Würmer stecken.«

»Aha. Und wie soll ich Ihnen dabei helfen?«

»Ein Kerl ist bei mir reingeplatzt – Steidl, sagt Ihnen das was? Wissenschaftler, meiner Kenntnis nach.«

Meyer winkte wissend ab. »Klar, kenne ich. Der arme Mann. Was wollte er denn?«

»Also, der Typ hat mir was von Würmern erzählt, was von biologischen Waffen und dass die Regierung uns alle mit Fischwürmern umbringen will. Das reicht ja wohl als Beweis, dass der völlig irre ist.«

»Na ja«, sagte Meyer völlig ungerührt. »So ganz verrückt ist das gar nicht.«

Das musste eine Epidemie sein! Erst die Kekse und dann wunderte sich auch noch niemand außer sie ausgiebig genug über diese abstrusen Geschichten. Wahrscheinlich lag es eben doch an ihr. »Wie meinen? Und Außerirdische gibt es auch, oder was? Ja, ich meine mich zu erinnern, dass gestern Nacht ein kleiner grün leuchtender Kerl an meinem Bett stand und mich gefragt hat, ob er mich mitnehmen darf, für medizinische Versuche.«

Meyer lachte. »Na, wenigstens ist Ihnen Ihr Sinn für Humor noch nicht flöten gegangen, Frau Henning. Ja, ich weiß, das mag für jemanden, der nie irgendwas mit Naturwissenschaften am Hut hatte, komisch klingen. Aber Fakt ist, dass der Fischbandwurm der einzige Fischparasit ist, der auch dem Menschen gefährlich werden kann.«

»Und?«

»Es hat in der Geschichte schon etliche Versuche gegeben, Experimente für Kriegsführung ohne Waffen. Aber da lernt man im Biounterricht in der Schule natürlich nichts drüber. Dafür muss man sich schon gezielt interessieren.«

»Klar, aber mal ehrlich, wir sind doch nicht von gestern. Kommt ja bald jeden Abend ein Film im Fernsehen, bei dem aus irgendeinem Labor ein Pesterreger oder aus irgendwelchen geheimen Kellern sonst was für grässliches Zeug entwischt und die Menschheit ausrottet. Aber wir sind hier nicht im Kino!«

Meyer lächelte milde. »Frau Henning, seien Sie sich da nie zu sicher.«

»Herr Meyer, meine Geduld ist langsam am Ende. Entweder Sie erzählen mir jetzt irgendwas, das es rechtfertigt, ihnen bei dieser Geschichte weiter zuzuhören, oder Sie hören sofort auf, meine Zeit zu verschwenden, essen noch ein paar Kekse und gehen wieder an Ihre Arbeit! Oder halt, warten Sie, Sie haben Recht: Ich meine mich zu erinnern, dass ich vorhin Spiderman und Bruce Willis im Flur getroffen habe! Ich soll Ihnen schöne Grüße bestellen und ausrichten, dass Captain Future schon unterwegs zu Ihnen ist. Herr Meyer, ich bitte Sie!«

Albert hatte die ganze Zeit mit zusammengepressten Lippen wie festgeklebt auf seinem Stuhl gesessen und mit einer Büroklammer gespielt. Jetzt lachte er und pfiff anerkennend durch die Zähne. »Starke Ansage, Carmen. Weiter so! Gib's ihm!«

Meyer sah genervt an die Decke. Dann machte er ein ernstes Gesicht und blickte Carmen direkt in die Augen. »Wie gesagt, es gab schon Versuche in dieser Richtung. Auch am Lehrstuhl in Karlsruhe.«

»Sie wollen mir jetzt nicht allen Ernstes sagen, dass die tatsächlich dort an Waffen für biologische Kriegsführung forschen – in Form von Fischwürmern?«

»Frau Henning, Sie leben, verzeihen Sie mir die Bemerkung, in einer echt lieblichen Gänseblümchenwelt.«

»Das ist hanebüchen! Sie haben doch zu viele Reportagen über Verschwörungstheorien geguckt!«

Er nickte, und ohne den geringsten Anflug von Humor fügte er hinzu: »Ich gebe zu – wenn ich nicht schlafen kann, mache ich gerne mit solchen Sendungen die Nacht durch. Die laufen immer auf Phoenix. Kann auch für Laien wie Sie mal was Spannendes dabei sein.«

»Ach, Herr Meyer, jetzt kommen Sie schon. Ich finde, das klingt alles so …«

»Sie müssen gestehen, Frau Henning, es ist irgendwie eleganter, viele Menschen heimlich nach und nach durch Parasiten umzubringen als durch Luftangriffe, die gleich ganze Städte vernichten. Blöd für den Eroberer, wenn alles kaputt gebombt ist, was er erobert hat.«

»Wenn's Ihnen nichts ausmacht, würde ich gerne wieder zu unserem konkreten Fall mit dem von konkreten Würmern befallenen Fisch zurückkommen, der da auf meinem Schreibtisch lag.«

»Haben Sie den Fisch mit den Würmern denn noch da?«

Kalt erwischt. Carmen hatte keine Ahnung, was mit dem Fisch passiert war. »Äh, Momentchen.« Tobi musste es wissen. Er hatte den Steidl schließlich gerade an der Backe gehabt. Sie rief ihn auf dem Handy an. »Tobi? Wo ist der Fisch? … Okay. … Super, danke.« Sie drehte sich zu Meyer um, der offenbar mächtig erheitert war. »Fisch kommt gleich. Sie haben ihn in den Kühlschrank gelegt, während der Steidl sich vor unserem armen Kollegen ausbreitet.«

»Aha. Na, dann bin ich ja mal gespannt.«

»Und ich erst!« Albert verdrehte die Augen, zog die Schreibtischschublade auf, und fummelte einen Kaugummi aus der Packung.

Keine fünf Minuten später hatte Meyer sein Sakko abgelegt, die Ärmel hochgekrempelt, saß über Carmens Schreibtisch und den toten Fisch gebeugt und nickte nach einer Weile. »Okay. Also: Dieser Wurm hier ist ein Parasit. Eine Art Fischbandwurm. Kann in seiner ursprünglichen Form schwere Anämien beim Menschen auslösen. Eigentlich ist der Seehund der Endwirt von solchen Viechern. Wenn man ein bisschen an diesen Würmern feilt, dann können sie bestimmt noch andere unangenehme Dinge verursachen. Reine Zeit- und Geldfrage – also forschungstechnisch.«

»Was ich wissen will, ist, wie kommt jemand wie Steidl auf so eine wahnwitzige Idee, wo doch, wie Sie eben selbst gemurmelt haben, immer mal wieder ein Fisch mit Bandwürmern durch die Gegend schwimmt. Es hat noch kein Schwein irgendwas von einem Massenbefall geredet oder dass es finstere Machenschaften in irgendwelchen Labors in Karlsruhe gibt, von denen wir nichts wissen.«

»Unterschätzen Sie den Steidl nicht. Er mag etwas verwirrt und sehr – ich sage mal – eifrig sein, aber er ist hochintelligent. Er hat nach wie vor gute Kontakte zu verschiedenen Wissenschaftlern.«

»Zu Ihnen auch?«

»Ich habe seinerzeit nur Bücher von ihm gelesen und ihn in Gastvorträgen gehört.«

»Scheint Sie sehr beeindruckt zu haben?«

»Durchaus.«

»Schön. Weiter.«

»Was weiter?«

»Na ja, was gibt's noch zu diesen Bandwürmern?«

»Ich seh mir die Tiere mal an. Aber da bin ich auch nicht der Experte. Ich müsste sie weiterreichen. Meine Idee wäre, die Würmer nach Konstanz zu schicken. Ich kenne da einen Biologen ganz gut, und an dieser Uni sind sie sowieso führend auf diesem Gebiet.«

»Schön. Und wie lange dauert das?«

»Auf jeden Fall so lange, dass Sie alle Zeit der Welt haben, sich mal den Ort vorzunehmen, wo Steidl das Nest der weltvernichtenden Forschungsarbeiten vermutet.«

»Meyer, wir wollen hier einen Mord aufklären und nicht die Welt retten. Was soll denn unser Mord mit diesem Fisch hier zu tun haben?«

»Das müssen Sie schon Steidl fragen.«

»Sie sind doch immer wieder eine große Hilfe, Herr Meyer.«

»Ich weiß.«

Als Tobi eine Dreiviertelstunde später im Büro auftauchte, sah er geschafft aus. Er hob andächtig die Hände, holte Luft, als käme mit dem nächsten Satz der Stein der Weisen, und sagte nach einer viel zu langen Pause: »Er ist verrückt!«

»Dachten wir uns schon«, sagte Albert gelangweilt und legte geräuschvoll den Locher zur Seite, mit dem er eben seinen jüngsten Strafzettel wegen Falschparkens in Konfetti verwandelt hatte. »Und?«

»Er hat mir erklärt, dass er anhand von sezierten Fischen nachweisen kann, dass in der Fabrik mit Stoffen experimentiert wird, die verboten sind. Alles auf höchste Anweisung hin. Und weil hohe Tiere da mit drinhängen, sind sie dort auch bereit, über Leichen zu gehen. So, das war die Zusammenfassung in zwei Sätzen.«

»Klingt doch plausibel«, sagte Albert und sah Carmen fragend an.

Tobi schüttelte heftig den Kopf. »Ne, Albert, wenn du den Kerl selbst erlebt hättest – das ist totaler Irrsinn. Ich hab ihn zehnmal gefragt, woher er das alles wissen will, und er hat zehnmal gesagt: *Sie müssen mir glauben.*«

»Hat er dir auch verraten, wen wir in den Knast stecken sollen?«

»Hab ich ihn auch gefragt. Er hat gesagt, wir sollen ganz oben anfangen. Und man könne niemandem vertrauen. Alle geschmiert. Angeblich.«

»Okay. Also verhaften wir rein prophylaktisch die Bundeskanzlerin. So stellt der Irre sich das wohl vor? Er meint wirklich, dass der Schumann deswegen umgebracht worden ist?«

»Ja.«

»Nicht unser Fall«, sagte Albert bestimmt und drehte sich demonstrativ weg.

»Das ist richtig. Aber nur zum Teil. Ich habe ihn auch nach Erik Schwenk gefragt.«

»Und?«

»Er ist ausgerastet.«

»Ausgerastet?«

»Leute, während ihr euch hier den Bauch mit Keksen vollgestopft habt, war ich kurz davor, die grüne Minna zu bestellen!«

»Werd mal 'n bisschen konkreter!«

»Er hat angefangen zu heulen!«

»Was?«

»Wenn ich's doch sage! Er hat angefangen zu heulen wie ein kleines Kind und hat 'nen halben Nervenzusammenbruch gehabt.« Tobi illustrierte seine Schilderung, indem er den rechten Zeigefinger rasant wie ein Propeller um einen imaginären Punkt an seiner Schläfe kreisen ließ. »Schraube locker. Plemplem.«

Carmen überging die Plemplem-Feststellung – auch wenn sie froh war, dass sie nicht die Einzige war, die den Professor für völlig bekloppt hielt. »Also hat er ihn gekannt, den Schwenk mein ich?«

»Offensichtlich. Aber das ist nicht weiter erstaunlich, finde ich. Wo er sich doch mit Gewässerproben befasst. Er hat sich so aufgeregt, ich hab es mit der Angst gekriegt – also dass er irgendwie das Hyperventilieren anfangen könnte oder so. Da hab ich ihn dann nach Hause fahren lassen.«

»Nach Hause *fahren lassen*? War's echt so schlimm?«

»Hallo? Das war filmreif! Ich bin mir nicht ganz sicher, ob er sich so aufgeregt hat, weil er wegen Erik Schwenk traurig ist oder weil er unglaubliche Angst bekommen hat. Ich vermute Letzteres.«

»Angst? Vor wem?«

»Konnt er nicht sagen. Er sprach immer von *die*. Dass *die* das waren. Und vor *denen* hat er mächtig Schiss.«

»Okay. Wo ist er denn dann jetzt genau?«

»Die haben's mit viel gutem Zureden geschafft, ihn zum Einsteigen zu überreden. Der eine von den Kollegen hat gesagt, sie versuchen, ihn bei seinem Hausarzt abzusetzen oder sonst wo, wo er hinmöchte. Wir kriegen Bescheid.«

»Na hoffentlich! Der wird ja nicht umsonst so ausgetickt sein. Den brauchen wir unbedingt! Und mal nebenbei bemerkt: Seit wann haben wir zu viel Personal? Können wir jetzt schon Zeugen in der Gegend rumkutschieren?«

Tobi wehrte mit beiden Händen ab. »Hey, ich hatte jetzt schon genug Ärger an der Backe wegen dem. Mach mich nicht blöd von der Seite an, klar? Ich wünsch euch noch viel Spaß mit dem Kerl, aber alles weitere bitte *ohne* mich!«

»Brauchen wir ein psychologisches Gutachten von dem, wenn wir ihn noch einmal vernehmen wollen?«

»Unbedingt. Ich schwör euch, jeder, der sich mit dem Typen unterhält, wird selber verrückt.«

»Hast du den Kollegen von der Berg-Gruppe schon Bescheid gesagt?«

»Ja. Die wollen ihn auch. Ihr sollt euch absprechen, wann er nochmal vorgeladen werden soll. Aber grundsätzlich scheinen sie ziemlich skeptisch zu sein. Die sind jetzt wohl inzwischen so weit, dass sie diesen Bürgermeister-Absturz doch als Unfall abtun wollen. Und jetzt wollen wir ihnen einen Verrückten andrehen, der wieder alles neu aufrollt. Das begeistert die Kollegen nicht besonders.«

»Soll nicht unser Problem sein.«

»Seh ich genauso. So, und ich mach jetzt Pause, Leute. Wenn sich das einer verdient hat, dann ich!«

Carmen überlegte. »Ich sollte mich vielleicht doch mal mit dem Mende unterhalten …«

»Dem Schmierfink?« Albert war offensichtlich nicht begeistert von der Idee. Er hielt es nicht einmal für nötig,

Carmen anzusehen. Stattdessen schien er mit seinem finsteren Blick seine Schuhspitzen zu durchbohren.

»Wenn du ihn so nennen willst – ja.«

»Wieso? Weil er gut aussieht?«

Dass Albert das Thema nie sein lassen konnte. Nur weil sie ein einziges Mal wegen Herrenbesuchs ein bisschen zu lange zum Tatort gebraucht hatte, schien Albert sie seitdem für die *femme fatale* von Karlsruhe zu halten. »Tut er. Aber der kennt außerdem auch den Steidl. Der kann uns vielleicht wirklich sagen, wie ernst wir das alles nehmen können. Ich muss gestehen, ich hab eigentlich keinen Bock, jetzt im Regierungspräsidium die Pferde scheu und mich dann von Hofer zur Minna machen zu lassen, weil wir in Kreisen nach Dreck suchen, wo nur die Unantastbaren sitzen.«

»Find ich nicht gut. Dass du dich mit dem Journalisten triffst. Wann willst du das machen?«

»Am besten sofort, falls ich ihn erwische.«

»Passt mir zwar nicht, aber tu das. Ich guck mir den Papierkram solange durch. Es ist echt zum Wahnsinnigwerden. Es gibt so rein gar nichts bisher, wo man ansetzen könnte. Nicht mal der Ohnmacht hat was gefunden – und der ist ein Bluthund!«

»Ich dachte immer, du wärst der Bluthund?«

»Bin ich auch! Aber Dieter ist brutaler als ich.«

»Aha. Also, dann wetze ich mal los.«

»Du hast dir auch Klebeband gekauft?«

»Klebeband?«

»Um dir den Mund zuzukleben. Damit nicht wieder irgendwas rauskommt, was dann morgen in der Zeitung steht.«

»Haha.«

»Im Ernst, Carmen. Noch so ein Ding, und du bist weg

vom Fenster. Das versprech ich dir. Und von der zweiten Leiche ist noch nichts rausgegangen. Lass dich bloß nicht ausfragen. Wenn Hofer spitzkriegt, dass du mit dem Typ nochmal geredet hast, versetzt er dich in den Streifendienst, ohne mit der Wimper zu zucken.«

»Danke für den Hinweis.«

»Du wirst ja noch richtig kühn auf deine alten Tage.«

»Auf meine *was*?«

»Na ja. War da nicht was mit Geburtstag heute, oder war's schon gestern? Wieder ein Jahr älter, wieder etwas weiser.« Er lächelte wieder. »Guck nicht so sauer. War nicht so gemeint. Glückwunsch – sagt man doch so. Und denk dran, wir treffen uns um 17 Uhr!«

»Will ich hoffen, dass das nicht so gemeint war! Ich beeil mich. Was machen wir mit der Fabrik? Erstmal abwarten, bis wir gesicherte Infos haben?«

»Würde ich so sehen. Und ich würde das alles, wenn's irgendwie geht, längerfristig komplett den Kollegen abdrücken.«

»Gut. Weißt du, was ich komisch finde? Genau das, was du eben gesagt hast. Dass wir zwei Leichen haben, die beide ganz übel zugerichtet worden sind – und dass es bisher so gar keinen Anhaltspunkt gibt außer dem Gefasel von einem verrückten Alten.«

»Findest du das wirklich komisch? Ich find's nur nervig. Genie und Wahnsinn, du weißt doch.«

Elf

»Siiiiieben Jahre. Siiiieben Jahre. Siiiiieben Jahre. Und dann peng!« Konrad Mende besaß einen Beo. Der kleine schwarze Vogel hockte auf der Gardinenstange und redete ununterbrochen. Es hörte sich an, als spräche jemand mit verstellter Stimme durch ein Mikrofon der Zwanzigerjahre. »Siiiiieben Jahre. Siiiiiiieben Jahre. Siiiiiiieben Jahre. Und dann peng! Scheiß drauf! Scheiß drauf! Tralala. Scheiß drauf!«

»Netter Text«, bemerkte Carmen skeptisch und setzte sich vorsichtig auf das weiße Ledersofa.

»Ist mir ja fast peinlich«, sagte Mende, während er zwei Tassen auf den Couchtisch stellte. »Er hat auch andere Sachen drauf, aber irgendwie bringt er nie die Sätze, die zur Situation passen würden.«

»Haben Sie ihm das beigebracht?«

»Muss ich darauf antworten?« Er hielt sich die Augen zu, wie ein kleines Kind, das glaubt, sich so unsichtbar machen zu können.

»Nein. Darauf nicht.«

»Dann bin ich ja aus dem Schneider. Sekunde, bin gleich wieder da.« Er ging mit federnden Schritten in die Küche und kam mit einem Tablett zurück. »Zucker, Milch, ein paar Billigpralinen zum Kaffee. Okay?«

»Okay.« Er feierte Überstunden ab. Und als er Carmen fragte, wann sie denn *ihre* Überstunden abfeiern konnte, hatte sie abgewunken und dafür einen überaus charmanten Mitleidsblick bekommen.

Die Wohnung sah nicht aus wie die eines typischen Junggesellen. Sie war geschmackvoll eingerichtet. Aber es fehlte auch jede Spur eines weiblichen Mitbewohners. Als Carmen vorhin die Toilette benutzt hatte, hatte sie im Bad nur *eine* Zahnbürste gesehen. Und kein Frauenduschgel oder Parfum.

Er setzte sich ihr gegenüber auf den Sessel und goss Kaffee in die Tassen. Seine Haare waren sehr kurz und perfekt mit Wachs in Form gebracht. Seine Jeans hatte ein Loch am Knie, das graue T-Shirt schien nach dem Waschen gebügelt worden zu sein. Seine nackten Füße steckten in ausgelatschten Sneakers, um seinen Hals hing eine feine Silberkette. Am Handgelenk trug er eine schlichte Herrenuhr, ebenfalls silbern.

»Ich soll Ihnen also was über Steidl erzählen, ja?«

»Ja. Das wäre nett. Ich kann's selbst kaum glauben, dass ich wegen dem jetzt tatsächlich hier bei Ihnen auf der Matte steh.«

»Ist ja putzig, dass die Polizei mal zu mir kommt und was wissen will. Normalerweise ist das immer andersrum. Sie haben Glück, dass ich heute frei habe. Normalerweise wäre ich um diese Uhrzeit voll im Stress. Aber Sie wissen, dass ich, solange das hier keine offizielle Vernehmung ist, auch einen Berufsethos und eine gewisse Schweigepflicht habe?«

»Selbstverständlich.«

»Gut. Also, was wollen Sie wissen? Das meiste werde ich Ihnen unbedenklich beantworten können, da Steidl von sich aus bei Ihnen aufgekreuzt ist und gesagt hat, dass Sie mich fragen sollen – und er erzählt mir seine Geschichten schließlich auch, um sie zu veröffentlichen. Aber man weiß ja nie. Dann schießen Sie mal los, worum geht's? Und zu allererst: Warum fragen Sie mich und nicht *ihn*?«

»Ist er irr?«

Mende lachte herzhaft. »Daher weht der Wind! Er hat Ihnen eine von seinen Verschwörungstheorien aufgetischt, und Sie wollen wissen, wie ernst Sie das nehmen dürfen?«

Der Typ sah nicht nur gut aus, er war auch noch fix. »Genau.«

»Puh, kommt drauf an. Bei Steidl könnte man bei Adam und Eva anfangen. Wie viel Zeit haben Sie? Ich könnte eine Trilogie über den Mann schreiben, wenn ich die Zeit dazu hätte.«

»Warum?«

»Ich weiß nicht – wie viel wissen Sie denn über ihn?«

»Nicht viel. Dass er Wissenschaftler ist, eine Professur hatte und dann aus irgendwelchen Gründen den Job geschmissen hat und jetzt allein in irgendeinem Keller vor sich hin forscht.«

»Stimmt so weit alles, ungefähr. Sie haben gut recherchiert in der Kürze der Zeit. Und Sie sagten, dass er mit einem toten Fisch bei Ihnen aufgekreuzt ist?«

»In der Tat.«

»Sieht ihm ähnlich. Da bin ich echt froh, dass ich ihm das abgewöhnt habe. In die Redaktion darf er nur Papier mitbringen, keine organischen ›Beweismaterialien‹ – wie er es nennt. Das habe ich ihm mühsam beigebracht inzwischen.«

»Steht er denn so oft bei Ihnen auf der Matte?«

»Leider ja. Was der mir schon Zeit geraubt hat! Gut, ich muss zugeben, er kommt auch manchmal mit sehr nützlichen Informationen. Er ist überaus interessiert an der Lokalpolitik – und als Biologe natürlich hauptsächlich an allem, was mit der Umwelt im weitesten Sinne zu tun hat. Bei dieser Sache mit den Windrädern draußen am Rheinhafen zum Beispiel hat er uns sehr geholfen. Das würde ich Ihnen jetzt nicht sagen, wenn er nicht sowieso namentlich erwähnt worden wäre damals. Aber mal so als Beispiel …«

»Also, ist er jetzt abgedreht oder nicht?«

»Na ja, wenn Sie sagen, er stand bei Ihnen im Büro mit diesem Fisch und hat gefaselt, dass die Regierung uns alle umbringen will – was erwarten Sie für eine Antwort? Ich bin nur Journalist. Ich wäre froh, wenn es so wäre, wie er sagt, dann hätte ich eine gute Story und würde mich drauf verlassen, dass *Sie* den Weltuntergang schon irgendwie verhindern.«

»Weeeeeltuntergang! Weeeeeeeltuntergang! Scheiß drauf! Scheiß drauf!«, brüllte der Beo.

»Beo, halt den Schnabel!«

»Hat er das Wort jetzt eben aufgeschnappt?«

»Nein, habe ich ihm beigebracht.«

»Deprimierendes Vokabular.«

»Tja. Er kam als Ablösung für eine Frau in meine Wohnung.«

War das jetzt ein Moment für einen betretenen Blick oder ein verständnisvolles Lächeln? Carmen war unsicher. Aber er lächelte. Also machte sie mit. »Das erklärt einiges«, sagte sie schließlich.

Peinliches Schweigen. Jetzt doch. Mist. Carmen musste ablenken. »Heißt er nur Beo? Hat er keinen Namen?«

»Nein, kein Name. Als ich ihn gekauft habe, hatte ich grade so eine unkreative Phase.«

Mende klimperte unschuldig mit den Augen. »Aber zurück zum Thema: Ich kenne Steidl gut. Wenn Sie möchten, kann ich ein bisschen vorfühlen, inwieweit an der Sache was dran ist. Ich habe auch noch bergeweise Akten von ihm, die ich mir aus Zeitmangel noch nicht angesehen habe. Ich hatte sie einer Kollegin gegeben, die allerdings auch dran verzweifelt ist. Ich rufe ihn an, wenn Sie mögen.«

»Anrufen? Er hat doch gar kein Telefon? Wir wollten ihn auch kontaktieren, weil wir nicht wissen, ob er zu Hause gelandet ist, aber er hat keinen Anschluss und auch kein Mobiltelefon.«

»O Frau Henning, da hab ich jetzt was ausgeplaudert. Hat er Ihnen seine Nummer nicht hinterlassen.«

»Nein! Welche Nummer?«

»Das kann ich Ihnen jetzt wirklich nicht sagen – wenn er Ihnen die nicht gegeben hat. Außer ich muss.«

»Sie schulden mir was!«

»Ich weiß. Es tut mir wirklich sehr leid, das mit dem *Wasserläufer*.«

»Hoffentlich. Geben Sie mir die Nummer?«

»Da müssen Sie mir schon anders kommen.«

Wie gerne würde Carmen ihm anders kommen. Sie hätte am liebsten die Arbeit vergessen und sich den Rest des Tages mit Konrad Mende bei vergnüglicheren Dingen um die Ohren geschlagen. »Damit lasse ich mir noch ein bisschen Zeit.«

Er lachte. »Ja, ich weiß, Sie können mir durchaus auf *unangenehme Weise* anders kommen. Passen Sie auf, ich kontaktiere ihn, und er wird sich bei Ihnen melden.«

»Gut. Wie lange dauert das?«

»Ich kann sofort versuchen, ihn anzurufen.«

»Tun Sie das. Er müsste hoffentlich inzwischen zu Hause sein, falls er nicht im Krankenhaus gelandet ist nach der ganzen Aufregung. »

»Woher wollen Sie wissen, dass er so aufgeregt war? Und warum stehen Sie dann nicht bei ihm in der Tür anstatt bei mir?«

»Weil ich erst von Ihnen wissen wollte, wie ich den Kerl verstehen kann, das sagte ich doch. Und weil ich ihn zuerst anrufen möchte, weil er uns heute Morgen auf dem Revier zusammengeklappt ist vor Aufregung. Sie hätten ihn mal sehen sollen. Mein Kollege hat gesagt, er sei sogar in Tränen ausgebrochen.«

»Wie bitte?«

»Ja. Er ist einfach zusammengeklappt. Nervenzusammenbruch.«

»O je, der Arme.«

»Ja. Es hieß, er könne nach ärztlicher Behandlung wahrscheinlich wieder nach Hause gebracht werden.«

Ohne ein Wort zu sagen, stand Mende auf und griff zum Hörer. Er wählte eine lange Nummer und wartete. Aber es tat sich offenbar nichts. »Scheint nicht da zu sein.«

»Dann geht's ihm bestimmt entweder wieder besser und er rennt sonst wo durch die Gegend, oder er liegt wirklich noch im Krankenhaus.«

»Ich weiß nicht …«

»Hat er ein Mobiltelefon?«

»Nein.«

»Also haben Sie auf einer Festnetznummer angerufen?«

»Sie sind hartnäckig.«

»Ist mein Job.«

»Meiner auch.«

Er war schlagfertig. Carmen stand auf. »Ich schlage vor, dass Sie sich bei mir melden, wenn Sie ihn erreicht haben. Einverstanden?«

»Einverstanden. Werden Sie mir denn noch – anders kommen?«

Alarm! Sah man ihr etwa an, dass ihr sein Hintern gefiel?

»Kann ich Ihnen noch nicht versprechen. Wir werden sehen.«

»Okay.« Er nahm ihre Hand. »Hat mich gefreut.«

»Mich auch. Auf Wiedersehen.«

»Hoffentlich …«, sagte er, während er die Tür hinter ihr schloss.

Albert strahlte Carmen so begeistert ins Gesicht, als hätte ihm eben jemand eröffnet, dass er nie wieder arbeiten müsse, und platzte heraus: »Ihre Klamotten sind aufgetaucht! Hab ich's nicht gesagt? Es sind eindeutig ihre Klamotten! Der Gentest ist zwar noch nicht durch, aber erstens sind die Kleider mit Kot beschmiert und zweitens voller Blut. In dieser Hütte!« Er hielt Carmen ein Polaroid unter die Nase.

»Wo ist das?«

»Wie ich's vermutet hatte. Flussaufwärts, eine kleine, einsame Hütte auf einem relativ großen Privatgrundstück. Da kommt so schnell kein Spaziergänger vorbei.«

»Und wem gehört die Hütte?«

»Irgendeiner alten Russin. Die Kollegen überprüfen sie gerade. Wir müssen mal abwarten. Hier, der erste Bericht zu den Kleidern. Guck's dir durch. Steht alles drin, vom kleinsten Blutspritzer bis zum verrotzten Tempotaschentuch.«

»Gib her! Was dagegen, wenn ich mich damit verdrücke?«

»Wohin? Jeden Moment kommen die anderen. 17 Uhr hatte ich gesagt, du erinnerst dich dunkel?«

»Stimmt. Mist. Ich hab so Kohldampf.«

»Spar dir den Hunger für später. Überfliegen kannst du's auch hier und jetzt kurz.«

Carmen überflog es. Dann sah sie etwas. »Albert, wo ist der Bericht zu der Leiche von dem Schwenk?«

»Wieso?«

»Frag nicht, wo ist er?«

Albert kramte in einem Papierstapel. »Wenn *ich* es schon nicht schaffe, das Zeug ordentlich abzuheften, solltest du es wenigstens versuchen. Hier ist er.«

»Danke. Sieht dir gar nicht ähnlich, dass du das Zeug so wahllos auf dem Schreibtisch rumliegen hast. Du bist doch sonst die personifizierte Ordnungswut.«

»Man ändert sich eben.«

»Aha.« Carmen blätterte. Und ja – das war es! »Der Mageninhalt!« Sie legte den Bericht über die Klamotten der toten Frau beiseite. »Im Pathologiebericht steht, dass Erik Schwenk Reste von Erdnüssen im Magen hatte. Tatsache ist: Im Magen von ihr hat Meyer nichts gefunden. Tatsache ist aber auch: Sie hatte das in der Hosentasche, was Erik Schwenk gegessen hat!«

»Wie bitte?« Albert kapierte nicht.

»Erdnüsse, Albert. Erik Schwenk hatte angedaute Erdnüsse im Magen.«

»Und die unbekannte Tote hatte Erdnüsse in der Hosentasche?«

»Nein, keine Erdnüsse. Aber die Verpackung. Eine leere zusammengeknüllte Erdnusstüte war in der Hosentasche.«

»Okay. Und du folgerst daraus was?«

»Dass die beiden tatsächlich zusammen unterwegs waren, als es den Schwenk erwischt hat.«

»Sie ist aber doch angeblich, wie du ebenfalls diesem Bericht entnehmen kannst, noch nicht so lange tot wie er. Und viele Leute mögen Erdnüsse.«

»Aber findest du das nicht auch irgendwie – naheliegend? Ich meine, sie sind beide auf unglaublich widerliche Art und Weise umgebracht und zur Schau gestellt worden …«

»Ja – Carmen, schon klar. Dass es dieselben Mörder gewesen sind, daran zweifel ich auch gar nicht mehr inzwischen. Nur weiß ich nicht, warum Meyer sagt, dass die Frau noch nicht so lange tot ist. Das würde ja heißen, wie wir schon x-mal durchgespielt haben inzwischen, dass sie eine Weile als Geisel festgehalten wurde. Und da krieg ich immer wieder diesen Knoten im Gehirn.«

»Warum? Könnte doch sein? Ich finde das total logisch. Sie haben Sperma in ihr gefunden. Und das Sperma stammt nicht von Erik Schwenk. Das stand im letzten Bericht aus dem Labor.«

»Ich weiß. Hab's auch schon mitbekommen. Hat mich nicht überrascht.«

»Mich auch nicht. Komisch, oder? Dass uns das beide nicht überrascht hat. Immerhin haben wir über eine Beziehungstat spekuliert. Und da wäre es doch naheliegend gewesen, dass sie mit dem Schwenk vorher was hatte.«

»Ich hab das innerlich aber nach einer Weile irgendwie ausgeschlossen.«

»Ich auch. Komisch.« *Weil Schwenk doch ein Depp war?* »Wie auch immer: Vielleicht haben die Leute, die wir suchen, sie festgehalten, einfach nur, um sie mehrmals zu vergewaltigen?«

»Carmen, wenn jemand eine Geisel nimmt, will er irgendwas damit erreichen. Sprich, sie hätten von irgendwem Lösegeld gefordert oder sonst wie jemanden erpresst. Das hätten wir mitbekommen. Nur um eine Frau zu vergewaltigen, muss man sie nicht festhalten und später so unter ein Boot binden.«

»Und wenn es solche Lösegeldgeschichten gegeben hat? Wenn es geheißen hat: Keine Polizei? Und der oder die Erpresste hat wirklich keine Polizei eingeschaltet?«

»Das kann ich mir nicht vorstellen.«

»Ich hab's! Es war bestimmt so: Sie hatte einen Freund. Der hat sie und den Schwenk in flagranti erwischt. Den Schwenk hat er sofort umgebracht, und sie hat er mitgenommen und noch eine Weile gequält, weil sie ihm das Herz gebrochen hat. Und er hat sie noch ein paarmal vergewaltigt, um sie zu erniedrigen. So war's bestimmt.«

»Klingt auf jeden Fall halbwegs logisch. Aber davon abgesehen – wir sollten sowieso erst mal rauskriegen, wer sie ist.«

»Wie lange wird das dauern?«

»Mensch, Carmen, du nervst! Ich hab keine Ahnung, woher soll ich das wissen.« Dann ging leise die Tür auf, und Angelika Schmelzer steckte den Kopf herein.

»Es sind ein paar Frauen als vermisst gemeldet zurzeit«, fuhr Albert fort, ohne sie zu begrüßen. »Aber bisher war noch kein Treffer dabei. Nicht wahr, Frau Schmelzer?«

»Nein. Nichts bisher«, sagte sie und setzte sich auf ihren angestammten Stuhl in der hintersten Zimmerecke.

»Vielleicht war sie auch gar nicht als vermisst gemeldet. War der Schwenk ja auch nicht. Aber dass sie mit dem Schwenk zu tun hatte, steht doch außer Frage, oder siehst du das nun doch wieder anders?«, überlegte Carmen.

»Nein. Dieter ist schon seit Ewigkeiten dabei, alle uns bekannten weiblichen Kontaktpersonen von Erik Schwenk durchzutelefonieren, falls es dich beruhigt.«

»Ungemein. Also – darf ich mal kurz davon ausgehen, dass die beiden gemeinsam unterwegs waren an diesem Tag.«

»Bitte, wenn's dich glücklich macht.«

Tobi riss die Tür so schwungvoll auf, dass Carmen zusammenzuckte. »Tach, Leute, bin ich zu spät?«

»Unwesentlich«, sagte Albert. Tobi lehnte sich an die Wand

und verschränkte die Arme. »Ich wär dann so weit«, sagte er und zog eine Grimasse.

»Zu gütig. Carmen, du warst mitten in deinen Überlegungen.«

»Ja. Also, und dass jemand dem Schwenk eins übergebraten und die Frau mitgenommen hat. Aber nicht, um sie sofort zu töten, sondern um sie noch ein Weilchen festzuhalten und dann ...«

»Was fängst du jetzt schon wieder damit an? Ich meine, wenn es ein Irrer wäre, dann wäre es ihm um das Katz-und-Maus-Spiel gegangen. Dass wir ihn suchen und doch nicht schnappen.«

»Ja.«

»Im Grunde müssen zwei Personen da mitmischen. Und dass zwei Leute so kaputt sind?« Er machte eine theatralische Pause. »Für mich ist das eher eiskalte Berechnung.«

»Aber nichts anderes sag ich doch! Wie ich's vorhin geschildert hab. So 'ne Beziehungskiste.«

»Mir ist das trotzdem schleierhaft. Nehmen wir nochmal an, es war eine Beziehungstat. Die Frau war mit einem Typen liiert, er erwischt die beiden abends im Wald, während sie lauschig vor sich hin angeln oder so. Die Eifersucht überkommt den Kerl, er haut den Schwenk um. Und will sich dann an ihr rächen, hält sie fest, macht sie fertig, vergewaltigt sie noch mal schnell und dann – zack.«

»Spannende Geschichte, Albert. Grundsätzlich sehe ich das ja auch so, hab ich dir ja vorhin gesagt. Aber ich glaube bei näherer Überlegung doch: Dann müsste er einen Kumpel dabeigehabt haben. Weil der Schwenk ja angeblich relativ flott aufgehängt worden ist. Und wie soll er das machen, während er nebenbei noch seine Freundin entsorgen muss?«

»Was weiß ich ...«

»Vielleicht sollten wir einfach mal aufhören, wie doof in der Gegend herumzuspekulieren, und abwarten, wer sie überhaupt ist. Und derweil könnten wir uns sinnvoller beschäftigen.«

»Nämlich mit was genau?«

»Steidl«, warf Tobi ein.

»Wieso mit Steidl?«

»Ich finde, wir sollten dieser Sache mit den Gemeinderatswahlen doch weiter nachgehen. Da ist der Steidl mit Sicherheit nicht die falscheste Adresse«, sagte Carmen und warf Tobi einen dankenden Blick zu. Er nickte amüsiert und hob die Hände.

Albert war überfordert. »Wie das plötzlich? Ich dachte, der ist dir zu wirr? Und er ist doch wohl eher was für die Schumann-Leute. Wenn überhaupt.«

»Ich hab doch vorhin mit dem Mende geredet. Der meint, dass der Steidl zwar völlig überdreht ist, dass aber durchaus immer mal wieder ein Fünkchen dran ist an seinen Theorien und dass er ziemlich viel weiß, weil er sich sehr für Lokalpolitik interessiert.«

»Du meinst, der hat Insiderinformationen? Glaub ich nicht. Aber versuch's, wenn's dich glücklich macht.«

»Glücklich macht mich das sicher nicht. Aber mir geht das alles einfach nicht runter. Mir häuft sich das mit dieser Fabrik zu sehr. Ich finde, wir müssen da mal aufkreuzen.«

»Ja, hatte ich auch schon beschlossen.« Er lächelte. »Ich hatte nur gehofft, du siehst das auch so und setzt dich dann mit dem Verrückten weiter auseinander, bevor wir da hinfahren.«

»O nein, mein Lieber, so nicht! Das kannste vergessen! Du wirst schön mitkommen, wenn wir mit dem Typ reden.«

»Verdammt.«

»Ha! Haste gedacht!«

Wie auf Kommando klingelte das Telefon. Es war Konrad Mende.

»Frau Henning, ich habe ihn erreicht. Haben Sie was zum Schreiben?«

Als Carmen die Nummer auf einen Fresszettel kritzelte, kam ihr irgendetwas komisch vor.

»Herr Mende, was ist das für eine Nummer?«

»Von einer Telefonzelle. In der Innenstadt. Dass er ein bisschen eigen ist, wussten Sie doch schon, oder? Sie sollen gegen 20 Uhr anrufen.«

Carmen legte auf und hielt Albert die Telefonnummer unter die Nase.

»Was?«

»Das ist die Nummer!«

»Welche Nummer?«

»Die Nummer von der Telefonzelle. Die bei dem Schwenk in der Küche hing!«

»Was?«

»Ja!«

»Stopp. Mein Gehirn verknotet sich grade.«

»Dann mach den Knoten wieder raus und sortier dich! Was sagt uns das denn jetzt?«

Albert blies die Backen auf. »Tja. Entweder gar nichts – oder alles.«

»Albert, das wär ein bisschen viel Zufall, oder? *Was* hat der Steidl mit dem Schwenk zu schaffen gehabt?«

»Mir wird das gerade ein bisschen zu wild. Eigentlich wollte ich den Steidl eben an die Kollegen von der Schumann-Gruppe durchwinken, und jetzt das!«

»Denkst du, was ich denke?«

»Vermutlich leider ja.«

»Dass der Steidl irgendwas darüber weiß, wer den Bürgermeister auf dem Gewissen haben könnte, und dass die Sache mit dem Schwenk und der toten Frau damit zusammenhängt?«

»Wenn du das so aussprichst, klingt's wieder völlig verrückt. Aber ja, das dachte ich.«

»Alle Kollegen von den *Bergs* sofort herholen?«

»Ja. Jetzt. Wenn wir uns den Steidl vornehmen, sollten wir wenigstens einen kleinen Schlachtplan haben.«

Mit so einer überfallartigen Gemeinschaftskonferenz hatte niemand von der Ermittlungsgruppe *Berg* gerechnet. Inzwischen gab es Zweifel daran, dass an der Ausrüstung des abgestürzten Bürgermeisters herumgefummelt worden war. Man vermutete, einer der österreichischen Experten habe sich ein bisschen wichtig machen wollen. Das Seil sei zwar durchaus beschädigt gewesen. Aber nur, weil es tatsächlich falsch gelagert worden war. In Schumanns Garage hatte man zwei alte Autobatterien gefunden, eine davon war ausgelaufen, und das Seil hatte wohl direkt daneben an einem Haken gehangen, sich ein wenig gelöst und war offenbar in die ätzende Suppe hineingerutscht. Untypisch für die Schumanns – die für ihre Sorgfalt und ihr Pflichtbewusstsein bekannt waren. Aber sie waren eben auch nur Menschen. Soviel zur Theorie. Dann hatte Schumann, der im Vorstieg zu seiner Frau unterwegs gewesen war, einmal, warum auch immer, danebengetreten. Kein Problem eigentlich, aber wenn sich der Kletterer fallen lassen muss, weil es an dieser Stelle nicht anders geht, ist's mit einem in Schwefelsäure getränkten Seil vorbei mit dem Kletterspaß. So zumindest war der neueste Stand, dem aber noch niemand so recht glauben wollte. Schließlich hatte Hofer Gott und die Welt verrückt gemacht – und jetzt sollte das Ganze ein einfacher Unglücksfall sein? Lediglich das Kripo-Urgestein Ernst Beier hatte spontan Zeit für ein Pläuschchen. »Inzwischen hat einer der Tourteilnehmer ausgesagt, dass er den Eindruck hatte, Schumann sei sichtlich nervös gewesen an dem Tag. Der angebliche Experte von den Öschis, der die Ausrüstung gecheckt hat, hatte ja gedacht, dass jemand sich an dem Seil zu schaffen gemacht hat. Es ist nämlich gerissen«, sagte Beier müde.

Tobi fand die Bürgermeister-Sache spannend. Er hockte sich neben Beier und sah ihn an wie ein kleiner Junge den Märchenonkel. »Und das war nicht so – also dass sich jemand an dem Seil zu schaffen gemacht hat?«

Beier zuckte mit den Schultern. »Der Kerl, der den Bürgermeister schon sehr lange kennt, ist der Meinung, Schumann sei an dem Tag völlig durch den Wind gewesen, gut möglich, dass er seine Ausrüstung eben doch nicht ordentlich überprüft und deshalb nicht gesehen hat, dass das Seil direkt über der Autobatterie gehangen hatte und an einer Stelle etwas von der Flüssigkeit eingezogen war.«

»Aber das spräche doch dafür, dass er auch nicht bemerkt hätte, wenn jemand eben doch ganz aktiv Schwefelsäure über das Seil gekippt hätte?«

»Ja. Aber wer ist denn so dumm und tut das, wenn er weiß, der Schumann kontrolliert normalerweise immer alles?«

»Kann man das nicht nachweisen, wenn jemand das Seil zum Beispiel angeritzt hat?«

»So war es ja aber nicht. Es war ganz eindeutig Schwefelsäure. Und zwar aus einer Autobatterie. An den Fasern sieht man das. Man kann alles nachweisen an den Fasern von dem Seil. Alle Materialien, die mit dem Seil in Kontakt gekommen sind. Und es ist nun mal die Autobatterie in der Garage gewesen. Punkt. Vorbei ist's mit der spannenden Geschichte.«

»Und dass jemand mit Absicht das Seil in die Säure gelegt hat?«

»Was meinst du, warum hier so ein Riesending draus gemacht worden ist? Weil genau das ja die große Frage war, du Schlaumeier. Aber mehr als ermitteln können wir auch nicht. Und es gibt überhaupt keinen Anhaltspunkt dafür, dass irgendwer das aktiv getan haben könnte.«

»Die Frau?«

Albert, der die Unterhaltung verfolgte, grinste spontan.

»Nein, Kollege. Die hat absolut nichts von seinem Tod. Jetzt hockt sie allein mit ihrer todkranken Tochter da, Lebensversicherung oder großes Erbe sind Fehlanzeige, also finanziell profitiert sie auch nicht davon. Im Grunde ist sie jetzt nach seinem Tod erst recht beschissen dran.«

»Aha. Ich seh schon, mühsame Kiste. Wie geht's denn der Frau insgesamt so? Muss ja furchtbar sein, das mit anzusehen, wie der eigene Mann abstürzt?«

»Wir haben x-mal versucht, sie zum Unfallhergang anständig zu vernehmen. Die stand ja schließlich direkt unter ihm, als er da runtergeplumpst ist. Hat wohl vor Schreck, als er sich vertreten hat, das Seil ruckartig angezogen, das hat das Ganze noch begünstigt, also dass das Seil gerissen ist. Und einen Augenblick später hat sie ihn – entschuldigt, wenn ich's so drastisch darstelle – zermatscht auf dem Felsen liegen sehen. Deswegen ist die so neben der Spur – alles, was die stammelt, riecht nach Psychopharmaka.«

Albert grinste kalt. »Ach Leute, ich weiß gar nicht, was ihr euch für 'nen Kopf macht. Die Alte hat das Seil in Schwefelsäure getränkt! Ist doch völlig klar. Wenn so was ist, dann war's meistens das böse Weib. Auch wenn sie von seinem Tod nichts hat. Scheiß aufs Lehrbuch. Warum hat sie's getan? Aus Spaß. Fall gelöst, könnten wir weitermachen?«

»Witzig, Albert.« Er war manchmal ein echtes Arschloch, aber so zynisch hatte selbst Carmen ihn noch nie erlebt. »Du bist unmöglich! Das ist pietätlos!«

»Na ja, da würde ich auch unter Schock stehen«, schloss Tobi an Beiers Ausführungen an. Auch Beier ignorierte Alberts unpassenden Einwurf und nickte. »Wahrscheinlich. Auf jeden Fall haben wir in alle erdenklichen Richtungen ermittelt, ein paar komische Kleinigkeiten festgestellt, aber nichts passt zusammen oder führt irgendwohin. Alles Banane.«

Tobi seufzte mitfühlend. »Ach ja, ihr seid schon arm dran.«

Albert schlug mit der Faust auf den Tisch: »Leute, könnten wir die Selbsthilfegruppe für erfolglose Kommissare vertagen und mal zum Punkt kommen? Wir haben nämlich hier was zu klären.«

Beier lachte gelangweilt. »Albert, mach mal halblang. Warum hast du's denn so eilig?«

»Weil ihr hier rumlabert, von wegen wir kommen nicht weiter mit dem Bürgermeister, und wir haben hier 'nen verrückten Professor verarztet, der sagt, das hängt irgendwie mit der Chemiefabrik draußen am Rhein zusammen.«

»Was hängt mit der Chemiefabrik am Rhein zusammen?«

»Na, der Tod vom Bürgermeister. Ernst: Und jetzt kommst du.«

Albert feuerte das Kaugummipapier, das er während seiner kleinen Ansprache zu einer Kugel geformt hatte, mit einem harten Fingerschnippen auf Ernst Beier ab.

Der wich aus und sah Albert finster an. »Wiederhol das nochmal für uralte begriffsstutzige Kollegen: Es gibt diesen Irren, der behauptet, dass die Leute aus der Chemiefabrik was damit zu tun haben?«

»Ja.«

»Aha. Und jetzt?«

»Ernst, das frag ich dich, zum Donnerwetter!«

»Albert, du knallst mir hier Zeug an den Kopf und erwartest, dass ich wie aus der Pistole geschossen was Schlaues dazu zu sagen habe!«

»Ja, erwarte ich.«

»Bürschchen, du hast noch lange nicht so viele Berufsjahre wie ich auf dem Buckel, also zügel dich gefälligst!«, zischte Beier und beugte sich vor. »Wenn irgendwas mit der Fabrik ist, dann werden wir das überprüfen, und dann können wir uns wieder unterhalten. Noch was?«

»Ja. Unser erster Toter hatte Kontakt zu diesem Professor.«

»Na toll.« Beier ließ den Kopf in den Nacken fallen und raufte sich die Haare. »Schätze, dann muss ich mich ab sofort öfter hier mit dir rumschlagen, Albert.«

»So sieht's aus.«

»Gut – wie gehen wir's an? Wer kümmert sich um was?«

»Leute, es ist kurz vor sechs Uhr abends. Wie sollen wir jetzt noch was erreichen?«

»Ich würde sagen, wir schieben heute mal ein paar Überstunden. Einer klemmt sich hinter diese Fabrik-Sache. Einfach mal so ein paar grundsätzliche Sachen checken – ihr habt euren Beruf doch gelernt, oder täusche ich mich da?

Wer ist verantwortlich, was machen die so? Was gab's in letzter Zeit für Skandale? Mir geht das hier inzwischen alles mächtig auf den Sack!«

Manchmal fühlte es sich richtig gut an, schneller gewesen zu sein. Carmen lächelte milde. »Albert, ich unterbreche dich ungern, aber das hab ich längst veranlasst.«

»Wie, du hast das längst veranlasst?«

»Ich hab Maren gebeten, uns dazu schon mal alles Mögliche rauszusuchen.«

»Und? Hast du dir das Zeug schon mal durchgesehen?«

»Wann denn bitte?«

»Okay. Also, dann gucken wir uns das jetzt an, Ernst, du bringst uns die Kontobewegungen von eurem toten Bürgermeister bei.«

»Wieso das?«

»Weil's da bestimmt um Korruption geht, wenn irgendwas davon stimmt. Der Steidl hat auch was von Korruption gefaselt. Wenn nur das Leiseste dran ist an den Verschwörungstheorien, Leute, dann müssen wir das Ganze doch jetzt von vornherein mal auf festen Boden holen. Was passiert bei Korruption? Es fließt Geld. Ernst, du hast doch den Überblick über die Konten des Bürgermeisters?«

»Ja. Ich sehe sofort nach. Aber es müsste mich mal jemand an den Computer lassen.«

»Gut. Oder auch nicht gut. Der Rest: Abschwirren! Irgendwas Sinnvolles machen. Um Viertel vor acht wieder hier. Bevor wir uns mit dem Steidl unterhalten.«

»Albert, ehe ich's vergesse: Ich hatte mich wegen dieser Typen aus dem Internetforum schlaugemacht. Und Tobi meinte, dass die sich relativ regelmäßig treffen – ein offizielles Vereinsheim gibt's wohl nicht, sagt Tobi, ein paar von diesen Kerlen haben aber wohl eine Stammgaststätte beim Ölhafen. Und eben ist mir siedend heiß eingefallen: Heute ist einer von diesen Relativ-regelmäßig-treffen-Tagen.«

»Was willst du mir jetzt damit sagen?«

»Wollen wir da noch schnell vorbeifahren, ehe wir uns um den Steidl kümmern?«

»Wir?!«

»Kommst du nicht mit?«

»Dann können wir sie auch direkt vorladen, ohne mal vorzufühlen.«

»Wie meinst du das?«

»Carmen, du als fesches Weib, das alleine in so ein muffiges Lokal kommt – du hast sofort alle Kerle zum Freund, die da rumhocken. Wenn ich mitkomme, rückt doch da keiner an dich ran und mit irgendwas raus.«

»Ach – und du meinst, es ist nicht irgendwie komisch für die, dass ich als ach so *fesches Weib* da einfach so reinmarschiere, unauffällig pfeifend, und im Eiltempo ein Gespräch anfangen will, bei dem es um den toten Gewässerwart geht?«

»Sag mal, bist du so einfallslos?«

Jetzt fing Albert wieder mit seinen unkonventionellen Methoden an. Jede Wette, er hatte schon wieder irgendeine merkwürdige Idee, die *sie* umsetzen sollte. »Wieso denn bitte einfallslos?«

»Ach Carmen, jetzt stell dich doch nicht so an. Geh da halt hin und erzähl zum Beispiel irgendwas von Auto kaputt und ob mal einer gucken kann, und dann sagst du, du hättest gehört, da wäre ja was Schreckliches passiert, und was denn da dran ist – irgendwie so.«

»Aha. Und das soll ich jetzt noch schnell machen, mal so nebenbei? Und was machst du in der Zeit bitteschön?«

»Das Zeug über diese Fabrik durchsehen – und Käsekuchen essen?«

»Du bist ein …«

»Ein was?«

»Ach, vergiss es …«

Der große olivgrüne Holzfisch, der über dem Eingang der Gaststätte *Knurrhahn* angebracht war, hing bedenklich schief. Obwohl das Wetter gut war und neben dem Haus ein paar Tische und jede Menge wackliger Klappstühle standen, saß niemand draußen. *Heute Backfisch mit Bratkartoffeln 5,90 Euro* stand auf der Tafel, die neben der Tür an der ehemals weißen Hauswand lehnte. Klang gar nicht schlecht. Allzu viel hatte sie heute noch nicht gegessen. Carmen musste den Kopf einziehen, um sich nicht an der Schwanzflosse des Holzfisches zu stoßen. Der Chef des *Knurrhahn* war Tobis Recherchen nach dieser *Wallerwilli,* und Tobi hatte außerdem herausgefunden, dass bei dem Stammtisch nicht nur alte, dauerbetrunkene Seebären, sondern ganz entgegen dem Bild, das diese Spelunke von außen vermittelte, sehr oft auch viel Jungvolk und ganz normale Leute aus dem Angelclub zugegen waren. Angesichts der ausgetretenen alten Fußmatte und des Geruchs, der ihr hinter der Eingangstür entgegenschlug, mochte Carmen das noch nicht so recht glauben. Unterm Strich entsprach diese Gaststätte ziemlich genau der klischeehaften Vorstellung, die Carmen bisher von so einer Fischerkneipe gehabt hatte. Der plakative Fisch über der Eingangstür war da noch das Wenigste. Der Anblick der dunklen Holzverkleidung an den Wänden erschlug Carmen förmlich, und die präparierten Fische und Fischköpfe, die an der Wand hingen, zeugten wohl vom Fangerfolg des Kneipeninhabers.

Hinter den ausgestopften Fischen zierten Fischernetze die Wände, auf dem Tresen standen volle Aschenbecher, in denen gleich mehrere Zigarettenkippen noch vor sich hin glimmten. Angler rauchten offenbar gerne. Vielleicht hatte Albert das gewusst und war deswegen nicht mitgekommen. Als Raucher auf Entzug in einer Raucherkneipe – das war vermutlich kein Spaß.

Acht Kerle hockten wie unter einer Dunstglocke an einem großen rechteckigen Tisch in der Ecke. Alle hatten ein Bier vor sich stehen und sahen kurz auf, als Carmen eintrat. Der, der eben noch mit heiserer Stimme gesprochen hatte, verstummte kurz und glotzte Carmen für einen Moment lang an, als wäre sie ein Marsmännchen oder zumindest etwas, das man nicht alle Tage zu Gesicht bekommt. Carmen lächelte kurz und steuerte dann auf den Tresen zu, hinter dem ein dicker, freundlich dreinblickender Kerl mit rotem Vollbart und einem verwaschenen blauen T-Shirt stand und sich gerade genüsslich zwischen den Beinen kratzte. Das war also *Wallerwilli* – unübersehbar war der Name in weißen Buchstaben quer über seinem stattlichen Brustkorb auf das T-Shirt gedruckt.

Er lächelte. »Hallo«, sagte er, nahm die Hand vom Hintern weg, beugte sich nach vorne und stützte sich dann mit beiden Händen, die eher wirkten wie die Pranken eines riesigen Bären, auf dem Tresen ab. »Was darf's denn sein?«

»Ich nehm 'nen Kaffee bitte. Ich hab Geburtstag.« Noch während Carmen ihren Geburtstag erwähnte, hätte sie sich für diese Bemerkung am liebsten geohrfeigt. Was für einen Schwachsinn redete sie da? Hatte sie einen Glückwunsch jetzt schon so nötig, dass sie wildfremden Kerlen davon erzählen musste?

Der Bärtige lachte heiser. »Geburtstag und dann nur ein Kaffee? Und den auch noch hier?« Er schüttelte amüsiert den Kopf und lachte weiter. »Geht klar, kommt sofort. Noch was? Kuchen hab ich leider keinen.«

Wenigstens hatte er einen netten Humor. »Nein, danke, vielleicht später.« Sie spürte, wie ihr das Blut in den Kopf schoss.

Er nickte, schlurfte dann um den Tresen herum und verschwand hinter einer kleinen Tür.

Carmen drehte sich vorsichtig zu den Typen um, die sich zwar weiter unterhielten, sie aber immer wieder verstohlen ansahen.

»Ich mach da also seit Stunden rum, und da war echt gaaaar nix los, ich hab schon gedacht, ach, scheiß drauf, ich pack zusammen – nur einen Wurf noch. Und dann lässt's auf einmal einen Schlag in der Rute – mir ist fast das Herz stehen geblieben! Das muss ein Mordsbursche gewesen sein!«, erzählte der Glatzkopf mit den buschigen Augenbrauen, während die anderen gebannt zuhörten. Er war schätzungsweise Anfang vierzig und schien eine ziemlich große Klappe zu haben. Er war Carmen sofort unsympathisch. »Das war ein Riesenvieh, da geh ich jede Wette ein!«, sagte der Unsympath voll Inbrunst. »Der hat gestampft und gezogen, die Bremse hat nur noch gekreischt – Leute, das könnt ihr euch echt nicht vorstellen!« Der schmächtige Kerl, der ihm gegenübersaß, wahrscheinlich um die 25 Jahre alt war und eine Frisur wie Jerry Lewis hatte, zog die Stirn kraus. »Wie meinst du das, du gehst jede Wette ein, dass er groß war? Ist er ausgestiegen?«

»Klar. Eine Scheiße war das.« Beim Wort *Scheiße* schlug der Unsympath heftig mit der flachen Hand auf den Tisch.

»Das wäre 'ne Fangmeldung gewesen, mein lieber Mann, du. Aber die Scheißschnur ist gerissen. Die hält echt nix aus.«

»Und du hast ihn nicht mal gesehen, den Fisch?«, fragte ein etwas untersetzter Bursche, den Carmen auf Anfang fünfzig schätzte. Er trug Gummistiefel und eine alte Jeans, auf seinem dunkelroten Pullover glitzerte irgendetwas. Vielleicht Fischschuppen? Carmen hatte zwar keine Erfahrung damit, aber es sah so aus, als hätte er sich die mit Fischresten beschmierten Hände am Pullover abgewischt.

»Ach was«, blökte der Unsympath. »Der Fisch hat so lange Rambazamba gemacht an der Rute – das war ein Drill, ich hab gedacht, ich werd nicht mehr. Und dann macht's auf einmal *ping*, und durch war die Schnur. Ich hab gedacht, ich erleb's nicht!«

»Scheiße«, bestätigte der Schmächtige und nahm sein Bierglas hoch. »Das passiert dir öfter in letzter Zeit, hm?«

Ein noch viel Älterer fing an zu lachen. »Das passiert dem ständig! Irgendwie hat er immer monströse Biester am Haken, aber niemals, wenn einer von uns neben ihm steht. Und raus kriegt er die Viecher auch nie!«

»Geht aufs Haus.«

Carmen zuckte zusammen. Wallerwilli stellte ihr eine Tasse Kaffee vor die Nase. »Wer Geburtstag hat, kriegt 'n Kaffee umsonst.« Er zwinkerte ihr zu und verschränkte dann die Arme vor seiner gewaltigen Männerbrust. »Was treibt denn eine Lady wie Sie in meinen *Knurrhahn*? Sie sehen nicht aus, als ging's raus zum Fischen?«

»Nein, in der Tat.« Carmen war dankbar, dass dieser Wallerwilli sehr nett zu sein schien. Dann hätte sie den Herren vielleicht doch irgendeine Geschichte mit ihrem Auto auftischen können – sie hatte sich aber dagegen entschieden, weil sie keine Lust auf dieses Weibchengetue hatte und außerdem zu faul gewesen war, extra ein paar Zündkerzen im Motorraum zu lockern oder sich selbst einen Reifen zu zerstechen. Jetzt musste sie zu Plan B übergehen, den sie sich kurzfristig bei der Herfahrt zurechtgelegt hatte. »Ich suche Erik. Ist der da?«

Schlagartig war es totenstill. »Erik? Welchen Erik?«

»Schwenk. Erik Schwenk. Der ist doch oft hier, oder?«

»Warum suchen Sie den denn?«

»Er hat mir neulich geschrieben. Fand ich ja nett – wir haben uns ewig nicht gesehen. Ach, es muss Jahre her sein. Und er hat viel vom Angelclub geschrieben, dass er da sehr viel zu tun hat.«

»Aha.« Wallerwilli nickte skeptisch.

»Ja, und da hab ich geschrieben, dass ich an meinem Geburtstag auf der Durchreise bin und mal vorbeikomme. Er hat sich nicht mehr gemeldet, und ich habe leider seine Telefonnummer nicht, nur die E-Mail-Adresse, da bin ich dann also davon ausgegangen, dass ich ihn bestimmt hier antreffe, auch wenn ich einfach so komme. Tja – war er denn heute schon da?« Wow! Carmen klopfte sich selbst auf die Schulter. Locker-leichte Vorstellung. Deine Kollegen würden dir jetzt Beifall klatschen.

Während Carmen unschuldiger als der Dalai Lama auf Staatsbesuch ihre Geschichte zum Besten gegeben hatte, hatten sich sämtliche Gäste zu ihr umgedreht. Jetzt starrten sie abwechselnd Carmen und Wallerwilli an, der die dicken Lippen spitzte und offenbar nicht wusste, was er sagen sollte.

»Der ist hin«, sagte schließlich einer vom Stammtisch. Carmen hatte nicht hingesehen, sie wusste nicht, wer es war. Sie drehte sich zu den Kerlen um. »Wie bitte?«

»Hin ist der.« Es war einer, der bisher noch nichts gesagt hatte. Ein schlaksiger Bursche in einem viel zu großen T-Shirt, der so auf dem Stuhl lümmelte, dass man sich beherrschen musste, nicht zu sagen: *Junge, jetzt setz dich mal ordentlich hin, wenn du mit mir sprichst.*

Der Unsympath gab dem Schlaksigen einen Tritt unter dem Tisch hindurch.

»He, was soll das?«

Tu überrascht, Carmen – jetzt musst du vielleicht doch besser das Weibchen mimen. »Entschuldigung, aber was meinen Sie mit *Der ist hin*?«

»Tot«, sagte Wallerwilli jetzt. Sie schien ihm leidzutun.

»Wie bitte? Das kann nicht sein!« Filmreif, Carmen. Bravo! Zu schade, dass niemand ihr brillantes Schauspiel bewundern konnte.

Wallerwilli nickte langsam. »Leider ja. Wann haben Sie denn diese E-Mails mit ihm geschrieben?«

»Wieso tot? Seit wann? Und warum?«

»Na ja, es war wohl keine natürliche Todesursache. Stand sogar in der Zeitung. Es tut mir sehr leid. Kannten Sie ihn denn gut?« Wallerwilli schien es wirklich leidzutun.

»Soll das heißen, jemand hat Erik *umgebracht*?«

»Sieht so aus«, hörte Carmen den Schlaksigen in gelangweiltem Tonfall sagen.

»Um Gottes willen, aber warum das denn? Wer macht denn so was? Der Erik? Der konnt doch keinem was?! Ach je, die arme Antonia. Wann war das?«

»Die arme Antonia?« Der Schlaksige lachte bitter. »Sie haben den Erik echt schon lang nicht mehr gesehen, was?«

Der Ältere seufzte, schüttelte den Kopf und stand auf. »Ich zahl, Willi.«

Carmen gefiel sich immer besser in der Rolle der alten Freundin. »Was ist mit Antonia?«

»Die waren doch schon längst geschieden. Nicht gewusst?«

»Nein.«

Wallerwilli kassierte den Alten ab und fasste Carmen dann behutsam beim Arm. »Soll ich Ihnen vielleicht ein Schnäpschen bringen?«

»Danke …«, sagte Carmen, stieß sich vom Tresen ab und ging auf den leeren Stuhl zu, wo eben noch der Ältere gesessen hatte. »Darf ich?«

»Bitte.« Der Untersetzte zog den Stuhl zurück, sodass Carmen sich setzen konnte. »Entschuldigung … ich bin jetzt so … das kann ich gar nicht fassen jetzt. Was ist denn da alles passiert?«

Der Untersetzte blickte einmal kurz in die Runde, als wollte er sich bei seinen Stammtischbrüdern vergewissern, ob er das Rederecht bekomme und ob es in Ordnung war, dieser Fremden etwas über Erik zu erzählen. Dann nahm er sein Bierglas in die Hand, streichelte es sachte mit dem Daumen und seufzte. »Die Antonia hat sich vom Erik scheiden lassen. Das war ziemlich schlimm für ihn. Ist schon ein Weilchen her. Auf jeden Fall hat er sich dann immer mehr hier beim Verein reingehängt. Na ja, und dann hat ihm irgendwer 'nen Floh ins Ohr gesetzt, dass er sich politisch engagieren soll, im Gemeinderat oder so was. Fanden wir alle von Anfang an nicht so toll – also wegen ihm. Er war ja, verzeihen Sie mir, wenn ich das so sage, ein eher – na – *einfacher* Typ. Also dem konnt man ja erzählen, was man will. Der war so grundgütig wie auch grundnaiv. Ich weiß nicht, wer dem armen Kerl alles reingeredet und wer ihn alles für seine Zwecke ausgenutzt hat, seit er nicht mehr unter der Fuchtel von Antonia gestanden hat.«

Ein paar lachten leise. Carmen nickte nur. Die Fuchtel von Antonia Reichert – die konnte sie sich lebhaft vorstellen.

»Tja, aber er hatte da ja dann kürzlich wieder so ein Fräulein aufgetan, und die hat ihm den Kopf verdreht. Da wollte er wahrscheinlich Eindruck schinden.«

»Waren die beiden denn ein Paar?«

Er zuckte mit den Schultern. Der Schlacksige winkte energisch ab. »Ach was! *So eine* will doch nichts von einem wie dem Erik.«

»Was heißt *so eine*?«

»Na ja, hässlich war sie nicht. Und ich glaube auch nicht dumm.«

»Wie hieß sie denn? Vielleicht kenne ich sie ja noch von früher?«

Der Schlacksige kratzte sich am Kopf und machte ein blödes Gesicht. »Wie die hieß? Keine Ahnung. Norbert, weißt du's?«

»Nö.« Der dickliche Norbert drehte sich zu Wallerwilli um. »Weißt du, wie die hieß, die Tussi vom Erik?«

»Das war nicht seine *Tussi*«, gab Wallerwilli barsch zurück. »Die war nett. Julia hieß die.«

»Ah.« Norbert wandte sich an Carmen. »Julia hieß sie«, sagte er, gerade so, als wäre sie eben nicht mit im Zimmer gewesen.

»Julia. Hm. Da fällt mir grade keine ein. Obwohl – war sie zufällig blond?«

»Ja.« Norbert nickte. »Blond und ein echtes Geschoss.«

Es war schwierig, nicht in den Tonfall abzugleiten, den Carmen üblicherweise bei einer Vernehmung anschlug. *Du bist hier inkognito, vergiss das nicht!* »Hm. Nein, so eine Julia kenn ich nicht.« Ihr lief die Zeit davon. Sie musste rechtzeitig zurück sein. Heute Abend stand Steidl noch auf dem Programm. Wahrscheinlich lohnte es sich aber, die Jungs noch einmal einzeln zu dieser Julia zu befragen. Und sie hatte einen Namen. Warum hatte das vorher noch keiner rausgefunden? Das war fast zu einfach gewesen.

»Sagte ich dir doch.« Albert schenkte ihr ein triumphierendes Lächeln. »Du als fesches Weib bist was anderes als irgendein Polizist. Wie hast du dich denn rausgewunden aus der lauschigen Stammtischrunde?«

»War nicht weiter schwierig. Ich meine, wenn einem überraschend mitgeteilt wird, dass ein alter Kumpel ermordet worden ist, dann kann man schon ein bisschen verwirrt tun und irgendwann einfach aufstehen und gehen.«

Albert lachte. Herzlich. »Hast du noch dazu gesagt, dass dich das jetzt alles so entsetzlich mitnimmt und dass du das erstmal verarbeiten musst?«

»Ja – woher weißt du das?«

»Carmen, die Frage ist nicht ernst gemeint, oder?«

»Was machen wir jetzt mit der Julia-Erkenntnis?«

»Als Namen mit zum Phantombild packen, schätze ich. Tobi soll sich die Typen einzeln vornehmen und zu dieser Julia befragen.«

»Glaubst du ernsthaft, dass der da noch was rauskriegt? Ich hatte nämlich den Eindruck, dass die nicht mehr wissen als ihren Vornamen.«

»Werden wir ja sehen. Hast du schon beim Steidl angerufen?«

»Immer mit der Ruhe! Ich bin eben erst zurückgekommen!«

Steidl nahm den Hörer direkt ab, gerade so, als hätte er bereits auf den Anruf gewartet. Carmen hatte nicht damit gerechnet, dass er nach seinem Zusammenbruch tatsächlich direkt wieder neben dieser merkwürdigen Telefonzelle sitzen würde.

»Herr Steidl? Sind Sie das?«

»Ja«, sagte er.

»Carmen Henning, Sie waren vorhin bei uns auf dem Revier.«

»Ja. Ich habe mit Ihrem Anruf gerechnet. Herr Mende hat mir Bescheid gegeben – gegeben.«

»Wie geht es Ihnen?«

»Gut – gut.«

»Wir möchten uns gerne mit Ihnen treffen.«

»Ja«, sagte er.

»Würden Sie noch einmal bei uns vorbeikommen, oder dürfen wir Sie besuchen?«

»Besuchen Sie mich. Mich.«

»Sie wohnen in der Südstadt?«

»Ja. Marienstraße.«

»Gut, dann stimmt die Adresse. Können wir gleich vorbeikommen?«

»In einer halben Stunde kann ich zu Hause sein – sein.«

»Gut, in einer halben Stunde dann.«

»Frau Kommissarin?«

»Ja?«

»Tun Sie mir einen Gefallen – Gefallen?«

»Welchen?«

»Kommen Sie in Zivil – Zivil.«

»Herr Steidl, wir sind Kriminalbeamte, wir kommen nie in Uniform.«

»Gut.«

»Wieso?«

»Weil es schlecht aussieht, wenn uniformierte Polizisten zu mir in die Wohnung kommen. Wegen der Nachbarn – Nachbarn.«

»Verstehe. Nein, machen Sie sich keine Sorgen, wir kommen als ganz normale Besucher.«

»Gut.«

»Bis dann, Herr Steidl.«

Die Stufen waren ausgetreten, im Keller war es kalt. Steidl ging hastig voraus. »Kommen Sie bitte, kommen Sie.« Carmen fühlte sich unwohl. Sie wäre lieber wieder hoch in Steidls Wohnung gegangen – wenngleich es auch dort schon unheimlich gewesen war. Aber seine Furcht vor wem auch immer war offenbar zu groß. Er schien völlig überzeugt davon zu sein, dass das, was er da vor sich hin forschte und dokumentierte, für irgendwen so interessant und auch störend war, dass er sich verstecken musste. Er hatte die Rollläden heruntergelassen. Und Steidl hatte im gesamten Obergeschoss kein elektrisches Licht. Nur Kerzen brannten. Das einzig Elektrische in seiner Wohnung war ein großer Kühlschrank, der nicht etwa in der Küche, sondern mitten im sonst recht kahlen Wohnzimmer stand. Er hatte kein Sofa, keine Bilder an der Wand. Lediglich ein Tisch, zwei Holzstühle, ein billiges Bücherregal und ein brauner Teppich waren da. Durch einen Türspalt hatte Carmen in das zweite Zimmer gespäht. Vermutlich schlief er dort. Sie hatte nur einen Blick auf einen großen Haufen Kleider erhaschen können. Mehr war im Kerzenschein nicht zu erkennen gewesen.

Steidl öffnete eine Stahltür und machte eine einladende Geste. »Herein.«

Als Carmen den großen Mann mit den beiden riesigen Geschwüren im Gesicht sah, zuckte sie zusammen. »Das ist ein Freund von mir. Es stört Sie doch nicht, dass er hier ist?«

Carmen merkte, dass sie den Mann anstarrte und sah peinlich berührt auf ihre Hände. Dann lächelte sie und nickte dem Mann zu. »Guten Abend, Herr …«

»Kowaljow.« Er hielt ihr die Hand hin.

Kowaljow, Kowaljow – woher kannte sie den Namen? Irgendetwas dämmerte ihr. Albert war aber schneller.

»Sie sind doch der, der das Auto von Erik Schwenk gefunden hat«, stellte er fest. Seine Überraschung war ihm anzumerken.

»Ja.« Kowaljow nickte.

»Was haben *Sie* mit Herrn Steidl zu tun – und was machen Sie jetzt gerade hier?«

»Er ist mein Freund«, mischte sich Steidl ein und stellte sich rasch vor Kowaljow hin, als müsste er ihn verteidigen. Es sah drollig aus, wie dieser hagere kleine Mann sich beschützend vor den Riesen mit dem entstellten Gesicht aufbaute.

Der Riese schob Steidl sanft beiseite. »Ja, wir sind befreundet. Er hat mich gebeten, dabei zu sein, wenn die Polizei kommt.«

»Als was? Als Beschützer?«, fragte Carmen.

Albert hob die rechte Hand, machte eine abwehrende Bewegung und zog die Brauen zusammen. »Moment, Moment. Das ist mir jetzt ein bisschen viel. *Sie* haben das Auto gefunden, und *Sie* sind ein Freund von Herrn Steidl? Und jetzt sind Sie hier mit dabei, weil Herr Steidl Sie darum gebeten hat?«

»Ja«, sagte der Riese ruhig.

»Aha. Gut. Dann sind wir nachher auch gespannt, was *Sie* uns zu erzählen haben.«

Steidl sah den Riesen verunsichert an.

»Los, Professor, die Herrschaften wollen bestimmt auch irgendwann ins Bett«, sagte der Riese.

Steidl nickte langsam, dann sah er Carmen direkt in die Augen. »Sie halten mich für verrückt, nicht wahr?«

O Carmen, erinner dich an dein Lehrbuch. Verrückten niemals zeigen, dass du sie für verrückt hältst. »Nein, Herr Steidl. Sicher, die Sache, die Sie da in die Welt gesetzt haben, klingt etwas abwegig. Deshalb sind wir ja hier. Sie wollten uns Beweise zeigen.« Hoffentlich hatte sie sich nicht zu weit aus dem Fenster gelehnt mit der Formulierung *etwas abwegig*. Er sollte sich einigermaßen ernst genommen fühlen.

»Ich weiß nicht, ob ich Ihnen trauen kann. Aber ich tue es jetzt einfach. Jewgenij sagte, dass Sie nett sind. Und ich habe ja keine andere Wahl. Also ...« Er drehte sich abrupt um und ging zu einem leeren Metalltisch, der in der Ecke stand. Er bückte sich und zog einen kleinen Rollcontainer darunter hervor. »Was ich Ihnen jetzt zeige, sind meine Forschungsergebnisse.« Aus einer Schublade des Containers holte er eine rote Mappe hervor. »Über Jahre hinweg habe ich sowohl das Wasser als auch die Fische untersucht. Es ist Fakt: Das, was von der Chemiefabrik in den Rhein geleitet wird, entspricht nicht den Vorschriften. Die Tiere werden zunehmend krank, und zwar erkranken sie in bestimmten Zeitabständen. Das Interessante daran ist, dass es immer wieder Wurmbefall gibt – allerdings weichen die Würmer in ihrem genetischen Code von der ursprünglichen Form ab. Mutanten also.«

Carmen warf Albert einen fragenden Blick zu. Albert spitzte die Lippen und sah Steidl interessiert an.

Steidl reichte Carmen die Mappe. »Sie sind keine Fachleute, das ist mir klar. Aber bestimmt haben Sie jemanden, der das für Sie durchsehen kann. In diesem Zusammenhang habe ich mich schon mehrfach an die zuständigen Behörden gewandt. Allerdings hat nie jemand auf meine Ergebnisse reagiert.«

»Warum nicht?«

»Wie ich schon sagte: Alle korrupt. Es geht hier meines Erachtens um viel Geld. Um Forschung. Biologische Kriegsführung. Ich bin mir sicher. Es kann nicht sein, dass jemand, der diese Ergebnisse kennt, nicht darauf reagiert.«

»Und was hat das jetzt genau mit Bürgermeister Schumann zu tun?«

»Schumann kannte die Ergebnisse. Ich habe sie ihm vorgetragen.«

»Und?«

»Er hat dazu Stellung genommen. Und hat in seiner Stellungnahme meine Ergebnisse abgetan als normale Schwankungen in der Zusammensetzung des Rheinwassers. Er hat ein Gegengutachten als Begründung angegeben. Irgendwann ist auch anderen Leuten aufgefallen, dass zunehmend erkrankte Fische in den Karlsruher Gewässern herumschwimmen. Daraufhin kam diese Sache mit der Kläranlage in Gang – was im Grunde nichts mit den biologischen Waffen zu tun hat, aber nur deshalb ist man überhaupt mal wieder auf die Verschmutzung aufmerksam geworden. Die Fabrik wäre eigentlich dazu verpflichtet gewesen, die Anlage nachzurüsten. Eine Millioneninvestition. Schumann hat durchgeboxt, dass sie eben das nicht tun müssen. Mit der Begründung, sonst seien Arbeitsplätze gefährdet.«

»Und? Das klingt nach einer ganz normalen politischen Entscheidung«, sagte Albert. »Immerhin bestimmt Schumann nicht allein, ob das gemacht werden muss oder nicht. Diese Entscheidung muss von vielen anderen Stellen mitgetragen werden.«

»Genau das ist der Punkt«, sagte Steidl. »Ich erkläre es Ihnen jetzt mal ganz vereinfacht: Hätten sie die Kläranlage eingebaut, hätte sich die Wasserqualität nach einer Weile wieder auf einem höheren Niveau einpendeln müssen. Weil die Verschmutzung des Rheins speziell mit den Stoffen, die sie für die Waffenentwicklung verwenden, aber gar nichts mit der überalterten Kläranlage zu tun hat, hätten sie sich mit der Aufrüstung ihr eigenes Grab geschaufelt. Jeder hätte sofort gefragt: Warum sind die Fische immer noch krank – jetzt, wo doch die Kläranlage da ist. Weil sie ja ihren Forschungsdreck – die ganzen Pilze und Chemikalien und krank gemachten Fische – einfach so ins Wasser schmeißen. Die Fische werden in der Fabrik überhaupt erst mit den entsprechenden Krankheitserregern infiziert und dann werden sie schwimmen gelassen, um zu überprüfen, wie lange sich die Erreger halten und wie schnell sie sich verbreiten.«

»Herr Steidl, das klingt sehr – ich will mal sagen – abenteuerlich. Ich meine: Wann hat denn schon mal jemand an Fischen geforscht, wenn es um die Entwicklung solcher Waffen ging? Ich bitte Sie! Das machen die doch immer an irgendwelchen Nagetieren? Oder nicht?«

Albert wurde zunehmend ungeduldig. Sein Ton wurde schärfer, und er hatte offenbar keine Lust mehr, sich auf eine langsamere Gangart bei dem Gespräch einzulassen. Carmen spürte, dass sie sich beeilen musste.

»Doch, Fische!« Steidl nickte wild und hob den Zeigefinger.

»Ich war lange genug an der Universität, um zu wissen, dass solche Projekte schon mehrfach angestoßen worden sind.«

»Herr Steidl, wo sollten wir denn Ihrer Meinung nach anfangen nachzuhaken?«

»Wenn ich das wüsste, wäre ich ein glücklicher Mann«, sagte Steidl. »Ich sage Ihnen: Überall, bei jeder wichtigen Institution, ist einer bestochen. Einer, der sofort Wind davon bekommt, wenn in dieser Richtung zu viele Fragen gestellt werden. Einer, der diese Sache dann wieder geschickt unter den Teppich kehrt, und dann war's das.«

»Und Sie glauben, dass der Schumann auch zu den Bestochenen gezählt hat?«

»Ja.«

»Also Klartext: Sie wollen uns damit sagen, dass in der Fabrik ein geheimes Regierungsprojekt zur Waffenentwicklung läuft und dass die Regierung über Leichen geht?«

»Ja.«

»Was soll das denn alles konkret mit dem Schumann zu tun haben? Nehmen wir mal an, es würde alles stimmen, was Sie da sagen. Dann hätte sich der Schumann von irgendwem bezahlen lassen. So weit, so gut. Und dann? Wollte er nicht mehr mitspielen, und ein bezahlter Killer ist gekommen, hat ihn vom Berg geschubst, im Auftrag der Regierung?«

Steidl sah zu Boden und ließ die Arme hängen. »Ich weiß, wie das klingt. Ich kann nicht anders, als es Ihnen so zu erklären, wie ich es herausgefunden habe – habe.«

»Momentchen, Herr Steidl, nicht, was Sie *herausgefunden*, sondern was Sie sich *zurechtgelegt* haben. Das ist ein himmelweiter Unterschied zu *herausgefunden*. Ganz ehrlich, ich finde das, was Sie hier erzählen, so verrückt, dass ich nicht weiß, ob ich lachen oder weinen soll.«

Na prima. Albert hatte die Seiten im Lehrbuch über den Umgang mit Verrückten offenbar nur zum Zigarettendrehen verwendet – wenn überhaupt. Er könnte sich wenigstens ein kleines bisschen zurücknehmen. Steidl fing schon wieder an, vor lauter Aufregung Wörter zu wiederholen. »Ich finde, solange wir das nicht abschließend geklärt haben, sollten wir zunächst einmal davon ausgehen, dass Herr Steidl mit größtmöglicher Sorgfalt arbeitet.« Puh. Der Satz klang gedrechselt, keine Frage. Aber er war diplomatisch, und Carmen hoffte inständig, Albert würde den Wink mit dem Zaunpfahl verstehen.

Steidl wandte sich kurz um und sah Kowaljow an wie ein Junge seine Mutter. Der tätschelte ihm aufmunternd die Schulter. Steidl seufzte leise und drehte das Gesicht so langsam wieder in Carmens Richtung, als wäre sein Kopf mit einer riesigen rostigen Schraube an seinem Rumpf befestigt, die jetzt nach Jahrzehnten zum ersten Mal wieder gedreht wurde. »Überprüfen Sie das, was ich Ihnen gesagt habe. Sehen Sie nach, woher der Schumann Geld bekommen hat. Und vertrauen Sie niemandem – niemandem.«

Albert hatte den Wink verstanden, ignorierte ihn aber. »Herr Steidl, mit dem Staatsanwalt werden wir uns schon unterhalten müssen. Sie machen Ihren Job, wir machen unseren. So läuft der Laden.«

Steidl sah Albert mit großen Augen an. »Bitte nicht – nicht!«

»Wieso nicht?«

»Die Staatsanwaltschaft ist mit Sicherheit auch geschmiert – geschmiert.«

»Was Sie nicht sagen. Dann frage ich mich allerdings wirklich, was Sie von uns erwarten. Ich weiß im Übrigen auch nicht so recht, was für ein Problem Sie damit haben, dass dort angeblich solche Versuche laufen.«

»Es ist gegen das Gesetz – Gesetz. Sie halten sich nicht an die Vorschriften, die unsere Umwelt schützen sollen. Sie machen die Tiere damit krank, und ich bin mir sicher, dass auf Dauer auch Menschen krank werden, wenn das so weitergeht – geht. Und ich glaube, dass die Verantwortlichen im zuständigen Ministerium sitzen und ohne das Wissen der Bundesregierung handeln – handeln.«

»Und was würde das den Verantwortlichen bringen?«

»Macht«, sagte Steidl. »Blinder Ehrgeiz. Ich war davon auch schon einmal besessen, aber zum Glück habe ich den Absprung geschafft. Ich forsche nicht aus Ehrgeiz. Ich forsche für die Menschen und die Welt – Welt.«

»Herr Steidl, ich bin mir sicher, das würde jeder Forscher von sich behaupten. Und warum zum Geier wiederholen sie immer irgendwelche Wörter?«

Ach Albert, du Idiot. Diese Frage gerade jetzt zu stellen, das war so unsensibel, wie einen Schielenden zu fragen, in welches Auge man am besten gucken sollte, während man mit ihm sprach.

Steidl überging die Frage. »Wollen Sie mein Labor sehen – sehen?«

»Bitte.«

»Kommen Sie!« Er drehte sich hastig um und schob einen vergilbten Vorhang beiseite. Dahinter war eine weitere Stahltür. Steidl kramte einen Schlüssel aus seiner Hosentasche. Er öffnete langsam die Tür und sah Carmen dabei unentwegt an. »Bitte. Bitte.«

Carmen trat ein. Ein muffiger Geruch schlug ihr entgegen. Das grelle Licht der Neonröhren war unangenehm und verbreitete ein Flair wie in einer alten Garage oder wie in einem typischen Labor in einem billigen Horrorfilm, in dem gleich die vom verrückten Professor gezüchteten Zombies von ihren Bahren aufstanden und unverständliches Zeug grölten. Aber das, was in diesem Labor so herumstand, war eher eine Art *Frankenstein für Arme*. Alles stand voll mit Geräten, an der Wand lehnten drei hohe Metallschränke, alles in allem sah es aus wie in einem richtigen Labor, nur eben etwas überaltert.

Albert sah sich gelangweilt um und stemmte die Hände in die Hüften. »Ja, Herr Steidl, das ist alles sehr beeindruckend. Aber zunächst fände ich es ziemlich reizvoll, wenn Sie uns mal erklären könnten, in welcher Verbindung Sie zu Erik Schwenk gestanden haben?«

Steidl zog die Augenbrauen so heftig nach oben, dass er aussah wie eine Comicfigur, drehte den Kopf ruckartig um 90 Grad und sah hilfesuchend den großen Russen an.

»Es ist nicht ganz legal«, sagte der sofort.

Albert kratzte sich demonstrativ gelangweilt am Kopf. »Kumpel, so ziemlich nichts an dieser ganzen Sache hier ist legal. Also …?!«

Kowaljow nickte. »Der Professor hat sich von Schwenk die Ergebnisse der Wasseruntersuchungen geben lassen.«

»Und?«

»Das hätte er nicht tun dürfen. Erik Schwenk war Gewässerwart beim ACK, er war nicht berechtigt, die Ergebnisse an Dritte weiterzugeben. Und der Professor war nicht berechtigt, die Ergebnisse an sich zu nehmen, um sie mit seinen eigenen zu vergleichen.«

»Sind solche Sachen nicht ohnehin öffentlich? Also Gewässerqualität und dieses Zeug?«

»Ja, aber erst, wenn der Verein die Ergebnisse freigibt.«

»Aha. Weiter.«

Steidl trat einen Schritt zurück. Kowaljow fuhr fort. »Ich habe dem Professor auch manchmal Berichte zukommen lassen. Von einem anderen Bekannten von mir aus dem Verein. Und der Erik Schwenk war ja auch sehr engagiert und wollte sich mehr einsetzen für die Umwelt und so.«

»Diese Schnapsidee mit den Gemeinderatswahlen, oder?«

Kowaljow nickte.

»Wann haben Sie beide Erik Schwenk zum letzten Mal gesehen?«

»Letzte Woche. Am Wasser. Draußen am Rheinhafen.«

»Was haben Sie da besprochen?«

»Nichts Wichtiges. Eigentlich ging es da ausnahmsweise nur um den Wels, den er ein paar Tage vorher gefangen hatte. Das hatte sich rumgesprochen. War ein großer.«

»Himmel, wie viele große Welse schwimmen denn im Rhein noch herum? Alle naselang zieht da wieder einer einen dicken raus!«

»Viele«, sagte der Russe.

»Gut, und unterm Strich haben Sie aber alle drei irgendwie zusammen für eine bessere Welt recherchiert?«

Kowaljow nickte wieder.

»Sagt Ihnen der Name Julia irgendwas?« Carmen befürchtete, dass Albert in seiner Anspannung die Frage aller Fragen vergessen würde.

»Was für eine Julia?«

»Eine Freundin von Erik Schwenk.«

»Nein. Ich kenne eine Julia, aber die hatte mit Erik nichts zu tun.«

»Haben Sie Erik Schwenk zusammen mit einer blonden jungen Frau gesehen in letzter Zeit?«

»Nein.«

Auch Kowaljow schüttelte den Kopf.

Albert schloss die Augen, so als wollte er vermeiden, dass ein tödlicher Blitz aus ihnen hervorschoss und alle im Raum zu Staub zerfallen ließ. Ohne die Augen zu öffnen, fragte er laut: »Hat noch jemand Fragen? Ich würde nämlich jetzt gerne nach Hause gehen und mir einen besseren Krimi als diesen hier im Fernsehen reinziehen und mich mit Chips vollstopfen, bevor mir hier in diesem Scheißkeller das Hirn platzt!«

Zwölf

Als Carmen am nächsten Morgen die Tür zu ihrem Vorzimmer öffnete, wedelte Maren schon mit der Zeitung. »Und? Trifft's das Bild?«

»Welches Bild?«

»Na, hier, das Phantombild von der Frau! Hat die so ausgesehen?«

Carmen hatte heute die Zeitung nicht mal aus dem Briefkasten geholt. Maren hielt ihr das Blatt unter die Nase.

Badische Aktuelle, Ausgabe Samstag, 21. Mai.
Ressort: Landesecho, Aufmacher auf Seite 23

Karlsruhe nimmt Abschied von Schumann
Trauergäste verfolgen vor Kirche per Videoübertragung Gottesdienst auf Großleinwand
Mit einer bewegenden Trauerfeier haben die Karlsruher von ihrem ehemaligen Sozialbürgermeister Herbert Schumann Abschied genommen.

Rechts darunter:

Wer kennt diese Frau?
Phantombild.

Der Name Julia stand nicht mit bei dem Bild. Vermutlich hatte Hofer entschieden, dass das die Leute zu sehr beeinflussen könnte, und befürchtet, jeder, der eine Julia kannte, würde sofort in heller Aufregung bei der Polizei auf der Matte stehen.

»Ja, das trifft's.« Carmen drehte sich beim Gedanken an die aufgequollene Leiche schon wieder der Magen um.

»Arme Frau«, sagte Maren und klemmte sich den Kugelschreiber hinters Ohr. »Die anderen warten übrigens schon auf dich.«

»Prima. Tust du mir einen Gefallen?«

»Schon wieder?«

»Holst du mir ein Stück Kuchen von unten?«

»Bin ich dein Dienstmädchen?«

»Danke, Maren.«

Ernst Beier hatte sich Carmens Stuhl geschnappt und sich neben Albert an den Schreibtisch gesetzt. Sie starrten auf den Bildschirm, Beier zeigte auf eine bestimmte Stelle und wedelte mit der anderen Hand. »Runter! Scroll ein bisschen runter. Stopp! Da – siehst du?«

»Morgen«, sagte Carmen und stellte sich dazu.

»Morgen«, kam es wie aus einem Mund, ohne dass einer der beiden ihr das Gesicht zuwandte.

»Das ist doch mal was!«, sagte Albert und notierte sich etwas auf einen Zettel.

»Ja, uns ist das zwar aufgefallen, aber vor diesem Hintergrund wird die Kiste mächtig interessant«, sagte Beier, griff an Albert vorbei und nahm ihm die Maus weg. »Hier, da hast du's wieder. Ich meine, das sind Beträge, das machst du als Konzern schon auch wegen der Steuer, aber ich fress 'nen Besen, wenn das alles sauber ist.«

Carmen beugte sich zwischen den beiden hindurch und betrachtete die Zahlen auf dem Bildschirm. »Überweisungen«, stellte sie fest.

»Blitzmerker, Carmen«, sagte Albert.

»Und von wem an wen?«

Er sah sie an wie ein stolzer Vater, der seinem Sprössling vor Publikum eine vermeintlich schwierige Frage stellt, aber dabei ganz genau weiß, dass der Nachwuchs sie richtig beantworten kann und alle darüber staunen werden. »Dreimal darfst du raten.«

»Erspar mir das, sag's mir lieber gleich.«

»Du enttäuscht mich, Carmen. Von BCLP an Schumann. Beziehungsweise nicht direkt an Schumann.«

»BCLP?«

»Bauers Chemical Laboratory Productions. So heißt das Chemiewerk.«

»Ach so, klar. Und was heißt: nicht direkt?«

»Das ist der Witz: Das Geld ist auf das Konto der Stiftung geflossen, die Schumanns Frau ins Leben gerufen hat. Für diese Leukämie-Kinder.«

»Clever. Aber auch ein bisschen plump, falls es wirklich faul ist, oder?«

»Finden wir auch.«

»Und woher wollt ihr wissen, dass das nicht einfach normale Spenden sind, die wegen der Steuer gemacht werden?«

»Der Zeitpunkt, Carmen. BCLP hätte Millionen investieren müssen, um die Kläranlage aufzurüsten. Musste sie am Ende aber nicht. Und warum nicht? Weil der Schumann sich entgegen der Überzeugung seiner Partei dafür eingesetzt hat, dass sie das nicht machen müssen. Mit fadenscheinigen Ausreden, von wegen Arbeitsplätze am Ort erhalten und so'n Zeug. Hat ja auch der Steidl gesagt.«

»So fadenscheinig find ich das gar nicht. Man muss sich eben manchmal gegen die Umwelt und für Arbeitsplätze entscheiden, auch wenn man Grüner ist. Das nennt man Realismus«, stellte Carmen fest.

»Würde ich schlucken. Was ich aber nicht schlucken kann, ist, dass er ab einem Zeitpunkt kurz davor immer wieder in unregelmäßigen Abständen kassiert hat. Und vorher hat sich BCLP einen Scheißdreck für diese Stiftung interessiert. Auf einmal: immer wieder Spenden.«

»Was soll uns das denn sagen? Ich meine, wenn er diese Entscheidung offiziell durchgesetzt hat, gibt's ja keinen Grund, ihn weiter zu bezahlen. Dann ist das eine offizielle Sache – und fertig.«

»Genau!« Albert nickte heftig. »Das ist es ja gerade. Spielen wir's noch mal durch. Die Fabrik will ihre Kläranlage nicht aufrüsten. Obwohl sie eigentlich per Gesetz müsste. Das weiß der Schumann, und eigentlich müsste er sich drum kümmern, dass das alles vorschriftsmäßig läuft. Vor allem bei den vollmundigen Reden, die er immer geschwungen hat. Die Leute von BCLP kommen und geben ihm Geld. Und weil er in allen möglichen Gremien sitzt, hat er auch genügend Einfluss, diese Kläranlagengeschichte für die nächsten Jahre auf Eis zu legen. So weit, so gut. Also, Schumann nimmt das Geld und kümmert sich drum. Auf offiziellen Papieren steht jetzt ganz klar, dass die Genehmigung für die asbachuralte Kläranlage verlängert wird um einen Zeitraum X. Preisfrage: Warum kriegt der Schumann weiterhin Geld?«

»Er hat BCLP erpresst?«

»Könnte sein, aber womit? Es ist ja kein Geheimnis mehr,

dass die Abwässer, die eingeleitet werden, dreckiger sind als erlaubt. Da wurde sich öffentlich drüber aufgeregt, das ging auch durch die Presse.«

»Vielleicht waren sie eben *noch viel dreckiger*, als es in den Papieren steht. Und der Schumann hat gesagt: Leute, wenn ich das ausplaudere, ist's vorbei mit eurem Treiben.«

»Ja, Carmen, alles schön und gut, dann hätten die aber rauslassen können, dass der Schumann Geld genommen hat. Hätte ihn den Kopf gekostet. Wer als Politiker Geld nimmt, ist genauso erpressbar.«

»Stimmt auch wieder. Seht ihr, deswegen erpresse ich niemand. Ist mir viel zu kompliziert.«

»Vielleicht wollte er reinen Tisch machen? Dann wäre er nicht mehr erpressbar gewesen. Und die Leute von BCLP wollten das verhindern und haben ihm deshalb immer wieder Geld zugesteckt, damit er sich's anders überlegt.«

»Hätte er nicht getan. Nie im Leben! Dieser Saubermann! Habt ihr ihn gekannt? Niemals hätte der zugegeben, dass er Geld genommen hat! Seine Frau hätte ihn umgebracht, wenn er das gemacht hätte!«, klinkte Beier sich wieder ein.

»Inwiefern? Frauen sind doch oft nicht so abgeneigt, wenn der Mann ordentlich Geld nach Hause bringt«, bemerkte Albert spitz.

Beier lächelte gelangweilt. »Mag sein. Aber die Schumann ist doch so eine – ach, ich weiß gar nicht, wie man das am treffendsten beschreiben soll …«

»Eine Mutter Teresa?«

»Nein, keine Mutter Teresa.«

»Aber wenn sie so 'ne Stiftung macht und du behauptest, dass sie es nicht gut findet, wenn ihr Mann mal ordentlich Kohle nach Hause bringt?«

»Albert, dein Frauenbild ist ziemlich einseitig, kann das sein?«

»Kann sein. Ist mir egal. Weiter.«

Beier warf Carmen einen bedauernden Blick zu. Carmen winkte ab. Beier wandte sich wieder an Albert. »Also die Schumann ist so eine Art First Lady, finde ich. So eine Vorzeigefrau in einer Vorzeigeehe. Wisst ihr, was ich meine?«

Albert schüttelte den Kopf. »Nö.«

»Carmen, hilf mir beim Erklären. *Du* weißt, was ich meine, oder?«

»Na ja, so ungefähr kann ich's mir vorstellen. Ich schätze, du willst darauf hinaus, dass sie eine Frau vom alten Schlag ist, die sich immer und überall hinter ihren Mann stellt und Einigkeit demonstriert, dabei aber auch sehr darauf bedacht ist, dass man ihr und ihrem Mann in der Öffentlichkeit niemals aus irgendetwas einen Strick drehen kann. Trifft es das, was du mit Vorzeigefrau und Vorzeigeehe meinst?«

»Ja. Sogar ziemlich genau.«

Albert sah skeptisch aus. »Ich weiß nicht recht. Mag sein, dass ich zu wenig von Frauen verstehe, aber das erklärt für mich immer noch nicht, warum sie sich nicht über eine zusätzliche Finanzspritze hätte freuen sollen?«

»Albert, wenn sie eine Frau ist, die sehr viel Wert auf ihr Ansehen in der Öffentlichkeit legt, und wenn sie dabei auch noch eine halbwegs kluge Frau ist, dann ist sie sehr vorsichtig mit solchen Dingen. Weil sie weiß, dass so was relativ leicht auffliegen kann, und wenn sie einmal in der Presse zerrissen worden ist, dann kriegt sie keinen Fuß mehr auf den Boden in den Kreisen, in denen sie sich gerne bewegt.«

»Danke für den Exkurs in die weibliche Psyche, Carmen.«

»Das hat doch jetzt nichts mit … ach, vergiss es.«

»Ich weiß nicht, warum immer alle meinen, man müsste immer von allen gemocht werden.«

»Dass du so darüber denkst, ist mir fast klar gewesen.«

Für einen Moment schwiegen alle. »Ist ja jetzt auch mal egal – hier sitzen und Theorien über Frauen und Psychologie spinnen, so kommen wir nicht weiter. Wir müssen uns *drum kümmern*. Fakt ist, da ist Geld geflossen, und das ist ziemlich komisch. Den Schumann können wir nicht mehr fragen, also wen fragen wir?«

»Die Bücher. Wir sollten die Akten von BCLP beschlagnahmen lassen.«

»Ja. Erster Schritt. Zweiter Schritt: seine Frau.«

»Die Frau vom Schumann?«

»Klar. Die ist doch die Obermutter dieser Stiftung. Und wenn die das mit dem Geld gewusst hat, hat sie zumindest diesbezüglich Dreck am Stecken.«

Ernst Beier schüttelte den Kopf. »Könnt ihr vergessen. Die ist nach wie vor so durch den Wind, die kriegt keine drei Sätze am Stück raus, wenn's um ihren Mann geht. Und Leute, stellt euch mal vor, der stürzt vor ihren Augen ab, war immer der treu sorgende und liebevolle Mustergatte, und jetzt wollt ihr der Frau erzählen, dass er Schmiergelder genommen und über ihre Stiftung hat laufen lassen. Dann könnt ihr sie eigentlich direkt in die Psychiatrie einweisen.«

»Ernst, bis du schon so senil, oder tust du nur so?«

»Warum?«

»Hallo, das Geld lief über das Stiftungskonto. Vielleicht hat sie das ja alles gewusst? Apropos, wie sieht's denn aus – selbst wenn die ach so arme Frau kaum ein Wort rausbringt: Profitiert sie von seinem Tod?«

Ernst Beier fletschte die Zähne. »Für wie blöd hältst du uns eigentlich, Albert, hm?«, giftete er. »Das war fast das Erste, das wir überprüft haben. Habe ich doch schon neulich ausführlich erklärt.«

»Und?«

»Er hatte keine Lebensversicherung. Das Haus läuft auf beide, ist aber auch nicht der Rede wert. Der Schumann war nicht reich. Das Einzige, wo viel Geld liegt, ist die Stiftung.«

»Und wer entscheidet darüber, was mit dem Geld aus der Stiftung passiert?«

»Natürlich der Stiftungsrat. Wobei da die Stimme seiner Frau wohl das größte Gewicht hat.«

»Na bitte, da haben wir's doch!«

»Jaja, aber dass sie über das Geld mehr oder weniger verfügen kann, wie's ihr passt, hat nichts mit seinem Tod zu tun. Er hatte mit der Stiftung im Grunde nichts am Hut. Er hat ja sogar noch zusätzlich Geld reingeholt. Bekannter Kopf, Frau setzt sich für was Gutes ein – Werbetrommel. Es macht also keinen Sinn, dass sie ihn wegen der Stiftung um die Ecke bringt. Eher im Gegenteil – sein Tod schadet ihr diesbezüglich. Momentan hat noch jeder Mitleid mit ihr, aber warte mal ein paar Jährchen ab, bis Gras über die Sache gewachsen ist. Dann steht sie nämlich da als Exbürgermeistergattin, und kein Schwein interessiert sich mehr für sie. Okay, ja, vielleicht schafft sie's auch so, aber sie wird sich wesentlich schwerer tun ohne ihren Herbert.«

Dass Maren inzwischen hereingekommen war, hatte keiner bemerkt. Sie stand hinter den dreien und starrte gespannt auf den Computer – wo es eigentlich nur ein paar für den Laien nichtssagende Zahlen zu sehen gab. Jetzt hustete sie leise. Albert fuhr herum. »Maren! Erschreck uns nicht so!«

»Tschuldigung. »Ich hab erstens ein Stück Kuchen, wie bestellt, *Miss Daisy.*« Sie quetschte den Arm mit dem Teller zwischen den dreien hindurch und stellte den Kuchen vor Carmen auf den Tisch. »Und zweitens hat Tobi mir das hier gegeben, er kommt gleich auch noch, aber wenn ihr grade von Konten sprecht …« Sie wedelte mit dem Papier in der anderen Hand.

»Zeig her.« Albert riss ihr die Blätter aus der Hand. »Ach Leute, langsam macht's keinen Spaß mehr. Wisst ihr, was hier steht? Dass der Schwenk auch Geld genommen hat. Und wisst ihr, von wem?«

»Ebenfalls von der Fabrik? Würde ja naheliegen, er war Gewässerwart.«

»Nein – vom Schumann.«

»Warum wissen wir das nicht? Wir haben doch auch sein Konto überprüft.«

»Ja, die Schmelzer. Der reiß ich den Kopf ab, wenn sie auftaucht. Die hat kein Wort davon gesagt, dass da regelmäßige Zahlungen gekommen sind.«

Maren schob sich leise wieder zur Tür hinaus.

Irgendwie erschien das alles logisch, auch wenn man es innerhalb einer Minute nicht richtig überdenken konnte. Dass ein Gewässerwart sich eher pro Umwelt engagiert als für die große Industrie und dass der dann bestochen werden soll, weil er durch seine Tätigkeit ein bisschen zu viel weiß … Aber das hätte schon früher auffallen können. »War das denn so offensichtlich mit den Zahlungen? Was schreibt Tobi denn?«

»Wir fragen ihn nachher einfach selbst.«

»Okay. Womit wir zumindest eines wissen: Wir müssen unsere Ermittlungsgruppen ab sofort tatsächlich komplett in einen Topf werfen.«

»Großartig. Wer bringt das dem Hofer bei?«

»Ich nicht.«

»Ich auch nicht.«

»Knobeln?«

In diesem Augenblick platzte Maren wieder zur Tür herein. »Leute, ihr glaubt nicht, was eben bei mir auf den Schreibtisch geflattert ist?«

»Verrat's uns bitte.«

»Die Frau, der die Hütte gehört, wo die Klamotten von der Toten gefunden worden sind – wisst ihr, wer das ist?«

»Diese Russin?«

»Ja! Ist euch das nicht aufgefallen? Die hieß bis zu ihrer Scheidung Kowaljow!«

»Und?«

»Sag mal, soll ich für euch den Fall übernehmen? Kowaljow! So heißt doch auch der Kerl, der das Auto gefunden hat! Und bevor ihr jetzt blöd rumtut, ich hab's schon recherchiert: Sie ist die Mutter von Jewgenij Kowaljow!«

Konrad starrte das Phantombild der toten Frau an.

»Gefällt sie dir?«, fragte Tine spitz, stellte geräuschvoll ihr Tablett ab und setzte sich neben ihn an den Tisch.

»Wie bist du denn drauf?« In solchen Momenten hasste er sie. Wenn sie so tat, als ließe sie alles kalt. Er wusste genau, dass sie manchmal genauso sehr ihrer gemeinsamen Zeit nachtrauerte, wie er es viel zu lange getan hatte. Ihre beste Freundin hatte geplaudert. Aber dieser Zug war abgefahren. Endgültig.

»Gefällt sie dir jetzt oder nicht? Würde doch in dein Beuteschema passen, oder?« Sie versuchte, möglichst lässig zu lächeln.

»Mein Beuteschema? Interessant, dann weißt du mehr darüber als ich.«

»Ach komm, du hast es doch mit diesen blonden jungen Dingern, oder? Kannst es ruhig zugeben jetzt.« Sie stieß ihm mit dem Ellenbogen in die Seite, als wäre sie einer seiner Skatbrüder.

»Darf ich vielleicht in Ruhe meinen Kaffee trinken, Tine? Du bist nicht mein Kumpel, du bist meine Ex, und es schmeichelt mir, dass du nach wie vor meine Nähe zu suchen scheinst, aber ganz ehrlich: Meine Vorlieben für blonde oder brünette, groß- oder kleinbrüstige Frauen werde ich mit jedem anderen lieber besprechen als mit dir. Klar?«

Ihr Blick wurde kalt, sie lächelte hochnäsig. »O, immer noch verletztes Männerego, was?«

»Es reicht … Entschuldige mich.« Konrad nahm seinen Kaffee und stand auf. Er musste weg. Das war nicht die Art Unterhaltung, die er jetzt führen wollte. Und wenn das schon so anfing, hatte er auch keine Lust mehr, sich mit ihr über Steidl, die beiden Leichen und die Verschwörungstheorien zu unterhalten. Eigentlich hätte er ihr erzählt, dass er nachher einen Termin mit Gustav Eberstein hatte. Eberstein war der große Trumpf. Er war Mitglied des Aufsichtsrats in der Chemiefabrik, der Presse eigentlich nicht besonders zugetan. Aber Konrad hatte ihm im Lauf der Zeit mehrmals im Kleinen bewiesen, dass er Eberstein niemals als Informanten preisgeben würde und dass er sich darauf verstand, seine Fäden geschickt genug zu spinnen, um seine Quelle zu schützen. Eberstein wusste, dass Steidl immer wieder mit einigen Merkwürdigkeiten an die Presse ging. Er selbst war zwar einerseits an einem guten Ruf des Unternehmens interessiert, andererseits liebte Eberstein das Gefühl, mit seinem Wissen eine gewisse Macht gegenüber den anderen Aufsichtsratsmitgliedern ausüben zu können. Er war der Typ Mensch, der solche Spielchen scheinbar einfach brauchte wie die Luft zum Atmen. So hatte er, als Konrad ihn um ein Gespräch gebeten hatte, sofort zugestimmt. Konrad hatte fast den Eindruck, Eberstein liebte es regelrecht, sich von der Presse ausfragen und andere ins Messer laufen zu lassen – solange er sich sicher dabei fühlte. Vielleicht war das eine Art Kick für ihn – Konrad hatte keine Ahnung, wie sonst diese Lust am Plaudern bei einem Mann in Ebersteins Position zu erklären war. Es war ihm auch egal. Das Wichtige waren die Informationen, die dabei herumkamen. Der einzige Haken war, dass Eberstein schon so gut wie im Flugzeug saß, unterwegs zu einem Geschäftstermin. Konrad musste ihn auf dem Fabrikgelände treffen. Das war nicht gut. Außer dem Pressesprecher durfte ihm eigentlich niemand Auskunft geben. Er musste achtgeben, um möglichst unentdeckt zum vereinbarten Treffpunkt irgendwo ganz hinten bei einem der drei Schornsteine zu gelangen. »Um was geht es denn?«, hatte Eberstein gefragt. Und als Konrad etwas von Korruption und Waffenforschung gesagt hatte, hatte Eberstein sofort seine Chance gewittert, wieder einmal einem anderen von ganz oben eins auszuwischen. Und wenn es auch nur ein klitzekleiner Hinweis war, den er geben konnte – jeder Tipp war Gold wert.

Jewgenij nickte Alois Dittus zu und hoffte, dass der Dicke einen Bogen um ihn machen würde. Stattdessen kam er mitsamt seinem riesigen Köter direkt auf Jewgenij zu und lachte. »Was willst du denn fangen mit dem mickrigen Stöckchen?«

»Brassen.«

»Ah. Und? War schon was?«

»Nein.«

»Mhm.« Der Hund knurrte. Dittus klopfte ihm den haarigen Hals. »Was, Hardy? Der Russe hat doch noch gar nichts gefangen! Wir müssen nicht neidisch sein.« Jetzt betrachtete er Jewgenij eindringlich von der Seite. »Sag mal, ich hab gehört, dass du da so ein Auto gefunden hast, im Wald?«

»Ja. Warum?«

»Die haben erzählt, es soll mächtig gestunken haben. Ha! Kein Wunder, oder?«

»Wie meinst du das?«

»Na, da lagen doch haufenweise tote Fische und eine tote Katze drin, oder nicht?«

Haufenweise Fische? Tote Katze? Interessant. Die Stille Post hatte dafür gesorgt, dass zu dem einen Wels im Kofferraum so einiges hinzugekommen war. Aber es ging Dittus sowieso einen Scheißdreck an. Und Jewgenij ließ sich nicht gern ausfragen. Und wer hatte da schon wieder irgendwas rumerzählt? Es war wohl am besten, Dittus einfach in dem Glauben zu lassen. Und noch eins draufzusetzen: »Ja, haufenweise verweste Fische und sogar *drei* tote Katzen!«

»Wirklich?« Dittus riss die Augen auf und wandte sich direkt an seinen Hund. »Hardy, hast du das gehört, *drei* tote Katzen! Waren die auch verwest?«

»Ja, was denkst du denn? Die Würmer sind zu allen Körperöffnungen rausgekrochen.«

»Widerlich! Nicht wahr, Hardy?« Das Hundekalb schenkte seinem Herrchen einen treudoofen Blick.

»Und das Auto hat dem gehört, den sie im Wald gefunden haben? Dem Erik Schwenk, oder? Das war einer von unseren

Gewässerwarten, der Schützling vom Reichert. Du hast den doch auch gekannt, oder?«

Dittus wurde lästig. »Ich misch mich da nicht ein. Das ist Sache der Polizei.«

»Warum so unfreundlich? Hör mal, wir haben jede Menge gemeinsam! Du hast das Auto gefunden, und ich hab immerhin den armen Mann entdeckt, wie er da aufgeschlitzt am Baum gehangen hat. Oder vielmehr: Hardy hat ihn entdeckt.«

»Dann habe ich nicht mit dir, sondern mit deinem Hund etwas gemeinsam.«

»Du wolltest doch irgendwelche Protokolle einsehen?«

»Hat sich erledigt.«

»Aha. Na ja, wo wir grade von Polizei sprechen: Wollen die da zu dir oder zu mir und Hardy?« Er zeigte nach rechts in Richtung des Weges, wo sich eben zwei Polizisten näherten. »Hm, also das sind nicht die, die ich schon kenne«, sinnierte Dittus. »Aber sie kommen direkt hierher, zu uns.«

»Jewgenij Kowaljow?«

Dittus kniff aufmerksam die Augen zusammen, und Hardy spitzte die Hundeohren.

»Ja«, sagte Jewgenij und holte den Köder ein.

»Wir bitten Sie, uns zu begleiten.«

»Begleiten? Wohin?«, platzte es aus Dittus heraus.

Der Polizist ignorierte ihn und erklärte an Jewgenij gewandt: »Darf er das mithören?«

Jewgenij nickte. »Ich habe mir nichts vorzuwerfen, also ist es mir gleich.«

»Also gut. Sie werden verdächtigt, etwas mit dem Tod der jungen Frau zu tun zu haben. Ihre Kleidung ist gefunden worden, und zwar auf dem Grundstück Ihrer Mutter. Sie haben das Recht, die Aussage zu verweigern. Sie dürfen einen Anwalt hinzuziehen.«

»Ist er jetzt verhaftet?«, fragte Dittus völlig baff.

Jewgenij sah Dittus böse an. Dann starrte er dem Polizisten wortlos ins Gesicht.

»Wollen Sie nichts dazu sagen?«

»Ich habe damit nichts zu tun, also kann ich dazu nichts sagen.«

»Gut, das sollten Sie den Kollegen auf dem Revier erklären. Begleiten Sie uns bitte?«

Jewgenij nickte. Was blieb ihm anderes übrig. »Ich muss nur noch schnell mein Angelgerät zusammenpacken. Gestatten Sie mir das?«

»Sicher.«

Schweigend zerlegte Jewgenij die Rute in ihre drei Teile, löste die halb toten Maden vom Haken und warf sie ins Gras, verstaute das Blei und das Vorfach ordentlich in seinem kleinen Angelkoffer.

»Du lässt dir das gefallen?«, protestierte Dittus, der vor Aufregung nicht gemerkt hatte, dass Hardy aufgestanden und zum Schwimmen in den Rhein gesprungen war.

»Die machen nur ihre Arbeit.« So war es doch? Und Jewgenij war schon immer der Überzeugung gewesen, dass sich die Dinge von selbst regelten. »Gehn wir.« Er nickte dem Polizisten zu. Der nickte zurück, er und sein bis dahin stummer Kollege nahmen Jewgenij in die Mitte und ließen Alois Dittus mitsamt seinem nassen Riesenhund einfach stehen.

Albert ging ins Verhörzimmer und sagte: »Sie sind vorläufig festgenommen.« Dieser Satz war vollkommen überflüssig, aber der Russe widersprach nicht. Kowaljow wusste offenbar nicht, was er sagen sollte.

»Überlegen Sie grade, ob Ihr irrer Freund Recht hatte und wir Bullen alle korrupt sind, hm?« Kein sehr konstruktiver Anfang für ein solches Gespräch. Aber Carmen hatte versprochen, Albert machen zu lassen. Vorläufig.

Der Russe sagte nichts.

»Wollen Sie Ihren Anwalt anrufen?«

»Ich habe keinen.«

»Wollen Sie einen?«

»Nein, ich wüsste nicht, warum.«

»Gut. Sie haben das Recht, die Aussage zu verweigern. Das wissen Sie?«

»Ja.«

»Sie wissen inzwischen auch, warum Sie hier sind?«

»Ja.«

»Ihrer Mutter gehört das Grundstück, auf dem die Kleidung der noch unbekannten Toten gefunden wurde.«

»Ja.«

»Das Grundstück ist ziemlich groß, ziemlich abgelegen. Da kommt selten jemand vorbei. Es führt kein offizieller Weg dorthin.«

»Ja, das stimmt.«

»Es ist also klar, dass man dort über Tage ungestört ist.«

»Ja.«

»Sie haben früher in einer Fleischerei gearbeitet.«

»Ja.«

»Kannten Sie Erik Schwenk?«

»Ja.«

»Wie gut?«

»Nicht sehr gut.«

»In welchem Zusammenhang hatten Sie mit ihm zu tun?«

»Der Professor hatte mit ihm zu tun. Das habe ich Ihnen doch schon einmal erklärt. Ich habe ihn ein paarmal getroffen.«

»Wann war das?«

»Das weiß ich nicht mehr genau.«

»Wo haben Sie ihn getroffen?«

»Am Rhein. Am Rheinhafen.«

»Haben Sie mit ihm gesprochen?«

»Ja. Über den Wels, den er gefangen hatte. Das sagte ich Ihnen neulich auch.«

»Wels, Wels – ich hör immer nur Wels. Kann nicht mal jemand 'ne Forelle fangen?«

»Sicher nicht im Rhein.«

»Ja. Ach, alles Quatsch. Da lief aber kein Band mit neulich. Hat Steidl mit ihm gesprochen?«

»Ja.«

»Um was ging es?«

»Ich nehme an, tut mir leid, dass ich das jetzt sagen muss, eben um diesen Wels. Und vielleicht um die sich verschlechternde Wasserqualität. Darum ging es eigentlich immer, wenn die beiden sich unterhalten haben. Ich habe da nicht ständig zugehört.«

Albert knallte das Bild der Toten, die wahrscheinlich Julia hieß, auf den Tisch. »Kennen Sie diese Frau?«

»Nein.«

»Die Kleidungsstücke dieser Frau sind auf Ihrem Grundstück gefunden worden.«

Kowaljow sagte nichts.

»Wer außer Ihnen kennt dieses Grundstück mit der Hütte?«

»Ich weiß es nicht.«

»Ein bisschen viele Zufälle reihen sich da aneinander, mein Lieber. Sie werden ja wohl wissen, wer schon alles mit Ihnen zusammen dort war?«

»Niemand.«

»Aber man hat so einen Acker doch nicht umsonst? Da macht man mal 'ne Grillparty oder setzt sich hin und genießt die Ruhe oder was weiß ich.«

»Ich habe nicht sehr viele Freunde. Und das Grundstück gehört meiner Mutter.«

»Wann waren Sie das letzte Mal dort?«

»Ich weiß es nicht.«

»Sie wissen es nicht?«

»Nein. Es muss sehr lange her sein.«

»Was ist sehr lange?«

»Monate.«

»Aha. Und Ihre Mutter?«

»Die war früher gerne dort. Aber seit sie nicht mehr bei bester Gesundheit ist, schafft sie es nicht mehr.«

»Gut. Herr Kowaljow, wir werden eine Speichelprobe von Ihnen nehmen. Bis feststeht, ob Ihre DNA identisch ist mit einer von denen, die wir bei den beiden Leichen gefunden haben, bleiben Sie bei uns.«

»Wie lange wird das dauern?«

»Höchstens einen Tag.«

»Aha.«

»Ich frage Sie noch einmal: Haben Sie etwas mit dem Tod dieser Frau oder mit dem Tod von Erik Schwenk zu tun?«

»Nein.«

»Gut. Der Kollege bringt Sie jetzt in Ihr Zimmer.«

Als Carmen und Albert den Raum verließen, stürzte Maren auf sie zu. »Julia Marquart! Sie heißt Julia Marquart!«

Albert reichte Carmen das Foto über den Tisch. Die blonde junge Frau darauf hieß Julia Marquart, war 28 Jahre alt und in Konstanz gemeldet. Ihre Mutter, die in Kleinsteinbach, einem kleinen Nest ganz in der Nähe von Karlsruhe, lebte, hatte das Phantombild in der Zeitung gesehen und sich an die Polizei gewandt. Julias Handy sei seit Tagen ausgeschaltet, hatte die Mutter erklärt. Sie hatte vor rund einer Woche noch angekündigt, demnächst von Konstanz nach Karlsruhe zu fahren und dann bei ihrer Mutter vorbeizukommen.

»Die Frau ist völlig fertig«, sagte Albert. »Wir werden mit ihr zusammen wohl in den Kühlschrank gehen müssen.«

»Wann kommt sie?«

»Ist schon unterwegs hierher. Die Tochter – wenn sie's denn ist, liegt noch in Heidelberg. Die Kollegen nehmen die Frau mit, aber wir sollten auch dabei sein.«

»Klar. Wär das schön, wenn's wirklich die Tochter von der ist. Dann hätten wir wenigstens mal wieder einen neuen Ansatzpunkt.«

»Schön ist relativ, aber du hast Recht: Dieses Herumgestochere im Nebel nervt mich auch.«

»Wer weiß, vielleicht klärt sich das alles ja auch ganz schnell. Wenn die Spuren an den Klamotten von Julia Marquart zum Kowaljow gehören und wir ihn zum Reden bringen.«

»Glaubst du dran?«

»Ich glaub so langsam an gar nichts mehr.«

Die Mutter von Julia Marquart war eine zierliche Frau. Ihr Gesicht wirkte eckig, ihr Haar war lang, rötlich gefärbt und lag lose über ihren Schultern. Sie trug eine ziemlich enge Jeans und eine hellgrüne Bluse. Alles in allem wirkte sie recht jugendlich für eine Frau ihres Alters. Sie starrte unendlich lange das bleiche und aufgequollene Gesicht der Toten an. Irgendwann nickte sie. Ihre Augen wurden feucht, aber sie weinte nicht. Sie starrte nur. Mit zusammengepressten Lippen. Das Einzige, das sich jetzt an ihr bewegte, waren ihre Hände. Immer wieder streckte sie ihre Finger aus, machte sie so lang, wie es ging, ja überdehnte sie fast, um sie gleich darauf wieder zur Faust zu ballen.

»Frau Marquart, ist das Ihre Tochter?«

Sie nickte noch einmal.

»Dann müssen wir uns jetzt mit Ihnen unterhalten.«

Die Frau stand völlig unter Schock. Nachdem sich die erste Starre gelöst und Meyer ihr irgendwelche ominösen Tropfen zur Beruhigung gereicht hatte, setzte Carmen sich neben sie auf einen der kalten grauen Plastikstühle in einem der zahllosen Gänge des Pathologietraktes. »Haben Sie irgendeine Vorstellung, wer das getan haben könnte?«, fragte Carmen leise.

Die Frau schüttelte den Kopf.

»Hatte Ihre Tochter einen Ehemann oder einen festen Freund oder einen Geliebten?«

Die Frau schüttelte wieder den Kopf. »Nein. Nein, nicht dass ich wüsste.«

Während Carmen der Frau mühevoll jede Einzelheit aus der Nase zog, nämlich dass ihre Tochter Biologie in Konstanz studierte, das Studium nahezu abgeschlossen hatte, in letzter Zeit ab und zu in Kleinsteinbach zu Besuch gewesen und auch da immer eifrig an dem kleinen Flüsschen, der Pfinz, für ihre Arbeit recherchiert hatte, dass sie aber nicht genau wusste, zu wem sie in Karlsruhe und Umgebung Kontakt gepflegt hatte, hatte sich Albert zu Meyer verkrümelt, der jetzt offenbar mit neuen Erkenntnissen herausgerückt war. Albert kam nämlich um die Ecke und unterbrach Frau Marquart mitten in einem Satz zur recht kompliziert erscheinenden Familiensituation im Hause Marquart.

»Vergessen Sie nicht, was Sie sagen wollten. Entschuldigen Sie uns kurz.« Er packte Carmen unsanft am Arm und zog sie vom Stuhl hoch.

»Au! Geht's noch gröber? Was ist denn?«

»Komm.« Er zerrte sie hinter sich her, bis sie außer Hörweite der Mutter waren.

»Also, im Auto waren Schamhaare. Von einem Kerl.«

»Im Auto? In welchem Auto?«

»Im Auto von Erik Schwenk.«

»Ach so. Haare, weiß ich doch. Ja, und?«

»Die Schamhaare sind definitiv nicht von Erik Schwenk, nicht von Kowaljow und auch nicht von dem Kerl, von dem das Sperma in der Toten stammt.«

»Großartig. Und?«

»Frag nicht immer so blöd *Und*. *Und* ihre DNA ist mit keiner von den erkennungsdienstlich erfassten Personen identisch. Wir wissen aber, von wem das Sperma stammt!«

»Was?! Ich werd verrückt! Und?«

»Michael Heiß. Erkennungsdienstlich erfasst schon vor ein paar Jahren, weil er die Finger nicht von den Weibern lassen konnte. War mal Kfz-Mechaniker, war mal verheiratet, nach dem Herumgegrabsche an Kundinnen in der Werkstatt und nachdem er mal einer in den Wald nachgelaufen ist, haben sie ihn verknackt. Hat eine Weile abgesessen, kam raus, hat sein Leben nicht wieder auf die Reihe gekriegt. Keine Kunden mehr, Frau weg, Freunde weg, alles weg. Hat angefangen zu saufen, ich glaub, sein Hirn ist mindestens zur Hälfte durchlöchert inzwischen, lungert seitdem vor Supermärkten und am Werderplatz rum und wird immer mal wieder von den Kollegen von der Streife weggeschickt von seinen Lieblingspennerplätzchen.«

»Ja, Wahnsinn! Das dürfte doch kein Problem sein, den aufzutreiben.«

»Ich hab gleich die Fahndung rausgegeben. Wenn wir Glück haben, sitzt der Kerl in Ketten bei uns auf dem Revier, bevor es dunkel wird.«

Frau Marquart war in der Zwischenzeit trotz Meyers Wundertropfen hysterisch schreiend zusammengebrochen. Sie musste umgehend versorgt werden. Meyer hatte schon einen Krankenwagen bestellt. »Ich hab angeleiert, dass sie erstmal hier im Krankenhaus um die Ecke für ein paar Stunden zur Ruhe kommen kann. Soll ich sie dann nach Karlsruhe bringen lassen, ihr ein Taxi rufen – wie sieht's aus? Hat sie einen Mann, der sie abholen kann?«

»Nein«, sagte Carmen. »Der Vater von Julia ist wohl auch erst kürzlich gestorben. Tragisch. Aber ich hab nicht genauer nachfragen können, weil Herr Kollege mich ja aus dem Gespräch herausreißen musste!«

»Die arme Frau«, stellte Meyer fest.

»Geben Sie die Nummer vom Krankenhaus an unser Sekretariat durch, wir kümmern uns dann nachher irgendwie von Karlsruhe aus. Albert, fahren wir?«

»Ja. Die neuesten Entwicklungen haben unseren lieben Staatsanwalt genötigt, uns wieder mal unsere Arbeit erklären zu wollen.«

»Heißt?«

»Dass wir in zwei Stunden bei ihm auf der Matte stehen sollen.«

»Gut. Was machen wir bis dahin?«

»Ich hab die anderen bestellt. Wir besprechen uns vorher einfach noch mal, damit wir dem Hofer was zu sagen haben, wenn er uns auseinandernimmt.«

Tobi, Angelika Schmelzer und Dieter Ohnmacht saßen schon parat. Angelika Schmelzer hob die Hand. »Also, um das gleich vorwegzuschicken: Michael Heiß ist bisher nicht aufgetaucht. Aber die Fahndung läuft auf Hochtouren. Ich bin direkt über Interpol gegangen, damit wir international nach ihm suchen können.«

Albert nickte. »Sehr gut. Ich kann mir zwar nicht vorstellen, dass so ein besoffenes Schwein weiter kommt als bis zum nächsten Schnapsladen, aber ich kann mich täuschen. Leute, Brainstorming. Wir brauchen schnell eine Kompaktversion von allem, was wir wissen, damit wir unserem lieben Vorgesetzten was zu verklickern haben.«

Carmen stand auf, schnappte sich einen Filzstift und ging zum Flipchart. »Ich mach mal wieder Malstunde. Also …« Sie zeichnete zwei große Punkte, einen nannte sie *Erik*, den anderen *Julia*. »So, unsere beiden Toten. Wir gehen davon aus, dass die beiden gemeinsam unterwegs waren. Woher sie sich genau kennen und welcher Qualität ihr Verhältnis war, ist nicht klar. Er wurde erschlagen, aufgeschlitzt und am Baum aufgeknöpft, sie erschlagen und unter ein Boot gebunden. Unsere erste Idee war eine Beziehungstat. Könnt ihr mir so weit folgen?«

Tobi nickte und hob den Daumen. »Eins a, Carmen, bis dahin wird Hofer dich noch nicht unterbrechen …«

»Witzbold. Also: Weil irgendwie niemand so recht glauben mag, dass die Marquart eine Beziehung zu einem Penner unterhalten hat, aber dessen Sperma in ihr gefunden wurde, ist das Ganze wieder ein bisschen komplizierter geworden.«

»Warum?« Dieter Ohnmacht kratzte sich, für jeden sichtbar, so ausgiebig am Hintern, dass es fast peinlich war. »Als ich vorhin gehört hab, dass das Sperma von dem Heiß ist und dass die Schamhaare im Auto von niemandem der Leute stammen, die wir momentan im Visier haben, hat mich gar nichts mehr gewundert. Ist doch alles sonnenklar.«

»Ach ja?«

»Leute, das ist doch total naheliegend. Ihr kennt den Heiß wahrscheinlich nicht persönlich, ich hab ihn schon ein paarmal erlebt, schon früher, als er noch rumgegrabscht hat. Und erst vor ein paar Wochen hat er wieder 'nen Platzverweis kassiert und deshalb randaliert. Der ist fertig. Dem ist alles zuzutrauen. Also, ich dachte nach den Infos von vorhin sofort: Der Heiß war mal wieder randvoll mit Billigschnaps und mit irgendeinem Saufkumpan unterwegs. Die beiden entdecken den Schwenk und die Marquart und machen sich 'nen Spaß draus, ihn totzuschlagen und sie mitzunehmen und ordentlich – na, ihr wisst schon.«

Albert schüttelte den Kopf. »Aber warum den Schwenk ausweiden und am Baum aufknöpfen, Dieter? Das schaffen zwei besoffene Penner, die nicht mal ihre Zunge unter Kontrolle haben, einfach nicht.«

Dieter Ohnmacht zuckte mit den Schultern. »Hast du 'ne bessere Idee? Nach wie vor fände ich es nämlich ein bisschen viel Zufall, wenn die beiden Leichen am Ende doch nichts miteinander zu tun haben sollten.«

»Was ist denn mit der DNA an den Kippen und der Bierflasche vom Fundort? Also da, wo der Schwenk aufgehängt war?«, fragte Angelika Schmelzer unvermittelt.

»Fehlanzeige. Das bisschen, was da gefunden wurde, gehört zu keinem unserer Pappenheimer«, sagte Tobi.

Albert schob ein paar Papiere auf seinem Schreibtisch auseinander und runzelte die Stirn. »Und was ist jetzt mit dem Professor und der Verschwörungstheorie und dem Bürgermeister? Wie passt das Pennersperma da ins Bild?«

Angelika Schmelzer zog die Augenbrauen hoch. »Auftragsmord? Also, nur so als Idee …«

Dieter Ohnmacht lachte abfällig. »Auftragsmord. Genau. Wer ist so dämlich und beauftragt einen Sturzbesoffenen damit, jemanden um die Ecke zu bringen?«

»Warum nicht? Einer, der ständig betrunken ist, ist keine Gefahr. Er ist nicht sehr glaubwürdig, kann deshalb auch nichts ausplaudern. Er ist billig, weil er mit ein bisschen Schnaps im Leben zufrieden ist, und wenn er als Schmankerl noch Sex mit dem Opfer haben darf, das ist doch optimal.«

Albert nickte langsam. »Rege Fantasie, Frau Schmelzer. *Das* nenn ich Brainstorming. Aber gut, klingt auch nicht so dumm.«

Ohnmacht schnalzte ungläubig mit der Zunge. »Moment, Moment. Das wäre also dann die Art von Theorie: Diese Chemiefabrik hat Dreck am Stecken, Schwenk und die Biologie-Tussi wissen davon, die Fabrikleute beauftragen einen besoffenen Penner damit, die beiden zu ermorden, nachdem sie vorher schon den Schumann vom Berg haben abstürzen lassen, weil der auch irgendwas unglaublich Geheimes wusste. Richtig?«

Albert nickte. »Abenteuerlich. Aber: ja.«

Carmen legte den Filzstift beiseite. Diese Theorien als Schaubild zu malen überstieg ihre künstlerischen Fähigkeiten um Welten. »Was ist denn mit den Geldströmen? Also wer von wem Geld bekommen hat, das ist doch nach wie vor nicht unerheblich? Ich finde, das untermauert doch diese letzte, wenngleich abenteuerliche Theorie. Oder nicht?«

Dieser Meinung war Staatsanwalt Hofer leider auch. Von dem, was das jetzt für den Fortgang der Ermittlungen bedeutete, war er allerdings alles andere als begeistert. »Was wollen Sie sagen, wenn Sie da hingehen, zur Geschäftsführung von dieser Fabrik? Es liegen Anschuldigungen gegen Sie vor von einem Verrückten, der behauptet, Sie hätten den Bürgermeister umgebracht? Und davon abgesehen: Das ist eigentlich Aufgabe Ihrer Kollegen – im Grunde müssten *die* jetzt hier stehen und das mit mir besprechen.«

»Stimmt. Aber die Sache mit dem Schwenk hängt, wie wir ja eben schon angedeutet haben, offenbar mit Schumanns Tod zusammen.«

»Erklären Sie mir das doch noch einmal. Was ich da bisher von Ihren kryptischen Aktenvermerken überflogen habe, klingt für mich ziemlich konfus.«

»Schumann hat Geld erhalten. Mehrmals. Größere Summen. Ebenso wie Schwenk. Das ging über eine ganze Weile so. Und irgendwann hat er genau die Summe, die er zusammengerechnet bekommen hatte, an die Krebshilfe überwiesen.«

»Ach ja, das hatten wir schon. Hab ich irgendwo gelesen vorhin. Aber nochmal zum weiteren Vorgehen und meiner Frage von vorhin: Wonach genau gedenken Sie zu suchen, wenn Sie zur Fabrik gehen? Und haben Sie eine Ahnung, wer da alles im Aufsichtsrat sitzt? Wer mit wem befreundet ist und zum Golfspielen geht? Das ist ein echter Sumpf! Und wenn nichts dran ist an unseren Vermutungen, Frau Henning, Herr Schneider, es wäre eine unaussprechliche Blamage für uns in den höchsten Kreisen. Das ist Ihnen hoffentlich klar?«

Albert grinste kalt. »Chef, es ist mit herzlich egal, mit wem *Sie* Golf spielen und auf Kreuzfahrt gehen. *Mein* Job ist es, Verbrechen aufzuklären. Und wenn ich die Bundeskanzlerin persönlich zum Verhör laden müsste, wäre es mir gleichgültig, wenn ich am Ende nur den Fall gelöst habe. Das ist *Ihnen* hoffentlich klar?«

Hofer machte eine Handbewegung, als wollte er eine lästige Fliege verscheuchen. »Schwirren Sie ab! Machen Sie doch, was Sie wollen. Ich warne Sie nur! Wenn die falschen Leute sich von uns gestört fühlen, kann das böse ausgehen. Seien Sie also nicht naiv, und benehmen Sie sich ausnahmsweise nicht wie der Elefant im Porzellanladen. Frau Henning, passen Sie mir ein bisschen auf Ihren Heißsporn auf. Der legt unser Dezernat noch in Schutt und Asche.«

Carmen stieß beinahe mit Konrad Mende zusammen, als sie auf dem Firmenparkplatz von BCLP aus dem Auto stieg.

»Hoppla! Entschuldigen Sie!«

Er lächelte. »Kein Problem. Ziemlich eng, diese Firmenparkplätze, was?«

Albert bedachte Mende mit einem mürrischen Blick und blaffte dann: »Was machen Sie denn hier? Fürs Rumschnüffeln sind immer noch wir verantwortlich!«

Mende lächelte nachsichtig. »Da muss ich Ihnen leider widersprechen, Herr …?«

»Schneider«, half Albert gereizt aus.

»Also, Herr Schneider, da muss ich Ihnen wie gesagt widersprechen. Ich brauch Ihnen ja nichts von freier Presse und so weiter erzählen, oder?«

»Quatsch!«, schnaubte Albert. »Aber es wird ja wohl erlaubt sein, dass die Kripo sich unwahrscheinlich dafür interessiert, was ein Schmierfink wie Sie hier verloren hat, wo wir eben auch im Begriff sind, hier jemanden zu besuchen.«

»Wirklich sehr interessant. Wen wollen Sie denn besuchen?«,

fragte Mende belustigt und zwinkerte Carmen dabei zu. Das war frech! Aber er schien Spaß daran zu haben, Albert auf die Palme zu treiben. Und gegen so eine kleine Belustigung am Rande hatte Carmen durchaus nichts einzuwenden. Sie schenkte Mende ein Lächeln – nicht zu lang, nicht zu kurz. Aber eines, das in der Konsequenz vielleicht doch noch den Besuch beim Friseur rechtfertigen könnte.

»Es geht Sie einen Scheißdreck an, wen wir hier besuchen«, presste Albert zwischen den Zähnen hervor. Und ohne den eisigen Blick von Mende abzuwenden, herrschte er: »Carmen, los, wir gehen rein.«

Konrad Mende spitzte, von Alberts Auftritt offenbar so gar nicht beeindruckt, die Lippen.

»Er raucht nicht mehr«, kommentierte Carmen.

»Ach so. Ich dachte schon, er springt immer so mit Ihnen um.«

»Nein, nein, er ist nur manchmal nicht ganz bei sich zurzeit.«

»Aha.« Mende nickte Albert etwas zu höflich zu. »Na dann, auf Wiedersehen.«

Albert sagte nichts, er warf nur mit Schmackes die Autotür zu und wandte sich abrupt zum Gehen.

»Auf Wiedersehen, Frau Henning.«

»Äh, Herr Mende? Im Ernst, können Sie uns nicht einen kleinen Tipp geben, was Sie hier zu suchen hatten?«

»Frau Henning, Frau Henning, Sie glauben doch nicht, dass ich Ihnen ab sofort alles stecke, was ich so weiß. Nur weil ich Ihnen bei Steidl ein klein wenig geholfen habe, bedeutet das noch lange nicht, dass Sie ab sofort ein Abo auf meine Rechercheergebnisse haben, klar?«

Holla! Und bis gerade eben hatte sie noch gedacht, er sei doch eigentlich ein ansprechender und interessanter Kerl.

»Frau Henning, nichts für ungut.« Er hob die Hand. »Informanten preiszugeben würde für mich den beruflichen Tod bedeuten. Ich überlege mir, ob ich Ihnen mit irgendetwas weiterhelfen kann und möchte, und wenn ja, sage ich's Ihnen. Einverstanden?«

Albert, der schon vorausgegangen war, kam auf die beiden zugestapft wie ein Stier aufs rote Tuch. »Carmen! Komm jetzt!«

»Ja doch!« Sie reichte Mende die Hand. »Einverstanden. Sie haben meine Nummer.«

Die Schiebetür am Haupteingang schob sich mit einem schleifenden Geräusch auseinander. Die Empfangsdame hinter dem marmornen Tresen lugte über ihre Brille hinweg und musterte Carmen und Albert abschätzig. »Wie kann ich Ihnen helfen?«

»Wir wollen zum Chef und dann in die Buchhaltung.« Albert hielt ihr seinen Dienstausweis unter die Nase. Sie wich fast einen halben Meter mit dem Oberkörper zurück, offenbar, um den Ausweis lesen zu können. Dann sah sie Albert skeptisch an.

»Also?«, knurrte er.

Ohne etwas zu erwidern, griff sie zum Telefonhörer. »Doktor Kramer, da ist ein Kriminalkommissar, der Sie sprechen möchte. Ein Herr ...« Sie sah Albert fragend an.

»Schneider«, brummte er.

»Ein Herr Schneider. Ja. Ja, ich schicke sie ... also ihn und die Dame, die er dabeihat.«

»Auch Kommissarin«, sagte Carmen eisig.

Die Vorzimmerdame zeigte hinter sich zum Fahrstuhl. »Dritter Stock. Zimmer Drei-Zwo-Achtzehn. Doktor Kramer erwartet Sie.«

»Albert, sag mal, wie genau willst du denn jetzt vorgehen?«, fragte Carmen um Versöhnung bemüht und drückte auf den Fahrstuhlknopf.

»Keine Ahnung. Ihn direkt fragen, schätze ich.«

»Sehr raffiniert. Dann lacht dieser Doktor Kramer einmal laut, schüttelt den Kopf und das war's. Und während wir uns was Neues ausdenken, lässt er alle möglichen Beweise verschwinden.«

»Carmen, du machst es echt wieder komplizierter, als es ist.«

Es blieb keine Zeit mehr für bahnbrechende Vernehmungspläne. Mit einem sanften Ruck und einem hellen Ping hielt der Fahrstuhl im dritten Stock, wo offenbar abgesehen vom Chefbüro, einer Toilette und einer Kunstsammlung im riesigen lichtdurchfluteten Flur nichts anderes untergebracht war. Die Tür zu Zimmer 3218 war angelehnt, Albert stieß sie auf, ohne zu klopfen. Der Tisch, an dem vermutlich normalerweise eine weitere Vorzimmerdame lästige Besucher abwimmelte, war leer. Links des Tisches gab eine geöffnete Flügeltür den Blick auf eine prall gefüllte Bücherwand frei.

»Treten Sie näher, bitte!« Die Stimme aus dem Off klang sympathisch. »Der Kommissar und seine Begleitung, hab ich Recht?«

»Auch Kommissarin«, sagte Carmen, diesmal etwas freundlicher als bei dieser Ziege unten am Eingang. »Carmen Henning, das ist mein Kollege Albert Schneider.«

»Freut mich«, sagte Doktor Kramer und schüttelte nacheinander ihre Hände. Aalglatter Typ, Carmen schätzte ihn auf Ende fünfzig. Graues Haar, zurückgekämmt, heller Anzug, keine Krawatte, der oberste Hemdknopf war offen. »Bitte, nehmen Sie Platz. Darf ich Ihnen einen Kaffee anbieten?« Schon während er fragte, ging er auf den edlen Kaffeeautomaten zu, der neben der Tür auf einer mindestens genauso edlen Kommode aus poliertem dunklem Holz stand.

»Gern. Der Chef macht selbst den Kaffee für die Gäste? Macht das nicht die Vorzimmerdame?«, fragte Albert.

»Ich habe sie in eine kleine Pause geschickt. Wissen Sie, wenn die Kriminalpolizei hier zu Besuch kommt, dann ist es unter Umständen besser, wenn das im Hause nicht gleich die Runde macht, Sie verstehen?«

Albert sah Carmen vielsagend an. »Aha. Also sehen es Ihre Vorzimmerdamen wohl nicht so eng mit Verschwiegenheit und Loyalität zum eigenen Chef, wie?«

»Ich will mal so sagen«, sagte Doktor Kramer, während er den richtigen Knopf für einfachen Filterkaffee suchte, »ich habe eine Frau und – halten Sie sich fest – drei Töchter! Nennen Sie mich voreingenommen, aber mir kann so schnell niemand mehr glaubhaft versichern, dass eine Frau irgendetwas für sich behalten kann.« Er drehte sich um und lächelte Carmen an. »Sie verzeihen mir diese Unterstellung, bitte. Aber ich kann nur aus eigener Erfahrung sprechen.«

Albert musste tatsächlich lachen, wurde dann jedoch augenblicklich wieder ernst. »Aber was soll denn schlimm daran sein, dass wir Sie besuchen? Was glauben Sie denn, weswegen wir hier sind? Könnte es so schlimm sein, dass davon niemand wissen darf?«

Kramer sah Albert in die Augen. »Die Frage ist in so einem Fall nicht: *Ist* es wirklich schlimm, sondern: Wird es durch die Stille Post innerhalb des Betriebes zu etwas Schlimmem *gemacht*. Und: Nein, ich habe keine Ahnung, weswegen Sie hier sind.«

»Sie hatten nicht zufällig vor ein paar Minuten noch Besuch von der Presse?«

»Von der Presse? Nein. Ich befasse mich nicht direkt mit den Pressevertretern. Das läuft alles über unseren Sprecher, und der stimmt die offiziellen Aussagen mit mir ab.«

»Aha.«

»Er hat aber heute noch nichts mit mir abgestimmt. Ist mir da möglicherweise etwas entgangen?«

»Nein.« Carmen schüttelte entschieden den Kopf. Dann hatte Konrad Mende offenbar andere Informanten im Haus. Sie würde ihn anrufen müssen – egal, was Albert davon hielt.

»Warum fragen Sie dann, ob die Presse hier war?«

»Unwichtig«, übernahm Albert wieder das Gespräch. Carmen überließ ihm gerne das Feld. So unvorbereitet, wie sie hierher gestürzt waren, hatte sie ohnehin keine Lust, die Verantwortung für das Ergebnis zu übernehmen.

»Ich steh auf die direkte Art«, sagte Albert. »Deshalb frage ich Sie jetzt einfach ohne Umschweife: Werden in dieser Fabrik Versuche mit Fischen oder anderen Lebewesen gemacht, die so geheim sind, dass sogar die Regierung Wert darauf legt, keinesfalls etwas davon an die Öffentlichkeit dringen zu lassen?«

Für einen kurzen Moment herrschte Stille. Dann brach Kramer in schallendes Gelächter aus. »Hahaha! Das ist echt gut! Geheime Tierversuche? Hier? Ja, genau. Wir testen Chemikalien, die die Menschheit vernichten sollen …« Er lachte so herzhaft, dass ihm die Tränen in die Augen schossen.

»Besonders lustig finde ich das nicht«, sagte Albert streng. »Warum amüsiert Sie meine Frage so?«

»Entschuldigen Sie.« Er wischte sich mit der Hand über die

Stirn und versuchte, sein Gesicht wieder unter Kontrolle zu bringen. »Aber das ist so absurd – wer sagt denn so was?«

»Das tut im Augenblick nichts zur Sache. Es geht hier neben Korruption unter anderem auch um Mord, Herr Kramer. Insofern würde ich es begrüßen, wenn Sie Ihre offene Heiterkeit zumindest für den Augenblick etwas zügeln könnten.«

Kramer erstarrte mitten in der Bewegung. »Mord? Korruption? Moment, Moment, soll das heißen, dass Sie hier sind, weil Sie allen Ernstes glauben, hier wären wegen geheimer Forschungsarbeiten Leute geschmiert und umgebracht worden?«

»Ist es denn so? Sie sagen ja gar nichts mehr? Sprachlos, was?«

»Allerdings. Ich muss mich setzen.« Kramer zog sich seinen Schreibtischstuhl heran und nahm umständlich Platz. Sein Gesichtsausdruck hatte sich so verfinstert, dass der eben noch so smarte Endfünfziger mit einem Mal wirkte, als hätte er mindestens zwei Jahrzehnte mehr auf dem Buckel. Eine Weile sah er wortlos Albert an, dann nahm er Carmen ins Visier. »Hören Sie, im Grunde ist es mir völlig egal, wer so etwas in die Welt setzt. Wichtig ist lediglich: So etwas findet hier nicht statt, hat nie stattgefunden und wird auch nie stattfinden. Nicht, solange ich hier der Chef bin. Das ist lächerlich – uns so etwas zu unterstellen! Dass Sie so einer Sache überhaupt nachgehen!«

»Dann dürfen wir also ohne Widerstand von Ihrer Seite alle Bücher mitnehmen und unsere Leute herschicken, um Ihren Laden ganz genau anzusehen?«

»Haben Sie den entsprechenden richterlichen Beschluss?«

»Selbstverständlich.«

»Zeigen Sie her.«

»Liegt noch beim Staatsanwalt. Bringen die Kollegen aber mit, wenn sie hier in den nächsten 30 Minuten auftauchen.«

»Ihrem Richter werd ich was husten! Haben Sie eine Ahnung, was das heißt, wenn hier Polizeibeamte rumschwirren und alles auseinandernehmen? Geben Sie mir wenigstens einen Tag Zeit, damit ich intern ein paar Maßnahmen treffen kann – einfach, um den Ball beim Personal einigermaßen flach zu halten.«

»Das könnte Ihnen so passen. Damit Sie noch schnell Großreinemachen können? Das vergessen Sie am besten sofort wieder.«

Kramer schüttelte verärgert den Kopf. »Ich weiß überhaupt nicht, was der Aufstand hier soll und was Sie von mir wollen! Hier ist alles in bester Ordnung. Das Einzige, was vielleicht sein könnte, ist die eine oder andere Spende, die uns steuerliche Vorteile verschafft hat. Das sind aber Sachen, trotz derer ich gut schlafen kann. Mord?! Wer soll denn bitte wen ermordet haben?«

»Drei Namen: Bürgermeister Schumann, Erik Schwenk, Julia Marquart. Schon mal gehört?«

Kramer stand auf. Sein Gesicht wurde zu Granit. »Ich muss Sie bitten, jetzt zu gehen. Kommen Sie von mir aus wieder, wenn Sie den Durchsuchungsbeschluss vorlegen können, ist mir gleich. Aber für den Moment werde ich zu diesen absolut lächerlichen Vorwürfen keine Stellung mehr nehmen. So was Albernes. Ich werde jetzt meine Anwälte konsultieren. Schönen Tag noch.« Er stand auf, nahm die Hände hinter den Rücken und wandte das Gesicht zum Fenster.

Er nahm das Geld und packte es in den Rucksack. Der Holzkopf war stockbesoffen. Er würde nichts merken. Mit einem flinken Handgriff zog er die Spritze auf. Er hatte, was er wollte. Jetzt konnte er endlich wieder so arbeiten, wie er das gewohnt war. Ohne merkwürdige Sonderwünsche. Wobei – es hatte zwar genervt. Es war mühevoll gewesen. Aber es hatte sich gelohnt. Rein finanziell. Er würde sich mindestens ein halbes Jahr Pause gönnen können. In Ruhe untertauchen. Das war viel wert.

Der Holzkopf schnarchte. Ohne zu zögern, jagte er ihm die Spritze in die rechte Pobacke. Der Holzkopf reagierte nicht, schnarchte einfach weiter. Bis ihn jemand finden würde, würde es dauern. Und jeder würde davon ausgehen, dass dieser stinkende Kerl sich schlicht zu Tode gesoffen hatte.

»Also los, ruf diesen Schmierfink an.« Albert hielt Carmen den Hörer entgegen.

»Kannst du mir mal erklären, warum du so unglaublich schlecht auf den Mende zu sprechen bist?«

»Nein, kann ich nicht. Und jetzt mach hinne, ich will irgendwann Feierabend haben und, wenn's geht, noch vor Einbruch der Dunkelheit einen Fisch fangen fürs Abendessen.«

»Was denn für einen?«

»Hast ja doch keine Ahnung, wenn ich's dir sage.«

»Sag trotzdem.«

»Entweder 'nen Zander oder 'nen Hecht. Schmeckt beides ganz gut.«

»Ha! Ich weiß, wie die aussehen! Und ich weiß auch, wie man die fangen kann!«

»Ach ja? Sag bloß, du hast in dem Buch gelesen, das ich dir mitgegeben habe?«

»Klar. Ich dachte ja am Anfang, dass es nur wenige Dinge geben kann, die noch langweiliger sind, aber nach 'ner Weile hatte ich mich regelrecht festgelesen.«

Alberts Gesicht hellte sich umgehend auf. »Ernsthaft? Na siehst du. Ist eben doch nicht so öde.«

»Nein, wirklich nicht. So, gib den Hörer her.«

»Kommst du später mit?«

»Was?«

»Ob du mitkommst? Zum Fischefangen? Ich meine, jetzt, wo wir dich immer noch nicht zum Fischereischein angemeldet haben – irgendwie musst du's ja lernen.«

»Muss ich?«

»Ach, was soll's ... Hier.«

Er reichte ihr den Hörer und wandte sich, plötzlich offenbar überaus beschäftigt, seinem Computerbildschirm zu. Albert, Albert – was war davon wohl zu halten? Mochte er sie etwa inzwischen? Ein bisschen mehr als vorher? Carmen musste lächeln. Auch wenn es nicht so war, allein die Tatsache, dass sie das überhaupt in Erwägung ziehen konnte, weil er sie nach Feierabend noch sehen wollte, ließ sie vor Stolz um Zentimeter wachsen. Plötzlich war es komisch, in seiner Gegenwart mit Konrad Mende zu telefonieren.

»Hallo, Henning hier.«

Albert raschelte mit Papier.

»Ah, Frau Henning. Na, wie lief's?«

»Gut. Wie lief's denn bei Ihnen?«

»Auch gut. Ich habe einen Tipp bekommen, den ich gerne an Sie weitergebe. Es gibt tatsächlich Korruption.« Mit einem Mal vergaß Carmen die vielleicht romantische Stimmung Alberts und das Vielleicht-Knistern beim Gedanken an Konrad Mendes Hintern. »Herr Mende, das ist sehr spannend, mein Kollege ist hier mit im Zimmer, darf ich Sie auf Lautsprecher stellen?«

»Sicher.«

Albert hatte ihre Bemerkung sofort registriert, stand auf und trat neben sie.

»Sicher dürfen Sie«, sagte Mende. »Also, es hat Korruption gegeben. Der Schumann ist tatsächlich geschmiert worden.«

»Das haben wir inzwischen auch schon rausgefunden.«

»Wissen Sie auch, dass die Summen kurz vor seinem Tod immer höher geworden sind?«

»Ja. Haben Sie eine Ahnung, warum?«

»Ja. Er wollte reinen Tisch machen.«

Albert schlug mit der Faust auf den Tisch. »Also doch!«

Mende schnalzte mit der Zunge. »Ja. Dachten Sie sich das schon?«

»So in der Richtung«, sagte Carmen. »Inwiefern wollte er reinen Tisch machen? Was wusste er denn so Spannendes?«

»Ganz konkret hat mein Informant mir dazu keine Auskunft gegeben. Jedenfalls hat er schallend gelacht, als ich ihn auf die Tierversuche und die Entwicklung dieser Waffen angesprochen habe. Sie können mir glauben, hätte er davon etwas gewusst, hätte er mir auch dazu einen Hinweis gegeben. Hat er aber nicht. Das sei Quatsch, meint er.«

»Und Sie glauben ihm das?«

»Wie gesagt, ich weiß, wie gern er sich darstellt und mit

seinem Wissen protzt. Und darüber hatte er keine Informationen.«

»Gut, also, was war es dann, weswegen Schumann geschmiert wurde?«

»Wegen dieser Kläranlagensache. Das wurde zwar damals am Ende ganz offiziell durchgewunken, aber es ist wohl tatsächlich so, dass ein Teil der Abwässer komplett ungefiltert in den Rhein geleitet wird. In bestimmten zeitlichen Abständen, damit es nicht zu sehr auffällt.«

»Aha. Und der Schumann wollte sich hinstellen und sagen: Leute, ich habe Geld genommen, damit ich das verschweige, es tut mir leid.«

»Wohl ja. So habe ich mir die Andeutungen meines Informanten zusammengereimt.«

»Es ist sehr nett, dass Sie uns diese Hinweise anvertrauen, Herr Mende.«

»Zu treuen Händen«, sagte er, wohl mit ein klein wenig zu viel Charme in der Stimme. Denn Albert verdrehte postwendend die Augen und bedeutete ihr aufzulegen.

»Ich muss Schluss machen, Herr Mende, das waren sehr wertvolle Informationen, denen wir sofort nachgehen müssen.«

»Revanchieren Sie sich denn?«

»Lassen Sie uns das ein andermal besprechen.« Schlechter Zeitpunkt für einen Flirt.

»Gut, ich freue mich, dass ich Ihnen helfen konnte. Bis bald.« Er legte auf.

Carmen ignorierte Alberts angesäuertes Gesicht. »Also damit gäbe es ein Motiv für den Mord an Schumann, und wenn Erik Schwenk anhand von Gewässerproben etwas Derartiges herausgefunden hat und damit zum Schumann gegangen ist, wäre es auch logisch, dass der Schumann ihn deswegen auch bestochen hat. Vielleicht hat Erik Schwenk den Schumann überredet, reinen Tisch zu machen. Damit wäre er als Opfer genauso auserwählt. Einzig die Marquart passt so gar nicht ins Bild. Und das Penner-Sperma.«

»Warum? Unsere Theorie war doch gut. Der Penner, der sie vergewaltigt hat, hat Kohle für die Morde gekriegt. Und sie ist Biologin. Wir wissen ja nicht, inwiefern die mit dem Erik Schwenk zusammengearbeitet hat. Wir müssten eben mal nachsehen, was sie in Konstanz so auf ihrem Rechner hat. Die Kollegen dort sind wohl noch nicht am Recherchieren?«

»Keine Ahnung, da wollte sich Tobi drum kümmern. Hab noch keinen Aktenvermerk von ihm bekommen.«

»So, also die Frage ist jetzt nur, um wen wir die Schlinge zuziehen sollen, wer der Kopf von dieser ganzen Nummer ist? Da muss jemand ja mächtig Angst haben, dass das mit diesem Dreckwasser rauskommt. Meinst du, der Kramer hat so sehr Angst um seinen Kopf, dass er drei Leichen in Kauf nimmt?«

»Keine Ahnung. Was könnte ihm denn groß passieren?«

»Du weißt nie, wie wichtig solchen Leuten ihre Karriere ist. Kann sein, dass der sich erhängt, wenn er Schmutz auf seine weiße Weste kriegt. Eigentlich müsste der Mende uns sagen, wer sein Informant ist, aus dem ist sicher noch mehr rauszukriegen. Vielleicht geht's ja gar nicht um den Kramer.«

»Wer weiß. Ich hatte nicht den Eindruck, dass er da so tief in was drinsteckt. Aber es klingt alles ziemlich plausibel. Wir müssen eigentlich nur die Beweise für unsere Theorie zusammentragen.«

»So sieht's aus …«

Maren steckte den Kopf zur Tür herein. »Leute? Die Marquart ist hier.«

Albert nahm hastig die Füße vom Schreibtisch. »Die Mutter von der Toten?«

»Ja.«

»Was will die denn?«

»Sie will mit euch reden.«

»Na dann, soll reinkommen«, sagte Albert. Für ihn stand Kramer als Drahtzieher fest. Carmen sah es an seinen Augen. So guckte er, wenn die Zahnrädchen in seinem Kopf ineinandergriffen.

»Guten Tag.« Julia Marquarts Mutter stand in der Tür. Sie sah etwas besser aus. Wahrscheinlich hatte sie sich Beruhigungsmittel geben lassen und tatsächlich ein paar Stunden geschlafen. Wie auch immer das gehen sollte in ihrer Situation. Aber eine ordentliche Portion von irgendwelchen Spezialmittelchen haute einen sicher irgendwann einfach um.

»Hallo, Frau Marquart. Was können wir für Sie tun?«

»Ich – ich möchte Ihnen noch etwas sagen. Vielleicht ist es wichtig für Sie. Und für mich ist es auch wichtig. Also, Ihnen *das* zu sagen.«

»Was zu sagen?«

»Darf ich mich setzen?«

»Bitte.«

»Also, ähm, ich sagte Ihnen doch, dass der Vater meiner Tochter kürzlich gestorben ist.«

»Ja, ich erinnere mich.«

Sie faltete die Hände und klemmte sie zwischen ihre Knie. Sie holte tief Luft, presste den Atem mit einem harten Stoß aus der Lunge. Dann sah sie auf und hob dabei den Kopf einen Tick höher als nötig. »Ja. Also: Der Vater meiner Tochter ist Bürgermeister Herbert Schumann.«

Dreizehn

Die Nachricht schlug nicht nur in Carmens Kopf ein wie eine Bombe. Albert war völlig aus dem Häuschen, und weil Maren mitgehört hatte, verbreitete sich diese Neuigkeit innerhalb von wenigen Minuten im halben Präsidium. Nachdem die Marquart eine gute Dreiviertelstunde erzählt hatte, dauerte es keine zehn Minuten, bis alle an den beiden Fällen Beteiligten Carmens und Alberts Büro gestürmt hatten.

Beiers einzige Sorge war, dass die in seinen Augen nicht zurechnungsfähige Schumann jetzt doch noch einmal verhört werden musste, und die selbstzufriedenen Blicke, die Albert ihm ständig zuwarf, ärgerten ihn maßlos. »Ich würde vorschlagen, dass Ihr euch der Frau annehmt. Ich bin schon zu festgefahren bei der. Ich räume diesbezüglich gerne das Feld.«

»Sicher«, sagte Albert genüsslich. »Dann sollten wir uns aber jetzt doch vielleicht alle nochmal klarmachen, auf was das Ganze hinausläuft. Und nur so nebenbei – nicht, dass ich's nicht gewusst hätte …«

»Dass der Schumann seit Jahrzehnten eine Geliebte hat? Das hast du nicht gewusst, mein Lieber«, protestierte Beier, während er sich den letzten Rest eingekochten pechschwarzen Kaffee in eine herrenlose Tasse goss, auf der in blauen Buchstaben stand: »Jeder macht, was er will, keiner macht, was er soll, aber alle machen mit.« Wie passend.

»Ich habe aber gewusst, dass es die Ehefrau war!«, triumphierte Albert wie immer voreilig.

»Langsam! Noch ist hier überhaupt nicht klar, dass die Schumann das mit der Geliebten überhaupt weiß. Ich hab offen gestanden Angst, die könnte sich endgültig den Strick nehmen, wenn wir ihr davon erzählen – also gesetzt den Fall, sie hat noch keine Ahnung.«

»Ich glaube schon, dass sie eine Ahnung hat.«

»Warum? Wegen dem, was die Marquart gequatscht hat?«

»Ja …«

»Komm, wir gehen das noch mal Stück für Stück durch, und dann holen wir in Gottes Namen die Schumann her. Und ich will, dass Carmen das macht, Albert! Hörst du?«, sagte Beier scharf.

»Wieso?«

»Weil du die Leute immer direkt ans Kreuz nagelst, wenn du Blut geleckt hast. Und unter Frauen geht das wahrscheinlich ein bisschen zivilisierter vonstatten.«

Albert lachte. »Ha, zwei Frauen und zivilisiert? Ich lach mich gleich tot!«

»Leute! Können wir mal weitermachen?« Carmen trommelte mit dem Kugelschreiber auf ihrem Schreibblock herum. »Also wenn ich das machen soll, dann will ich nochmal alles ganz genau Revue passieren lassen, bitte. Und spart euch euer Testosterongetue doch bitte auf bis nach Feierabend!«

Es war mühsam, den Knoten aus dem Kopf zu kriegen.

»Das Angeln müssen wir wohl verschieben«, sagte Albert trocken, als alle wieder draußen und Carmen und Albert mit den Nerven am Ende waren. Hinter Carmens Stirn brausten die Gedanken jetzt erst recht kreuz und quer umher, wie in einer Achterbahn. Was Albert schon die ganze Zeit vermutet hatte, war auf einmal überhaupt nicht mehr absurd. Aber wie schaffte es ein Mann, eine Geliebte, mit der er jahrzehntelang ein Doppelleben geführt und eine Tochter gezeugt hatte, so konsequent geheim zu halten – nicht nur vor seiner Frau, sondern vor allen? Niemals hätten sie diese Möglichkeit in Betracht gezogen, und nicht einer aus dem näheren Umfeld von Schumann hatte je eine auch noch so kleine Andeutung gemacht, dass da vielleicht etwas in dieser Richtung gewesen sein könnte. Zerbrach man nicht an so einer Situation, an so einem Doppelleben? Machte einen das nicht mürbe? Musste man nicht mit irgendwem darüber sprechen? Möglicherweise habe ihre Tochter Waltraud Schumann reinen Wein eingeschenkt, hatte die Marquart vorhin gesagt. Sie habe schon oft davon gesprochen, dass sie das endlich tun wollte. Schluss machen mit der Lügerei. Von ihrem Vater so viel bekommen, wie die beiden anderen Töchter, die mit dieser anderen Frau im Luxus lebten – leukämiekrank oder nicht, Julia sei immer mal wieder fast durchgedreht vor Wut, habe gewollt, dass ihre Mutter auch zu ihrem Recht kam.

»Ich glaube, sie hat es ihr gesagt«, hatte die Marquart geflüstert.

»Und glauben Sie, dass Frau Schumann daraufhin – ich sage mal – verrückt geworden ist?«, hatte Carmen gefragt, und Albert hatte sich ein viel zu zufriedenes *Ich-habs-doch-gleich-gesagt*-Lächeln nicht verkneifen können.

»Dazu möchte ich mich nicht äußern. Ich wollte Ihnen nur *alles* sagen. Das bin ich meiner Tochter schuldig.«

Albert nickte, als wollte er damit den Fall bereits abschließen, bevor überhaupt irgendwer mit der Schumann geredet hatte. »Darf ich für dich nochmal zusammenfassen, bevor wir mit ihr reden?«

»Ich bitte darum.«

»Es läuft drauf hinaus, dass die Frau vom Schumann den Schumann auf dem Gewissen hat, dass sie möglicherweise auch die kleine Marquart und den Schwenk umgenietet hat, weil die kleine Marquart die uneheliche Tochter vom Schumann ist. Hab ich das jetzt richtig verstanden?«

»Ja.«

»Und der besoffene Michael-Heiß-Penner hat ihr beim Aufschlitzen und Entführen und Aufhängen und so weiter geholfen, und zur Belohnung durfte er die Kleine noch schnell vergewaltigen, bevor sie sie gemeinsam um die Ecke gebracht haben, ja?«

»Also, ich find diese Theorie ja so was von grausam und abartig – aber der Kollege Beier hat schon Recht gehabt, als er gesagt hat, dass das die einzig logische Erklärung wäre, wie das alles zusammenhängen könnte.«

»Und der verrückte Professor und die Fabrik und das ganze Wirrwarr – mit diesem enorm großen Scheißdreck haben wir uns jetzt völlig umsonst rumgeschlagen?«

»Na ja, also zumindest mal in Bezug auf die Morde, die wir untersuchen. Anderweitig glaube ich ja schon, dass da noch irgendwas faul ist. Aber da soll jemand anders sich drum kümmern. Nicht mehr unsere Baustelle, sobald wir das als Bericht bei Hofer vorlegen.«

»Wie viele Jahre krieg ich, wenn ich den Steidl umbringe?«

»Viele. Lass es lieber.«

»Und das alles wissen wir erst jetzt, weil die Marquart erst jetzt auf die Idee kommt, sich uns anzuvertrauen. Tickt die noch ganz richtig? Das hätte schon von Anfang an klar sein können. Und vor allem: Warum hat die Schumann die Marquart nicht um die Ecke gebracht?«

»Weibliche Solidarität?«

Alberts Augen wurden zu Murmeln. »Bitte was?«

»Na ja, immerhin sind die Mädels ja beide über Jahre von dem Schumann verarscht worden. Ich will nicht wissen, *wie* oft er der Marquart erzählt hat, dass er sich jetzt trennt von seiner Frau und zu ihr kommt.«

»Na, oft, oder? Hat sie doch vorhin gesagt.«

»Eben. Und die Arme ist völlig neben der Spur. Stell dir doch mal vor, erst stirbt dein Geliebter, der in ihrem Fall ja quasi gleichzusetzen ist mit dem Lebenspartner, und dann auch noch deine Tochter, da kann man schon mal ausrasten, oder nicht?«

»O, wie mir traumatisierte Frauen auf den Sack gehen! Und sag mal, noch ganz was anderes: Hast du dich eigentlich mit diesem Journalisten verabredet?«

»Warum? Eifersüchtig?«

Waltraud Schumann sah Carmen so fest in die Augen, dass es fast wehtat. Sie wirkte gefasst. Gerade so, als hätte sie sich seit Monaten auf dieses Gespräch vorbereitet. Als sie zu sprechen begann, wirkte sie vollkommen sicher – in sich ruhend, und nichts an ihr verriet auch nur im Entferntesten etwas darüber, wie sehr sie in den vergangenen Tagen gelitten haben musste.

»Ich weiß, was mich erwartet, Frau Henning«, begann sie so sachlich, als handelte es sich um ein Vorstellungsgespräch für einen Job als Managerin.

»Na dann«, sagte Carmen und schob die Kaffeetasse von sich weg. »Wollen Sie uns jetzt erzählen, wie das alles genau war?«

Waltraud Schumann wandte ihren durchdringenden Blick nicht ab. »Ja. Wo soll ich anfangen?«

»Am Anfang«, sagte Carmen. »Immer wieder am Anfang.«

»Ja«, sagte die Schumann. »Ich überlege nur, wie ich es am besten formulieren soll.«

»Wie Sie *was* formulieren sollen?«, mischte Albert sich ein.

»Dass er mein Leben zerstört hat.«

»Sagen Sie doch einfach: *Er hat mein Leben zerstört*. Das ist doch ein klassischer Anfang, wenn eine Frau erklären soll, warum sie ihren Mann heimtückisch ins Jenseits befördert hat«, sagte Albert trocken. Innerlich jubilierte er. Dass dieser frauen-, freud- und gefühllose Bluthund am Ende immer Recht behalten musste – es war ein Phänomen.

Die Schumann bedachte Albert mit einem verächtlichen Seitenblick. Dann sagte sie: »Gut. Also, er hat mein Leben zerstört. Jetzt, wo ich das so ausspreche, ist es mir erst wieder so richtig klar.«

»Was ist Ihnen so richtig klar?«

»*Dass* er mein Leben zerstört hat.«

Albert rümpfte die Nase. »Prima. Ihr Leben haben Sie sich jetzt selbst restlos zerstört.«

»Das macht nichts«, sagte sie. »Es war ohnehin eine einzige Lüge. Was soll man tun, wenn man feststellt, dass das ganze Leben, alles, was man investiert hat über die Jahre, jedes Gefühl, jeder Augenaufschlag – das all dem eine einzige Lüge zugrunde liegt?«

»Sie haben das Seil Ihres Mannes absichtlich mit Schwefelsäure getränkt, indem Sie die auslaufende Autobatterie direkt darunter gestellt haben.«

»Ja. Ich habe sein Seil absichtlich mit Schwefelsäure getränkt«, wiederholte sie langsam.

»Warum?«, fragte Carmen und beugte sich nach vorne.

»Wissen Sie, ich habe ihn sehr geliebt. Immer. In jeder Minute, mit jeder Faser meines Körpers. Ich habe ihn unterstützt, wo ich konnte, habe für ihn und seine Karriere alles geopfert. Nein – geopfert ist das falsche Wort. Opfern heißt, dass man etwas nur widerwillig tut. Das würde ich so nicht sagen. Ich habe alles für ihn *gern* getan. Weil ich ihn geliebt habe. Weil ich das Gefühl hatte, wir gehören zueinander. Irgendwas Höheres hat uns zusammengeführt. Dieser Mann ist es, mit dem ich leben soll, der für mich bestimmt ist.« Sie hielt kurz inne, kratzte sich unter der Nase. »Wir waren so jung damals. Wir hatten nichts. Aus dem Nichts haben wir etwas gemacht. Wir haben etwas zusammen aufgebaut. Wir haben geheiratet, wir haben eine wunderbare Tochter, und dann kam die zweite, Liz. Ihre Krankheit – das war furchtbar für uns.«

»War Ihr Mann in dieser schweren Zeit denn nicht für Sie da?«

»O doch, das war er«, sagte sie. Carmen glaubte, einen Hauch Zynismus herauszuhören. »Er hat Geld herangeschafft. Wie liebende Väter das nun mal so machen.«

»Er hat Ihre Stiftung mit Schmiergeldern gefüttert«, stellte Albert fest.

»Ja«, sagte sie ungerührt. »Zunächst mal war er dafür, diese Stiftung für leukämiekranke Kinder zu gründen. Macht sich gut, so was Karitatives für einen Bürgermeister, der sich liebend um seine Frau und seine erkrankte Tochter kümmert.«

»Für mich klingt das, was Sie sagen, sehr – na ja – traurig?«

»Traurig? Ja. Und nein. Erst einmal ist es nicht traurig«, erklärte die Schumann wieder fast sachlich. »Wissen Sie, ich habe das anfangs tatsächlich so empfunden, dass er Kopf und Kragen riskiert, um für uns ein finanzielles Polster zu schaffen, um seiner Tochter die bestmögliche Behandlung zu ermöglichen, um anderen Kindern zu helfen. Ich war so dumm.« Mit einem Schlag wurden ihre Augen feucht. Dann schwieg sie eine Weile.

Albert wollte intervenieren. Carmen hielt ihn mit einem strengen Blick zurück. Die Frau hatte etwas Furchtbares getan. Alberts Gedrängel war hier fehl am Platz. Carmen wollte ihr die Zeit geben, die sie brauchte, um ihre Gedanken zu sortieren.

»Frau Schumann, wir können eine kurze Pause machen, wenn Sie möchten.«

»Ja.« Sie nickte und kämpfte mit den Tränen. »Ja, bitte.«

»Gut. Wir machen in zehn Minuten weiter. Albert, kommst du?«

Draußen schlug Albert sich mit der flachen Hand gegen die Stirn. »Himmel, dieses Gelaber soll sie sich schenken und zum Punkt kommen!«

»Jetzt reg dich ab. Das gehört doch alles dazu. Wenn sie's nicht erzählen würde, würdest du dich hinstellen und andauernd fragen: Warum? Wieso? Weshalb? Jetzt lass sie doch einfach mal reden.«

»Diesen ganzen Gefühlsquatsch können wir uns doch alle denken. Das muss ich mir nicht stundenlang anhören.«

»Albert, sie spricht gerade mal seit zehn Minuten.«

Er rümpfte die Nase. »Gut, sei's drum. Ich hol mal die Bilder von unseren beiden anderen Opfern.«

»Mach das. Ich bleib hier und gucke, ob sie sich beruhigt.«

Carmen sah sie durch die Glasscheibe an. Sie bewegte sich

keinen Millimeter. Ihre glasigen Augen starrten geradeaus. Als wäre da keine Wand, sondern vielleicht das Meer oder der Sternenhimmel oder sonst irgendetwas, das unendlich war. Wie verzweifelt musste eine Frau sein, um den eigenen Mann bewusst vor ihren eigenen Augen in den Tod stürzen zu lassen? Um Menschen zu töten, in dem vollen Bewusstsein, dass das ihr Leben für immer komplett ruinieren würde? Eine Frau, die nach außen hin immer so stark wirkte, die seit Jahren voll Charme und Esprit neben ihrem Mann in der Öffentlichkeit gestanden hatte, die scheinbar ausweglose Lebenslagen souverän gemeistert hatte, deren Lebenslauf so gar keine Stellen hatte, an denen man stutzig geworden wäre? Glückliche Kindheit in einem liebevollen Elternhaus, gelernte Sekretärin, später Chefsekretärin, das Abitur nachgeholt, ein Studium angefangen – dann abgebrochen wegen der Geburt der Tochter. Angehenden Bürgermeister geheiratet, eine Musterehe, gemeinsam ein Haus gekauft, über Jahre abbezahlt, immer auf Achse, präsent für die Bürger, ständig ein Lächeln auf den Lippen, ein offenes Ohr für alle Probleme in der Stadt, Mitglied in zahlreichen Vereinen – wartend auf den Ruhestand in ein paar Jahren, um ein bisschen mehr Zeit füreinander zu haben. Konnte diese eine Sache einen Menschen so aus der Bahn werfen, dass er alles einfach wegwarf?

»So, weiter?« Albert wedelte mit den Fotos. »Hat sie sich eingekriegt?«

»Schwer zu sagen. Sie starrt bloß ein Loch in die Wand.«

»Gut, dann holen wir sie jetzt aus ihrem Loch raus«, beschloss Albert, ohne auf eine Antwort zu warten, und ging wieder rein.

Die Schumann löste sich tatsächlich von ihrem Punkt an

der Wand und sah den beiden abwechselnd ins Gesicht. »Soll ich fortfahren?«

»Wir bitten darum«, sagte Albert und ließ sich auf seinen Stuhl fallen. Carmen blieb stehen. Sie musste jetzt ein bisschen auf und ab gehen, während sie sich Schumanns Version ihrer Geschichte anhörte.

»Ja, wir waren bei dem Geld.«

»Ja«, sagte Albert ungeduldig.

»Ihm kam diese Sache mit unserer Tochter wie gerufen. Er konnte die Schmiergelder waschen, die er von der Fabrik entgegennahm, wir konnten uns leisten, entsprechende Pflege und Hilfeleistungen in Anspruch zu nehmen.«

»Sie wussten von Anfang an, dass die Spenden Schmiergelder waren?«

»Nein, nicht von Anfang an. Aber ich bin recht schnell dahintergekommen.«

»Hatten Sie dabei kein schlechtes Gefühl?«

»Doch. Ich habe ihm gesagt, ich fände es nicht richtig, dass er das Geld nimmt. Wir haben uns schließlich gemeinsam einen Ruf erarbeitet. Ich hatte große Angst, dass das herauskommen könnte.«

»Warum? Weil Sie Angst hatten, das Gesicht zu verlieren, oder ging es Ihnen ums Geld?«

Jetzt lächelte sie bitter. »Sie haben ja keine Ahnung, wie das ist – sobald Sie einen bestimmten Stand innerhalb der Gesellschaft haben, ist Gesichtsverlust so ziemlich das Schlimmste, das Ihnen passieren kann. Gesellschaftlicher Tod. Und davon abgesehen: Wenn Sie ein Kind zu Hause haben und sehen, wie schwer es wäre, ohne das entsprechende Geld weiterhin ein einigermaßen lebenswertes Leben zu führen – mit Haushaltshilfe und dergleichen –, glauben Sie mir, dann lernen Sie irgendwann, das Geld zu schätzen.«

»Okay. Weiter.«

»Ich habe mich also nach langem Hin und Her damit zufriedengegeben, dass er mir versichert hat, er würde das alles niemals tun, wenn er befürchten müsste, dass es auffliegt. Und er täte das alles doch nur aus Liebe zu mir und unserer Tochter.«

»Klingt toll«, konstatierte Albert trocken.

»Ja, das fand ich auch. Aber dann stand da auf einmal dieses Mädchen vor der Tür.«

»Julia Marquart?«

»Ja. Sie forderte mich auf, uns selbst anzuzeigen. Ich bin wahnsinnig erschrocken. Ich hatte ja keine Ahnung, wer sie überhaupt ist und woher sie davon wusste.«

Es dauerte noch knappe drei Stunden, ehe die Kollegen mit den Handschellen kamen und Schumann in ihre Zelle führten. Immer und immer wieder ließ Carmen die Geschichte, die sie gerade gehört hatte, vor ihrem geistigen Auge Revue passieren.

Waltraud Schumann zitterte. »Herbert, Gott sei Dank kommst du endlich! Es war eben eine junge Frau da. Sie weiß von unserer Stiftung! Wer ist das? Woher weiß sie das?«

Herbert runzelte die Stirn. »Tatsächlich?« Dann zog er langsam den Mantel aus.

Wie konnte er jetzt so ruhig bleiben? Waltraud hatte erwartet, er würde dastehen wie vom Donner gerührt oder ausrasten oder panisch die Augen aufreißen. Nichts von alledem geschah. »Herbert, hast du gehört, was ich gesagt habe?«

Er sah sie nicht. Er hängte seinen Mantel auf und ging langsam ins Wohnzimmer. Sie rannte ihm nach. »Herbert! Sag doch was!«

Er ging zu der kleinen antiken Anrichte, nahm sich ein Glas, öffnete die Karaffe mit Scotch und goss sich ein. Dann drehte er sich ruhig zu Waltraud um und sah sie lange an.

»Was?« Waltraud war wie benommen. Sie kannte ihren Mann nicht mehr. Was war das für ein Kerl, der sie da gerade anstarrte, als wäre er ein völlig anderer Mensch, als hätten sie sich eben jetzt an der Tür das erste Mal getroffen.

Er sagte nichts. Schaute sie nur an.

»Herbert? Hast du gehört, was ich gesagt habe? Da war eine junge Frau, und die hat mir regelrecht gedroht!«

Er schlug kurz die Augen nieder. Dann seufzte er. Ging mit zwei großen Schritten aufs Sofa zu und nahm Platz. »Setz dich bitte, Waltraud«, sagte er dann ruhig.

Was war hier los? Was verschwieg er ihr? Was wusste er von der Frau? Ihre Gedanken rasten. Sie kannte ihn seit über 30 Jahren – und der, der ihr jetzt gegenüberstand, war nicht *ihr Mann*, nicht *ihr Herbert*, nicht *ihr Bürgermeister*.

»Ich stehe lieber«, sagte sie schließlich. Sie merkte, dass ihre Stimme brüchig war, und verschränkte die Arme vor der Brust.

»Schön«, sagte Herbert. »Also, ich weiß, wer diese Frau ist.«

»So? Und?«

»Waltraud, bitte nimm Platz.«

»Nein!«

Er stellte das Glas auf den Tisch und seufzte.

O bitte, sag was! Sag irgendwas!

»Sie ist meine Tochter.«

Der Satz schlug Waltraud ins Gesicht wie ein Vorschlaghammer. In Sekundenbruchteilen spulten sich jetzt ihre Gedanken ab. Wie alt war diese Frau? Wann hatte er sie hintergangen? Mit wem? Wo kam das Mädchen plötzlich her? Woher wusste sie von dem Geld? Was? Wo? Wer? Wann? Dann spürte sie ihre Beine nicht mehr, und als würde etwas in ihrem Gehirn explodieren, hatte sie schlagartig einen Nebelschleier vor Augen und sackte in sich zusammen.

Als sie wieder zu sich kam, lag sie auf der Couch. Ihr Hausarzt saß neben ihrem Gesicht auf einem Stuhl und unterhielt sich leise mit Herbert. Waltraud wurde schlecht. Sie spürte, wie ihr eine Träne über die Wange rann. »Es ist alles ein bisschen viel für sie«, hörte sie den Arzt sagen. »Sie soll sich schonen. Vielleicht wäre es doch ganz gut, wenn Sie sich wieder Unterstützung holen würden für Ihre Tochter.«

»Ja«, antwortete Herbert. »Vielen Dank. Ich begleite Sie noch zur Tür.«

Und als ihr Arzt sie mit Herbert allein ließ, wollte sie sich am liebsten irgendwo verstecken. Aber sie lag einfach nur da, auf dieser Couch. Unter der weichen hellen Decke, die Herbert letztes Jahr im Skiurlaub gekauft hatte. Wie auf dem Präsentierteller kam sie sich vor, als er sich zu ihr setzte, die Hand auf ihre Schulter legte. Und sie konnte die Hand nicht wegstoßen. Es war, als hätte sie keine Macht über ihren Körper. Als würde sie sich selbst beobachten, wie sie dalag und sich von ihrem Mann anfassen lassen musste. Fragen lassen musste, ob es ihr gutgehe. Sich sagen lassen musste, dass der Arzt da gewesen sei. Dass sie Ruhe brauche. Ob er eine Hühnersuppe kochen solle. Es war unerträglich. Und als sie es endlich schaffte, sich aus ihrer Starre zu lösen, sich wieder bewusst wurde, was eigentlich vorhin passiert war, als sie es schaffte, ihren Blick hart werden zu lassen und ihn stumm und anklagend anzusehen, musste sie sich auch noch diese widerlichen Erklärungen anhören.

»Waltraud, es tut mir leid, dass du es so erfährst, ich wollte längst mit dir sprechen.«

Sie wollte es nicht hören. Nicht jetzt. Wo ist dein klarer Kopf, Waltraud? »Herbert, lass. Ich brauche Zeit für mich«, sagte sie wie einstudiert. Wie in einem dieser kitschigen deutschen Filme, die sie sich so gerne ansah.

»Waltraud, es ist sehr wichtig für mich. Ich möchte das *jetzt* mit dir besprechen.«

Jetzt? Besprechen? Nein. Es gab nichts zu besprechen. Nicht im Moment. Sie schob sich aus den Kissen hoch. Sie hatte jahrelange Übung darin, auf Kommando die strapazierfähige Bürgermeisterfrau herauszukehren. Also bitte. Sie rieb sich kurz die Augen und sah ihn an. »Gut. Also: Wie alt ist sie? Woher weiß sie das mit dem Geld? Was sollen wir machen?«

Er nahm ihre Hand. Sie zog sie weg.

»Sie heißt Julia. Sie ist 28.«

28. So war das also. Drei Jahre nach ihrer Hochzeit. Reiß dich zusammen, Waltraud. »Schön. Und? Weiter. Wo kommt sie auf einmal her?«

»Sie ist Biologin. Sie hat in Konstanz studiert und befasst sich mit Gewässerökologie.«

»Danach habe ich nicht gefragt.«

»Sie ist auf mich zugekommen, um mir ihre Untersuchungsergebnisse zu zeigen, die sie über die Qualität des Rheinwassers gemacht hat.«

»Und weil sie nun mal zur Familie gehört, hast du ihr nebenbei von dieser Sache mit dem Geld erzählt, oder was?«

»Nein. Sie hat nicht verstanden, warum ich mich nicht um ihre Ergebnisse kümmern kann. Wir waren zusammen ein Glas Rotwein trinken, und ich habe es ihr dann nach dem dritten oder vierten Glas erklärt.«

Waltraud fasste im Geiste die Fakten zusammen: Da war eine uneheliche Tochter, gezeugt von ihrem Mann nach drei Jahren Ehe. Da war ihre gemeinsame Tochter, todkrank. Da war das Geld, das sie dringend brauchten, und die uneheliche Tochter, die das gefährdete. Da war der Ruf, den sie zu verlieren hatten. Da war ein riesiger Felsbrocken, der gerade auf sie und ihr ganzes perfektes Leben hinuntersauste – und innerhalb eines Augenaufschlags alles in Trümmer legte.

»Ich möchte nicht weiter darüber sprechen.«

»Waltraud, ich bitte dich, es gibt da noch etwas, das ich dir sagen muss. Und zwar jetzt.«

Sie stand auf. Ihre Beine zitterten. Morgen mussten sie gemeinsam nach Österreich. In die Partnerstadt. Wie sollte sie da ihr nettes Gesicht machen? »Nein. Wir müssen morgen gemeinsam nach Österreich. Und ich werde mitkommen.« Es würde sich alles finden. Ruhig, Waltraud, alles wird sich finden.

Er sah sie fragend an. »Du willst mitkommen?«

»Herbert, wir sind gemeinsam dort eingeladen, also gehen wir dort gemeinsam hin.«

»Ich kann dich auch entschuldigen. Es ist vielleicht nicht besonders angenehm, wenn wir miteinander so viel zu besprechen haben und dann den ganzen Tag so tun müssen, als wäre alles in Ordnung. Dass du krank bist, könnte ich sagen. Oder wegen unserer Tochter.«

Das Wort *Tochter* ließ Waltraud erschauern. Sie konnte jetzt nicht denken. Sie schüttelte heftig den Kopf. »Nein. Ich komme mit. Wir haben bisher noch alles geklärt.« Eine Stunde später lag das Seil in der Säurepfütze der auslaufenden Autobatterie.

Carmen fragte sich, ob sie nicht vielleicht genauso reagiert hätte. Wie fühlte es sich an, so lange verheiratet zu sein? Wie fühlt es sich an, dann aus heiterem Himmel mit so einer Situation konfrontiert zu werden? Sie hatte oft alte Frauen in irgendwelchen Interviews zum Zweiten Weltkrieg oder anderen historischen Themen gehört, die sagten: *Nach so langer Zeit verzeiht man vieles. Es kommt nicht mehr so drauf an. Es geht nur noch darum, nicht alleine zu sein, wenn man alt wird. Und krank.* Nein, bei Gott, wie konnte diese Frau das tun? Carmen hätte sofort ihre Sachen gepackt. Wahrscheinlich. Auf jeden Fall hätte sie nicht das getan, was diese Frau gemacht hatte: Waltraud Schumann hatte den Schalter in ihrem Kopf umgelegt. Den »Das-ist-im-Augenblick-nicht-wahr-Schalter«. Es war ihr immer darauf angekommen, das zu halten, was sie beide hatten. Ihr Gehirn hatte sie vor der Realität geschützt – einer Realität, die bedeutet hätte, anzuerkennen, dass ihr ganzes gemeinsames Leben eine Lüge und ihre Ehe weit entfernt von einer Musterehe war. Und wenn sie ihre Verletztheit über diesen Vorfall vor fast 30 Jahren zurückstellte, wenn sie ihm nach dem ersten Schrecken verzeihen würde, würde ihnen dann gemeinsam ein Weg einfallen, wie sie mit der Situation zurechtkommen würden? Wie sie gemeinsam diese uneheliche Tochter zum Schweigen bringen würden und weiterhin ihre beiden Töchter schützen und ihnen ein angenehmes Leben ermöglichen könnten? Frau Schumann wollte keinesfalls ihren gesellschaftlichen Stand riskieren. Ihre Ehe zerstören. Um dann womöglich wegen ihres eigenen Stolzes allein zu sein, nach über 30 Jahren. Und wenn sie dafür noch so sehr schlucken musste. Aber es war nicht gesagt, dass Herbert das mit ihr durchziehen würde. *Ihr* Herbert.

Verlor man im Alter seinen Stolz? Oder hatte man einfach begriffen, dass Stolz im Grunde nicht viel brachte? Carmen dachte an das Gesicht der Schumann, als sie erzählt hatte, wie sich mit einem Mal wieder dieser besagte Schalter in ihrem Kopf umgelegt hatte. Dieser Knopf, auf den eine unsichtbare Macht immer dann drückte, wenn es um eine tatsächliche Aussprache gegangen wäre. Mit diesem Knopfdruck löste sich für die Schumann alles auf – alles, was sie nicht wahrhaben wollte. Darüber, dass ihr Mann nächtelang nicht nach Hause kam. Ihr erklärte, er habe geschäftlich zu tun. Ihr Blumen mitbrachte und sagte: Ist jetzt wieder gut? Und sie sagte einfach *Ja*. Und ging ins Schlafzimmer, um sich umzuziehen, für einen Empfang hier, eine Wohltätigkeitsveranstaltung da. Selbstverständlich war ihre Welt in Ordnung. Ihr Gesicht war, während sie das erzählte, völlig klar. Es war, als redete sie über jemand anderen – nicht über sich selbst. Und auch, als sie erzählte, was er im Hotel zu ihr sagte, nachdem sie in Österreich angekommen waren, sprach sie, als erzählte sie eine Geschichte, die sich vor langer, langer Zeit zugetragen hatte. Ein Märchen – aber Märchen waren schon immer auf gewisse Art und Weise grausam gewesen.

Herbert sah sie streng an. »Waltraud, ich möchte nicht, dass du mitkommst zu der Klettertour.«

»Warum nicht?« Sie fühlte sich stark. Hatte sich die ganze Nacht über eingeredet, alles werde wieder gut. Die Säure und das Seil waren schon wieder ausgeblendet.

»Weil du neben dir stehst. Ich kenne dich inzwischen gut genug. Du weißt genau, dass der kleinste Fehler in der Wand fatal sein kann.«

»Du willst dich nicht auf mich verlassen?«, fragte sie.

Er sah sie eine Weile an und sagte: »Nein. Ich will, dass du nach Hause fährst. Und dass wir dann miteinander sprechen, wenn ich wieder da bin.«

»Dann sprich doch jetzt mit mir, wenn es dir so wichtig ist!«

»Ich glaube nicht, dass das ein guter Zeitpunkt ist.«

»Doch. Der beste Zeitpunkt. Sag mir, was du auf dem Herzen hast.«

Er drehte sich zur Tür um, als wollte er sicherstellen, dass niemand lauschte. Dann sagte er: »Also gut. Es ist ja sowieso egal. Das Ergebnis ist das Gleiche: Waltraud, ich werde mich von dir trennen.«

Sie hatte ihm keine Szene gemacht. Scheinbar pflichtbewusst und völlig gefasst hatte sie genickt, kurz gefragt, warum, und sich dann für die Klettertour umgezogen. Dass ihr Mann 28 Jahre lang mit einer anderen Frau ein zweites Leben gelebt hatte, dass er den Kontakt zu seiner unehelichen Tochter die ganze Zeit über aufrechterhalten hatte, dass er diese zweite Frau fast während ihrer gesamten Ehe regelmäßig getroffen hatte, dass er jetzt – nach 28 Jahren, wo der Ruhestand schon in Reichweite war – auf die Idee kam, diesen mit der anderen Frau zu verbringen, kam in ihrem Gehirn in diesem Augenblick noch nicht vollständig an. Da war er wieder, dieser Schalter. Klack. Ein Termin. Es galt zunächst einmal, zu funktionieren. Sein Vorhaben, sich wegen der Schmiergelder seiner unehelichen Tochter zuliebe selbst anzuzeigen, drang schon gar nicht mehr in ihren Kopf. Nur ganz leise, wie unter einer Wolldecke, rumorte es in ihr. Es hatte den gesamten Weg nach oben in die Wand gedauert, dieses Rumoren. Und dann sickerte es so langsam. Es sickerte. Und sickerte. Und als ihr für einen kurzen Moment wirklich vollständig klar und ganz und gar bewusst wurde, dass ihr Leben eine Lüge war, dass die andere Frau, die keine 20 Kilometer von ihrem gemeinsamen Zuhause entfernt lebte und über Jahrzehnte hinweg ihren Mann empfangen hatte, nicht mal eine Jüngere war, dass er sie sitzen ließ mit ihrer kranken Tochter und dass das Geld beim Teufel sein würde – in diesem Augenblick freute sie sich darauf, ihn an sich vorbei in die Tiefe rauschen zu sehen. Und wenn Gott es so wollte, dann würde Herbert irgendwo im Berg danebentreten. Es dauerte keine Viertelstunde mehr, bis genau das geschah. »Und glauben Sie mir, Frau Henning, es war in diesem Moment, als würde ich selbst dort runterstürzen, als ich ihn fallen sah«, hatte die Schumann ganz langsam gesagt, kurz geschwiegen und dann sehr gefasst weitergesprochen. »Es war mir klar, dass diese Julia bald wieder bei mir auf der Matte stehen würde. Tat sie dann auch. Zusammen mit so einem Knilch – viel zu alt für sie, das können Sie mir glauben. Auf jeden Fall wollten die beiden mich unter Druck setzen. Sie hätten genug Daten zusammen, um diese ganze Geschichte mit den Abwässern zu beweisen. Sie haben mich aufgefordert, die Selbstanzeige anstelle meines Mannes zu machen, andernfalls würden sie Anzeige erstatten, was weitaus unangenehmer für mich sein werde. Wenn Sie mich fragen: Das Mädchen war einfach stinksauer, dass mein Mann sich sein Leben lang mehr um unsere beiden Töchter gekümmert und sie vielleicht nur ein paar lumpige Euros von ihm bekommen hat – wer weiß, ich kann ihn ja nicht mehr fragen. Ich wollte es auch nicht wissen. Ich habe jedenfalls versucht, ihr zu erklären, wie schwierig es für mich ist – jetzt, nach dem Tod meines Mannes, auch noch einen solchen Schritt zu tun. Ich dachte: Sie ist immerhin eine junge Frau, Frauen verstehen so was. Aber das ist vielleicht auch eine Generationenfrage. Sie hat's jedenfalls nicht verstanden. Immerhin hat sie mir abgekauft, dass der Absturz ein Unfall war. Wahrscheinlich hielt sie mich für unfähig, ein bisschen nachzuhelfen. Sie würde mich anzeigen. Innerhalb einer Woche. Wenn ich es nicht selbst täte. Und sie würde bekannt machen, dass sie die uneheliche Tochter des verstorbenen Bürgermeisters sei. Was hätten Sie getan mit solchen Aussichten?«

Carmen hatte auf die Frage nicht geantwortet. Die Schumann hatte entrückt gelächelt und mit heiserer Stimme gesagt: »Wenigstens wäre mir das Geld geblieben. Wenn auch kein neues dazugekommen wäre. Aber sie hätten mir nichts weggenommen nach Herberts Tod. Ich hätte gut für meine Töchter sorgen können. Aber mit der Anzeige? Ich wäre gesellschaftlich ruiniert gewesen. Vollkommen unten durch. Freunde hätten sich abgewendet. Jeder hätte die Achtung verloren. Ich wäre allein und dazu noch arm wie eine Kirchenmaus gewesen – und das nach 30 Jahren harter Arbeit. Nach 30 Jahren, in denen ich fest daran geglaubt habe, dass ich das große Los gezogen habe – weil ich alles richtig mache.«

»Ach, und jetzt sind Sie nicht unten durch?«, hatte Albert gefragt und schnaubend hinzugefügt: »Nein, natürlich nicht. Sie haben Recht, Mord wird völlig überbewertet!« Er hatte die Arme so fest vor der Brust verschränkt, dass er aussah wie Tutenchamun – nur wesentlich unentspannter.

Nachdem die Schumann Julia Marquart rausgeschmissen hatte, war sie endgültig durchgedreht. Regelrecht panisch geworden. Unter keinen Umständen durfte die Schmiergeldsache auffliegen. Unter keinen Umständen durfte dieses Balg jetzt auch noch das letzte bisschen gesellschaftliche Anerkennung, das ihr geblieben war, kaputt machen. Wieder hatte sich der Schalter umgelegt. Aber diesmal in eine völlig andere Richtung. Alles war aus der Schumann herausgebrochen. 30 Jahre Haltung waren mit einem Schlag dahin, und alles, wirklich alles, war hochgekommen. Jeder heuchlerische Blumenstrauß, jedes verlogene Lächeln, jede brillant durchdachte Ausrede ihres langen Ehelebens. Sie hatte geweint, geschrien, sich betrunken. Und betrunken am Bett ihrer schlafenden Töchter stehend geschworen, das alles nicht zuzulassen.

Es sei kein Problem gewesen, an jemanden zu kommen, der für einen entsprechenden Betrag das Notwendige veranlasste. »Es war mir klar, es ist ein Vabanquespiel. Wüssten Sie spontan, woher Sie einen Killer nehmen sollen? Ich wusste es nicht. Aber für irgendwas musste es ja gut sein, dass ich jahrelang meinem Mann zuliebe ins Gefängnis gerannt bin und mich dort für die Bewährungshilfe eingesetzt habe. Mir war klar: Wenn das auffliegt, dann bin ich weg vom Fenster. Mir war aber auch klar, wenn das Mädchen redet, geht es mir nicht besser. Also fifty-fifty. Im Prinzip nichts zu verlieren. Alles oder nichts. Einen Versuch war's wert.« Carmen hatte ihrem inneren Impuls widerstanden, der Schumann zu sagen, dass sie mit Anstiftung zum Mord weitaus schlechter dastand als nur mit der Schmiergeldgeschichte. Aber an ihren Augen konnte sie sehen, dass für diese Frau, die sich so sehr an das perfekte Bild ihres perfekten Lebens geklammert hatte, das eine nicht schlimmer als das andere war. Sie wollte *die beiden Nervensägen* nicht einfach nur verschwinden lassen – o nein! Waltraud Schumann war aufgewacht. Ihren aufgestauten Hass, ihre Wut, ihre Trauer – all das sollten diese beiden kleinen Kakerlaken zu spüren bekommen, die drohten, ihr Leben mit Füßen zu treten. Diese beiden Leute sollten nicht glücklich werden. Leiden sollten sie. So, wie sie jetzt litt. Ihr Arzt hatte sie mit Tabletten vollgestopft. »Sie stehen unter Schock wegen dem Tod ihres Mannes«, hatte er gesagt. Und sie nahm die Tabletten und spülte sie die Toilette hinunter. Sie hatte es sich ausgemalt, in allen Einzelheiten, was diese Menschen verdient hatten, die sie, Waltraud Schumann, zerstören wollten. Die sie schon zerstört hatten. Und nein, die Mutter dieser Julia wollte sie nicht töten. »Ist das nicht komisch? Ich bin selbst Mutter von zwei Töchtern. Und ich wollte diese Frau bestrafen mit dem, was am meisten wehtut. Deshalb habe ich dem Kerl gesagt: Nimm dir das Mädchen vor. Das gesunde Mädchen. Als ihre Mutter, diese Schlampe, irgendwann bei mir vor der Tür stand, habe ich sie ausgelacht. Sie stand da und fragte, ob ich ihre Tochter gesehen hätte. Ist das nicht albern? Sie hätte ihre Tochter nicht erreicht, hätte ein schlechtes Gefühl, hätte geträumt, dass sie zu mir gegangen sei. Ich habe mit dem Finger auf sie gezeigt und habe sie ausgelacht – dafür, dass sie bei mir auftaucht und tatsächlich glaubt, ich wäre bereit, mich mit ihr zu unterhalten. Aber ich habe ihr nicht gesagt, was ich zu diesem Zeitpunkt schon für eine Spezialbehandlung für ihre Tochter in Auftrag gegeben hatte.« Der Mann, der das Geld bekommen hatte, sei nicht besonders begeistert von ihren Ideen gewesen. Aber das Geld habe ihn gefügig gemacht. Spektakulär sollte es sein. Es sei nämlich schlimm genug, den Tod eines geliebten Menschen verkraften zu müssen. Das Ganze aber gepaart mit polizeilichen Ermittlungen und diesem Ausmaß an öffentlichem Interesse – das, erklärte die Schumann ganz ruhig, mache die Sache um ein Vielfaches unerträglicher. Sie sollten gefunden werden. Alle sollten sich ihre toten Leiber ansehen. In der Zeitung sollte es stehen – so, wie ihr Herbert in der Zeitung gestanden hatte. Ihr Herbert, der nur sterben musste wegen dieser anderen Frau, die ihn nicht fortgeschickt hatte zu ihr, zu seiner Familie. Sondern die ihn über Jahrzehnte zu diesem Doppelleben genötigt und so ihr Leben zerstört hatte. Sie hatte sich betrunken, hatte einige Kriminalromane durchgeblättert, sich jedes Detail überlegt, wie der Killer mit Julia und ihrem dämlichen kleinen Freund umspringen sollte. Diese Extrabehandlung hatte viel Geld gekostet. Aber das war es ihr wert gewesen. »Ein echter Profi hat sich der Sache angenommen. Der seine Arbeit angeblich – so hat man mir bei Buchung versichert – sauber und genau nach Anweisung erledigt«, hatte die Schumann gesagt. Sie habe auch das Grundstück ausgesucht, auf dem Julia ihre letzten Stunden verbringen sollte. »Dieser durchgedrehte Professor – was hat der meinen Herbert und mich Lebenszeit gekostet. Mit diesem krummnasigen Riesen ist er bei uns vor der Tür gestanden, immer wegen dieser Wasserschutzgeschichten. Herbert hatte eine Engelsgeduld mit ihm. Irgendwann hat er ihn zufällig getroffen, als er die alte Frau besucht hat zum Achtzigsten. Sie wissen schon, mit Geschenkkorb und Glückwunsch von der Stadt, im Namen vom Oberbürgermeister musste er da hin. Ja, und da hat er zufällig den großen Russen getroffen, diesen …«

»Kowaljow«, hatte Carmen ergänzt.

»Genau, Kowaljow. Der Sohn von dieser alten Dame. Und der Freund von diesem verrückten Professor. Auf jeden Fall erzählte die alte Frau meinem Herbert von ihrem Garten, wo sie früher so gerne hingegangen war, aber jetzt konnte sie nicht mehr alleine dort hingehen. Und sie sei traurig, dass die Hütte nach und nach zerfalle und sich niemand um den Garten kümmere. Nur ihr Sohn gehe ein- bis zweimal im Jahr dort vorbei. Immer wenn ich darüber nachdachte, was für eine Behandlung ich mir für dieses kleine Miststück wünsche, hatte ich das Bild von der zerfallenen Hütte auf dem verwilderten Grundstück vor Augen. Und der Nebeneffekt, dass man über Kowaljow auch auf Steidl kommen würde – der kam mir natürlich zupass.«

»Das klingt mir alles nicht besonders nach einer Kurzschlusshandlung, Frau Schumann. Das ist perfide – das ist brillant durchdacht, eiskalt kalkuliert –, das ist, ich sage es mal so lax, Höchststrafe, was Sie uns da gerade erzählen«, hatte Albert relativ ruhig angemerkt, und die Schumann hatte nur genickt. »Ich weiß.«

»Wie heißt der Mann, den Sie beauftragt haben?«

Dann hatte sie gelacht. »Wie der Mann heißt? Lesen Sie denn keine Thriller?«

»Nein. Liegt wahrscheinlich an meinem Beruf – den Quatsch, den die Autoren verzapfen, ertrag ich nicht.«

»Wenn Sie das täten, wüssten Sie, dass man, wenn man einen Mord in Auftrag gibt, am besten nie erfährt, wer genau die Tat begeht. Das geht alles über Kontakte um zig Ecken.«

»Gut. Wer war Ihr Kontaktmann?«

»Wenn Sie Thriller lesen würden, wüssten Sie auch, dass ich das nicht sagen kann. Denn wenn Sie ihn schnappen und er den Namen des Mörders preisgibt, bin ich tot.«

»Das glauben Sie wirklich?«

»Ja, das glaube ich.«

»Wir werden das auf jeden Fall herausfinden. Es ist nur eine Frage der Zeit. Sie könnten das allenfalls beschleunigen. Und davon abgesehen: Er wird Sie nicht umbringen können. Im Gefängnis sind Sie sicher, und dort werden Sie landen, das verspreche ich Ihnen.«

»Was sollte das bringen, wenn Sie ihn schnappen?«

»Frau Schumann, Sie sind wirklich nicht bei Verstand, oder?«

Sie hatte nichts gesagt. Erst Stunden später, nachdem sie lange alleine reglos in der Arrestzelle auf dem Fußboden gesessen hatte, begann sie, unentwegt *Piti* zu rufen. *Piiiitiiii. Es war Piiiiitiiiii!*

Das war wieder so ein Schalter. Carmen kannte das aus ihren Büchern. Es musste raus. Sie musste den Namen des Mannes nennen, andernfalls hätte sie das innerlich umgebracht.

Piti war schnell ausfindig gemacht. Und er war bei Gott keine Plaudertasche. Er war Exknacki, Inhaber einer heruntergekommenen Kneipe, und er stellte sich komplett stumm und taub. Und blind. Und überhaupt hatte er offenbar großen Respekt vor demjenigen, den er der Bürgermeistergattin zur Beseitigung der beiden *unerwünschten Objekte* besorgt hatte. Er nahm sich einen Anwalt. Sagte weiterhin nichts. Hofer war aber zuversichtlich. »Piti wird reden, früher oder später. Seine ehemaligen Knastkumpels sind gesprächiger als er. Irgendwann wird er rauslassen, nach wem wir suchen müssen. Wir werden die Kerle schnappen.«

Vierzehn

Er fuhr gen Norden. Im Radio hatten sie noch nichts gebracht von einem toten Penner auf einem Parkplatz. Aber wer interessierte sich auch dafür, wenn irgend so ein stinkender Kerl sich totgesoffen hatte. An der holländischen Grenze wurde er durchgewunken, im Rückspiegel sah er den alten Polo, auf den sich die Grenzer stürzten. In dem Auto saßen mindestens vier Jugendliche mit Wollmützen und bunt bedruckten T-Shirts. Scheiß Kiffer. Er kramte die Sonnenbrille aus dem Handschuhfach, trat aufs Gas und summte »Ring of Fire« von Johnny Cash.

»Badische Aktuelle
Ressort: Landesecho, Aufmacher auf Seite 11

Ehefrau gesteht Mord an Schumann
Sozialbürgermeister führte jahrzehntelang ein Doppelleben

Der Karlsruher Sozialbürgermeister Herbert Schumann ist von seiner Ehefrau ermordet worden. Schumann war vor rund drei Wochen in den österreichischen Alpen ums Leben gekommen, als er bei einer Klettertour in die Tiefe stürzte. Wie die Staatsanwaltschaft gestern mitteilte, hat die 53-Jährige gestanden, das Seil des 54-Jährigen aus Eifersucht und enttäuschter Liebe manipuliert zu haben.

Weil es noch keine Spur vom Killer gab, hatte Hofer die Information, dass die Schumann auch die Morde an Julia und Erik in Auftrag gegeben hatte, noch zurückgehalten. Konrad Mende hatte noch einmal angerufen und betont, dass er sich freuen würde, wenn Carmen ihn nicht sofort vergessen würde – und dass er dem gerne entgegenwirken wolle mit einer Tasse Kaffee und vielleicht einem Besuch im Zentrum für Kunst und Medien, wo es momentan eine interaktive und ziemlich abgefahrene Ausstellung zum Thema Wasser gebe. Carmen hatte Ja gesagt und im selben Moment beschlossen, dass Albert davon besser nichts mitbekommen sollte. Sie wusste selbst nicht so genau, warum. Es war einfach so ein Gefühl. Der Fall war zwar noch nicht abgeschlossen – sie hatten weder den Killer noch diesen Penner namens Heiß, aber jetzt, wo die Hauptschuldige geständig hinter Schloss und Riegel saß, war endlich wieder etwas Zeit zum Durchatmen. Albert nutzte das sofort auf seine Weise, und er hatte Carmen gefragt, ob sie mitkommen wolle. Es war schön, dass er sie zum Angeln mitnahm. Auch wenn sie sich immer noch nicht so recht mit den angeblichen Geheimtricks und Methoden anfreunden konnte. Anfreunden konnte sie sich auch nur nach und nach mit der Tatsache, dass Hofer ihnen befohlen hatte, zu der Sache mit dem angeblichen Giftskandal in der Chemiefabrik und dem Schmiergeld eine ausführliche Akte anzulegen. Er hatte offengelassen, wer sich dann später eingehend damit zu beschäftigen hatte. Steidl hatte aus Furcht, dass jemand anders als Carmen und Albert sich an ihn wenden könnte, einen Nervenzusammenbruch gehabt und war auf unbestimmte Zeit in die Klinik eingewiesen worden. Auch wenn es Carmen fernlag, jemandem etwas Schlechtes zu wünschen: Wenn es nach ihr ging, durften die

Ärzte ihn ruhig für eine ganze Weile einbehalten. Es würde schwierig genug werden, die ganze Schmiergeldgeschichte auseinanderzunehmen – und Carmen betete, dass sich darum am Ende ausschließlich die Staatsanwaltschaft kümmern würde, vielleicht mithilfe des erfahrenen Kollegen Beier.

Albert sah ulkig aus. Er trug eine verwaschene Jeans und klobige alte Wanderschuhe zu seinem fliederfarbenen T-Shirt – in so legerer Kleidung hatte sie ihn noch nie gesehen. Sie kam sich overdressed vor, obwohl sie schon eine ihrer schäbigsten Hosen aus dem untersten Schrankfach gekramt hatte, die sie das letzte Mal getragen hatte, als sie ihre Küche gestrichen hatte. Zugegeben, das blütenweiße enge T-Shirt passte irgendwie nicht ganz zum Auftrag des Tages: Albert hielt ihr die gefürchtete Dose mit den Luftlöchern im Deckel hin. »Hier, fummel mal die Maden auf den Haken. Du weißt ja jetzt, wie das geht.«

»Ich? Die sind schon arg eklig, diese krabbeligen Dinger.«

»Das sind halt Lebendköder. Du kannst auch gern mit mausetoten Marienkäfern fischen, aber glaub mir, wenn sich die Viecher winden und kringeln, ist's einfach wesentlich effektiver.«

Carmen öffnete widerwillig die kleine Dose und pickte eine dicke weiße Made aus dem Sägemehl. »So, und jetzt?«

»Hab ich dir doch gezeigt. Ganz am Ende einfach durchpiken, und noch zwei, drei dazu. Futterkorb befüllen und raus mit dem Zeug ins Wasser.«

»Okay.«

Sie saßen nebeneinander auf zwei dunkelgrünen Klappstühlen und warteten. Carmen musste an das Internetforum denken, in dem sich diese Freaks übers Fischen unterhalten hatten. Sie hatte immer noch keine blasse Ahnung, von was da eigentlich die Rede gewesen war. »Albert?«

»Was?«

»Was sind eigentlich *Fritten*?«

»Fritten? Na Pommes – oder was meinst du?«

»Nein, nicht Pommes. Ich meine in Zusammenhang mit der Angelei.«

Er lächelte. »Wie kommst du denn jetzt darauf?«

»Damit haben es diese Typen in dem Angelforum gehabt.«

»Ach so. *Fritten* sind kleine Hechte.«

»A so. Albert, ist das menschlich?«

»Was?«

»Dass eine Frau so was macht – nach dieser Vorgeschichte?«

»Warum fragst du *mich* das?«

»Weil ich's nicht weiß.«

»Wie, du weißt es nicht?«

»Na ja, ich weiß nicht, ob ich Verständnis für sie haben soll.«

»Das fragst du dich im Ernst?«

»Warum wundert dich das so?«

»Na, hör mal: Für mich ist das völlig pathologisch. Meine Güte, dass man da ausrastet und dem Kerl 'ne Vase hinterherwirft, okay, dass man ihn im weitesten Sinne 'nen Hang runterschubst – auch noch okay. Aber das mit der unehelichen Tochter und dem Killer aus Angst vor gesellschaftlichem Absturz, Carmen, das ist vorsintflutlich! Wahrscheinlich macht sie auch noch 'nen Regentanz und beschwört eine Kakerlakenplage, oder was weiß ich.«

»Aber es war ja nicht nur die Angst vor dem gesellschaftlichen Absturz.«

»Was denn noch?«

»Na, die Rache.«

»Für ihr versautes Leben? Da konnte die Kleine doch nichts dafür. Die Rache war, dass sie ihren eigenen Kerl umgebracht hat. Fertig. Ne, Carmen, also beim besten Willen, wenn du versuchst, dafür Verständnis aufzubringen, dann lass ich dich einweisen. Dann kannst du dich zu Steidl in die Gummizelle setzen und dir jeden Tag von diesem Kowaljow russische Eier bringen lassen.«

»Wird sie versuchen, sich das Leben zu nehmen?«

»Schon möglich. Ich schätze solche verschrobenen älteren Damen so ein.«

»So alt ist sie nun auch wieder nicht. Immerhin ist sie noch relativ sportlich.«

»Trotzdem ist ihr Hirn vertrocknet. Zu viel *Effi Briest* gelesen.«

»Hast *du* denn *Effi Briest* gelesen?«

»In der Schule. Leider.«

»Wieso leider?«

»Weil ich dieses Rumgeleide von dem gelangweilten Effi-Püppi echt unerträglich fand. Und dieses Rumgeleide haben wir bei der Schumann jetzt auch wieder.«

»Inwiefern Rumgeleide bei Effi?«

»Hallo?« Albert hob die Hände, spreizte fast anmutig die Finger und versuchte sich an einem liebreizenden Augenaufschlag. »Da hockt sie rum – o, was bin ich reich, o, was langweile ich mich, o, was bin ich einsam!« Mit jedem *o* klappten Alberts Hände abwechselnd nach links und dann wieder nach rechts. »Und dann hat das Weibsbild auch noch das Glück, dass sich die Kerle wegen ihr duellieren – das muss man sich mal vorstellen, wie dämlich das ist, wegen diesem Püppi –, ja, und dann wird ihr Rumgeleide nur noch schlimmer.«

»Finde ich interessant, dass du dich so über dieses Buch aufregen kannst …«

»Fang jetzt bitte nicht an mit irgendwelchen komischen Theorien über mich und mein Frauenbild!« Er wandte sich ab und kramte in seinem Rucksack.

»Aha, Volltreffer!«

»Du hast, glaub ich, auch ein vertrocknetes Gehirn. Halt den Rand jetzt und iss!« Er zog eine Plastiktüte aus seinem Rucksack und hielt sie ihr entgegen.

»Was ist das?«

»Schlangenköpfe in Aspik.«

»Haha.«

»Was zu essen halt. Brötchen. Gibt Schinken und Camembert. Ich weiß aber nicht, welches welches ist. Nimm einfach.«

»Danke. Sag mal, Albert, warum hast du eigentlich das Rauchen aufgegeben?«

Er senkte augenblicklich den Kopf und beschäftigte sich intensiv damit, sein Brötchen aus der Alufolie zu befreien. »So halt.«

»Gesundheitliche Gründe?«

Er hielt kurz inne und sah sie dann fast belustigt an. »Machst du dir Sorgen um mich, Kollegin?«

»Ein bisschen.«

»Du bist ja rührend.« Er wandte sich wieder der Alufolie zu. »Ja, gesundheitliche Gründe.«

»Darf ich weiterfragen?«

»Nein.«

»So schlimm?«

»Carmen …!«

»Entschuldige.«

Dann piepste plötzlich etwas. »Was ist das?«

»Der Bissanzeiger. Los, schnapp dir die Rute und schlag an.«

»Was soll ich machen? Anschlagen? Ich bin doch kein Hund.«

»Anschlagen sagt man, wenn ein Fisch dran ist und man die Rute mit einem Ruck hochreißt, damit sich der Haken ins Fischmaul bohrt.«

»Aha.«

»Na los! Das ist bestimmt keine Fritte! Der Fisch nuckelt nicht ewig! Los, los, los!«

»Ich weiß doch aber gar nicht, was ich machen muss!«

»O Mann!« Albert legte sein Brötchen beiseite und hechtete zu der Angel. »Das ist Anschlagen.« Er nahm die Rute und riss sie mit einem Ruck hoch. »Verdammt!«

»Was ist?«

»Weg.«

»Der Fisch?«

»Klar, der Fisch, was sonst?«

»Na ja, da kommt bestimmt noch ein anderer Fisch vorbei.«

Albert antwortete nicht. Er holte nur schweigend die Schnur ein und starrte dabei unentwegt aufs Wasser.

Danke

Jan	für den Background, die Schwaben und die Alternativen
Angie	für dieses eine spezielle Wort und die beste Entscheidung des Jahres
& Adrian	für die simple Antwort
Frau Doktor	für die rasche Erledigung
posthum Frau Schmidt	für das in der Konsequenz doch so nützliche Gejammer